BASTEI
LÜBBE

ELIZABETH BOYLE

Eine Frau, so stolz und sinnlich

ROMAN

Ins Deutsche übertragen
von Brigitta Hirt

BASTEI LÜBBE

BASTEI LÜBBE TASCHENBUCH
Band 18 179

Erste Auflage: Juli 1998

Deutsche Lizenzausgabe 1998 by
Bastei-Verlag Gustav H. Lübbe GmbH & Co.,
Bergisch Gladbach
Originaltitel: Brazen Angel
Lektorat: Katharina Woicke
Titelbild: John Ennis / Agentur Thomas Schlück GmbH
Umschlaggestaltung: QuadroGrafik, Bensberg
Satz: KCS GmbH, Buchholz / Hamburg
Druck und Verarbeitung: 42951
Groupe Hérissey, Évreux, Frankreich
Printed in France
ISBN 3-404-18179-4

Der Preis dieses Bandes versteht sich einschließlich der gesetzlichen Mehrwertsteuer

Vorwort

London im Jahre 1793

Oswald Wentworth, der Earl of Lyle, verschränkte die Arme vor seinem stattlichen Bauch und betrachtete die verführerische Erscheinung neben ihm in der Kutsche.

Was für ein Glücksfall, eine so entgegenkommende Frau bei einem so langweiligen Ereignis wie Lady Chiltons Maskenball kennenzulernen! Dieser verflixte Trahern mit seinen ewigen Einmischungen hatte es ihm in den letzten paar Jahren praktisch unmöglich gemacht, eine willige Partnerin zu finden. Besonders eine Frau mit Klasse, die auch noch seine Neigungen teilte.

Heute abend gab es jedenfalls niemanden, der dieser Dame eine Warnung ins Ohr hätte flüstern können, und wie er sie einschätzte, hätte sie sowieso nicht darauf gehört.

Eines war Oswald klar. Mit Lord Trahern in der Nähe hätte er keine Chance gehabt. Die Frauen flogen auf diesen Mann.

Zweifellos lag das an Traherns vielen geheimnisvollen Auslandsreisen wie auch an seinem kürzlich ererbten Vermögen.

»Ist Ihr Haus noch weit weg?« fragte seine Begleiterin mit ihrer kehligen Stimme und dem entzückenden Akzent. »Ich hasse Warten so sehr.« Ihre behandschuhte Hand streifte seinen Unterarm.

Es fiel ihm gar nicht schwer, sich die Berührung ihrer Finger anderswo vorzustellen. »Nicht mehr weit«, erwiderte er. »Gar nicht mehr weit.«

Irgendwo in der Ferne schlug eine Kirchturmuhr. Mitternacht war längst vorbei.

»Ich bin so froh, daß es Ihnen nichts ausmacht, daß wir zu Ihnen gehen«, fuhr sie fort und rückte näher, so daß ihre bauschigen Röcke sich über seine Beine wölbten. Ihre schlanke Fessel glitt an seinem Unterschenkel hoch.

»Nie weiß ich, wo ich die Nacht verbringen kann.«

Obwohl draußen der Vollmond schien, war ihr Gesicht im Halbdunkel des Kutscheninnern nur undeutlich zu erkennen. Selbst im Salon der Chiltons waren ihre Züge kunstvoll hinter einer schwarzsilbernen Maske verborgen gewesen.

Genau das hatte ihn zu ihr hingezogen – ihr morbides Kostüm. Nur eine Frau mit sehr fragwürdigen Moralbegriffen würde zu einem formellen Maskenball als der Tod verkleidet erscheinen. Ihre Maskierung, grotesk und beklemmend, verdeckte den oberen Teil ihres Gesichts fast vollständig. Ihre Röcke waren mit einem Sittenspiel bestickt, in dem der Teufel und eine Reihe seiner verwerflichen Opfer zu erkennen waren.

Es waren Spiegelbilder von Oswalds eigener schwarzer Seele. Wieder sah er die Frau an und versuchte zu ergründen, welche Person sich wohl hinter dieser Maske verbarg. Ganz sicher war sie unter ihrer aufgetürmten schwarzen Perücke blond. Er liebte blonde Frauen.

Und ihr Akzent ließ darauf schließen, daß sie Französin war.

Vermutlich eine dieser vielen *émigrés* aus Paris. Gerade erst angekommen und in einer scheußlichen Klemme. Deshalb hatte er sie wohl auch nicht erkannt, als er auf sie aufmerksam wurde. Allmählich fing er an, diese verblendeten Revolutionäre und deren Guillotine richtiggehend zu schätzen. Nicht nur, daß sie ihm eine ganze Reihe profitabler Geschäftsgelegenheiten eröffnet hatten – nun würden sie ihn offenbar auch noch mit einer Fülle wundervoller Gefährtinnen versorgen.

Sie beugte sich wieder zu ihm vor. »Lord Lyle, darf ich Sie Ossie nennen? So hat Ihr Freund Sie genannt, als wir gegangen sind, nicht wahr?« Ihre Hand glitt über sein Knie. »Sie dürfen mich Mignon nennen«, fügte sie hinzu.

»Aber selbstverständlich, meine liebe Mignon«, erwiderte er erregt. Sie war also tatsächlich Französin. Er konnte sich nun vorstellen, wie sie in dieser fremden Sprache leidenschaftlich um Erlösung flehte. »Ich würde Sie Engel nennen, meine Liebe. Sie erscheinen mir wie ein Engel.«

»Ein Engel in Schwarz? Was für eine seltsame Vorstellung, Ossie.«

»Engel treten in den unterschiedlichsten Gestalten auf. Aber ein rettender Engel scheinen Sie nicht zu sein.«

»Bestimmt werden Sie überrascht sein, wenn Sie herausfinden, welchem Herrn ich diene«, sagte sie ihm leise ins Ohr.

Trotz des Dämmerlichts sah er ihr hintergründiges Lächeln.

»Warum sind wir uns nicht schon eher begegnet?« wollte er wissen.

»Leider habe ich eine böse Stiefmutter, die mich immer einsperrt.« Mit einem dramatischen Seufzer lehnte sie sich zurück. »Aber manchmal, bei Vollmond, stehle ich den Schlüssel und schleiche mich davon. Und Sie können sich nicht vorstellen, was für Abenteuer ich erlebe.« Sie ließ ihre Hand fast zur Innenseite seines Schenkels hinaufgleiten, bevor sie sie wieder zurückzog.

»Ich kann mir durchaus einiges vorstellen, meine Liebe.« Er zog sie in seine Arme. Für einen kurzen Augenblick konnte er ihr trotz ihrer Maske in die Augen sehen.

Hinter dem schwarzen Samt entdeckte er etwas Vertrautes.

Angst.

Sie hatte Angst vor ihm. Und recht hatte sie damit.

Aber sie entzog sich ihm nicht. Statt dessen strich sie ihm träge über die Wange. »Ich wäre nicht so mit Ihnen mitgegangen, hätte ich nicht gewußt, daß Sie die Sorte Mann sind, die ich will. Ich habe mich über Sie erkundigt und erfahren, daß wir sozusagen einen ganz ähnlichen Geschmack haben.«

Frauen, die seinen Geschmack teilten, fielen ihm normalerweise nicht einfach in die Arme. Ganz im Gegenteil, in Madame Giselles Privatclub kosteten sie ihn immer eine ordentliche Stange Geld.

Jetzt hätte er am liebsten seine Hosen heruntergelassen, ihre Röcke hochgeworfen und sie ohne Umschweife genommen.

Spielchen treiben konnten sie später.

Doch ausgerechnet da kam die Kutsche mit einem Ruck zum Stehen, und schon öffnete sein neuer Diener die Tür.

Oswald nahm sich vor, den übereifrigen Kerl gleich am nächsten Morgen zu entlassen.

Sein dunkler Engel stieg mit der Grazie einer Aristokratin aus, den Kopf stolz erhoben. Als sie die Eingangstür erreichte, sah sie ihn über die Schulter an und fuhr sich mit der Zungenspitze über die halb geöffneten Lippen. Dann trat sie ein.

Überwältigt folgte er ihr.

»Was für ein wundervolles Heim Sie haben, Ossie.«

Oswald entließ den Diener mit einer ungeduldigen Geste und nahm ihr den Umhang ab. Keiner außer ihm würde heute abend sie oder ihre Kleidung anrühren. Der Duft ihres pelzgefütterten Umhangs brachte ihn beinah um den Verstand. Er mußte sie besitzen, jetzt sofort.

Sie schmiegte sich an ihn und umfaßte seinen Ellbogen. »Zeigen Sie mir den Raum, in dem Sie die meiste Zeit verbringen. Ich will, daß Sie ganz oft an mich denken, wenn wir nicht zusammen sind.« Dann flüsterte sie ihm ein paar Vorschläge ins Ohr, wie er sich an sie erinnern sollte.

Oswald leckte sich die plötzlich trockenen Lippen. Woher wußte sie nur, daß er Freude an solchen Dingen hatte?

Eilig führte er sie in den ersten Stock hinauf, nachdem er seinen Diener angeherrscht hatte, daß er unter keinen Umständen gestört zu werden wünschte.

Über diesen Befehl lachte sein Engel fröhlich.

Das Blut dröhnte in seinen Ohren, als er vor der Tür seines Arbeitszimmers stehenblieb und die Frau mit beiden Händen an die Wand drückte.

»Vielleicht bin ich ein wenig grob«, warnte er sie, während seine Lippen ihren Hals streiften.

Sie erschauerte wohlig. »Das habe ich gehofft. Aber Vorsicht. Auch ich kann sehr grob sein.«

Oswald riß die Tür zu seinem Arbeitszimmer auf und ließ seine Begleiterin eintreten. Dann warf er die Tür zu und drehte den Schlüssel im Schloß um.

Als er sich umwandte, fand er sie genau so vor, wie er es sich wünschte – über seinen Schreibtisch gebeugt, die Hüften in einladender Bewegung.

Wieder sah sie ihn über die Schulter an. Mit gesenktem Blick und aufreizendem Schmollen forderte sie ihn leise auf: »Hilf mir aus den Kleidern, Ossie. Ich war ein sehr ungezogenes Mädchen.«

Mit einem erstickten Laut stellte er fest, daß er sein Verlangen kaum noch im Griff hatte. Fast hätte sie ihn zur Erfüllung gebracht, ohne ihn auch nur anzurühren. Er mußte sich beeilen, wenn er einen Eindruck davon bekommen wollte, was Mignon mit ›ungezogen‹ meinte.

Sie hatte sich ihm zugewandt und schob sich das Oberteil des Kleides von den Schultern. Die blaß schimmernden vollen Brüste, die kaum von ihrem Mieder verdeckt wurden, schienen ihn einzuladen, sie zu berühren.

»Bitte, Ossie. Ich dürfte gar nicht hiersein. Ich konnte nicht anders. Du mußt mich bestrafen.«

Mit schweren Schritten begann er, den Raum zu durchqueren. Sein Atem kam in heftigen, rauhen Stößen. Er schaffte nur den halben Weg.

»Das reicht, Ossie.« Sie warf ihre Schuhe ab, so daß einer davon auf seinem Fuß landete. Dann stellte sie einen Fuß auf seinen Schreibtisch, und ihre zurückgleitenden Röcke gaben den Blick auf ihr bestrumpftes Bein frei. Seidig schimmerte ihr Strumpf im Widerschein des Kaminfeuers, als sie ihn herunterrollte und ihren Schuhen hinterherwarf. »Denk nur, wie ungezogen ich bin. Eine Dame dürfte gar nicht hiersein. Nicht so.« Aufreizend ließ sie die Schultern kreisen, so daß sich ihre Brüste aus dem engen Mieder zu befreien drohten. »Aber eine Dame zu sein, ist das letzte, was ich will.«

Er wagte sich nicht zu rühren. Er konnte sie nur fasziniert anstarren, während sie die Handschuhe abstreifte.

Mit ihren langen, schlanken Gliedern erinnerte sie ihn an ein kostspieliges Rennpferd. Ah, und wie gern wollte sie geritten werden!

Mignon streckte einen Arm aus und winkte ihn mit den Fingern herbei.

Oswald brauchte keine weitere Aufforderung. Hastig riß er sich Kragen und Jacke herunter, ohne darauf zu achten, wie viele Knöpfe dabei verlorengingen. Als nächstes folgte die Weste, dann die Hose. »Ah, meine Mignon. Laß dir zeigen, wie Ossie gefallene Engel bestraft.«

Aber Mignon wartete nicht mehr brav bei seinem Schreibtisch. Sie war zu dem Wagen getreten, auf dem eine Karaffe mit dem Lieblingssherry ihres Gastgebers und eine mit besonders starkem schottischen Whiskey standen, einem Geschenk seiner Verwandten aus dem Norden. Sie schenkte ihm ein Glas von dem Whiskey ein und drückte es ihm in die ausgestreckten Hände. »Trink das.«

»Dein Anblick ist heute abend ausreichend für mich«, erwiderte er und schob ihre Hand beiseite.

Sie ließ jedoch nicht locker und hielt ihm das Glas weiter hin. »Du mußt. Ich will ihn von deinen starken Lippen schmecken.«

Oswald nahm das Glas und leerte den Inhalt auf einen Schluck. Er mußte husten, als ihm das scharfe Getränk in Mund und Hals brannte. »Du wirst mehr als meine Lippen zu schmecken bekommen, du verdorbenes Ding, wenn du so ungezogen warst, wie ich glaube.« Er trat hinter seinen Schreibtisch und tastete mit der Hand unter einem Boden des Bücherschranks entlang, der die Rückwand säumte. Er zog an einem Hebel, und der Bücherschrank öffnete sich. »Hier verwahre ich all meine Lieblingssachen, meine liebe Mignon.« Er zog eine Reitpeitsche hervor und ließ sie mit einem scharfen Knall auf die Schreibtischplatte hinabsausen.

Mit einem Quietschen ergriff sie die Flucht. »O Ossie. Woher hast du das nur gewußt?«

Er versuchte, sie zu fangen, aber sie entzog sich ihm und ließ ihn lachend in wilden Kreisen hinter sich herlaufen.

Plötzlich blieb Oswald mitten im Raum stehen. Der Boden schien sich zu heben und zu senken. Oswald blinzelte, um wieder klarer zu sehen, doch der Raum schien sich immer mehr um ihn zu drehen. Mignon trat in sein Blickfeld, ihre Bewegungen seltsam langsam und abgehackt.

»Was hast du mit mir angestellt?« fragte er erstickt, während er haltsuchend nach ihr langte. Seine Hände griffen ins Leere, und unsanft traf er auf dem Boden auf.

Mignon kniete sich neben ihn. Ihre Züge verschwammen vor seinen Augen, dann sah er sie wieder klarer. Ihm war, als lächelte sie.

»Was hast du mit mir gemacht?« fragte er wieder, bevor er in einen dunklen, tiefen Schlaf absackte.

»Nun, Ossie, jetzt werde ich etwas *wirklich* Ungezogenes tun.«

1.

London, sechs Monate später

»Ach, du liebe Güte, Giles. Sieh nur, wer gerade angekommen ist«, flüsterte Montgomery, der Duke of Stanton, halblaut.

Giles Corliss, der Marquis von Trahern, schob sich die lästige schwarze Maske auf die Stirn und blickte seinen Freund an, der gerade vergeblich versuchte, seine kleinwüchsige Gestalt hinter einer weißen Marmorstatue zu verstecken. Dank seiner leuchtendgelben Jacke und seiner roten Weste war der etwas untersetzte Mann schwerlich zu übersehen.

Giles hätte sich denken können, daß es nur eine Frage der Zeit war, bis der Spaßvogel Monty sie beide blamieren würde. Giles beachtete den Herzog nicht weiter und wandte statt dessen seine Aufmerksamkeit dem Eingang des Ballsaals der Parkers zu. Er wußte, daß es nur wenige Leute gab, die Monty genügend verabscheute, um sich vor ihnen zu verstecken. Als er jedoch die stattliche Gestalt Lord Lyles in dem überfüllten Saal entdeckte, konnte er dessen Reaktion verstehen.

»Komm wieder hervor, Monty.« Giles blickte zu der Statue, hinter die sich sein Freund verzogen hatte. »Wenn Lyle hier ist, hat er wahrscheinlich den gleichen Verdacht wie wir – daß der Schamlose Engel heute abend auch hier sein wird.«

Monty trat aus seinem Versteck heraus. Seine Maske hing ihm auf der Nasenspitze, und ein schiefes, verlegenes Lächeln umspielte seine Lippen. Er richtete sich zu seiner vollen, wenn auch geringen Höhe auf und ordnete sorgfältig den Sitz seiner Jacke und seiner Maske.

Giles atmete tief durch. Schlimm genug, daß jeder Mann in London vom Schamlosen Engel besessen zu sein schien. Was dazu geführt hatte, daß es in dieser Saison weit mehr Maskenbälle gab als sonst. Anscheinend veranstaltete nun jede Gastgeberin in der Stadt einen Maskenball in der Hoffnung, der Schamlose Engel, wie die geheimnisvolle Frau inzwischen allgemein genannt wurde, könnte zu den Gästen zählen.

»Wieso habe ich dir nur meine Hilfe angeboten, diese Frau zu finden?« Er riß sich die Maske herunter und warf sie hinter die Statue.

Monty zuckte mit den Schultern. »Langeweile?«

Da hatte sein Freund gar nicht so unrecht. Eigentlich hätte sich Giles jetzt auf dem Kontinent aufhalten müssen, statt seine Zeit in London mit leichtfertigen Unternehmungen zu verschwenden.

Kopfschüttelnd fuhr Monty fort: »Nein, das nehme ich zurück. Es ist ein Ausweichmanöver. Ja, ich würde sagen, du hast mir deine Hilfe in einem letzten, verzweifelten Ausweichversuch angeboten.«

»Aber ich bin noch nie in meinem Leben etwas ausgewichen –«, begann Giles, hielt aber inne, als Monty zu lachen anfing. »Na ja, *ihr* vielleicht schon.«

»Wann wirst du denn nun endlich deine Verlobte kennenlernen?« Montys Lippen zuckten spöttisch. »Schließlich hat dein Vater keine Mühen gescheut, noch kurz vor seinem Tod den Rest deines Lebens in die Hand zu nehmen. Wie nett von ihm, dir eine Frau auszusuchen.«

Es war überflüssig, Giles daran zu erinnern, daß es der letzte Wille seines Vaters gewesen war, seinen Sohn und einzigen Erben verheiratet und mit eigenen Nachkommen zu sehen. Jeden Morgen erwachte Giles in dem Bewußtsein, daß seine Heirat wieder einen Tag nähergerückt war. Hätte sein Vater doch bloß nicht Lord Dryden das Versprechen abgenommen, für eine schnellstmögliche Eheschließung zu sorgen, dann gäbe es jetzt vielleicht noch einen Weg, die Heirat hinauszuzögern.

Monty hob sein Glas zu einem spöttischen Toast. »Und Lady Sophia kann ich nur meine besten Wünsche aussprechen.«

»Ja, ja, aus tiefstem Herzen.« Giles wußte, daß er der Begegnung mit seiner Verlobten auf Dauer nicht mehr ausweichen konnte, aber da er bislang immer nur halbherzige Kommentare wie ›meine besten Wünsche‹ oder ›ein wirklich nettes Mädchen‹ zu hören bekommen hatte, fehlte es ihm einfach an Mut, der zukünftigen Lady Trahern entgegenzutreten.

»Wie lange dauert es denn noch, einen Monat? Du Glücklicher.« Monty hüstelte.

»Du findest das alles wohl sehr amüsant, oder?«

»Das würdest du an meiner Stelle auch«, erwiderte Monty spöttisch. »Du mußt doch zugeben, daß Drydens Werdegang vom Oberschnüffler zum Ober-Heiratsvermittler höchst amüsant ist. Ich hätte jedenfalls keine Lust, mir von diesem finsteren alten Kerl die Braut aussuchen zu lassen.«

»Ich glaube, so schlimm ist es nun auch wieder nicht. Außerdem war es mein Vater, der Lady Sophia ausgesucht hat; Drydens Aufgabe ist es nur, dafür zu sorgen, daß die Hochzeit stattfindet.«

Monty zuckte mit den Schultern. »Also, ich kann nicht behaupten, daß ich mich sonderlich darauf freue. Sobald du das Mädchen geheiratet hast, wirst du wieder unterwegs sein – wegen deiner *Schiffahrtsangelegenheiten.*« Der kleinere Mann schnaubte. »Als wüßte ich nichts von deinen anderen Verbindungen zu Dryden und dem Außenministerium.«

Giles stellte fest, daß es mit seiner Laune bergab ging, wie immer, wenn jemand auf seine bevorstehende Heirat anspielte.

Es war schlimm genug, daß sein Vater ihn mit einem Mädchen verlobt hatte, das er noch nie gesehen hatte, nun drohte ihm auch noch dieses müßige Leben in London die Sinne zu benebeln.

Kein Wunder, daß er sofort die Gelegenheit ergriffen hatte, Monty bei der Aufklärung des Geheimnisses um den Schamlosen Engel zu helfen. Zumindest konnte er so seine Fähigkeiten trainieren, bis er wieder den Dienst im Außenministerium aufnehmen würde.

Mit geübtem Blick musterte er den Saal und achtete dabei kaum auf die vielen Damen, die sich in ihren farbenfrohen Kleidern an ihm vorbeidrängten.

So war es seit seiner Ankunft in London bei jedem gesellschaftlichen Ereignis gewesen. Zuerst hatte er sich alle Mühe gegeben, seinen Ruf als gefährlicher Frauenheld zu kultivieren, bis er feststellte, daß er die schönen Glückssuchenden damit nur in Scharen anlockte.

Selbst die Verkündung seiner Verlobung änderte nichts daran.

Verlobung. Er erschauerte.

»Wenn du jetzt heiratest, muß ich mich wohl wieder auf die Suche nach der perfekten Herzogin machen.« Monty ließ den Blick durch den Saal schweifen.

Jetzt war es Giles, der lachen mußte. »Trägst du etwa immer noch deine Liste mit dir herum?«

Monty nickte und klopfte auf seine Jackentasche.

Die Liste des Herzogs mit den Attributen einer vollkommenen Ehefrau war auf dem Heiratsmarkt schon legendär. Obwohl er sich weigerte, seine Vorstellungen von einer vollkommenen Frau im einzelnen zu äußern, behauptete er, die erste Frau, die seinen Anforderungen entsprach, erobern zu wollen und zu seiner Herzogin zu machen. Viele heiratslustige Mädchen waren dem Herzog schon von ihren Müttern präsentiert worden, jedoch ohne Erfolg.

Giles betrachtete Montys Liste lediglich als den Versuch seines Freundes, den unausweichlichen Gang zum Traualtar so lange wie möglich hinauszuzögern. Und eines wußte Giles von seinem Freund ganz sicher: daß niemand talentierter im Ausweichen und Ablenken war als Monty.

»Wie sollen wir den Engel denn fortlocken, wenn Lyle jede unserer Bewegungen beobachtet?« fragte Monty.

»Wir können immer noch die Behörden benachrichtigen und sie verhaften lassen. Immerhin hat sie dich ausgeraubt.« Giles versuchte erst gar nicht zu verstehen, weshalb sein Freund so versessen darauf war, die berüchtigteste Frau Londons ausfindig zu machen. Monty besaß nicht nur den Körperbau einer Bulldogge, sondern auch das entsprechende Temperament. Hatte er sich einmal in einer Idee verbissen, gab es kein Loslassen mehr, egal, was auf dem Spiel stand.

»Ich werde sie nicht ausliefern, und du wirst es auch nicht tun. Nicht, wenn du sie erst einmal gesehen hast.« Monty nahm sich ein Glas von einem Tablett, das herumgereicht wurde. »Das Geld spielt übrigens keine Rolle. Obwohl Lyle oder Rostland da sicherlich anderer Meinung sind.«

Giles nickte. Der Schamlose Engel hatte London in den letzten paar Monaten im Sturm erobert. Zuerst hatte er gedacht, es handelte sich um ein Gerücht – müßiges Gerede, um Leben in eine ziemlich fade Saison zu bringen. Doch das war vor Montys Begegnung mit dieser Frau vor einem Monat gewesen.

Die Frau war in der Tat schamlos. Zuerst bot sie sich als williges Objekt einer Verführung an, um dann ihr hilflos betäubtes Opfer restlos auszurauben. Allerdings hatte keines ihrer Opfer diese Nebensache erwähnt, wenn sie am nächsten Tag in ihren Clubs mit dem ›Engel‹ prahlten, den sie am Abend vorher mit nach Hause genommen hatten.

Die Frau, so hatte Giles herausgefunden, war auch eine Verwandlungskünstlerin. Lord Lyle war sie als Tod verkleidet begegnet, Lord Wickham hatte sie im Theater als sittsames Fräulein frisch vom Internat kennengelernt, und Lord Rostland hatte sie hilflos und verlassen am Straßenrand aufgelesen. Bei jedem dieser berüchtigten Lüstlinge hatte sie eine unheimliche Fähigkeit an den Tag gelegt, deren geheimste Phantasien zu erahnen, denn jedes ihrer Opfer hatte sich damit gebrüstet, daß sie genau zu wissen schien, was sich ein Mann wünschte.

In Montys Fall jedoch hatte es so ausgesehen, als hätte sie es ursprünglich auf einen anderen Mann abgesehen gehabt.

Monty hielt noch ihr Erkennungszeichen in der Hand – ein parfümiertes Taschentuch –, als er seinem Freund am nächsten Tag von der Begegnung erzählte. Er hatte sie vor der Oper kennengelernt. Ein anderer Herr hatte ihr seine Hilfe angeboten, doch Monty, ganz der Gentleman, wenn es um eine hübsche junge Dame ging, hatte dem anderen Mann einfach das Wort abgeschnitten.

Sie hatte ihren Begleiter aus den Augen verloren – zumindest behauptete sie das –, und nun wurde sie nicht in die Oper eingelassen. Sie gestand, daß sie kein Kleingeld für eine Droschke nach Hause hatte, und weigerte sich, ihm ihren Namen oder den ihrer Familie zu nennen, da sie, wie sie behauptete, ihre Eltern beschwindelt hatte, um mit einem Mann ausgehen zu können, den sie für unpassend hielten. Wenn diese Sache ans Licht käme, wäre ihr Ruf ruiniert.

»Würden Sie mir helfen, mein Herr?« hatte sie rührend mit tränenfeuchten Augen gefragt.

»Ich kann immer noch nicht fassen, daß du sie mit nach Hause genommen hast«, bemerkte Giles. »Was hast du dir nur dabei gedacht?«

»Was sollte ich denn tun?« entgegnete Monty. »Das arme Ding war ganz außer sich. Ich dachte, wenn ich sie mit ein wenig Sherry stärke, erzählt sie mir, wer ihre Familie ist, und ich könnte nach ihnen schicken lassen. Wie sollte ich ahnen, daß ich nach einem Glas mit ihr auf dem Boden ende, als hilfloses Opfer statt als Held?«

Monty war mit bohrenden Kopfschmerzen wieder zu sich gekommen, nur um festzustellen, daß nicht nur seine Uhr und sein Bargeld fort waren, sondern auch die Goldreserve, die in seinem Arbeitszimmer versteckt gewesen war.

Giles verlagerte sein Gewicht auf das andere Bein. »Ein Taschentuch, ein Hauch Parfüm, ein Mittel, das einen Mann bewußtlos macht, und eine Vorliebe für den Vollmond. Und du erwartest von mir, diese Frau zu finden? Da ist ja eine Hexenjagd einfacher.«

»Langsam glaube ich, daß Lord Drydens Vertrauen in dich völlig verfehlt ist. Jetzt ist schon ein Monat um, und du hast nichts vorzuweisen. Ich habe gehofft, du hättest sie inzwischen erwischt. Und wenn du sie nicht bald findest, bin ich um einiges reicher.« Wieder grinste Monty, als er an ihre Wette dachte. »Vielleicht biete ich Dryden meine Dienste für die Zeit an, wenn du in den Flitterwochen bist.«

»Ich könnte die Frau im Handumdrehen finden, wenn du und die übrigen Opfer auf die poetische Darstellung ihrer Schönheit verzichten würdet. Ich brauche eine bessere Beschreibung als ›frisch vom Lyzeum‹ und ›wundervoll reif‹. Das trifft praktisch auf jede Frau hier im Ballsaal zu.« Giles verschränkte die Arme vor der Brust und blickte auf Monty hinab.

»Ihr Akzent«, sagte der Herzog plötzlich überrascht. »Jetzt erinnere ich mich daran; sie hat mit einem leichten Akzent gesprochen. Vielleicht französisch. Aber du weißt ja, wieviel ich von Sprachen verstehe.«

»Bist du sicher?« Giles konnte seine Skepsis nicht verbergen.

»Ja. Ja«, bekräftigte Monty. »Sie spricht mit einem Akzent.«

Giles blickte sich im Saal um. Der Ballsaal der Parkers war mit drei- oder vierhundert Gästen zum Bersten voll. Wie einfach war es da, sich unentdeckt in der Menge zu bewegen. Hatte er nicht am französischen Hof immer wieder das gleiche getan? »In diesem Gedränge könnte sie sich ihr Opfer aussuchen und völlig unbemerkt mit ihm verschwinden.«

»Also glaubst du immer noch, daß irgendwo hier im Saal ihr nächstes Opfer wartet?« Monty schüttelte den Kopf. »Es stört mich, daß sie diese Risiken eingeht. Sie hätte mich nur um das Geld zu bitten brauchen.«

»Dieser Engel ist nicht auf der Suche nach einem Beschützer. Sie will bloß das Geld.« Aufmerksam betrachtete Giles die Menge. »Die eigentliche Frage ist, wozu sie es will.«

Monty nahm ein weiteres Glas Wein von einem vorbeikommenden Diener entgegen. »Wenn du sie siehst, weißt du die Antwort. Das Kleid und die Juwelen, die sie an dem Abend trug, waren ein Vermögen wert.«

»Niemand riskiert soviel für Kleider und Juwelen. Diesen Luxus könnte ihr jeder Mann bieten.« Giles nahm Monty das Glas ab. »Genug von dem Zeug. Wir brauchen heute abend einen klaren Kopf, wenn wir unsere Beute aufspüren wollen.« Stirnrunzelnd sah Monty zu, wie Giles das Glas Wein auf einem kleinen Tisch absetzte. »Unsere beste Chance ist, in Bewegung zu bleiben, die Ohren offenzuhalten und aufmerksam zuzuhören. Vielleicht ist ihre Stimme das einzige, woran du sie erkennen kannst.«

Während sie sich einen Weg durch den überfüllten Saal bahnten, brach Monty das Schweigen zwischen ihnen. »Es ist schlimmer, als ich dachte.« Mit einem Kopfnicken wies er auf Lyle, zu dem sich Rostland gesellt hatte. Die beiden ruchlosen Männer prosteten Giles und Monty zu. »Es wäre viel einfacher, wenn die zwei nicht auch nach der Frau suchen würden.«

»Wie recht du hast.« Giles blickte zu ihren Widersachern hinüber. Mitglied im Vollmondclub zu sein, wie die Opfer der Frau auch umschrieben wurden, galt vielen als besondere Auszeichnung. Lyle und Rostland teilten diese Ansicht jedoch nicht. Sie hatten keinen Zweifel daran gelassen, daß sie die Frau auf ihre ganz eigene Art für ihre Vergehen bezahlen lassen wollten.

Die Jagd auf den Schamlosen Engel war schnell zu einer persönlichen Herausforderung geworden, wie auch schon andere, zurückliegende Angelegenheiten zwischen Giles und dem Duo. Noch zu Lebzeiten von Giles' Vater hatte es Gerüchte gegeben, daß Lyle sein Vermögen mit unsauberen Machenschaften während der Kolonialkriege gemacht hatte – Machenschaften, die an Verrat grenzten, wie manche munkelten –, aber dafür gab es keinerlei Beweise. Nun war Lyle wieder dabei, sein Vermögen zu mehren, in

Giles' Augen Grund genug, ihn gründlich unter die Lupe zu nehmen. Lyle würde nicht zulassen, daß sich ihm irgend etwas oder irgend jemand in den Weg stellte.

Ein unangenehmes Frösteln überlief Giles. Er konnte sich niemanden vorstellen, der ein solches Schicksal verdiente, wie Lyle und Rostland es für die geheimnisvolle Dame im Sinn hatten.

»Sie werden sie nicht finden. Jedenfalls nicht heute abend.« Mit einer Kopfbewegung zeigte Giles auf einen jungen Mann am anderen Ende des Saales. »Sieh dir den jungen Lord Harvey an, mein Freund, aber tue es bitte unauffällig.«

»Was hat er vor?« fragte Monty, während sich der junge Mann Lord Lyle näherte und ihn in eine angeregte Unterhaltung verwickelte.

Fast augenblicklich drehte sich Lyle auf dem Absatz herum und strebte dem Ausgang zu, dicht gefolgt von Rostland.

»Sollen wir ihnen folgen?« fragte Monty. Seine Stimme klang beunruhigt.

Giles schüttelte den Kopf. »Nein. Harvey brennt darauf, Lord Dryden vorgestellt zu werden. Er würde gern mit mir in die ›Schiffahrt‹ gehen. Ich habe ihm gesagt, es wäre ein Versuchsauftrag.«

Monty grinste. »Was hast du getan?«

»Eine falsche Fährte gelegt, mein Bester. Lord Harvey hat Lyle erzählt, er käme gerade von einer Party, an der auch der Schamlose Engel teilnähme. Wenn Lyle und Rostland dort ankommen, wird der falsche Engel gerade mit Lord Harveys Cousin weggegangen sein. Sie werden Stunden brauchen, bis sie entdecken, daß sie in die Falle gelaufen sind. Bis dahin sollten wir den richtigen Engel in Sicherheit gebracht haben.«

Monty, der sich inzwischen wieder ein Glas Wein besorgt hatte, nahm einen großzügigen Schluck. »Ich wünschte, ich wäre so zuversichtlich wie du. Wieso glaubst du, daß wir sie zuerst finden?«

»Weil ich die Monatseinkünfte meines Besitzes in Dorset darauf verwettet habe. Und ich verliere nie.«

Doch trotz Giles' Zuversicht verbrachten sie die nächsten Stunden damit, den überfüllten Ballsaal erfolglos zu durchstreifen. Nach Giles' Einschätzung war der Maskenball der Parkers das perfekte Lockmittel für den Schamlosen Engel gewesen – viele Menschen, darunter die wohlhabendsten Leute der Stadt, und alle waren maskiert. In all den Jahren, in denen er auf dem Kontinent für das Außenministerium tätig gewesen war, hatte er solche Ereignisse als die beste Gelegenheit zu schätzen gelernt, um Kontaktpersonen oder andere Agenten zu treffen. Da sich ihre Arbeit nicht wesentlich von der seinen unterschied – eine Zielperson finden, Kontakt aufnehmen und Informationen austauschen –, hatte er sicher mit ihrem Erscheinen gerechnet.

Vor ihm schlängelte sich Monty zwischen den anderen Gästen hindurch. Mit seiner Größe und seinen breiten Schultern kam Giles etwas langsamer voran. Dafür verschaffte ihm seine Größe den Vorteil, daß er stets sehen konnte, wo Monty sich gerade befand.

»Lord Trahern! Lord Trahern, sind Sie es?« rief ihm eine ältere Dame zu, während sie sich ihren Weg durch den Ballsaal bahnte.

Fast wäre Giles mit Monty zusammengestoßen, der gerade stehengeblieben war, um einen anderen Gast vorbeizulassen.

»Bitte entschuldigen Sie, meine Dame«, sagte Monty mit einer tiefen Verbeugung vor der jungen Frau.

Giles blickte ihr direkt in die Augen. Obwohl sie wie alle anderen im Saal eine Maske trug, konnte er hinter dem weißen Satin ein Paar erstaunlich saphirblauer Augen blitzen sehen. Ihre Lider flatterten leicht, als hätte sie ihn erkannt, als wären sie einander sehr vertraut. Dieses Gefühl – als hätte sie ihn berührt statt nur angesehen – riß ihn aus seiner gewohnten Gelassenheit, und für einen Moment war er wie betäubt.

Sie wandte sich wieder Monty zu, der immer noch Entschuldigungen hervorsprudelte. »Es ist nichts passiert, mein Herr. Wenn Sie mich jetzt entschuldigen wollen«, erwiderte sie leise mit einem leichten Akzent.

Angewurzelt blieben Monty und Giles stehen. Sie tauschten einen Blick und verrenkten sich dann fast den Hals, um einen letzten Blick auf die Frau werfen zu können, bevor sie in der Menge verschwand.

»Das ist sie«, stieß Monty hervor. »Wirklich, Giles, sie ist es.«

»Lord Trahern, ich muß unbedingt mir Ihnen reden«, ertönte eine aufgeregte Stimme hinter ihnen.

Giles drehte sich um und sah sich in Angesicht zu Angesicht mit der unverwechselbaren Lady Dearsley. Unverwechselbar weniger wegen ihrer stattlichen Größe als wegen ihres unvermeidlichen gelben Turbans und ihrer schrillen Stimme.

Er drehte sich zu Monty um. »Geh ihr nach, schnell!«

Giles versuchte, Lady Dearsleys Attacke zu entgehen, war aber nicht schnell genug. Seit seiner Rückkehr hatte er sein Bestes getan, dieser Person und ihren Schwestern aus dem Weg zu gehen, doch ausgerechnet jetzt war es ihr endlich gelungen, ihn zu stellen.

Trotz ihrer fast siebzig Jahre bewegte sich Lady Dearsley mit der Behendigkeit eines jungen Mädchens. Sie hakte sich bei Giles unter und vereitelte so jeden Versuch, in der wogenden Menge unterzutauchen.

»Lord Trahern, seit drei Tagen versuche ich schon, Sie zu Gesicht zu bekommen.« Mißbilligend sah Lady Dearsley ihn an. »Es wird langsam Zeit, die letzten Arrangements zu treffen. Die Hochzeit findet in einem Monat statt, und Sie müssen noch die Vereinbarungen unterzeichnen.«

Neugierige Blicke folgten ihnen auf Schritt und Tritt.

Statt seinen Vater dafür zu verfluchen, daß er ihm dieses Verlöbnis angetan hatte, bemühte sich Giles, seine zukünftige Verwandte liebenswürdig anzulächeln. Diese Heirat würde ihm die Rückkehr in den Dienst ermöglichen. Doch selbst diese willkommene Vorstellung verblaßte vor der kurzen Begegnung mit dem Schamlosen Engel, die sich ihm so nachhaltig eingeprägt hatte.

»Wie schön, Sie zu sehen, Mylady.« Verzweifelt versuchte er, über die Federn und den Turban der Frau hinweg einen Blick auf Monty zu erhaschen. »Ist Ihre Nichte heute abend auch hier?«

Lady Dearsley schüttelte den Kopf. »Leider ist sie indisponiert und konnte nicht mitkommen. Sie ist ein sehr zartes Mädchen. Ich hoffe, Sie werden daran denken, wenn Sie erst verheiratet sind. Daß sie *sehr zart* ist.«

Giles holte tief Luft. »Wie könnte ich das vergessen, Lady Dearsley? Selbst der König mit seinem schwachen Gedächtnis könnte eine so wichtige Tatsache nicht vergessen, wenn sie ihm so oft vor Augen geführt wird.«

»Daß Sie nur nicht vergessen, wie zart sie ist«, wiederholte die Frau noch einmal. »Nun, da Sie ja offensichtlich in London sind wie meine liebe Nichte auch, kann ich mir denken, daß Sie darauf brennen, sie vor der Heirat kennenzulernen. Obwohl es unter den gegebenen Umständen vielleicht besser wäre, wenn …«

Zerstreut nickte Giles zu allem, was sie daherplapperte. Am anderen Ende des Saales erblickte er Monty, der ihm hektisch zuwinkte und auf den angrenzenden Raum deutete. Ohne zu überlegen, trat er kurzerhand um Lady Dearsley herum. Ihr endloses Geplapper trat in den Hintergrund, während er von Erregung ergriffen wurde.

Der Schamlose Engel saß in der Falle, denn der Raum, den sie betreten hatte, verfügte über keinen anderen Ausgang als den zum Ballsaal.

Noch immer war er ganz benommen von dem Blick, den sie ausgetauscht hatten. Er konnte das Gefühl nicht abschütteln, sie von irgendwoher zu kennen, sogar intim zu kennen. Aber er konnte sich nicht daran erinnern, jemals eine Geliebte mit so erstaunlichen blauen Augen gehabt zu haben. Sobald sie sie demaskiert hatten, würde er mehr wissen.

Sein Entkommen war jedoch von kurzer Dauer. Lady Dearsley hing an seinem Arm wie eine Ertrinkende. »Dann sind wir uns also einig, Lord? Ich darf Ihren Anwalt morgen nachmittag erwarten? Meine Nichte wird ja so erfreut sein, eine sichere Zukunft vor sich zu haben.«

Während Giles sich ihrem eisernen Griff entwand, nickte er wieder abwesend. »Ja, ja. Ganz ausgezeichnet. Morgen nachmittag«, wiederholte er völlig gedankenlos.

Schnell bahnte sich Giles einen Weg durch die Menge. Er kümmerte sich nicht um das unterdrückte Hüsteln und Zischeln, das ihm auf Schritt und Tritt folgte. Ganz plötzlich teilte sich die Menge, und er sah sich Auge in Auge mit der Gesuchten.

Diese zweite Begegnung brachte ihn in einen Zustand jugendlicher Ehrfurcht. Langsam schluckte er. Keine der poetischen, blumigen Beschreibungen ihrer Opfer war ihr gerecht geworden.

Das flackernde Licht der Kerzenleuchter verlieh ihrem kunstvoll frisierten Haar einen silbrigen Schimmer. Auf dem üppigen Lockenarrangement saß ein hoher Hut mit breiter Krempe, die ihr tief ins Gesicht reichte. Wippende weiße Federn verdeckten effektvoll das wenige, das ihre weiße Maske von ihren Gesichtszügen freiließ. Um den Hals trug sie eine zweireihige Kette dicker Perlen, deren zarter Schimmer mit dem milchigen Ton ihrer zarten Haut konkurrierte. Die Rundungen ihrer Brüste wölbten sich über dem tiefdekolletierten Mieder ihres Kleides. Üppig bauschten sich ihre modischen Röcke um ihre Taille und reichten ihr genau bis zu den Fesseln. Inmitten eines Saales, der von den kühnen Farben der Mode dominiert wurde, war sie mit ihrer Aufmachung in Weiß und Silber eine hervorstechende Erscheinung.

Sie wirkte zerbrechlich wie Porzellan, eine Täuschung, an die er keine Sekunde lang glaubte.

»Verzeihen Sie«, sagte sie, als ihr Rock ihn streifte.

Das Rascheln des Stoffs riß Giles aus seiner Erstarrung. »Gestatten Sie mir, Ihnen meine Hilfe anzubieten?«

Kaum merklich schüttelte sie den Kopf. »Nein, vielen Dank.«

Giles entging weder ihr ablehnender Ton noch ihr leichter Akzent. Obwohl er mehrere Sprachen fließend beherrschte, mußte er sich eingestehen, daß er ihren Akzent nicht einordnen konnte. »Oh, aber ich bestehe darauf, Mylady.« Er nahm ihre Hand, legte sie auf seinen Unterarm und hielt sie dort fest. »Nebenbei bemerkt, scheint man Sie verlassen zu haben. Ich dürfte mich nicht als Gentleman betrachten, wenn ich einer Dame in Nöten nicht helfen würde.«

Sie versuchte, ihm ihre Hand zu entziehen, aber Giles hielt sie nur um so fester.

»Mylord, ich weiß, welcher Ruf Ihnen vorauseilt. Mein Begleiter wird Ihre Bemühungen gar nicht schätzen.« Wieder wandte sie sich von ihm ab, offensichtlich um in der Menge nach jemanden zu suchen.

Nach ihrem nächsten Opfer, wie Giles vermutete.

»Und wer ist Ihr Begleiter? Vielleicht bin ich ihm ja gerade begegnet.«

Nachdenklich schützte sie die Lippen. »Das geht Sie nichts an. Und jetzt lassen Sie mich bitte los, oder ich mache eine Szene.«

»Das bezweifle ich«, erwiderte er zuversichtlich. »Eine Dame wie Sie, die soviel Wert auf *Äußerlichkeiten* legt, möchte bestimmt keine unnötige Aufmerksamkeit erwecken.« Er begann, sich den Weg durch die Menge zu bahnen, und zog sie mit sich zu einem Seitenausgang. »Bitte verraten Sie mir Ihren Namen, denn ich habe das Gefühl, daß wir gute alte Freunde sein werden, noch bevor dieser Abend zu Ende ist.«

Sie antwortete nicht.

»Kein Name?« stichelte er. »Welch ein Jammer. Da ich Sie noch nie zuvor gesehen habe, muß ich annehmen, daß Sie eine Prinzessin aus einem fernen Land sind, was auch Ihren Akzent und die bedauerliche Abwesenheit eines Begleiters erklären würde. Habe ich recht?«

»Eine Prinzessin, Mylord?» Sie schüttelte den Kopf. »Ich hätte doch etwas Originelleres von Ihnen erwartet. Nein, ich bin keine Prinzessin, die von einem Ritter gerettet werden muß.«

»Darf ich Ihrer Antwort entnehmen, daß wir schon einander vorgestellt wurden?« fuhr er fort, während sie sich weiterhin ihren mühevollen Weg durch den Saal bahnten. Giles entging nicht, wie widerstrebend die Frau einen Fuß vor den anderen setzte.

»Oh, man könnte es so sagen.« Sie lachte wie über einen nur ihr bekannten Scherz.

Auch wenn sie sich auf seine Kosten lustig machte, fiel ihm eine kaum merklich Veränderung ihres Verhaltens auf. Zwar versuchte sie noch, sich aus seinem Griff zu befreien, doch schlug sie allmählich eine andere Strategie ein.

»Vielleicht in Wien?« fragte er, während er sein Gedächtnis nach all den Damenbekanntschaften durchforschte, mit denen er sich auf dem Kontinent vergnügt hatte.

Sie blickte zu ihm hoch, so daß er Gelegenheit hatte, ihr Gesicht zu studieren. Ihre Hand auf seinem Arm entspannte sich, während gleichzeitig ein koketter Funke in ihren mutwilligen blauen Augen aufblitzte.

Ihre verführerisch vollen Lippen teilten sich zu einem hinreißenden Lächeln.

»Sie kennen mich nicht, oder?« neckte sie ihn und neigte sich in seine Richtung, bis ihre Schulter ganz leicht seinen Arm berührte. »Ich wäre wohl auch sehr gekränkt, wenn Sie mich vergessen hätten, nachdem wir uns schon begegnet wären, aber ich kann Ihnen versichern, daß wir uns nicht kennen, Mylord. Nicht formell.«

Dieses eine Mal hatte Monty nicht übertrieben. Die Frau war ein Engel auf Erden. Schon fühlte er, wie er ihrem Zauber verfiel. Offenbar war er schon zu lange außer Übung, wenn ein auf Abwege geratenes Mitglied der Gesellschaft seine berufliche Neugier dermaßen anfachen konnte.

»Dann gestatten Sie mir, daß ich mich Ihnen vorstelle«, sagte er. »Da Ihr Begleiter nicht da ist, um diese Ehrenpflicht zu übernehmen: Ich bin –«

Der Schamlose Engel konnte offenbar auf eine Vorstellung verzichten. »– Sie sind Lord Trahern«, beendete sie den Satz für ihn. »Wie ich schon sagte, Ihr Name und Ihr Ruf eilen Ihnen voraus.«

Und wie, dachte sie. Warum mußte ausgerechnet dieser Mann ihr heute abend in die Quere kommen?

Sie mußte ihn loswerden, und zwar schnell. Sein Blick war zu aufmerksam und gleichzeitig zu vertraut, als daß sie dieses Risiko eingehen durfte. Wenn er ihre sorgfältige Kostümierung durchschaute, war alles verloren.

»Auch wenn Ihr Tonfall nicht sehr schmeichelhaft ist, fühle ich mich doch geehrt, daß eine so reizende Dame mich kennt.« Er lächelte liebenswürdig.

Sie hätte sich freuen müssen, endlich dem Mann zu begegnen, der ihr schon so lange Zeit Rätsel aufgab. Vor etwa einem Jahr hatte sie ein Jugendporträt von ihm auf Byrnewood, seinem Familiensitz, gesehen. Seit diesem schicksalhaften Nachmittag war sie fasziniert gewesen von dem entschlossenen Zug um seinen Mund und von seinen dunklen Augen.

Wie oft hatte sie sich seitdem gefragt, was für ein Mann aus diesem ernsten Kind geworden war.

Nun wußte sie es. Er war derselbe nachdenkliche, gutaussehende und draufgängerische Typ von Mann, von dem sie mit ihrer Schwester in ihrer Jugendzeit immer kichernd geschwärmt hatte. Aber in der Sicherheit ihres Internats hatte sie nie geahnt, welch gefährliche Leidenschaften ein solcher Mann in den Tiefen eines Frauenherzens wecken konnte.

Seine Finger, warm und kräftig, schlossen sich voller Stärke und Autorität um ihr Handgelenk. Solche Hände konnten dem Körper einer Frau tödliche Gefahr bringen – oder himmlische Freuden. Sie atmete tief durch und versuchte, von ihm wegzutreten. Im Saal waren viele gutaussehende Männer, die eine Frau mit ihrem Aussehen und ihrem Charme für sich einzunehmen verstanden. Sie wußte genug von dieser Art von Männern, um sich vor ihren Schmeicheleien und Versprechen ewiger Liebe in acht zu nehmen. Narren, die nur darauf warteten, ausgenommen zu werden. Das hatte sie festgestellt, nachdem sie den Spieß erst einmal umgedreht hatte.

Daß Lord Trahern anders war, hatte sie jedoch schnell erkannt. Oh, auch er sah gut aus und war charmant, aber sein entschlossenes Kinn und sein wacher Blick verrieten ihr, daß er schon zuviel von der Welt gesehen hatte, um sich leicht täuschen zu lassen.

Er trug einen Ausdruck, der ihr sehr vertraut war. Sie sah ihn bei jedem Blick in den Spiegel. Sie wußte, daß sie sehr vorsichtig sein mußte.

»Sie scheinen so weit entfernt zu sein, Mylady«, sagte er leise. »Vielleicht an einem Ort, zu dem *ich* Sie begleiten könnte?« Abschätzend blickte er sie mit seinen dunklen Augen an, als wollte er jede ihrer Reaktionen einordnen und speichern. »Zu einem verschwiegenen Raum, wo wir allein sein könnten?«

Sein Vorschlag sandte ihr einen so wohligen Schauer über den Rücken, daß sie sich fast schon schämte. Kein einziges Mal in den letzten sechs Monaten hatte die Einladung eines Mannes dieses Gefühl in ihr ausgelöst – daß sie ihr am liebsten gefolgt wäre.

Seine Worte waren mehr als nur ein Flirtversuch. Er wollte sie testen. Er wollte sehen, ob sie sich ködern ließ.

Aber so funktionierte das nicht, ermahnte sie sich. Sie folgten *ihr.* Zu ihren Bedingungen. Nach ihren Spielregeln.

»Mit Ihnen allein irgendwohin gehen?« Sie schüttelte den Kopf. »Nicht heute abend, Mylord. Ich habe schon andere Pläne.« Sie riskierte einen Blick in seine Augen und sah ein dunkles Glitzern, das außer Feuer nichts weiter verriet.

Was hatte sie denn auch zu entdecken erwartet?

»Es ist nicht meine Art, die Pläne einer Dame zu durchkreuzen. Aber ich muß Sie warnen. Ich bin nicht der einzige, der sich Ihnen heute abend in den Weg stellen könnte.«

Sie blieb so abrupt stehen, daß sie fast über ihre modisch hochhackigen Schuhe gestolpert wäre. Er wußte also, wer sie war und weshalb sie hier war. Und er wußte auch, daß Lyle und Rostland ihr ebenfalls auf der Spur waren. Wenn er soviel von ihr wußte, kannte er dann wohl auch ihre wahre Identität?

Obwohl sie die Risiken abgewogen hatte, sich so offen in diesen überfüllten Ballsaal zu wagen, war sie doch sicher gewesen, daß ihr Glück ihr noch einen weiteren Abend beistehen würde.

Weder Lyle noch Rostland noch der Mann an ihrer Seite konnten sie aufhalten. Nicht an diesem Abend, ihrem letzten Abend als der Schamlose Engel.

Mit dem Geld, das sie ihrem heutigen Opfer abnehmen wollte, würde sie ihr Werk in Frankreich vollenden können. Die geheimnisvolle Frau würde sich dann in eine bloße Erinnerung unkluger Männer auflösen.

Aber zuerst mußte sie sich diesen immer lästiger werdenden Lord Trahern vom Halse schaffen.

Schließlich wußte sie, wie sie mit unliebsamen Verehrern fertig wurde – ihre liebe *Maman* hatte ihre beiden Töchter in die Kunst eingeweiht, als sie am französischen Hof eintrafen. Bei den vielen verschwiegenen Ecken in Versailles mußte ein junges Mädchen ein, zwei Tricks kennen, um die unerwünschten Aufmerksamkeiten eines Mannes abzuwehren. Sie lächelte in sich hinein.

Erbarmungslos in ihrer Verzweiflung, sich von ihrem Begleiter zu befreien, trat sie Lord Trahern mit voller Wucht mit dem schweren Absatz ihres Schuhs auf den Fuß.

Er stieß einen lauten Fluch aus. Besser noch, er ließ ihren Arm los.

Ohne zu zögern und ohne einen Blick zurückzuwerfen,

tauchte sie in die Menge ein. »Ein Ratte!« rief sie laut. »Hier läuft eine Ratte herum!«

Ein Tumult brach los. Männer wie Frauen gerieten in Panik und rannten blindlings in alle Richtungen.

Sie raffte ihre Röcke und schoß durch die erste sich bietende Öffnung.

Als wäre das Glück auf ihrer Seite, stieß sie praktisch mit Lord Delaney zusammen. Dem Mann, der ihr letztes Opfer werden sollte.

Sie kannte Lord Traherns Ruf aber auch gut genug, um zu wissen, daß er nicht so leicht aufgeben würde. Ohne ihre üblichen Umschweife trat sie an Lord Delaney heran.

»Bitte, Mylord. Können Sie mir helfen?« flehte sie. »Ich brauche dringend Beistand.« Sie wartete seine Antwort gar nicht erst ab, sondern faßte den Lord mit dem pickeligen Gesicht am Arm und zog ihn mit sich zum Ausgang. Der Mann hustete und keuchte, protestierte aber nicht.

Widerspruchslos ging er mit.

Das taten sie alle.

Nach einem Blick über ihre Schulter erkannte sie, daß sie Lord Trahern nicht überschätzt hatte – der Mann war ihr immer noch auf den Fersen.

Die hochgewachsene Gestalt mit dem schlichten dunklen Haar bildete einen auffälligen Kontrast zu den weißgepuderten Perücken und kunstvollen Hüten der übrigen Gäste. Auch wenn es nicht einfach war, sich durch das Chaos hindurchzukämpfen, so würde er sich doch nicht abhalten lassen, das wußte sie.

Besonders beunruhigend war der Ausdruck absoluter Entschlossenheit auf seinem Gesicht.

Energisch zog sie am Arm ihres Opfers, denn nach ihrer Einschätzung blieben ihr nur noch wenige Minuten, bis sie von Lord Trahern eingeholt wurden. Ihre einzige Hoffnung war, in die dunklen Straßen von London zu entkommen, wo sie unauffindbar sein würden.

Der junge Lord blieb keuchend stehen. »Nicht so schnell, Mylady. Können wir nicht einen Moment ausruhen?« Lord

Delaneys runde Augen drohten ihm aus dem Kopf zu treten, und sein Atem kam in mühsamen, schweren Stößen.

Diesmal konnte sie sich nicht das Beste bis zum Schluß aufheben.

»Aber, Mylord, ich habe von Ihnen gehört, daß Sie –« Außerstande, den Rest ihrer Mitteilung laut auszusprechen, beugte sie sich vor und flüsterte ihm ins Ohr. Mit einem tiefen, dramatischen Seufzer beendete sie ihre Worte. »Ich hasse es so sehr, warten zu müssen.«

Der junge Lord stöhnte, während sein rotgeflecktes Gesicht noch eine Schattierung dunkler und sein Blick glasig wurde.

Nein, viel länger kann ich nicht warten, dachte sie, jedenfalls nicht auf deinen versteckten Schatz an Gold und Edelsteinen. Sie zerrte ihn mit sich die Eingangsstufen hinab und stieß ihn praktisch auf die mit Droschken verstopfte Straße. »Welcher ist Ihr Wagen?« fragte sie.

Bevor ihr lustbetäubtes Opfer seine Sprache wiederfinden konnte, ertönte vom oberen Ende der Treppe eine tiefe Stimme. »Wollen Sie denn schon gehen, Mylady?«

Trahern.

Sie sah sich um und erkannte, daß sie diesmal ihr Glück überschätzt hatte. Die Laternen zu beiden Seiten des Portals beleuchteten die dunkle Gestalt. Er überragte sie wie der Leibhaftige. Auch wenn sie keinen Moment glaubte, daß er etwas mit Leuten wie Lyle und Rostland gemeinsam hatte, reichte der Ruf seiner Gefährlichkeit aus, ihre katzenhaften Instinkte aufs äußerste zu schärfen.

Mit einem letzten bedauernden Blick auf Delaney, dessen geheimer Edelsteinschatz ihre Maskerade für immer hätte beenden können, entschied sie, daß sie sich heute abend damit begnügen mußte, Trahern zu entkommen.

»Ich verspreche, daß wir uns wiedersehen, Liebster«, flüsterte sie dem reichen, wenn auch perversen Lord zu. Dann hauchte sie ihm einen Kuß zu und verschwand zwischen zwei Droschken, deren Pferde nervös in ihrem Zaumzeug tänzelten.

»Aber Sie können mich doch jetzt nicht einfach stehenlassen ... ich bin bereit!« jammerte Delaney.

Im Laufschritt schlängelte sie sich zwischen den Fahrzeugen hindurch, vorangetrieben durch den Klang harter Absätze auf dem Straßenpflaster.

Ihre weiten Röcke und hohen Absätze behinderten sie sehr, aber sie wußte, daß sie frei war, sobald sie den offenen Platz am Ende des Häuserblocks erreichte. Doch als ihr Rock sich an einer Droschke verfing, mußte sie stehenbleiben. Verzweifelt zerrte sie an dem Stoff.

Ein Blick über die Schulter verriet ihr, daß Trahern etwa sechs Droschken hinter ihr stehengeblieben war. Einen Augenblick lang blieben sie beide unbeweglich. Deutlich spürte sie die Spannung zwischen ihnen wie ein uraltes Band. Es war genau wie bei ihrem ersten Blickkontakt in dem Ballsaal. Nun begriff sie, worin das Band zwischen ihnen bestand.

Der Jäger und seine Beute.

Selbst wenn sie ihm heute abend entkam, wäre es nicht das letzte Mal, daß sie einander so gegenüberstehen würden, als Gegner, nur durch wenige Meter voneinander getrennt. Der herausfordernde Blick seiner dunklen Augen war ein Versprechen an sie, sie so lange zu jagen, bis er sie demaskiert hatte.

»Warten Sie«, rief er und streckte die Hand aus. »Ich werde Ihnen nichts tun. Lassen Sie mich Ihnen nur helfen.«

»Ich verzichte«, murmelte sie und schüttelte energisch den rätselhaften Einfluß ab, den er auf sie ausübte. Sie riß ihren Rock los und lief an der letzten Droschke vorbei auf den offenen Platz hinaus.

Seine tiefe Stimme dröhnte durch die Nacht wie eine Kirchenglocke, die die dunkelste Stunde ankündigt. »Sie können mir nicht entkommen.«

Hoffentlich irrt er sich, dachte sie.

Sie stand mitten auf der Straße und sah sich nach allen Seiten um.

Oliver, flehte sie still, wo bleibst du nur?

Die Schritte ihres entschlossenen Verfolgers hallten in stetigem und zuversichtlichem Rhythmus durch die Nacht. An der Ecke blieb Trahern stehen. »Anscheinend wissen Sie wieder nicht, wohin.«

»Ihr übermäßiges Selbstvertrauen, Mylord, ist Ihre Schwäche.«

Das Dröhnen von Hufen am Ende der Straße lenkte sie ab. Eine schlichte dunkle Kutsche raste wie unkontrolliert auf sie zu. Sie konnte nicht anders – der bestürzte Ausdruck auf Lord Traherns Gesicht brachte sie zum Lachen. Anscheinend glaubte er, die auf sie zuschlingernde Kutsche bedeutete ihr sicheres Ende.

Im letzten Moment wurden die Pferde angehalten, und die Kutsche kam ratternd zum Halten.

»Es war mir ein Vergnügen, Sie kennenzulernen, Lord Trahern.« Kokett neigte sie den Kopf und die Schultern. Wie auf Kommando schwang die Tür auf. Ohne auf Haltung und Eleganz zu achten, sprang sie in den Wagen. Die Pferde machten einen Satz nach vorn und ließen die Kutsche mit einem Ruck anfahren, während der Kutscher auf die Tiere einbrüllte.

Ein Paar resoluter Hände nahm sie in Empfang, während hinter ihr Lord Trahern seinem Ärger über ihr unerwartetes Entkommen mit einem Fluch Luft machte.

Sie versuchte, sich vom Boden der Kutsche aufzurappeln, und brauchte ein paar Sekunden, um zu begreifen, daß sie ihrem Widersacher tatsächlich entkommen war. Bei aller Erleichterung war sie doch ein wenig enttäuscht, daß sie so schnell vor ihm hatte fliehen müssen.

»Sophia, ich dachte, wir wollten dir nur Opfer aussuchen, die langsamer sind als du.«

Immer noch auf dem harten Boden liegend, streifte sich Lady Sophia Maria Julietta D'Artiers den Brokatstoff ihres Rockes vom Gesicht, um ihrer Anstandsdame den strengen Blick zuwerfen zu können, den sich diese mit ihrer sarkastischen Bemerkung verdient hatte. Ihr Herz hämmerte, und ihr Hals brannte so sehr, daß sie nicht glaubte, sprechen zu können.

Fürs erste mußte ein böser Blick genügen.

Sophia bändigte ihre bauschigen Röcke, riß sich die Perücke vom Kopf und ließ sich auf den gepolsterten Sitz fallen. Ihr Kutscher, Oliver, ließ die Pferde mit dröhnenden Hufen in furchterregender Geschwindigkeit dahinpreschen. Sophia hielt den Haltegurt umklammert und sah ihre Gesellschaftsdame, Emma Langston, mit blitzenden Augen an.

»Nein, nein.« Emma schüttelte den Kopf. »Was für ein gräßliches Gesicht. Kein Wunder, daß Sie so vor Lord Delaney davongelaufen sind. Olivers Informationen waren eindeutig. Lord Delaney mag Frauen, die –«

Sophia hielt eine Hand hoch, um sich weitere Einzelheiten zu ersparen. »Mit Olivers Informationen war alles in Ordnung. Übrigens war das gar nicht Lord Delaney.«

»Das will ich hoffen. Wir haben für die Informationen schließlich gutes Geld bezahlt.« Emma blickte aus dem Fenster, um zu erkunden, ob ihnen die Flucht wirklich gelungen war. »Also, wer war der stattliche junge Mann dann? Er sah aus, als gäbe es bei ihm weit mehr zu holen als bei Lord Delaney.«

Sophia riß sich die Handschuhe herunter und warf sie auf die abgelegte Perücke. »Das kommt nicht in Frage. Ich will mit dem Mann nichts zu tun haben.«

»Warum denn nicht? Reich genug scheint er ja zu sein.«

»Er ist reich wie König Midas.« Sophia holte tief Luft und bemühte sich, die Erinnerung zu verdrängen, wie sich seine Berührung auf ihrem Arm angefühlt hatte und wie sein kühner Blick ihre Knie hatte weich werden lassen.

»Nun, Sie haben Ihre Pläne doch auch schon bei anderen Gelegenheiten geändert. Warum nicht heute abend? Was ist so anders an ihm?«

»Ich halte es nicht für besonders klug, meinen eigenen Verlobten zu betäuben und auszurauben. Zumindest nicht vor unserer Hochzeitsnacht.«

2.

»Herein, mein Freund. Kommen Sie herein«, sagte Lord Dryden in seinem gewohnt mürrischen Tonfall und führte Giles in sein Privatbüro im Außenministerium. Dryden, der sich aus Mode noch nie etwas gemacht hatte, trug ein schlichtes, schwarzes Jackett und praktische, bequeme Kniebundhosen. Auf eine Perücke verzichtete er; statt dessen trug er sein weißes Haar zurückgekämmt und mit einem schwarzen Band zusammengebunden. Seine Stiefel waren auf militärischen Hochglanz poliert.

Dryden, dessen haselnußbraune Augen sonst mit unvergleichlicher Intensität hinter den goldgeränderten Brillengläsern blitzten, hatte heute, wie Giles gleich aufgefallen war, einen seltsam ernsten Ausdruck, der den älteren Mann müde und traurig wirken ließ. Bevor Giles jedoch etwas dazu sagen konnte, nickte der ältere Mann dem jungen Assistenten, der in der Nähe des Fensters stand, knapp zu. Der nervöse Junge stieß bei seinem hastigen Rückzug aus dem Büro beinah mit Giles zusammen.

Giles wußte genau, wie dem Jungen zumute war. Er selbst hatte mit sechzehn Jahren angefangen, für Dryden zu arbeiten, und hatte sich in der Gegenwart dieses Mannes ähnlich linkisch und unbeholfen gefühlt. Fünfzehn Jahre Erfahrung hatten dazu beigetragen, die Wirkung von Drydens einschüchternder Art zu mildern. Inzwischen betrachtete Giles den älteren Mann als seinen Mentor, als guten Freund und ernstzunehmenden Gegner bei ihren gelegentlichen Schachpartien.

»Ich bin sofort nach Erhalt Ihrer Nachricht gekommen.« Geduldig blieb Giles neben dem Stuhl stehen, den Dryden ihm anbot. Er schob die Hand in die Jackentasche, um das Stück Stoff zu berühren, das er vor wenigen Stunden neben einem Kutschenrad gefunden hatte. Er befühlte das Muster aus silberner Stickerei, während er sich zu erinnern versuchte, wo er dieses seltsame Muster schon einmal gesehen hatte – ein von Lilien umgebener Schwan.

Er hatte schon beschlossen, den Tag damit zu verbringen, Modegeschäfte aufzusuchen, bis er eine Näherin fand, die dieses ungewöhnliche Stück Stoff wiedererkannte.

Sobald er den angebotenen Platz eingenommen hatte, klopfte er sich den Staub von seinem Abendanzug. Nachdem er mit Monty die halbe Nacht damit verbracht hatte, den Wagen des Schamlosen Engels ausfindig zu machen, wirkte er vermutlich nicht sehr passend gekleidet für diesen frühmorgendlichen Besuch. Aber schließlich war es nicht sein Fehler, daß Lord Drydens Einladung – oder besser gesagt, seine Vorladung – ihn um die Zeit erreicht hatte, als er gerade nach Hause kam, nämlich im Morgengrauen. Der ältere Mann hatte ihm sogar seinen Wagen geschickt, um seine Ankunft im Gebäude des Außenministeriums in der Nähe von Westminster zu beschleunigen.

»Ich weiß, es ist noch recht früh«, sagte Dryden. Mit einem Räuspern ließ er sich hinter seinem überfüllten Schreibtisch nieder. Obwohl sich der Frühnebel von der Themse noch nicht verzogen hatte, sah es aus, als hätte Dryden schon seit Stunden gearbeitet. »Wie ich höre, führen Sie kein sonderlich geregeltes Leben, seit Sie sich entschlossen haben, hierher zurückzukommen.«

»Ich wußte gar nicht, daß es meine Entscheidung war, nach London zu ziehen.« Lord Dryden zu widersprechen, war etwas, das sich nur wenige Männer erlaubten. »Tatsächlich erinnere ich mich an die Worte: ›Sie rühren sich nicht vom Fleck, bis Sie verheiratet sind, und wenn ich Sie rund um die Uhr bewachen lassen muß.‹«

»Nun ja, darüber wollte ich mit Ihnen sprechen.« Der Mann kramte in seinen Papieren und räusperte sich mehrere Male. »Ist Ihr Hochzeitstermin immer noch für den Neunundzwanzigsten des nächsten Monats festgelegt?«

Giles nickte. Er verzichtete lieber darauf zu fragen, woher sein Vorgesetzter das Datum seiner geplanten Heirat kannte.

»Gut. Ich habe Ihrem Vater versprochen, Sie zu verheiraten, und bei allem, was mir heilig ist, das werde ich auch tun.«

Tatsächlich hatte Giles sein Bestes getan, Lady Dearsleys Vorbereitungen so lange wie irgend möglich zu ignorieren. Wenn er heiraten mußte, um in den Dienst zurückzukehren, dann ließ sich das nicht ändern. In seinem tiefsten Innern verstand er, warum sein Vater Dryden dieses merkwürdige Versprechen abgenommen hatte. Nach vierzehn Generationen von Traherns hatte Giles' Vater befürchtet, sein eigensinniger Sohn könnte der Letzte seines Geschlechts sein, wenn er nicht heiratete und einen Erben in die Welt setzte.

Die Dienstverpflichtungen waren zu schwerwiegend, als daß sich ein Trahern lange zu Hause aufhalten konnte, aber es gab eine Verpflichtung, die der gegenüber dem König Vorrang hatte: den Zweig seiner Familie weiterzuführen. Diese Verpflichtung erkannte Giles an, auch wenn er mit den Methoden seines Vaters nicht einverstanden war.

»Haben Sie Lady Sophia schon kennengelernt?« fragte Dryden, die buschigen Augenbrauen hochgezogen.

Giles wand sich auf seinem Stuhl. Wie sollte er nur sein mangelndes Interesse an seiner Braut erklären? Wozu sollte ein Kennenlernen überhaupt gut sein? »Nein, das Vergnügen hatte ich noch nicht.«

Warum wollte alle Welt wissen, ob er diese Frau kannte oder nicht? Sie würden heiraten, weiter nichts. Giles wußte, daß es sich um eine Vernunftverbindung zwischen zwei Parteien zur Weiterführung des Familienstammbaums handelte. Eine solche Form der Eheschließung lag ebenso in der Tradition der Traherns wie ihr Dienst im Außenministerium.

»Nettes Mädchen. Gute Erbanlagen. Traurige Sache mit ihrer Familie in Frankreich und all dem, aber ihr englisches Blut wird für ihre Stabilität garantieren. Ihr Vater hat eine gute Wahl getroffen.«

»Das habe ich gehört.« Die Wahl seines Vaters hatte ihn

mehr als überrascht. Zwar war der Vater des Mädchens adelig, doch war er Franzose. Es hatte auch einen riesigen Skandal gegeben, als ihre Mutter vor dreißig Jahren ihre Verlobung aufgelöst hatte, um mit dem draufgängerischen Fremden nach Frankreich durchzubrennen. Ihre Verwandten hatten sich schwergetan, der verlorenen Tochter zu verzeihen, doch das Ansehen ihres Mannes bei der französischen Krone und sein märchenhafter Reichtum hatten schließlich die Wogen geglättet.

»Hör nicht auf das, was über Lady Sophia geredet wird«, riet Dryden ihm eindringlich. »Die Schönheit und Eleganz ihrer Mutter waren nicht zu überbieten, doch wo hat sie das hingeführt? Ich habe schon immer gesagt, daß Vernunft und gute haushälterische Fähigkeiten viel mehr zählen als Äußerlichkeiten. Sehen Sie sich als Beispiel Lady Dryden an.«

Es stand schlimmer, als Giles befürchtet hatte. Bis vor kurzem hatte es ihn herzlich wenig gekümmert, wie seine Ehefrau aussah, wenn sie nur genügend Interesse in ihm wecken konnte, daß er seine ehelichen Pflichten erfüllen konnte. Nun war das anders geworden.

Seit dem letzten Abend war alles anders geworden.

In seiner Phantasie sah er wieder eine in Silber gekleidete Frau durch die Dunkelheit eilen – ein verlockendes Lächeln als Herausforderung, sie zu fangen, schlanke Fesseln und ein noch viel aufregenderer Blick auf ihre Beine, als sie zwischen den Droschken davonlief. Eine Frau, die seine Phantasie zum Glühen brachte und seinen Verstand herausforderte.

Wie mochte es sein, das Leben mit einem so wilden, kaum zu beherrschenden Geschöpf zu teilen?

Seine Finger betasteten das Stück Stoff in seiner Tasche. Der Duft eines Parfüms haftete den Fasern an, ein blumiger Hauch, aber außerdem noch etwas anderes. Etwas, das ihn tief einatmen ließ und seinen Körper aufforderte, näher zu kommen. Wie eine sinnliche Falle. Wie die Frau selbst.

Monty hatte nicht übertrieben, als er sagte, der Schamlose Engel würde seine Phantasie beflügeln … und seine Begierde wecken.

Aber man heiratete keine schamlose Frau.

Nein, man heiratete eine vernünftige Person.

Er blickte auf und stellte fest, daß Dryden ihn ruhig betrachtete, die Hände locker über den auf seinem Schreibtisch verstreuten Papieren gefaltet.

Giles verspürte einen Stich von Verlegenheit, wie ein Schuljunge beim Tagträumen ertappt zu werden. »Mylord«, begann er, während er versuchte, sich bequemer hinzusetzen. Der schmale, hochlehnige Stuhl war wohl eher für ein Verhör geeignet. »Ich nehme nicht an, daß Sie mich hergerufen haben, um meine bevorstehende Heirat mit mir zu diskutieren. Ihre Nachricht schien mir sehr dringend zu sein.«

Dryden räusperte sich wieder und holte eine verknitterte Depesche aus der Schreibtischschublade. »Sie haben vollkommen recht. Es gibt erneut Schwierigkeiten in Paris …«, begann er, während er Giles das Papier reichte.

Seine Worte ließen Giles gespannt aufhorchen. Wie sehr sehnte er sich danach, wieder das gefährliche Pflaster von Paris durchstreifen zu können! Aufgeregt begann er zu lesen, bis ihm die ersten Zeilen das Blut stocken ließen.

Giles blickte auf, unsicher, ob er überhaupt sprechen konnte mit dem Klumpen, der sich in seinem Hals gebildet hatte.

»Webb?« brachte er schließlich hervor.

»Ja, Webb.« Drydens Stimme hatte denselben zittrigen Klang beim Aussprechen dieses Namens, als wäre die bloße Äußerung genug, um die gräßliche Wahrheit zu bestätigen.

Für eine Weile saßen die Männer schweigend einander gegenüber, während jeder für sich versuchte, mit seinem inneren Tumult fertig zu werden.

Giles blickte wieder auf die verschlüsselten Worte der Depesche. Sie berichteten von einer Stadt im Chaos. Die

Seite war gefüllt mit düsteren Beschreibungen des Schreckens, den die Guillotine nun in jedem Bereich der Stadt verbreitete.

Und irgendwie war auch Webb ihr zum Opfer gefallen.

Lord Dryden schüttelte den Kopf, nahm Giles die Depesche wieder ab und legte sie beiseite. Dann nahm er die Brille ab und begann, die Gläser langsam mit einem weißen Tuch zu polieren.

»Sind Sie sicher, daß es Webb war?« fragte Giles schließlich.

»Sie haben die Nachricht gelesen. Man hat ihn gesehen, wie er auf einem Karren über die Rue St. Honoré gefahren wurde. Ein Irrtum ist ausgeschlossen.«

»Schicken Sie jemanden hin, der das bestätigt. Der mit unseren anderen Agenten Verbindung aufnimmt. Irgend jemand muß die Wahrheit kennen.«

»Ich habe niemanden, den ich hinschicken könnte.« Dryden setzte die Brille wieder auf. »In den letzten drei Monaten haben wir vier Agenten verloren. Mit dieser verdammten Revolution und nun auch noch mit dem Krieg ist die Situation mehr als ernst.« Der alte Mann sah zum Fenster hinaus, offensichtlich, um Giles' Blick zu vermeiden. Die einst so kräftigen Schultern sackten resigniert nach vorn.

Kummer überkam Giles. Webb war zwar jung gewesen, doch keineswegs unerfahren. Tatsächlich waren seine Geschicklichkeit und seine Schläue der von Giles ebenbürtig gewesen.

Immerhin war er Drydens Sohn gewesen.

»Er ist nicht mehr«, sagte der alte Mann scheinbar zu niemand Bestimmtem, so als wollte er die Worte nur ausprobieren. »Und nun muß ich es seiner Mutter und seinen Schwestern beibringen. Ich glaube nicht, daß sie mir jemals verzeihen werden.«

»Es tut mir so leid, Sir.« Wie unzulänglich diese Worte waren! Aber Giles wußte nicht, was er sonst sagen sollte. Dryden, seine Kinderschar und seine überaus kluge Frau waren für Giles in all den Jahren, als sein Vater für den Geheimdienst tätig war, eine Ersatzfamilie gewesen. Da seine Mutter früh gestorben war, hatte Giles es vorgezogen, seine Schulferien auf Dryden Manor statt auf seinem eigenen verwaisten Anwesen zu verbringen. Dort hatte er auch Webb kennengelernt. Obwohl dieser fast zehn Jahre jünger war, war er Giles auf Schritt und Tritt gefolgt und hatte die Geduld des Älteren auf eine harte Probe gestellt. Doch er wollte immer an den rauhen Spielen mit den Jungen aus der Nachbarschaft und den Stallburschen teilhaben.

Im Rückblick wurde Giles klar, daß in all den Jahren, als er und die anderen Jungen versuchten, dem Jüngeren auszuweichen, Webb die hartnäckige Geschicklichkeit eines Meisterspions entwickelt hatte.

Keiner war überrascht gewesen, als Webb Dryden darauf bestand, seinem Vater und Giles in den Geheimdienst zu folgen.

Und nun hatte er mit dem Leben dafür bezahlt.

»Jemand mit Webbs Fähigkeiten wird nicht so einfach entdeckt, es sei denn, es war –« Giles brachte das entscheidende Wort nicht über die Lippen. *Verrat*. Statt dessen sah er Dryden an. »Schicken Sie mich nach Paris.«

»Das habe ich vor.«

Giles war überrascht von der schnellen Zustimmung seines Vorgesetzten.

»Das ist aber noch nicht alles«, fuhr Dryden mit beherrschter Stimme fort.

Giles kannte diesen ernsten Ton. Er bedeutete, daß er jetzt zur Hauptsache kam.

»In Paris ist eine Frau, die *La Devinette* genannt wird. Haben Sie schon von ihr gehört?« fragte Dryden beiläufig.

Giles nickte unbestimmt. In der wechselhaften politischen Szene von Paris herrschte ein solches Kommen und Gehen, daß es kaum möglich war, die einzelnen Mitspieler auseinanderzuhalten. Dennoch hatte *La Devinette* einen besonderen Status. Mit ihrer unverhohlenen Loyalität gegenüber der Revolution galt sie den Massen von Paris als so etwas wie eine Volksheldin. Sie war aus dem Nichts aufgetaucht, um ihren Namen unter den Aufruf zum Umsturz zu setzen.

»Die letzte Nachricht von Webb an mich lautete, daß er *La Devinettes* Identität aufgedeckt hatte.«

Giles beugte sich vor. »Und er war sich sicher?«

Dryden lehnte sich auf seinem Stuhl zurück. »Ja. Webb war überzeugt, daß wir sie für unsere Zwecke einsetzen könnten.«

Jeden anderen Mann hätte diese Vorstellung überrascht, aber für Giles war sie völlig plausibel. Typisch für Webb, mit seinem Charme Frankreichs loyalste Tochter zur Doppelagentin umzudrehen.

»Wie das?«

»Webb konnte in Erfahrung bringen, daß sie sehr oft in unterschiedlicher Verkleidung zwischen London und Paris hin- und herreist.«

Alarmiert blickte Giles auf, als sich die geheimnisvollen Einzelteile plötzlich zu einem Ganzen fügten. »Der Schamlose Engel.« Seine Finger schlossen sich um das Stück Stoff in seiner Hand, um es aus Wut über ihren schändlichen Betrug zu zerquetschen.

»Genau das habe ich auch gedacht.« Drydens Augen wurden schmal. »Es stimmt also, daß Sie Erkundigungen über sie eingezogen haben?«

Giles nickte.

»Gut. Sie werden alle verfügbaren Informationen benötigen.« Wieder durchwühlte der ältere Mann seine Schreibtischschublade. »Hier habe ich etwas, das für Sie von Interesse sein könnte.« Mit diesen Worten brachte er einen Beutel zum Vorschein.

Er drehte den Beutel um, und lauter Juwelen ergossen sich auf seinen Schreibtisch. Giles streckte die Hand aus und nahm eine große, mit Smaragden besetzte Brosche, um sie näher zu betrachten.

»Das hier befand sich für beinah zwei Jahrhunderte im

Besitz der Rostlands«, erklärte Dryden. »Es wurde kürzlich an einen Londoner Hehler verkauft. Dieser Ring hier tauchte einige Wochen später in Paris auf.«

»Aber wie –«, begann Giles.

»Webb hat ihn mir geschickt. Kurz bevor –« Dryden untersuchte den Ring für einen Augenblick, bevor er ihn wieder auf den Schreibtisch fallen ließ. »Er ist bei einem Schweizer Juwelier auf der Ile de la Cité verhökert worden.«

»Sie sind also überzeugt –«

Mit einer Handbewegung wehrte Dryden weitere Vermutungen ab. »Diese skandalöse Frau führt all diese Lüstlinge mühelos an der Nase herum. Tatsache ist jedoch, daß sie genug Geld gestohlen hat, um die Hälfte der gekrönten Häupter Europas unter Druck zu setzen. Mir gefällt das alles nicht.« Er sammelte die restlichen Schmuckstücke der Rostlands ein und warf sie wieder in den Beutel. »Gutes englisches Gold für einen schlechten Zweck. Ich will wissen, weshalb diese Beutestücke nach Frankreich gebracht werden.« Er hielt inne und sah sein Gegenüber entschlossen an. »Wenn sie meinen Sohn für diese verdammte Revolution verraten hat, will ich, daß man sie festnimmt und ihrer gerechten Strafe zuführt.«

»Das könnte aber länger in Anspruch nehmen als einen Monat.« Giles Gedanken überschlugen sich. Er würde den Kanal mit seinem eigenen Schiff überqueren. Mit ein wenig Glück konnte er in vier Tagen in Paris sein. »Sie werden meiner Verlobten und ihrer Tante mein Verschwinden erklären müssen. Es tut mir wirklich leid wegen all der Mühe, die sie sich schon wegen der Hochzeit gegeben haben.«

»Pah! Ersparen Sie mir Ihre falsche Anteilnahme für Lady Sophia! Ich habe nicht die geringste Absicht, meinem Ehrenwort ihrem Vater gegenüber untreu zu werden. Ich habe mir erlaubt, eine Sondergenehmigung zu erwirken. Sie werden noch heute abend getraut. Dann können Sie mit der ersten Flut im Morgengrauen in See stechen.«

»Ihre Tante führt etwas im Schilde. Haben Sie gesehen, daß sie beim Frühstück praktisch gelächelt hat?« Eine Tabakpfeife zwischen den Zähnen, fuhr Emma fort, die Kleidungsstücke zusammenzufalten, die Sophia achtlos in den offenen Koffer geworfen hatte. Rauch kräuselte sich um ihr dunkles Haar.

Emma Langston, eine große, schlanke Frau, trug nie etwas anderes als die schwarze Kleidung einer Witwe. Ihr dunkles Haar und ihre noch dunkleren Augen verliehen ihr ein strenges, fast puritanisches Aussehen. Genau dieses strenge Äußere war es gewesen, das Sophias drei Tanten, die sich die Vormundschaft für ihre Nichte teilten, dazu bewogen hatte, Emma mit der Aufgabe als Sophias Gesellschafterin zu betrauen.

Manche Frauen benötigen keine Referenzen, hatte Lady Dearsley in ihrer herrischen Art verkündet. *Man erkennt ihren Charakter an der Haltung ihres Kopfes.*

Emmas Haltung war vollkommen. Ihre Vergangenheit nicht.

Aber was ihre Tanten nicht wußten, fand Sophia, konnte sie auch nicht stören. Und in den vergangenen Monaten hatte sich die zweifelhafte Vergangenheit ihrer Gesellschafterin als äußerst nützlich erwiesen. Sophia war der Ansicht, daß Emmas Vorleben ganz hervorragend zu ihrer eigenen stürmischen Vergangenheit paßte.

Sie waren schon ein Gespann – zwei Außenseiterinnen in einer Gesellschaft, die von ihren Damen Tugend und Bescheidenheit erwartete.

»Hören Sie mir überhaupt zu?« wiederholte Emma. »Lady Effie ist uns auf der Spur.«

Für einen Augenblick hielt Sophia in ihrem chaotischen Packen inne, ein Paar Reitstiefel in der einen, ihre Ballschuhe in der anderen Hand. »Sie führt etwas im Schilde, da gebe ich Ihnen recht.« Die Reitstiefel landeten im Koffer, die Ballschuhe wieder im Ankleidezimmer. »Und wenn schon? Morgen um diese Zeit werden wir weit weg von ihr und ihren unglückseligen Heiratsplänen sein.« Sie durchquerte das Zimmer und fing an, den großen Schrank nach der nächsten Ladung Kleider zu durchwühlen.

Ihre Zimmer im Haus ihrer Tante waren geräumig und hell. Die Septembersonne ließ das letzte warme Sommerlicht durch die Fensterscheiben fallen. Ein offener Kamin nahm eine ganze Seite des Zimmers ein, während an der gegenüberliegenden Seite ein kunstvoll geschnitzter Tisch mit passenden Stühlen stand.

Bei den Stühlen warteten Handarbeitskörbe mit lange vernachlässigten Stickarbeiten und Garnen. Sophia und Emma fanden selten Zeit für diese Art des vornehmen Zeitvertreibs für Damen.

Mit einem Armvoll Kleider kam Sophia zurück und ließ die kostspieligen Stücke in den Koffer fallen.

»Ich wüßte gern, wie Sie das bewerkstelligen wollen.« Mit einem energischen Knall schloß Emma den Kofferdeckel. »Was für eine Ausrede wollen Sie ihr erzählen?«

»Ich werde mehrere Ausreden kombinieren.« Sophia stopfte ein Paar derber Kniebundhosen und ein weißes Hemd in den nächsten Koffer. »Wir werden ihr erzählen, daß ich heute morgen eine Nachricht von Tante Mellie bekommen habe und daß es der Ärmsten wieder ganz schlecht geht. In ihrem Zustand möchte sie unbedingt, daß ich unverzüglich zu ihr aufs Land fahre. Wenn Tante Effie dann immer noch protestiert, werde ich behaupten, daß die Strapazen des Stadtlebens auch für mein armes Herz eine große Belastung sind.« Sophia legte die Hand auf die Brust und ließ sich in einen Sessel fallen. Mit einem lauten Seufzen fuhr sie sich über die Stirn.

Mit einem zufriedenen Lächeln warf Emma ein Paar dicker, praktischer Socken nach Sophia. »Nach dem, was ich gestern abend von Lord Trahern zu sehen bekommen habe, werden Sie soviel Ruhe wie möglich benötigen. Wenn das kein lohnender Heiratskandidat ist!«

»Erinnern Sie mich nicht daran, was mir entgeht.« Den größten Teil der Nacht hatte sie damit verbracht, sich zu wünschen, der Ball bei den Parkers wäre anders verlaufen.

»Ich möchte nur einmal einen Abend wie ein ganz normales Mädchen verbringen!«

»Sie sind aber nicht wie diese hirnlosen, gekünstelten Puppen.« Emma hielt einen Moment mit dem Packen inne. »Und so wollen Sie auch nicht sein.«

»Vielleicht.« Ganz überzeugt war Sophia aber nicht. »Ich wünschte nur, ich hätte ihn gestern abend nicht gesehen.«

»Ihn? Ich nehme an, Sie sprechen von Lord Trahern. Wie unpassend, Ihrem eigenen Verlobten in die Arme zu laufen, während Sie versuchen wollten, einen anderen Mann auszurauben.«

»Unpassend?« wiederholte Sophia entrüstet. »Er hätte mich demaskieren können! Ich hätte entdeckt werden können!«

Emma legte den Kopf auf die Seite und betrachtete Sophia. »Das wußten Sie von Anfang an. Wieso war es gestern abend anders?«

»Es war eben anders.« Sophia wandte ihrer scharfsinnigen Gesellschafterin den Rücken zu. Sie riskierte so viel als Schamloser Engel, und als sie gestern abend neben Lord Trahern stand, war ihr klargeworden, welch schwerwiegende Konsequenzen die Aufdeckung ihrer Identität haben würde. Nie hatte sie über ihre unmittelbaren Pläne hinaus an ihre Zukunft gedacht. Was es bedeuten würde, verheiratet zu sein, geliebt zu werden, sein Bett zu teilen – und daß all das mit einemmal verloren wäre, wenn jemand entdeckte, wer der Schamlose Engel in Wirklichkeit war. Vor ihrer Begegnung mit Lord Trahern hatte sie ihre bevorstehende Hochzeit immer nur als etwas betrachtet, das sie mit allen Mitteln vermeiden mußte. Nun aber hatte diese Heirat auf einmal einen unwiderstehlichen Reiz, besonders die Vorstellung, das Bett mit Lord Trahern zu teilen.

Doch wenn der sittenstrenge und ehrenwerte Lord Trahern jemals herausfand, daß sein tadelloser Ruf durch ihre Mißgeschicke gefährdet sein könnte, würde er das Versprechen gegenüber seinem Vater in den Wind schlagen, die Heirat abblasen und für immer aus ihrem Leben verschwinden.

Die Traherns, das wußte Sophia, hielten ihren Familienstammbaum in den höchsten Ehren.

Emma stieß sie an. »Hören Sie auf, vor sich hin zu träumen. Wir müssen uns noch überlegen, wie wir mit Ihrer Tante verfahren.«

»Ich habe Ihnen doch schon gesagt, daß wir ihr erzählen, ich wäre nach York gerufen worden.«

»Dann muß ich also daneben stehen und voller Besorgnis wegen Ihrer schwachen Gesundheit die Hände ringen, ja?«

»Sie sollten ja langsam Übung darin haben.« Sophia warf das Paar Socken in den Koffer. »Immerhin haben Sie mich geschult. Wenn wir übrigens nicht heute abend aufbrechen, werden wir nicht rechtzeitig in Paris ankommen.«

Emma sammelte ein paar Dinge aus dem Zimmer zusammen und packte sie in ihre eigene schwarze Ledertasche. »Ich kann mir nicht vorstellen, wie wir das bewerkstelligen sollen. Wir haben nicht mal ein Drittel des Geldes, das wir benötigen. Ohne Lord Delaneys Gold weiß ich nicht, wie wir ...« Ihre Stimme verebbte, und besorgt blickte sie zur Tür. Jenseits davon hallten Schritte durch den langen Korridor.

Sophia biß sich auf die Lippe und lauschte. Sie hielt es nicht für ausgeschlossen, daß ihre Tante ihnen nachspionierte. Im Korridor draußen wurde es ruhig, als die Schritte auf der großen Treppe verklangen. Nach ein paar Sekunden forderte sie Emma mit einem Kopfnicken auf fortzufahren.

Emma senkte ihre Stimme zu einem Flüstern. »Ohne dieses Geld haben wir gute Chancen, ums Leben zu kommen.« Sie biß auf das Mundstück ihrer Pfeife, schloß ihre Tasche und stellte sie neben die Koffer. »Da sind immer noch die Druckplatten, die Sie Lord Lyle gestohlen haben.

Wir könnten sie dazu benutzen, uns ein Vermögen zu drucken.«

»Sie wissen so gut wie ich, daß man mit Lyles Falschgeld höchstens arme Witwen und Dorfdeppen täuschen könnte«, bemerkte Sophia ungerührt. Sie war schockiert gewesen, in einem Versteck in Lyles Arbeitszimmer die Druckplatten für die Revolutionswährung zu entdecken. Wozu auch immer ein Engländer französische Geldscheine drucken wollte, sie hatte nicht die geringste Absicht, ihn damit fortfahren zu lassen. Sie hatte sie mitgenommen, um ihm zu schaden, obwohl sie für sie selber wertlos waren. Sie dachte, sie könnten vielleicht irgendwann von Nutzen sein, auch wenn sie sich nicht vorstellen konnte, in welcher Hinsicht. »Wir brauchen Gold, Emma, kein wertloses Papier, und ich habe noch niemanden gefunden, der uns das herbeizaubern kann.«

»Dann hätten Sie Lord Delaney auf keinen Fall gestern abend laufen lassen dürfen. Sein Gold wäre uns jetzt sehr nützlich.«

»Wer hat denn gesagt, daß wir London ohne das Vermögen der Delaneys verlassen werden?« Sophia stand von ihrem Sessel auf und trat zu einer weiteren Ansammlung von Kleidern, die auf dem Bett ausgebreitet waren. Sie wählte ein besonders zartes Gebilde aus weißer Spitze und Bändern aus und hielt es Emmas kritischem Blick entgegen.

Die Frau paffte heftig an ihrer Pfeife, so daß der Rauch in Schwaden aufstieg. »Ich sehe, was Sie vorhaben. Niemand wird damit rechnen, daß Sie an zwei Abenden hintereinander auftreten.«

Stirnrunzelnd wedelte Sophia mit den Händen, um den Rauch aufzulösen. Dann öffnete sie das Fenster und fächelte weiter die Luft, damit sich der Tabakgeruch verflüchtigte.

»Wann werden Sie nur mit diesem gräßlichen Zeug aufhören?« fragte sie tadelnd. »Wenn Tante Effie erfährt, daß Sie rauchen, sitzen Sie auf der Straße.«

»Dazu muß sie mich erst erwischen«, erwiderte Emma störrisch. »Übrigens sollten Sie es auch mal versuchen. Vielleicht macht es Sie ein wenig blasser. Es ist schwierig, alle Welt davon zu überzeugen, daß Sie mit einem Bein im Grab stehen, wenn Sie aussehen wie das blühende Leben.«

Sophia blickte in den Spiegel und sah, daß ihr Gesicht noch gerötet war vom Packen. Ihr Haar hatte sich teilweise aus ihrem Knoten gelöst und hing ihr auf die Schultern. Während Sophia früher fast eitel gewesen war in ihrem Stolz auf ihre klare, helle Haut, den tiefen Glanz ihres Haars und den rosigen Ton ihrer Wangen und Lippen, so empfand sie diese Attribute neuerdings eher als Hindernis.

Immerhin war es ihr Aussehen gewesen, das die Männer am französischen Hof in Scharen zu der unbändigen jungen Schönheit hingezogen hatte. Damals war sie töricht und dumm in der Wahl ihrer Männer gewesen, was schließlich dazu geführt hatte, daß man sie zu einem geordneten und behüteten Leben bei ihren Tanten in England geschickt hatte.

Ein Klopfen an der Tür unterbrach jede weitere Diskussion.

»Ich bin es, Mylady. Hannah«, ertönte die Stimme eines Dienstmädchens.

Sophia grinste, als Emma zum Kamin lief und hastig die Pfeife darin ausklopfte. Sie nahm ihr Schultertuch, legte es um den Kopf und warf sich die Enden über die Schultern.

Ohne eine Antwort abzuwarten, öffnete Hannah die Tür und machte Anstalten, in das Zimmer zu treten.

Sophia trat vor, um dem Mädchen den Blick zu versperren und sie am Betreten des Raums zu hindern.

»Was gibt es, Hannah?«

Das Mädchen versuchte, an Sophia vorbei einen Blick auf Emma zu erhaschen. »Mylady, Ihre Tante wünscht Sie im Salon zu sehen. *Allein.*« Diese letzte Bemerkung war von einem schadenfrohen Blick in Emmas Richtung begleitet. »Ihre Ladyschaft möchte, daß Sie … « Hannahs Stimme erstarb, als sie die gepackten Koffer und die herumliegenden Kleider bemerkte.

Emma gesellte sich zu Sophia in die Mitte des Zimmers.

Das ehrgeizige junge Dienstmädchen betrachtete sie beide mit überraschtem Gesicht. »Ich wußte gar nicht, daß Sie Bescheid wissen.«

»Worüber?« fuhr Emma das Mädchen an. Es gab keinerlei Sympathien zwischen den beiden Frauen.

Hannah ließ keine Gelegenheit aus herumzuspionieren, immer in der Hoffnung, etwas herauszufinden, was sie an Sophias Tante weitergeben konnte. Sophia wußte, daß Emma größten Wert darauf legte, dem Mädchen immer einen Schritt voraus zu sein. Bislang hatten sie damit Glück gehabt.

»Daß Sie heute abend abreisen«, erwiderte das Mädchen sichtlich enttäuscht.

»Ich habe diese Entscheidung erst heute früh getroffen, Hannah«, sagte Sophia vorsichtig. »Ich war mir nicht bewußt, daß meine Tante darüber Bescheid weiß.« Das erklärte auch das Geräusch an der Tür, das sie vorhin gehört hatten. Hannah bei einem ihrer üblichen Tricks. »Offenbar hat man sie darüber informiert. Bist du deshalb hergekommen? Läßt meine Tante nach mir schicken, damit ich ihr diese plötzliche Abreise erkläre?«

Das Mädchen machte ein verwirrtes Gesicht. »*Sie* haben beschlossen abzureisen, Mylady?«

»Ja, meine Tante Mellisande hat mir heute früh eine Nachricht geschickt. Sie ist wieder krank, und ich muß zurück aufs Land.«

Hannahs Miene erhellte sich. »Also wissen Sie es noch gar nicht.« Das Mädchen wirbelte herum und schwebte praktisch zur Tür hinaus. Dann drehte sie sich noch einmal um und senkte den Kopf. »Ihre Tante wünscht Sie im Salon zu sprechen, *allein* und unverzüglich.« Das Mädchen hob das Kinn, und ein triumphierendes Lächeln breitete sich auf ihrem rundlichen Gesicht aus. Sie genoß sichtlich die Rolle als Lady Dearsleys persönliche Dienerin. »Ach ja, Lord Trahern ist auch hier. Es stimmt, daß Sie abreisen werden, aber nicht, um eine kranke Verwandte zu besuchen. Er ist zu Ihrer Hochzeit erschienen. Offenbar werden Sie noch heute abend getraut.«

Giles saß im rückwärtigen Teil von Lady Dearsleys Salon auf einem Stuhl mit einer hohe, schmalen Lehne und fragte sich, ob sich so ein Verurteilter fühlte, wenn er seinem Henker gegenübertrat. Tatsächlich hätte er den Mann mit der schwarzen Kapuze dieser Dame mit dem hellgelben Tageskleid und dem Federfächer vorgezogen.

Der Salon, ein großer, luftiger Raum, hatte sich schnell in ein riesiges dunkles Verlies verwandelt, nachdem Lady Dearsley angeordnet hatte, vor Lady Sophias Eintritt die schweren Samtvorhänge vor die blitzenden Fenster zu ziehen.

»Das Sonnenlicht tut ihren Augen gar nicht gut«, vertraute Lady Dearsley ihm an.

Danach hatte die einfallsreiche Lady ihn ins hinterste Ende des Raums gesetzt. Giles kam zu dem Schluß, daß seine zukünftige Verwandte offenbar wenig Vertrauen in die Vorzüge ihrer Nichte hatte, wenn sie es für nötig hielt, das Mädchen mit so viel Aufwand zu verbergen.

»Dies ist ein Moment, auf den ich schon viel zu lange warten mußte«, seufzte Lady Dearsley, während sie ihrem Gast eine Erfrischung anbot.

Zu Giles' Rechten quittierte Lord Dryden die Worte der Lady mit einem grimmigen Lächeln. Der ältere Mann hatte darauf bestanden, Giles zu diesem Antrittsbesuch zu begleiten.

»Als meine liebe Schwester diese Verbindung vorschlug«, fuhr Lady Dearsley fort, »war ich zunächst nicht so überzeugt davon. Aber Lord Dryden hat mir versichert, daß Ihre Familie hohes Ansehen bei Hofe genießt, obwohl ich nicht sehe, wieso.«

Giles, der seit langem an die betrügerischen Worte von Informanten und die falsche Herzlichkeit der Londoner Aristokratie gewöhnt war, fand Lady Dearsleys Unverblümtheit höchst befremdend. In den zwanzig Minuten seit seiner Ankunft hatte die Frau den Namen seiner Familie mindestens dreimal beleidigt, die Hälfte seiner Freunde und Bekannten verleumdet und ihn ein dutzendmal an die zarte Gesundheit ihrer Nichte erinnert.

In dem Moment öffnete sich die Tür zum Salon, und die leisen Schritte einer Frau kündigten die Ankunft seiner Verlobten an. Lord Dryden stand auf und forderte Giles mit einem Lächeln auf, das gleiche zu tun. Steif erhob sich Giles von seinem Stuhl, mit einemmal unwillig, der Frau gegenüberzutreten, die heute abend sein Bett teilen würde.

»Endlich, Sophia. Was hat dich nur so lange aufgehalten? Ich hatte Hannah doch gesagt, daß sie dich sofort holen sollte.« Fast wäre Lady Dearsley mit Giles zusammengestoßen, als sie an ihm vorbeieilte. »Lord Trahern, ich darf Sie mit meiner lieben Nichte bekanntmachen, Lady Sophia D'Artiers.«

Langsam wandte Giles sich um. Er hegte immer noch die leise Hoffnung, daß Lady Dearsleys eindringliche Warnungen wegen des schwächlichen Gesundheitszustands seiner Braut weiter nichts waren als die übertriebenen Ängste einer besorgten Verwandten.

Ein einziger Blick genügte, um seine Hoffnungen wie unter den Hufen eines ganzen Kavallerieregiments zu begraben.

Das wenige Licht, das in den Raum drang, trug nicht dazu bei, seiner Zukünftigen zu schmeicheln.

Ihr Haar war von einer weißen Spitzenhaube bedeckt. Die paar Strähnen, die sich aus der Haube gelöst hatten, hingen ihr schlaff über die mageren, vorgebeugten Schultern. Ihr Gewand, ein zu großes, orange gestreiftes Tageskleid, betonte den ohnehin kränklich gelben Ton ihrer Haut. Ihr Leiden hatte sie offenbar abmagern lassen, denn das Kleid umhüllte ihre zarte Gestalt ohne jeden Hinweis auf weibliche Formen. Dunkle Ringe lagen unter ihren Augen, deren leuchtendes Blau ein fast übernatürliches Licht ausstrahlten.

Die ungewöhnliche Farbe fiel ihm sofort auf. Aber jeglicher Vergleich mit dem Blick, der ihn am Abend zuvor so gefangengenommen hatte, verbot sich hier von selbst.

Wie auf Befehl hob sie ein schneeweißes Taschentuch an die farblosen Lippen. Ihre Lider mit den langen, dichten Wimpern schlossen sich, während ein bellender Husten ihre Schultern erzittern ließ. Die Fransen an ihrem Schultertuch bebten heftig.

Er wußte, daß die guten Umgangsformen von ihm erwarteten, den Raum zu durchqueren und seine Zukünftige zu begrüßen, doch er konnte sich nicht überwinden, den Abstand zwischen ihnen zu verringern.

Als der Hustenanfall endlich verebbt war, vollführte Sophia einen höflichen Knicks. »Lord Trahern, es ist mir ein Vergnügen, Sie kennenzulernen.«

Für einen Augenblick machte ihn ihre Stimme stutzig. In ihren Worten schwang der musikalische Klang eines französischen Akzents mit.

Ein Vergnügen, Sie kennenzulernen.

Die gleichen Worte hallten in ihm vom letzten Abend nach, aber sie stammten kaum von denselben Lippen.

Er schüttelte den Kopf und schalt sich insgeheim dafür, so absurde Vergleiche anzustellen. Zufall und Wunschdenken war es, das erkannte er. Er trat vor, nahm ihre Hand und führte sie behutsam an die Lippen.

Der letzte Rest an Ähnlichkeiten schwand dahin, als sich seine Finger um die ihren schlossen. Die klamme Eiseskälte ihrer Haut, wie der Griff des Todes persönlich, ließ ihm das Blut in den Adern gefrieren. Es gab keinen Zweifel, daß seine Braut nicht gesund war.

Was hatte sich sein Vater nur dabei gedacht, ihn mit dieser Frau zu verloben? Sie wirkte, als würde sie die Rückkehr in ihr Zimmer nicht überleben, geschweige denn die Strapazen des Kindbetts.

Bevor er sie eingehender betrachten konnte, hatte sie sich abgewandt und wieder zu husten begonnen. Lady Dearsley trat zwischen sie und klopfte ihrer Nichte unsanft auf den Rücken.

»Bitte, Sophia«, flüsterte ihre Tante deutlich hörbar. »Versuche, dich zusammenzunehmen. Dein Benehmen ist unschicklich.« Sie führte ihre Nichte zu einem entfernten Sofa.

Lady Dearsley ließ sich neben ihrer Nichte nieder, so daß Giles wieder mit seinem wohlplazierten Stuhl am anderen Ende des Raums vorlieb nehmen mußte.

»Ich bitte um Entschuldigung, Mylady«, begann er. Er mußte laut sprechen, um sich über die große Entfernung verständlich zu machen. »Es ist so, daß meine geschäftlichen Verpflichtungen es mir unmöglich machen, in London zu bleiben, und ich bezweifle, daß ich rechtzeitig zur geplanten Hochzeit zurück sein werde. Ich habe Ihre Tante um Erlaubnis gebeten, uns heute abend trauen zu lassen, so daß es keine weiteren Verzögerungen mehr geben wird.«

Ihre Züge verrieten absolut nichts, wie ihm auffiel, weder Erleichterung noch Enttäuschung noch Freude. Er hatte in seinem Betätigungsfeld erfahrene Männer erlebt, die weniger Geschick hatten, ihre Gefühle zu verbergen. Was hatte er zu entdecken gehofft? Widerstreben? Eine Weigerung zu heiraten? Alles wäre ihm recht gewesen, um dieser Farce ein Ende zu bereiten.

»Wenn dies Ihr Wunsch ist, Mylord.« Sie hustete leise. »Haben Sie gesagt, Sie wollten *unmittelbar* nach der Zeremonie abreisen?«

Die Frage überraschte ihn. Es wäre ein leichtes gewesen, diese Frage als Symptom jungfräulicher Besorgnis zu interpretieren, doch der Tonfall der Frau hatte eindeutig etwas Berechnendes.

Was sollte er vor all diesen Leuten nur antworten?

Bedaure, Mylady, aber Sie werden heute nacht mit mir das Bett teilen. Dort hoffe ich, Sie zu schwängern, so daß wir dies nie mehr wiederholen müssen.

»Ich steche morgen früh gleich mit der ersten Flut in See«, erwiderte Giles statt dessen.

Ihre Lider flatterten. Mit einem leichten Nicken nahm sie seine Mitteilung zur Kenntnis. »Ich verstehe. *Nachher* also«, bemerkte sie, als wäre ihr noch nie im Leben ein abstoßenderer Gedanke gekommen. »Ich werde mich wohl in das Haus meiner Tante Celia in Bath zurückziehen. Das Heilwasser dort tut mir sehr gut, und wenn Sie fort sind, werde ich Ihnen damit keine *Umstände* bereiten.«

Giles bewegte sich unruhig auf seinem Stuhl. »Selbstverständlich. Wenn das Ihr Wunsch ist.«

Lord Dryden hüstelte und deutete auf seine Jackentasche.

Giles langte in seine eigene Jackentasche und brachte ein Kästchen zum Vorschein. Es war die Idee des älteren Mannes gewesen, auf dem Weg zu Lady Dearsleys Haus bei einem Juwelier haltzumachen.

»Ich wollte es Ihnen eigentlich schicken«, schwindelte er, während er das Kästchen dem Diener übergab, der es zu Sophia am anderen Ende des großen Raums brachte. »Als kleines Zeichen meiner Zuneigung.«

Er sah zu, wie sie das Geschenk pflichtschuldigst entgegennahm. Als sie das Kästchen öffnete, bemerkte er, daß sie beim Anblick des darin liegenden Kolliers aus Diamanten und Saphiren ehrfürchtig die Augen aufriß.

»Es ist großartig«, flüsterte sie. Langsam nahm sie das Kollier heraus und hielt es ihrer Tante hin.

Amüsiert sah er zu, wie seine Braut sein Geschenk drehte und wendete, damit die Edelsteine das Licht reflektierten. Fast fühlte er sich an eine Geliebte erinnert, die den zukünftigen Wert einer Liebesgabe abzuschätzen versuchte. Als sie aufblickte und bemerkte, daß sie beobachtet wurde, hielt sie inne, und das Kollier glitt ihr aus den Fingern und fiel ihr in den Schoß. Wieder hob sie ihr weißes Taschentuch an die Lippen, als wollte sie sich hinter der Barriere ihrer Krankheit verstecken.

»Aber meine Liebe! Das ist nicht richtig!« Lady Dearsley sprang von ihrem Platz auf. »Heute ist dein Hochzeitstag, Sophia!« Mit dem Finger zeigte sie auf Giles. »Sie verlassen sofort mein Haus.« Sie packte ihn am Arm und zog ihn auf die Füße. »Bis zur Trauung dürfen Sie die Braut nicht mehr sehen. Hinaus mit Ihnen, aber sofort!«

Fast schon fühlte er sich zur Salontür hinausgeschoben, bevor er Lady Dearsley Einhalt gebieten konnte. Er sah zurück und stellte fest, daß seine Braut vor sich hinlächelte. Ganz offensichtlich fühlte sie sich in diesem Augenblick unbeobachtet. Sie amüsierte sich über einen nur ihr bekannten Scherz, während sie wieder ihr Hochzeitskollier von allen Seiten betrachtete. Die blitzenden Saphire paßten zu ihren Augen, hell und voller Feuer.

Seinem geübten Auge entging nicht, daß ihre Haltung viel besser war, ebenso ihre kränkliche Blässe. Einen Moment lang wirkte Lady Sophia strahlend und lebendig.

Sie war beinah schön.

Niemand, der so krank war, dachte Giles, konnte so vital wirken oder, was noch seltsamer war, so gerissen.

Er entwand sich Lady Dearsleys Griff und machte Anstalten, zu seiner Braut zurückzugehen.

Noch während er blinzelte, um seinen Blick zu schärfen und um sich einen Reim auf diese wundersame Wandlung in Sophia zu machen, sah sie wieder zu ihm auf. Wenn sie sich ertappt fühlte, dann nur für den Bruchteil einer Sekunde, und schon erlosch das lebendige Feuer in ihr, als sie sich abwandte und wieder zu husten anfing.

Nein, es konnte nicht sein, erkannte er. Vielleicht hatte er die saphirblauen Augen einer anderen Person sehen wollen – Augen, die ihn am vorigen Abend so sehr herausgefordert hatten.

»Ich habe gesagt, Sie sollen gehen«, beschwerte sich Lady Dearsley. »Das bringt Unglück.«

Noch einmal schüttelte er den hartnäckigen Griff der älteren Frau mit Mühe ab und kehrte an die Seite seiner Braut zurück. »Ich wollte Lady Sophia nur meinen Dank dafür aussprechen, daß sie soviel Verständnis für die plötzliche Änderung unserer Pläne aufbringt.«

»Das können Sie später tun, Mylord«, erwiderte Lady Dearsley von der Tür her.

»Bis heute abend, Lady Sophia«, sagte er und beugte sich tief über ihre Hand. Diesmal fühlten sich ihre Finger entschieden wärmer an und waren auch gar nicht mehr so klamm. Ihre Haut war weich und zart, und unter seinen Fingern schlug ein kräftiger Puls.

»Es tut mir so leid«, flüsterte sie. Sie entzog ihm die Hand und hielt den Blick weiter gesenkt. »Ich weiß, wieviel Ihnen dies hier bedeutet, und ich möchte Sie nicht enttäuschen. Ich hoffe nur, daß Sie eines Tages alles verstehen werden.«

Ihre seltsamen Worte überraschten ihn genug, um Lady Dearsley Gelegenheit zu geben, ihn endlich aus dem Raum zu losten.

Ich hoffe nur, daß Sie eines Tages alles verstehen werden.

Ihr merkwürdiges Bekenntnis verfolgte Giles für den Rest des Tages, während er alle Vorbereitungen für seine neue Mission traf.

Was verstehen?

Die naheliegendste Antwort war natürlich, daß sie befürchtete, er könnte sie in ehelicher Hinsicht unzulänglich finden, aber dieser Gedanke erschien ihm zu einfach, selbst bei einem so behüteten und unerfahrenen Mädchen wie Sophia. Und Giles mißtraute grundsätzlich einfachen Erklärungen.

Nein, an ihren bedauernden Worten mußte mehr sein, überlegte er. Trotz der vielen Probleme, die ihn beschäftigten – die Vorbereitungen seiner Reise nach Paris, die erschütternde Nachricht wegen Webb – hörte er nicht auf, nach einer Lösung dieses Rätsels zu suchen, insbesondere weil die Antwort fast in greifbarer Nähe zu liegen schien.

Ihre seltsamen Worte hafteten hartnäckiger in seinem Gedächtnis als jede Erinnerung an ihre Gesichtszüge.

Erst als er zu seiner Trauung erschien, wurde ihm klar, was seine zarte, zerbrechliche Braut mit ihrer Mitteilung beabsichtigt hatte.

Sie hatte ihr Bestes getan, ihn auf das Unvermeidliche vorzubereiten.

3.

»Anscheinend haben sie dir zu Ehren das ganze Haus auf den Kopf gestellt, mein Bester«, bemerkte Monty, als Giles' Kutsche vor Lady Dearsleys Wohnhaus anhielt.

Monty hatte ganz recht, wie Giles fand. Alle Kerzen in dem Haus brannten und ergossen ihr Licht auf die Straße. Im Innern konnte man die Diener hinter den Fenstern hin und her eilen sehen. Der ganze Haushalt schien in Aufruhr zu sein.

Der Herzog stieg nach Giles aus der Kutsche. »Bei dieser Festbeleuchtung wird es aber kaum möglich sein, die Braut weiter zu verstecken«, bemerkte sein Freund. »Vielleicht ist sie ja gar nicht so schlimm, aber sicherlich hat sie nicht die Hälfte der Qualitäten, die *ich* mir wünschen würde. Sie ist viel zu still, hat keinen Schwung und außerdem keinen Stil. Bei mir im Club haben sie gesagt, daß du die Flucht ergreifen wirst, noch bevor die Nacht vorbei ist.« Er strich sein braunes Jackett glatt und rückte seine dicke wollene Perücke zurecht, um seiner Erscheinung als edler Herzog gerecht zu werden. »Übrigens habe ich Geld darauf gewettet, also enttäusche mich bitte nicht.«

Giles warf dem kleineren Mann einen finsteren Blick über die Schulter zu. Montys Kritik an Lady Sophia gefiel ihm gar nicht.

Zwar hätte er Mühe gehabt, seine zukünftige Frau in

anderer Weise zu beschreiben, nachdem er ihr an diesem Morgen begegnet war. Dennoch paßte es ihm nicht, wenn man seine Braut zum Gegenstand von Wetten machte. Immerhin war sie im Begriff, die nächste Marquise von Trahern zu werden.

Monty schnaubte. »Hättest du sie selbst gefunden, könnte ich ja eine Braut allererster Klasse erwarten. Aber ganz London weiß, daß dein Vater die Kleine ausgesucht hat. Und seine Wahl ist deshalb auf sie gefallen, weil sie vernünftig und edler Herkunft ist.« Der Herzog schauderte. »Ich will mir lieber nicht vorstellen, was mein Vater für mich ausgesucht hätte. Mein Glück, daß er abberufen wurde, als ich erst sechzehn und nur dritter Anwärter auf seine Titel war. Du hättest sehen sollen, was für eine Schreckschraube er für meinen älteren Bruder ausgewählt hat. Kein Wunder, daß der gestorben ist, ohne einen Erben zu hinterlassen. Und nachdem mir dann durch Harrys kleinen Unfall der Titel zufiel, habe ich völlige Freiheit, mir meine vollkommene Herzogin selber auszusuchen.«

»Und wann ist es soweit?« fragte Giles, während sie langsam die Stufen zur Tür der Dearsleys emporstiegen. Da Monty seinen Titel den Mißgeschicken seiner Brüder zu verdanken hatte, verband ihn eines mit seinem Freund Giles: Sie mußten beide den Fortbestand ihrer Familien sichern.

Monty blieb stehen. »Tatsächlich ist es möglich, daß ich meine vollkommene Herzogin schon gefunden habe.« Er tätschelte seine Jackentasche. »Und sobald wir sie gestellt haben, mache ich ihr einen Heiratsantrag.«

Fast wäre Giles erstickt. »Du hast vor, den Schamlosen Engel zu heiraten?«

Mit erhobenem Kopf stolzierte Monty an dem verblüfften Giles vorbei. »In der Tat. Ich habe heute nachmittag alle ihre Vorzüge aufgerechnet und bin zu dem Schluß gekommen, daß sie fast die perfekte Kandidatin ist. Schließlich sollte wenigstens einer von uns eine Frau haben, die einen erfreulichen Anblick bietet.«

Bevor Giles eine passende Antwort finden konnte, wurde vor ihnen die Tür aufgerissen.

»Da sind Sie ja, Sie Satan!« platzte Lady Dearsley heraus und zeigte mit einem fetten, beringten Finger auf Giles. Mit der beängstigenden Geschwindigkeit eines gereizten Bullen polterte sie die Stufen herab. »Was haben Sie zu ihr gesagt?«

»Gesagt? Zu wem?« Giles widerstand dem Drang, die Flucht anzutreten. In seiner beruflichen Laufbahn hatte er schon vielen Gefahren ins Auge geblickt – Messerstechern, Duellgegnern –, doch noch nie war er so nah daran gewesen, die Nerven zu verlieren.

»Zu wem, fragt er. Als wüßte er das nicht ganz genau«, bemerkte die Lady zu dem dicklichen jungen Dienstmädchen, das hinter der Tür stand. »Hast du das gehört, Hannah? Zuerst treibt er meine Nichte zu einer Verzweiflungstat, und dann spielt er den Unschuldigen.« Lady Dearsley war ihm inzwischen nahe genug gekommen, um ihm den Finger in die Brust zu bohren. »Sie sind ein bösartiger, grausamer Mann.«

Eine Verzweiflungstat? Giles blickte zu den erleuchteten Fenstern hinauf, wo sich neugierige Dienstboten hinter den Gardinen herumdrückten. »Lady Sophia? Geht es ihr nicht gut?«

»Nicht gut?« Aufgebracht wedelte Lady Dearsley mit ihrem gelben Fächer. Wie auf ein Stichwort kam das Mädchen, das sie Hannah genannt hatte, die Stufen heruntergeeilt und faßte ihre Herrin am Arm. Nachdem die ältere Frau eine Weile von ihrer Dienerin gestützt worden war, hatte sie sich ausreichend erholt, um ihre Tirade fortzusetzen. »Meine arme Nichte sitzt jetzt wahrscheinlich sterbenskrank in irgendeiner zugigen Kutsche, oder, schlimmer noch, sie ist einem gemeinen Verbrechen zum Opfer gefallen. Und das ist alles Ihre Schuld. Was auch immer Sie heute nachmittag zu ihr gesagt haben – es hat sie dermaßen verängstigt, daß sie daran verzweifelt ist.«

»Aber, aber, Mylady.« Beschwichtigend trat Monty vor.

»Wollen Sie etwa sagen, daß Traherns reizende Braut nicht da ist?«

»Nicht da? Hör dir nur diese Narren an, Hannah. Haben Sie denn kein Wort von dem gehört, was ich gerade gesagt habe? Glauben Sie denn, ich wäre in einem solchen Zustand, wenn meine arme liebe Nichte oben in ihrem Zimmer wäre, um ihr eheliches Los zu erwarten?« Wieder wandte sie ihre Aufmerksamkeit Giles zu. »Und das nach all meinen Ermahnungen, nach all meinen Warnungen. Nein, Sie böser Mensch, Sie sind hingegangen und haben sie zu Tode erschreckt. Lady Sophia ist nicht da?« Die Frau holte tief Luft, und der Federschmuck in ihrem Haar wippte aufgeregt. »Sie ist nicht da. Genau das versuche ich seit fünf Minuten zu erklären. Sophia hat ihre Sachen gepackt und ist geflüchtet! Es wird heute abend keine Trauung stattfinden!«

Während der nächsten halben Stunde versuchten sie mit wenig Erfolg, der aufgebrachten Lady Dearsley Einzelheiten über das Verschwinden ihrer Nichte zu entlocken. Als Lord Dryden eintraf, um auf das glückliche Paar zu trinken, hatte sich Lady Dearsley ausreichend beruhigt, um eine etwas klarere Version der Ereignisse zu berichten.

»Ich sage Ihnen doch, Sophia, ihre gräßliche Mrs. Langston und ihr Fahrer sind fort.« Lady Dearsley nahm einen tiefen Zug aus ihrem Sherryglas.

»Mrs. Langston?« wiederholte er.

»Sophias Gesellschaftsdame. Meine Schwestern bestanden darauf, sie einzustellen. Furchtbar arrogant, diese Frau. Ich habe ihren Referenzen nie getraut, nicht einen Augenblick.«

Giles ignorierte den Seitenhieb auf die Gesellschafterin. »Wäre es möglich, daß sie zu Freunden hier in der Stadt gefahren ist?«

Lady Dearsley setzte ihr Glas ab und holte ein leinenes Taschentuch hervor, um nervös damit herumzuwedeln. »Sophia besitzt keine Freunde. Für solch frivole Dinge ist sie viel zu zart.«

Lord Dryden beugte sich in seinem Sessel vor. »Was glauben Sie denn, meine liebe Lady Dearsley, wohin Ihre Nichte gegangen sein könnte?«

»Ich kann mir nur vorstellen, daß sie bei Celia ist.«

Fragend sah Giles Lord Dryden an.

»Die Gräfin von Larkhall«, erklärte dieser leise.

»Meine ältere Schwester, Lord Trahern«, fügte Lady Dearsley würdevoll hinzu.

Giles konnte sich nicht vorstellen, daß die gütige Gräfin in irgend einer Form mit Lady Dearsley verwandt war. Sein Landsitz, Byrnewood, grenzte direkt an das Anwesen der Larkhalls in Bath. Auch wenn er die Gräfin nun schon seit Jahren nicht mehr gesehen hatte, nahm sie in seinem Herzen einen ganz besonderen Platz ein. Sie hatte sich seiner angenommen, als er ein kleiner Junge von gerade sechs Jahren war und seine Mutter unerwartet an einem Fieber starb.

»Hätten Sie sich die Mühe gemacht, Erkundigungen über unsere Familie einzuziehen, wäre Ihnen die Verbindung klargeworden. Ich habe drei Schwestern: Celia, Sophias liebe Mutter Joceline und Mellisande.« Sie wandte sich von Giles an Monty, der neben ihr eingequetscht auf dem schmalen Sofa saß. »Meine Schwester Celia zieht Bath der Großstadt London vor. Den Grund dafür habe ich nie begriffen. Da draußen ist es furchtbar eintönig, aber Sophia liegt mir ständig in den Ohren, sie zu Celia nach Bath fahren zu lassen. Ich nehme an, deshalb ist sie auch so kränklich. Sie hat sich nie an das Leben in London gewöhnen können. Und wenn sie nicht bei Celia ist, dann ist sie … anderswo.«

Lord Dryden hüstelte höflich. »Halten Sie es für möglich, daß sie in den Norden gefahren ist?«

»Kein Wunder, daß Sie gleich an *sie* denken, Lord Dryden.« Lady Dearsley griff wieder nach ihrem Glas. »Sie hatten ja schon immer eine Schwäche für meine jüngere Schwester.« Sie schüttelte den Kopf. »Wie gut, daß Mellisande Sie abwies, um den alten Herzog zu heiraten. Sie wissen, was aus dem armen Mann geworden ist. Nach einem Jahr schon tot. Aber trotz Carylls Unglück hatte diese kleine unscheinbare Georgeanne Radcliffe Zeit genug, Sie zu heiraten, bevor Mellie Sie noch einmal einfangen konnte.«

»Die Herzogin von Caryll ist Ihre Schwester?« fragte Monty.

Lady Dearsley nickte knapp, den runzeligen Mund mißbilligend verzogen. Offenbar empfand sie die bloße Erwähnung des Namens ihrer jüngeren Schwester als unschicklich. »Ja, das ist sie. Und um Ihre Frage zu beantworten, Lord Dryden: Ja, es ist möglich, daß Sophia in den Norden gefahren ist. Sie hängt an meiner Schwester, so unpassend das auch sein mag. Kein Wunder, daß sie sich so skandalös verhalten hat. Mellisandes Einfluß ist deutlich zu erkennen.«

Selbst Giles, der wenig von den Gerüchten in den gesellschaftlichen Kreisen Londons wußte, hatte schon von der Herzogin von Caryll gehört. Er fragte sich, warum er nicht schon eher diese Verbindung hergestellt hatte. Mellisande Ramsey mit ihrem seltsam französisch klingenden Namen und ihrer berühmten Schönheit bewirkte immer noch, daß jeder Mann über Fünfzig nur in ehrfurchtsvollem Ton von ihr sprach.

Bis zum heutigen Tag galt sie uneingeschränkt als die schönste Frau Londons, obwohl sie ihren Landsitz in York seit beinah fünfzehn Jahren nicht mehr verlassen hatte.

Lady Dearsley, ein wenig unsicher auf den Beinen nach vier Gläsern Sherry, erhob sich und trat zu Giles hin. »Ich verstehe nicht, was all dieses Gerede bewirken soll. Sie müssen Sophia finden.«

Giles versuchte, seine Chancen auszurechnen, die beleibte Lady aufzufangen, falls diese über ihre hohen Hacken stolperte.

Trotz seiner unendlichen Erleichterung über die Verzögerung seiner Heirat hatte er doch ein ungutes Gefühl. Giles war es nicht gewöhnt, von einem Mädchen einen

Korb zu bekommen, und zum ersten Mal in seinem Leben wußte er nicht, was er tun sollte.

Die Pflicht verlangte, daß er seine Verlobte aufspürte und sie vor den Traualtar zerrte – vor allem deshalb, weil sie keine männlichen Verwandten hatte, die diese Aufgabe übernehmen konnten.

Viel mehr bedeutete es Giles jedoch, Webbs Verräter der Gerechtigkeit zuzuführen, statt sich mit den Launen eines verwöhnten Görs auseinanderzusetzen.

»Also, Lord Trahern«, schnaufte Lady Dearsley, »werden Sie meine Nichte nun suchen oder nicht?«

»Das ist leider unmöglich, Mylady. Ich kann meine Pläne nicht verschieben, nur weil Ihre Nichte es vorgezogen hat, davonzulaufen.«

Lady Dearsley wurde blaß und begann vor Zorn zu beben. Bevor ihr im Hintergrund wartendes Dienstmädchen sie beruhigen konnte, ließ sie ihrem Unmut freien Lauf. »Lord Dryden, für dieses Fiasko mache ich Sie persönlich verantwortlich. Sie und Celia haben mich zu dieser Heirat überredet, und nun sehen Sie sich an, was daraus geworden ist – meine arme Sophia ist für immer verloren ...«

An Drydens gequältem Gesichtsausdruck konnte Giles ablesen, daß sein Vorgesetzter vor einer schwierigen Entscheidung stand – ihn nach Paris zu schicken, um Webbs Tod zu untersuchen, oder das einem Sterbenden gegebene Versprechen einzuhalten.

Giles hegte den Verdacht, daß er die Nacht damit verbringen würde, die aus London hinausführenden Straßen abzusuchen.

Doch Drydens Antwort überraschte ihn.

»Mein liebe Lady Dearsley«, begann Dryden, »die Handlungsweise Ihrer Nichte ist höchst bedauerlich. Zwar habe ich mein Ehrenwort gegeben, diese Heirat zustande zu bringen, doch offenbar haben wir der jungen Dame und Lord Trahern nicht ausreichend Zeit gegeben, einander kennenzulernen.«

»Kennenlernen? Was für ein Unsinn ist denn das?« Nun richtete sie ihren Zorn auf den älteren Mann. »Sie haben noch Zeit genug, sich kennenzulernen, sobald sie verheiratet sind. Sophia leidet an einer zu lebhaften Phantasie. Ich würde mich nicht wundern, wenn diese Mrs. Langston mit ihren Geschichten über ihren heldenhaften Captain Langston dem armen Mädchen lauter romantische Rosinen in den Kopf gesetzt hat.«

Dryden räusperte sich. »Trotzdem ist das Mädchen jetzt unterwegs in den Westen oder Norden, und bevor sie nicht wohlbehalten auf dem Anwesen der Carylls oder bei ihrer Tante, Lady Larkhall, angekommen ist, haben wir keine Möglichkeit, sie ausfindig zu machen. Da Ihre Nichte weiß, daß Lord Trahern morgen früh mit der ersten Flut auslaufen will, wird sie wohl gegen Mittag wieder zurückkommen, wenn sie annimmt, daß der Bräutigam fort ist.«

»Pah!« rief Lady Dearsley. »Ihre Spekulationen höre ich mir nicht länger an. Was ist aus unserer Welt geworden, wenn ein Gentleman nicht mehr bereit ist, eine junge Dame vor den Gefahren der Straße zu retten? Gehen Sie mir aus den Augen, Sie alle!«

Mit diesen Worten warf Lady Dearsley alle drei Männer aus ihrem Haus, während Monty lauter Entschuldigungen hervorsprudelte.

Dryden zog Giles beiseite. »Und denken Sie ja nicht, daß Sie jetzt aus dem Schneider sind. Ich habe Sie nur deshalb nicht nach York geschickt, weil wir die Situation in Paris nicht zu lange aus den Augen lassen dürfen, wenn wir nicht die Spur verlieren wollen. Und wenn Sie nicht herausfinden können, was mit Webb geschehen ist, müssen Sie unbedingt diesen Schamlosen Engel finden.«

Giles blickte zu Monty hinüber, der Lady Dearsley immer noch mit unpassenden Galanterien und Entschuldigungen überschüttete. »Ich glaube, daß der Schamlose Engel noch hier ist. Hier in London. Zumindest jetzt noch.«

»Ja, das würde zu Webbs Theorie passen.« Konzentriert

runzelte Dryden die Stirn. »Sie haben Zeit bis morgen früh. Wenn Sie sie bis dahin nicht aufgespürt haben, laufen Sie mit dem ersten Schiff aus. Wahrscheinlich versucht sie, noch schnell reiche Beute zu machen, bevor sie nach Paris zurückkehrt. Wenn Sie sie heute abend nicht finden, will ich, daß Sie sie in Paris erwarten, sobald sie dort wieder auftaucht.«

Als Lady Dearsleys Tür mit einem lauten Knall zugeworfen wurde, besann sich Giles wieder auf das Naheliegende.

»Und was ist mit meiner Braut?« fragte er. Lady Dearsleys Anschuldigungen klangen ihm immer noch nachhaltig im Ohr.

»Sie reist schon seit Jahren nur in Begleitung dieser Mrs. Langston zu ihren Verwandten. Trotz Lady Dearsleys düsteren Annahmen weiß die junge Frau, was sie tut, und wird keine unnötigen Risiken eingehen.«

»Trotzdem …« Giles dachte an die zarte, junge Frau, die er vor wenigen Stunden kennengelernt hatte. Ihr bellender Husten und ihre durchscheinende Haut widersprachen der Zuversicht Lord Drydens.

»Gar nichts trotzdem.« Dryden faßte ihn am Arm und führte ihn zu seiner Kutsche. »Ich werde ihr Lady Dryden und die Mädchen hinterherschicken. Wegen dieser Sache mit Webb –« Dem älteren Mann versagte die Stimme. Er sah zur Seite und bemühte sich, die Fassung zu bewahren. »Es wird ihnen allen guttun, ein wenig Ablenkung zu haben«, brachte er schließlich hervor, bevor er mit erhobenem Kopf zu seiner eigenen Kutsche ging.

Monty hatte schon in Giles' Kutsche Platz genommen. »Zum Haus des Herzogs, Michaels«, wies Giles seinen Fahrer an, während er sich in den Wagen schwang.

Keiner der Männer sprach viel, als sie das hell erleuchtete Haus der Dearsleys hinter sich ließen und sich den dunklen Straßen Londons näherten. Inzwischen war es nach neun, und die Nacht begann, Wege und Gassen in Dunkelheit zu tauchen.

»Giles, nun werde ich meiner Lady wohl doch keinen Heiratsantrag machen. Ich fände es nicht richtig, verheiratet zu sein, während du noch als freier Mann herumläufst.« Monty wischte sich die Stirn.

Giles wußte, daß er dem eigenwilligen Mädchen eigentlich dankbar sein mußte. Er hatte die Heirat nicht gewollt, zumindest jetzt noch nicht, aber die Ehre verlangte, daß er den letzten Wunsch seines Vaters erfüllte.

»Komm schon«, sagte Monty. »Es sind noch Stunden, bis dein Schiff zu dieser *Geschäftsreise* ablegt, also warum nutzen wir nicht die Nacht?«

Giles wußte, daß er Monty jetzt unmöglich los wurde, es sei denn, er wäre bereit, eine Menge Fragen zu beantworten. Aber vielleicht konnte ihm sein Freund ja nützlich sein. »Was hältst du davon, wenn wir heute abend nach dem Schamlosen Engel suchen?«

Sofort richtete Monty sich auf. »Endlich mal eine gute Idee. Wo sollen wir deiner Meinung nach anfangen?«

Mit einem Blick aus dem Fenster versuchte Giles festzustellen, wo sie sich befanden. »Delaney lebt doch ganz hier in der Nähe, oder?«

Monty sah zum Fenster hinaus. »Ich denke schon. Obwohl wir ihn heute abend nicht zu Hause antreffen werden. Seine Mutter hält sich auf dem Land auf, und wenn sie nicht in der Stadt ist, sieht man ihn in jedem verruchten Club von Covent Garden bis zur Saint James Street.«

»Da wäre ich mir nicht so sicher.« Giles öffnete die Klappe zum Fahrer und gab Michaels neue Anweisungen. Wenig später kam die Kutsche einen Block vor dem Wohnsitz der Delaneys zum Stehen. Die Straße war verlassen, und von ihrem Beobachtungspunkt aus hatten sie einen ungehinderten Blick auf das Haus. Giles lehnte sich in seinem Sitz zurück und erläuterte Monty seinen Plan.

Zwei Stunden später war der Herzog immer noch nicht überzeugt. »Du sagst also, da der Engel gestern abend nicht an Delaneys Geld gekommen ist, wird sie heute abend ihren Hals dafür riskieren?«

Giles nickte. »Das nehme ich an.«

Monty winkte ab. »Das ergibt überhaupt keinen Sinn. Du hast selber gesagt, ihre Vorhersehbarkeit wird ihr noch zum Verhängnis. Sie ist nie an zwei aufeinanderfolgenden Abenden in Erscheinung getreten. Immer nur einmal im Monat, und zwar bei Vollmond. Wieso glaubst du, daß sie diesmal anders vorgeht?«

»Du hast vergessen, daß dein Engel gestern abend mit leeren Händen nach Hause gegangen ist. Sie hat nicht die Zeit, sich ein neues Opfer zu suchen. Ich glaube, daß sie ihre Opfer sehr sorgfältig auswählt. Sie wird zu Delaney zurückkehren. Wenn ich seinen Gesichtsausdruck gestern abend richtig gedeutet habe, wird sie keinerlei Schwierigkeiten haben, ihn um den Finger zu wickeln.«

»Oh.« Monty schüttelte den Kopf. »Das arme Mädchen, solche Risiken auf sich zu nehmen.«

Das Geräusch von Wagenrädern, die sich auf dem Kopfsteinpflaster näherten, ließ sie beide von ihren Sitzen hochfahren. Ein elegantes Gefährt, vergoldet und mit dem Wappen der Delaneys versehen, kam vor dem Eingang des großen Steinhauses zum Stehen.

Giles' Herz fing an, vor Aufregung schneller zu schlagen, und er atmete tief durch. Dies war der Teil seiner Arbeit, den er vermißte: das reglose Warten, daß die Jagd begann, und dann die hektische Aufregung der Verfolgung.

Aber heute abend ging es um mehr als das, obwohl er das niemandem eingestanden hätte.

Seine Neugier, sie wiederzusehen, war übermächtig. Er mochte Montys Schwärmerei belächeln, doch konnte er die Reaktion seines Freundes gut verstehen.

Der Schamlose Engel war die verkörperte Phantasie eines jeden Mannes. Doch da er nun wußte, daß sie möglicherweise in Webbs Tod verwickelt war, kühlte sein männliches Interesse an ihr ab.

Wie konnte er sich zu einer Frau hingezogen fühlen, die vielleicht seinen besten Freund verraten und einen weiteren Freund ausgeraubt hatte?

Am anderen Ende der Straße sprang Cyril Delaney aus seinem Wagen. Einen Augenblick lang befürchtete Giles, daß er sich zu sehr auf seine Intuition verlassen hatte und Cyril allein nach Hause gekommen war. Doch auf halbem Weg zur Haustür blieb das Opfer des Engels stehen und blickte die Straße hinauf und hinunter, um zu sehen, ob er beobachtet wurde. Dann trat er wieder an den Bordstein und reichte dem zweiten Fahrgast seines Wagens die Hand.

Die Straße hatte dunkel gewirkt, bis sie ausstieg. Ihr weißes Kleid mit seinem üppigen Rock aus einer Wolke aus schimmernder Seide schien die Nacht zu erhellen. Die geheimnisvolle Frau entsprach von Kopf bis Fuß der Rolle, die sie sich offenbar für den Abend ausgesucht hatte: der eines unschuldigen, jungen Mädchens. Ihre Perücke im Stil der Haartracht einer Internatsschülerin fiel ihr in langen, goldblonden Kaskaden über die bloßen Schultern und den Rücken.

Als spürte sie eine unvorhergesehene Gefahr, drehte sie sich um und blickte in die Richtung der wartenden Kutsche.

Beide Männer sanken in ihre Sitze zurück, doch im Schutz der Dunkelheit konnte Giles die Frau deutlich sehen. Wieder war ihr Gesicht von einer Maske verdeckt. Ihre Lippen waren zu einer ernsten Linie zusammengepreßt. Mit ihrem leicht geneigten Kopf erinnerte sie an eine Katze, die die Sicherheitsrisiken abwägt, bevor sie ihren Weg fortsetzt.

Sie hat Angst.

Giles konnte sehen, daß sie auf der Hut war, daß sie im Widerstreit mit sich selbst lag. Würde sie es wagen, das Haus zu betreten, oder würde sie kehrtmachen und die Flucht ergreifen?

Cyril näherte sich ihr und sagte etwas zu ihr. Sie nahm

seine ausgestreckte Hand. Als er sich vorbeugte, um ihr die Hand zu küssen, lachte sie, ein Klang, der sich sanft über die Straße erhob und in die Stille von Traherns Kutsche eindrang.

Jedes Anzeichen von Unentschlossenheit oder Furcht fiel von ihr ab, sobald sie die Situation beherrschte. Sie umfaßte Cyrils Arm und flüsterte ihm etwas ins Ohr. Ihre Worte mußten eine unwiderstehliche Wirkung auf ihn haben, denn er ließ sie stehen, nahm die Eingangsstufen zwei auf einmal und stieß die Tür ungestüm mit der Schulter auf. Mit leicht schwingenden Hüften, den Kopf stolz erhoben, stieg der Schamlose Engel die Stufen hinauf. Mit einem wohlwollenden, doch hintergründigen Blick glitt sie an ihrem Opfer vorbei ins Haus, einem Blick, der einen Mann ohne weiteres ins Verderben locken konnte.

Monty wollte etwas ausrufen, als die Tür sich hinter ihnen schloß, doch Giles hinderte den leicht erregbaren Herzog mit einem mörderischen Blick daran.

»Es ist der Engel, Giles. Genau wie du gesagt hast.« Monty langte nach dem Türriegel. »Wir müssen sie aufhalten.«

Giles hielt ihn zurück. »Gar nichts müssen wir. Wir werden hier sitzenbleiben und warten, bis das Spielchen zu Ende ist.«

In einem der unteren Fenster ging Licht an.

Giles klopfte wieder an die Klappe und flüsterte dem Fahrer zu: »Michaels, fahren Sie uns etwas näher an das Haus und seien Sie wachsam. Ich weiß nicht, wie es weitergeht, aber wenn es weitergeht, müssen wir schnell handeln.«

Monty war weniger geneigt, sich Befehlen unterzuordnen. »Du kannst doch nicht zulassen, daß sie allein mit ihm in dem Haus ist.« Er langte wieder nach der Tür. »Jeder weiß, was für ein furchtbarer Lüstling Delaney ist. Man sollte meinen, er hätte aus dem Beispiel seines Vaters eine Lehre gezogen. Als wäre es nicht genug, daß sein

Vater in diesem unwürdigen Bordell starb. Wie man hört, will der junge Kerl die Familientradition noch weiter treiben. Er zahlt Höchstpreise für junge Mädchen, die sich –«

Mit einer Handbewegung wehrte Giles weitere Einzelheiten ab. »Ich wette mit dir um die Monatseinnahmen meines Besitzes in Chester, daß sich unser Engel in weniger als einer Stunde mit Cyrils Geld davonmacht.«

Unentschlossen lehnte Monty sich zurück. »Und wenn nicht? Wenn ... wenn ... dieser ehrlose Cyril ...« Der arme Herzog war offenbar nicht in der Lage, die gräßliche Vorstellung in Worte zu fassen.

»Wenn sie nicht in einer Stunde wieder herauskommt, gehen wir sie holen, mit gezogenen Waffen und einer Abteilung des königlichen Regiments im Rücken.« Giles lächelte und lehnte sich in seinem Sitz zurück.

Monty löste den Blick von dem Haus auf der anderen Straßenseite und sah Giles an. Stirnrunzelnd verschränkte er die Arme vor der Brust. »Also abgemacht.«

Sie warteten fast eine Stunde lang. Giles begann sich schon zu fragen, ob er die Fähigkeiten seiner Widersacherin überschätzt hatte.

Doch der Schamlose Engel enttäuschte ihn nicht.

»Darauf haben wir gewartet.« Giles zeigte auf die Seite des Hauses.

Angestrengt blinzelte Monty in die Dunkelheit hinaus.

Giles hatte als erster entdeckt, daß eines der unteren Fenster langsam hochgeschoben wurde. Zuerst wurde ein langes Bein über dem Fenstersims sichtbar, dann ein zweites. Mit einem Rascheln erschienen die üppigen weißen Röcke, die offenbar nur mit Mühe durch die Fensteröffnung paßten, doch dann folgte schnell die restliche Person.

Sie bewegte sich zum Rand des Häuserschattens und hielt an, um sich nach beiden Seiten umzusehen.

Erst jetzt hörte Giles das Getrappel von Hufen und das Knirschen von Rädern, als eine Kutsche an ihrem Beobachtungsposten vorbeifuhr. Er erkannte das Gefährt auf

Anhieb. Es war dieselbe schlichte schwarze Kutsche, die die Frau am Abend zuvor aufgenommen hatte.

Sofort riß er die Klappe zum Fahrer auf. »Los, Michaels. Schnell. Gehen Sie dazwischen.«

Mit einem Ruck fuhr Traherns Kutsche an.

Jeder Muskel in Giles Körper war angespannt. »Zur Seite, Monty. Laß mir soviel Platz wie möglich.«

Mit blassem Gesicht verzog sich Monty in die hinterste Ecke des Innenraums.

Sie überholten den überraschten Fahrer des Engels und kamen vor der Frau zu einem abrupten Halt. Giles stieß die Tür auf, sprang auf den Gehsteig und faßte die Fremde um die Taille.

Bevor sie auch nur protestieren konnte, hatte er Michaels schon zugerufen: »Los, nach Hause!«

Giles packte den Haltegriff am Äußeren des Wagens und wuchtete sich und seine Beute in das Innere, gerade als die Pferde lospreschten. Die Kutsche fuhr an, und Giles landete unsanft auf dem Boden.

Sein Aufprall wurde gemildert von der wohlproportionierten Frau, die nun endlich ihre Sprache wiederfand.

»Gehen Sie herunter von mir, Sie ungeschickter Riesenaffe!«

Ihre Gesichter waren sich ganz nah. Jetzt war es an ihm, sie triumphierend anzusehen, doch ihre Augen blitzten so wütend unter ihrer Maske hervor, daß sich ihr Blick durch ihn hindurchzubohren drohte. Giles wich ein wenig zurück.

Im nächsten Augenblick traf ihn ihre geballte Faust mit voller Wucht am Kinn.

Giles setzte sich auf und rieb sich den schmerzenden Unterkiefer. Noch nie in seinem Leben hatte er eine Frau geschlagen, und diesem Prinzip wollte er auch jetzt treu bleiben. Aber diese Lady mußte eindeutig ein paar Manieren lernen.

»O nein, Mylady, das reicht fürs erste«, schaltete sich Monty ein, als der Engel gerade zu einem zweiten Schlag ausholte. Er schob seinen Gehstock zwischen die beiden, als wollte er zwei raufende Schuljungen trennen. »Niemand hier wird Ihnen etwas zuleide tun«, fügte er mit einem warnenden Blick in Giles Richtung hinzu.

Giles murmelte etwas Zustimmendes, richtete sich auf und setzte sich auf seinen Sitz. Er entzündete die Innenleuchte, und ihr schwacher Schein reichte aus, um jede Bewegung der Frau im Auge zu behalten.

Sie lag immer noch auf dem Boden der Kutsche, die duftigen Röcke bis zu den Knien verrutscht. Insgesamt wirkte sie ziemlich lädiert.

Mit geübtem Blick erkannte Giles jedoch, daß nicht er für die schief sitzende Perücke und das zerrissene Oberteil ihres Kleides verantwortlich war. Selbst bei der schwachen Beleuchtung konnte er die beginnende Schwellung an ihrer zarten Wange erkennen. Eine häßliche Rötung war am Rande ihrer silbernen Maske zu erkennen.

Handfeste Hinweise auf Cyril Delaneys Werk, vor dem Monty ihn zu warnen versucht hatte.

Vielleicht war es unrecht von ihm gewesen, zu warten und sie allein in das Haus gehen zu lassen. Delaney, dieser unselige Narr. Was für ein Mann war er, daß er einer Frau so etwas antun konnte?

Schnell schüttelte er sein Mitgefühl wieder ab. Er durfte nicht vergessen, daß sie der Feind war. Möglicherweise war sie sogar verantwortlich für Webbs Tod.

Doch das brachte nicht die nagenden Zweifel zum Schweigen, daß Monty recht gehabt hatte. Auf Giles' Verantwortung hatten sie sie allein in die Höhle des Löwen gehen lassen. Sie hatte es überlebt, jedoch nicht unbeschadet.

Der Herzog schien zu demselben Schluß gekommen zu sein. »Oh, meine Liebe«, brachte er mit bewegter Stimme hervor. »Sie sind verletzt.« Er reichte ihr die Hand und half ihr auf den Sitz neben sich.

Als Giles sich vorbeugte, um ihr behilflich zu sein, wich

sie vor seiner Berührung zurück. Ihr feindseliger Blick verbannte ihn auf seinen Platz zurück.

Was kümmert es mich, was du von mir hältst, du kleines Luder, dachte er.

»Fühlen Sie sich besser, meine Liebe?« erkundigte sich Monty besorgt, während er fürsorglich ihre Röcke zu glätten versuchte und sein Bedauern über die zerrissene Spitze und den ruinierten Seidenstoff ausdrückte.

Ein tiefer Seufzer entrang sich ihren rosigen Lippen. »Es geht mir gut.« Sie strich sich über die Röcke und wehrte mit derselben Bewegung Montys Hand ab.

Obwohl sie den Blick gesenkt hielt, fiel Giles auf, daß sie verstohlen das Innere und die Insassen der Kutsche musterte und vor allem nach draußen spähte, um festzustellen, wo sie sich befand.

Er zog an einer Schnur und ließ eine Blende vor dem Fenster herab, so daß ihr der Blick versperrt war.

Sie sah ihn direkt an – mit einem schwachen Nicken erkannte sie seinen kleinen Sieg an, doch sie ließ ihn auch wissen, daß er die Schlacht noch nicht gewonnen hatte.

Während die Kutsche durch die stillen Straßen fuhr, ermahnte sich Giles, daß er sein Verhör planen und Alternativen für seine Nachforschungen überlegen mußte, falls sich der Schamlose Engel weigerte, mit der britischen Krone zu kooperieren. Es war ihm jedoch unmöglich, sich zu konzentrieren.

Statt dessen wanderte sein Blick zu den schlanken, in schwarzseidene Strümpfe gewandeten Fesseln, die unter ihren Röcken hervorschauten. Er atmete den Duft ihres Parfüms, der den Wagen mit zauberhaften Versprechungen füllte. Ihm entging nicht der triumphierende Blick ihrer Augen hinter der Maske.

Sie war dabei, ihre Flucht zu planen.

Es war deutlich an ihren Augen abzulesen. Das darin lodernde Feuer war so geheimnisvoll, so intim, daß Giles sich fühlte, als wäre er der Frau vertraut wie ein Geliebter, als wäre er ihr dadurch ausgeliefert.

Sie bemerkte seinen Blick und antwortete mit einem Lächeln. Kaum merklich strafften sich ihre Schultern, und ihre Brüste drängten sich gegen das, was vom Mieder ihres Kleides noch übrig war.

Eine offene Einladung, ausschließlich an ihn. Zumindest gab sie ihm dieses Gefühl.

Er vergaß Monty, vergaß, warum er diese Frau verfolgt hatte. Er wußte nur noch, daß er sie wollte.

Zähneknirschend wandte Giles sich ab. Könnte er diese Frau doch so mühelos aus seinen Gedanken verbannen wie seine abtrünnige Braut. Natürlich hoffte er, daß Lady Sophia wohlauf und in Sicherheit war. Aber sie erweckte in ihm nicht solche …

Die Kutsche kam zum Stillstand.

Monty sprang hinaus, bevor Giles ihn aufhalten konnte. Der Herzog streckte der Lady die Hände entgegen, als wäre sie eine Prinzessin.

Über die Schulter warf sie Giles ein selbstzufriedenes Lächeln zu.

Siehst du, schien ihr Blick zu sagen, *so behandelt man eine Lady.*

Majestätisch stieg sie aus der Kutsche.

»Ich hoffe, Sie werden uns unser kühnes Vorgehen verzeihen, Mylady, aber Sie befinden sich in schrecklicher Gefahr«, erklärte Monty eilfertig.

»Und ich hoffe«, erwiderte sie mit unschuldiger Stimme, »Sie werden *mir* verzeihen.«

Bevor Monty etwas erwidern konnte, wirbelte sie herum und warf Giles die Kutschentür vor der Nase zu. Der Riegel klemmte, aber Giles konnte die Fensterblende gerade noch rechtzeitig beiseite reißen, um zu sehen, wie die Frau Monty die Hände gegen die Brust stemmte und den kleinen Mann zu Boden stieß. Seine Perücke fiel ihm wie ein Deckel vom Kopf und purzelte in die Gosse.

Ein letztes Mal lächelte sie Giles spöttisch zu, dann war sie auf und davon.

»Verdammt noch mal!« Fluchend rüttelte er an dem

Riegel. Schließlich stemmte er sich mit der Schulter gegen die Tür. Sie sprang so plötzlich auf, daß Giles mit der vollen Wucht seines Gewichts neben Monty auf dem Gehsteig landete.

Als Giles aufblickte, sah er Keenan, seinen Butler, mit offenem Mund in der Haustür stehen. Der Mann, der dafür bekannt war, daß ihn nichts aus der Fassung bringen konnte, hatte nun Mühe, die passenden Worte zu finden.

»Ich glaube ... ich meine ... ich wollte sagen ... die Lady ... sie entkommt gerade, Mylord.« Der Butler deutete die Straße hinunter.

»Danke, Keenan«, murmelte Giles, während er sich aufrappelte. Sie war schon einen halben Block entfernt. Gleich würde sie in eine Seitengasse einbiegen und seinen Blicken entschwinden.

Er rannte die Straße hinunter und konnte sie gerade noch erwischen, bevor sie in eine dunkle Gasse schlüpfte. Sie wand sich und wehrte sich wie eine Katze, als er sie um die Taille packte und dann über seine Schulter warf.

»Sie Ungeheuer«, schimpfte sie. »Lassen Sie mich sofort hinunter, oder ich schreie!«

»Nur zu«, ermunterte Giles sie. »Wollen Sie, daß die Wachen kommen? Und welchen Namen wollen Sie ihnen nennen? Lady Schamlos? Ich bin sicher, Lord Delaney und all die anderen würden Sie lieber ›Diebin‹ nennen. Oder ›die Lady, die schon bald am Galgen hängen wird‹.«

Ihr Geschrei ging in eine Serie wenig damenhafter Flüche über.

Lichter gingen in den Nachbarhäusern an, und Türen öffneten sich, aus denen Dienstboten zaghaft hinausspähten, um die abendliche Darbietung nicht zu verpassen. Giles beachtete keinen von ihnen.

Mit leisem Bedauern dachte er, daß er vielleicht doch lieber seiner Braut gefolgt wäre. Er bezweifelte, daß die sanftmütige Sophia bei ihrer Entdeckung etwas Überraschenderes getan hätte, als in Ohnmacht zu fallen. Und selbst das wäre lautlos und ohne unliebsames Aufsehen vor sich gegangen.

Weiter voraus hatte Keenan Montys Perücke gerettet und half dem Herzog gerade die Treppen hinauf und ins Foyer des Hauses.

»Sie rühren sich nicht vom Fleck, Michaels«, wies Giles seinen Fahrer an. »Ich habe noch einen letzten Auftrag für Sie.«

Der junge Mann nickte und nahm seinen Platz auf dem Kutschbock ein.

Als Giles mit seiner Last auf den Schultern sein Haus betrat, wurde er von seinem gesamten Personal erwartet.

»Ich habe das Personal versammelt«, erklärte Keenan, »weil ich dachte, sie sollten ihre neue Herrin begrüßen.« Der grauhaarige Mann beugte sich vor und fügte besorgt hinzu: »Obwohl mir nicht bekannt war, Mylord, daß die Braut so widerspenstig ist.«

4.

Giles schob die Röcke des Engels ein wenig zu Seite und blickte in die beunruhigten Gesichter seiner Dienstboten.

Sie dachten, dies sei seine Braut!

Wie um alles in der Welt war er nur in eine solche Lage geraten?

»Es hat keine Hochzeit gegeben, Keenan«, erklärte er. »Lassen Sie das Personal wieder abtreten. Ich bin ab sofort in meinem Arbeitszimmer. Sorgen Sie dafür, daß ich nicht gestört werde.« Mit der ganzen Würde eines Trahern straffte er den Rücken und stieg die Treppe zum ersten Stock hinauf, seine heftig sich wehrende Gefangene immer noch über der Schulter.

Aus Cyrils Fehler hatte er gelernt, daß dieser Frau in einem ebenerdigen Raum nicht zu trauen war. Er machte auf dem Treppenabsatz halt, drehte sich um und sah, daß ihm seine Dienerschaft immer noch reglos mit offenem Mund nachstarrte. »Keenan?«

»Ja, Mylord?«

»Lassen Sie einen Arzt zu Lord Delaneys Haus schicken. Ich vermute, daß man ihn in seinem Arbeitszimmer finden wird.«

»Sehr wohl, Mylord.« Keenan, endlich wieder mit einer Aufgabe betraut, schien seine Fassung wiederzuerlangen. Mit einer Handbewegung entließ er das übrige Personal und versuchte, wieder so etwas wie Ordnung einkehren zu lassen.

Giles wandte sich Monty zu, der ihm schon halb die Treppe hinauf gefolgt war. »Nicht so eilig. Für dich habe ich eine andere Aufgabe, mein Freund.«

Monty runzelte die Stirn. »Ich soll sie mit dir allein lassen? Nur über meine Leiche.«

Instinktiv spürte die Gefangene Montys Beschützerinstinkt und witterte ihre Chance. »O bitte«, begann sie flehentlich. »Bitte lassen Sie mich nicht allein. Nicht mit *ihm*.«

Monty nickte verständnisvoll.

»Bei meiner Ehre, ich werde ihr nichts antun«, versicherte Giles. »Hast du übrigens vergessen, wie sie dich vorhin in die Gosse gestoßen hat? Und was mit deiner Perücke geschehen ist?«

Das brachte seinen Freund zum Nachdenken. »Du hast ja recht. Trotzdem würde ich gern hierbleiben und dir dabei helfen, sie zu bewachen. Sie hat es faustdick hinter den Ohren.«

Giles schüttelte den Kopf. »Nein, ich habe eine wichtigere Aufgabe für dich. Nimm meine Kutsche und fahr zu Lord Dryden. Bring ihn persönlich hierher. Und sei bitte diskret.«

Das lenkte Montys Aufmerksamkeit von der Lady ab, ganz wie Giles es sich erhofft hatte. Sein Freund hatte immer schon durchblicken lassen, wie gern er Giles ›bei seinen Geschäften assistieren‹ würde. Nun war diese Gelegenheit zum Greifen nahe.

»Wenn du glaubst, daß du die Situation hier im Griff hast«, erwiderte Monty taktvoll. Er vergewisserte sich, ob die Dienstboten fort waren, bevor er zuviel sagte.

Mit einem Augenzwinkern stieg Giles die Treppe weiter hinauf. »Ich habe alles im Griff.«

Sophie, die immer noch ihre Maske trug, musterte das Zimmer, in dem sie gefangengehalten wurde. Hohe Regale voller Bücher flankierten den offenen Kamin. Ein breiter Mahagonischreibtisch thronte mitten im Raum wie eine riesige braune Kröte. Auf einem niedrigen Schränkchen in der Ecke befand sich ein Tablett mit den unvermeidlichen alkoholischen Getränken. Es war ein typisch männliches Zimmer, ganz ähnlich denen, die sie in ihrer Eigenschaft als Schamloser Engel kennengelernt hatte.

Giles stand an der Tür und befahl seinen Dienern, draußen Wache zu halten. Dann hörte sie, wie sich der Schlüssel im Schloß drehte, und sie wußte, daß sie in der Falle saß.

Sie trat zum Fenster und fuhr nachdenklich mit den Fingern über die Scheibe. Ihre Gedanken überschlugen sich, doch ihr wollte kein machbarer Fluchtplan einfallen.

»Davon rate ich Ihnen ab.«

»Wovon denn?« Langsam wandte Sophia sich um.

»Von dem Fenster. Es ist zu hoch, um hinauszuspringen, und Klettern ist praktisch unmöglich. Als Junge habe ich mir einmal den Arm gebrochen, als ich versuchte, aus diesem Zimmer zu entkommen. Mein Vater hatte mich hier eingesperrt, weil ich eine Strafe zu erwarten hatte. Ich hatte aber andere Pläne.«

Sie blickte zurück auf die verlassene Straße. »Ich soll also bestraft werden?« Sie legte die Finger an ihre geschwollene Wange. Sie wußte, daß die Haut sich bis zum Morgen fürchterlich verfärben würde und sie keine

Ahnung hatte, wie sie erklären sollte, was mit ihr passiert war.

»Ist es das, was Sie erwarten? Wieder geschlagen zu werden? Ich fürchte, Sie haben den falschen Umgang gepflegt, Mylady.«

Sie konnte ihm nur beipflichten, doch das behielt sie für sich. Eine Zeitlang hatte es in Delaneys Arbeitszimmer so ausgesehen, als würde Emmas Mittel niemals wirken. Bis es dann endlich soweit war, hatte sich der brutale Mann bereits seine Form des Vergnügens verschafft. Dennoch gefiel ihr nicht der selbstzufriedene Gesichtsausdruck von Lord Trahern, als wäre er in irgend einer Hinsicht besser als Delaney.

»Warum sollte ich annehmen, daß Sie anders sind, Mylord? Sie haben mich auf offener Straße entführt und gegen meinen Willen hierhergebracht. Was soll eine Dame unter solchen Umständen denn denken?«

»Und Sie glauben, ich wäre zu derselben Gewalttätigkeit imstande, wie Sie sie bei Delaney kennengelernt haben?«

Sie antwortete nicht sofort, denn in ihrem Innersten wußte sie, daß es nicht so war. Doch wenn er vielleicht unfähig zu körperlicher Gewalt war, konnte er doch das Herz einer Frau brechen, wenn sie dumm genug war, es ihm zu schenken. Nur zu gut kannte sie den Schmerz verlorener Liebe und den Preis, den eine Frau zahlen mußte, wenn sie den Versprechungen eines Mannes glaubte.

Sie fuhr mit den Händen über ihr Kleid und tastete nach dem Beutel, den sie unter ihrem Reifrock verborgen trug. In dem Ledertäschchen trug sie alles, was von Delaneys Gold und Juwelen noch übrig war – nach ihrer Überzeugung ein gerechter Preis für die abscheulichen Mißhandlungen durch diesen Mann.

Genug Geld, wie sie hoffte, um ihre Kontaktperson in Paris zufriedenzustellen. Danach konnte sie nach London zurückkehren und sehen, ob Lord Trahern ein Mann war, der zu seinem Wort stand.

Zunächst aber mußte sie ihrem Verlobten noch einmal entkommen.

Schweigen lastete auf dem Raum, doch sie spürte deutlich seinen Blick in ihrem Rücken. Sie zupfte an dem zerrissenen Ärmel ihres Oberteils und versuchte, ihre entblößte Schulter notdürftig zu bedecken. »Ich habe die Erfahrung gemacht, daß Männer sich einfach nehmen, was sie wollen, Lord Trahern. Ohne zu fragen. Sie glauben, es sei ihr Recht. Und ich vermute, daß Sie nicht besser sind.«

Bedenkenlos war er im Hause ihrer Tante aufgetaucht und hatte erwartet, daß ihr Heiratsversprechen nach seinem Belieben sofort und ohne große Vorankündigung erfüllt würde. Als wäre das nicht schlimm genug, hatte er sich nicht einmal die Mühe gemacht, vor dieser Entscheidung seine Braut anzuhören. Sophia war klar, daß es ihn wenig störte, wenn sie häßlich war wie ein Fischweib, solange sie nur als seine Zuchtstute dienen konnte.

Selbst ihre offensichtliche – wenn auch gespielte – Krankheit hatte ihn nicht von seinen selbstsüchtigen Plänen abgebracht.

»Ich glaube kaum, daß Sie mich mit Delaney vergleichen können«, protestierte er mit einem Blick auf den Riß in ihrem Oberteil.

Sie schnaubte. »Die Nacht ist noch jung, Lord Trahern. Ich wette, daß Sie noch vor Morgengrauen Ihr wahres Gesicht zeigen werden.« Sie wandte sich ab und suchte mit ihren Blicken verzweifelt die Straße nach beiden Seiten danach ab, ob nicht endlich ihre Kutsche in Sicht käme.

Oliver und Emma hatten ihr doch hoffentlich folgen können.

»Ich habe nicht die Absicht, Ihnen etwas anzutun, Mylady. Solange Sie zur Mitarbeit bereit sind.«

Sein wachsamer Ton ließ ihr wenig Grund zur Hoffnung. Ein aufmerksamer Gegner ließ sich nur schwer täuschen.

Mit einer Kerze in der Hand trat Giles durch den Raum

auf sie zu. »Vielleicht fangen Sie an, indem Sie mir sagen, wer Sie sind?«

»Das werde ich kaum tun, bevor Sie mir sagen, weshalb Sie mich entführt haben, Lord Trahern.« Sie wandte sich vom Fenster ab, trat an ihm vorbei und zog sich in die schattige Ecke neben dem Kamin zurück.

Er neigte den Kopf in ihre Richtung. »Ich denke, Sie wissen, weshalb ich Sie hierhergebracht habe. Wenn ich also Ihren Namen erfahren dürfte, Lady –« Er hielt inne, als erwartete er, daß sie für ihn weitersprach.

Sophia zuckte mit den Schultern und versuchte, gelangweilt auszusehen.

Er ließ nicht locker. »Der Schamlose Engel. So nennt man Sie doch, oder?«

Sie nickte zustimmend. Weiter die Unschuldige zu spielen, war ohnehin nutzlos. Sie stieß mit der Schuhspitze gegen einen der Holzscheite im Kamin und warf Giles einen verstohlenen Blick zu.

Wie gut er aussah! Fast schon zu gut mit seinem dunklen, zurückgekämmten Haar und seinen markanten Zügen. Im Salon ihrer Tante hatte sie wenig Gelegenheit gehabt, ihn in Augenschein zu nehmen. Der arme Mann hatte außerdem den verzweifelten Anblick eines Mannes geboten, der gerade zum Schafott geführt wird. Natürlich waren das dämmerige Licht und die große Distanz zwischen ihnen ihr Vorteil gewesen. Mit Emmas Hilfe hatte sie sich das Gesicht in diesem gräßlichen gelblichen Ton geschminkt, sich dunkle Ringe unter die Augen gemalt und ein uraltes, formloses Gewand angezogen, das ihr kränkliches Aussehen noch betonte. Ein wenig Asche aus dem Kamin und etwas Handlotion hatten ihr Haar in stumpfe, leblose Strähnen verwandelt.

Ein Segen, daß ihre Tante so kurzsichtig war und kaum die Änderungen am Aussehen ihrer Nichte registrierte.

Obwohl ihre Bemühungen den gewünschten Effekt bei ihrem Zukünftigen zeigten, hatte es ihrem Stolz und ihrer Eitelkeit doch einen Stich versetzt, die Enttäuschung, wie flüchtig auch immer, in seinen Augen aufflackern zu sehen.

Im Augenblick schien er alles andere als enttäuscht zu sein. Dabei hätte sie einiges darum gegeben zu wissen, ob er so zufrieden grinste, weil er den Schamlosen Engel gefaßt hatte oder weil er seiner Heirat mit ihr entkommen war.

Ihre Heirat! Wie kam er eigentlich dazu, am Abend seiner Trauung dem Schamlosen Engel nachzuspüren? Eigentlich hätte er verzweifelt die Straßen von London nach seiner Braut absuchen müssen.

»Warum hat Ihr Butler gedacht, ich wäre Ihre Braut?« fragte sie, während ihr Blick wieder zum Fenster irrte. Als er nicht sofort antwortete, richtete sie den Blick wieder auf ihn.

Er vermied es, sie direkt anzusehen. »Ich sollte heute abend getraut werden.«

Sie tat so, als suchte sie den Raum ab, bis sie schließlich wieder vor dem Fenster stehenblieb. »Ich sehe keine Braut. Was ist mit ihr geschehen?«

Sein Gesicht nahm einen entschlossenen Ausdruck an. »Ich habe es mir anders überlegt.«

Diese Eröffnung brachte Sophia beinah aus der Fassung. Er hatte es sich anders überlegt? Wie konnte er es wagen! War er überhaupt im Haus ihre Tante gewesen und hatte festgestellt, daß sie fort war? »Sie haben das arme Mädchen einfach vor dem Altar warten lassen? Aber das muß ihr das Herz gebrochen haben!«

»Das bezweifle ich«, erwiderte er steif. »Ich bezweifle, daß es ihr das geringste ausmacht. Ich habe sie ja nicht einfach im Stich gelassen, sondern nur beschlossen, den Termin auf einen passenderen Zeitpunkt zu verlegen.«

Etwas an seinem schwermütigen Ton verriet Sophia, daß er doch im Haus ihrer Tante gewesen war. Das erklärte aber nicht, weshalb er seine Hochzeitsnacht hier mit ihr und nicht auf der Suche nach seiner flüchtigen Braut verbrachte.

»Genug jetzt von meiner Hochzeit«, sagte er etwas munterer. »Ich möchte lieber von Ihnen sprechen und davon, warum ganz London Sie den Schamlosen Engel nennt. Sicherlich kennen Sie die vornehme Gesellschaft deshalb so gut, weil Sie selber dazugehören. Ich werde Sie also Lady Schamlos nennen.« Er hob die Kerze, so daß ihr Schein auf sie beide herabfiel.

»Wie schmeichelhaft, daß Sie mich für eine Dame halten.«

Er zog die Augenbrauen hoch. »Das habe ich nie gesagt.«

Seine Worte sandten Sophia einen Schauer über den Rücken. Und das letzte, was ich mir von dir wünschte, dachte sie schamlos, ist, wie eine Dame behandelt zu werden. Wie unvergleichlich wäre es gewesen, diese Nacht in seinen Armen als seine Frau oder seine Geliebte zu verbringen! Sie konnte sich gut vorstellen, wie sich ihre Körper aneinanderdrängten und die Leidenschaft in seinen dunklen Augen loderte.

Als Lady Sophia hätte sie ihm vorspielen müssen, noch Jungfrau zu sein. Aber beim Schamlosen Engel würde er nicht erwarten, eine unberührte Frau vorzufinden. Ganz im Gegenteil!

Sophia konnte kaum fassen, auf welche Gedanken sie in dieser Situation kam. Dennoch mußte sie lächeln, als sie daran dachte, welche Fluchtmöglichkeiten sich ihr dadurch eröffneten.

»Sie brauchen es gar nicht zu versuchen.« Giles entzündete eine weitere Kerze auf dem Schreibtisch.

»Was?« fragte sie über die Schulter. Plötzlich befürchtete sie, er könnte ihre leidenschaftlichen Gedanken lesen. Als das Licht der Kerze aufflackerte und heller wurde, wandte sie sich ab und versuchte, die hartnäckige Vorstellung von ihm und ihr in seinem Bett abzuschütteln.

Giles ging im Zimmer umher und zündete immer mehr Kerzen an, um auch die letzten Schatten zu vertreiben.

Sophia versuchte, einen Platz im Raum zu finden, wo das Licht nicht ganz so hell war.

»Sich zu verstecken.« Giles entzündete die Holzscheite im Kamin. »In der Kutsche konnten Sie vielleicht noch an Flucht denken, aber nun ist Ihr Spiel vorbei.«

Sie trat hinter den Stuhl an seinem Schreibtisch und betrachtete ihre Gefängniszelle in der Hoffnung, etwas zu entdecken, was ihr die Flucht ermöglichen konnte.

Viele der Herren, die sie ... nun ja ... besucht hatte, besaßen solche Räume nur, um den Anschein zu wahren. Giles Trahern allerdings schien ein Mann zu sein, der ernsthaft arbeitete. Sie wußte schon länger von seiner Verbindung zum Außenministerium und seiner geheimen Tätigkeit dort, doch Lord Traherns Vater hatte ihr die meisten Einzelheiten erzählt, die sie wissen mußte. Der alte Herr hatte es als seine Pflicht betrachtet, seine zukünftige Schwiegertochter in die Gefahren einzuweihen, denen sich die Trahern-Männer aussetzten.

Damals hatte sie den Verdacht gehabt, daß der alte Mann ein wenig mit den Heldentaten seines Sohnes prahlte. Als sie nun jedoch die militärische Haltung und den scharfen, abschätzenden Blick dieses Mannes registrierte, wußte sie, daß sie noch nie einen gefährlicheren Gegner vor sich gehabt hatte.

Ihren Verlobten fürchtete sie nicht, nicht wenn sie als Lady Sophia in ihr Taschentuch hustete. Ihr Zukünftiger hatte sie ohnehin nicht gewollt.

Dieser Mann aber brachte sie zum Zittern.

Denn er wollte nichts lieber, als sie zu demaskieren.

Sie mußte laut lachen, als ihr das Absurde der Situation klar wurde.

Es war, als hätte das Schicksal gewollt, daß sie diese Nacht miteinander verbrachten, sei es als Mann und Frau oder als Jäger und Gefangene.

Aber war das nicht ein und dasselbe, wenn eine Frau einen Mann heiraten mußte, den sie weder kannte noch liebte?

Liebe, das wußte sie, brauchte Zeit. Doch seit sie ihn zum erstenmal im Ballsaal der Parkers gesehen hatte, war ihr sein Anblick nicht mehr aus dem Sinn gegangen. Es war, als hätte er eine längst vergessen geglaubte Erinnerung in ihr wachgerufen. Einen verbotenen Traum von Leidenschaft.

»Darf ich mitlachen?« Giles stand mitten im Raum und beobachtete sie wachsam.

Sophia nahm die Hand vor den Mund. Sie durfte jetzt nicht die Kontrolle verlieren. Sie mußte nachdenken, und sie brauchte Zeit. Unauffällig trat sie zu dem Tablett mit den Getränken.

Vielleicht hatte sie ja noch genug von Emmas Mittel im Ärmel. Nervös drehte sie an dem Korken, der das Fläschchen verschloß.

Bevor sie es jedoch öffnen konnte, schloß sich seine Hand, warm und hart, um die ihre.

»Mir ist nicht danach, etwas zu trinken, also können Sie sich die Mühe sparen.«

Sie versuchte, sich aus seinem Griff zu befreien, aber er hielt sie eisern fest.

»Ich weiß wirklich nicht, was Sie meinen«, stammelte sie.

»Aber natürlich wissen Sie das, Lady Schamlos.« Er beugte sich vor, bis seine Lippen fast ihr Ohr berührten. »Wie man hört, benutzen Sie eine äußerst starke Mischung aus Versprechungen und Whiskey.«

Seine Worte waren wie eine Warnung davor, ihre Tricks an ihm zu erproben, während seine Finger ihr mühelos das Fläschchen entwanden. Nie hatte sie von ihren Opfern etwas anderes gewollt als deren Geld. Doch nun schien sie die Kontrolle über die Situation zu verlieren, und sie mußte sich eingestehen, daß sie diesen Mann wirklich verführen wollte.

Gefangen in den Armen des Marquis von Trahern, suchte sie seine Nähe nicht nur, weil sie ihn übertölpeln wollte, sondern weil sie ihn *wollte*.

Nun schien nichts mehr die unerforschten Gefühle aufzuhalten, die er am Abend zuvor mit seinem wissenden Blick, der sicheren Berührung seiner Hand erweckt hatte.

Er hielt das Fläschchen hoch und schwenkte es vor ihren Augen hin und her. »Wie, kein Leugnen? Keine geistreiche Erwiderung?«

Seine Lippen waren so nah, daß sie seinen warmen Atem spürte.

Sie unterdrückte die unerwünschten Gefühle, die er in ihr weckte, und versuchte, ihre Fassung zurückzugewinnen. Mit wie vielen ihrer Opfer war sie schon ihn ähnlichen Situationen gewesen, und immer hatte sie die Oberhand behalten. Sie war es, die die Spielregeln aufstellte.

»Sie scheinen ja alle meine Geheimnisse zu kennen. Was könnte ich Ihnen Neues erzählen?« Sophia versuchte, sich von ihm loszumachen, doch er kam ihr so nah, daß sich ihre Körper berührten. Seine Schenkel streiften ihre Hüften, und sein kräftiger Oberkörper ragte wie ein Hindernis vor ihr auf.

Während sie nach einem möglichen Fluchtweg Ausschau hielt, hoffte sie verzweifelt, daß er nicht ahnte, welche Wirkung er auf sie hatte.

»Nicht jedes Ihrer Geheimnisse, Lady Schamlos. Aber ich habe vor, alles über Sie zu erfahren, noch bevor es Tag wird.«

Als sie zu ihm aufblickte, sah sie ein hintergründiges Lächeln auf seinem Gesicht, aber sie wußte, daß er nicht belustigt war. An dem harten Zug um sein Kinn und seine Augen konnte sie erkennen, daß er der Jagd langsam müde wurde und sich nun zum Erlegen des Wildes anschickte.

»Manche Geheimnisse sollte man besser nicht teilen«, flüsterte sie.

Er senkte den Kopf, bis seine Lippen die zarte Haut an ihrem Hals streiften. »Wer hat gesagt, daß ich bereit bin zu teilen?« fragte er.

Plötzlich ging alles sehr schnell. Sophia wich zurück, bis sein Schreibtisch ihr den Weg versperrte. »Vielleicht wollen Sie gar nicht wissen, wer ich bin. Die wenigsten Männer wollen das. Ich nehme an, Sie wären sogar ein wenig enttäuscht.«

Er schüttelte den Kopf. Der wilde Ausdruck seiner Augen sagte mehr als alle Worte. Er wußte genau, was er suchte und was er zu finden erwartete.

Der schwere Schreibtisch erlaubte kein Entkommen.

Sein Blick glitt über das zerrissene Oberteil ihres Kleides, das kaum die üppige Wölbung ihrer Brüste bedeckte. »Ich kann mir nicht vorstellen, daß Sie einen Mann enttäuschen würden.«

Insgeheim verwünschte Sophia Emmas Theaterkorsage, die aus ihren normalerweise kleinen Brüsten einen wohlgerundeten Blickfang für lüsterne Männeraugen machte. Aber seine Bemerkung löste noch etwas anderes in ihr aus.

Sie fragte sich, ob ihre Hochzeitsnacht genauso verlaufen wäre. Hätte er bei ihr als seiner Frau dasselbe unerbittliche Interesse an den Tag gelegt?

Nein, vermutlich nicht, dachte sie, und in ihr Verlangen mischte sich eine Spur Ärger. Die zarte, kränkliche Lady Sophia hätte nichts dergleichen erfahren.

Mit ihr wäre er gütig, geduldig und schnell verfahren.

Dieser Gedanke machte sie wütend. Sie verdiente mehr von ihrem Ehemann.

Sie verdiente seine Leidenschaft. Seine Begierde, die er so freizügig einer Wildfremden entgegenbrachte.

Selbst jetzt konnte sie sich nicht der fesselnden Spannung entziehen, als seine Finger über ihre bloßen Schultern strichen und die Überreste ihres Oberteils beiseite schoben. Sie spürte, daß er denselben inneren Kampf um Selbstkontrolle führen mußte wie sie.

»Was ist es, was Sie wünschen, Mylord?« fragte sie in geübtem Ton.

»Sie zu sehen, Lady Schamlos.« Seine Finger näherten sich dem Rand ihrer Maske.

Sie schüttelte den Kopf und wich zurück, außerstande,

ihm weiter in die Augen zu blicken. »Wie? Gefällt Ihnen dieses Kostüm etwa nicht? Hätte ich gewußt, daß Sie mich heute so freundlich in Ihr Haus einladen würden, hätte ich ein Kostüm gewählt, das mehr nach Ihrem Geschmack ist. Etwas Gewagteres vielleicht? Ich möchte behaupten, daß Weiß kaum Ihre Farbe ist.« Sophia entzog sich weiter seinem Griff, die Hand am Kinn. »Ihnen würde wohl etwas Verhüllendes gefallen. In den Farben der Nacht, habe ich recht, Lord Trahern? Eine Frau voller Geheimnisse und Täuschungen im Mondlicht?«

Er trat zurück, als hätten ihre Worte ihn getroffen.

Sie setzte ihm nach, bereit, ihren Vorteil zu nutzen, denn sie wußte nicht, wie lange ihr diese Chance blieb. Sie ließ ihre Finger seine Brust hochwandern und war beeindruckt von der festen Muskulatur seines Oberkörpers.

Die spannungsgeladene Verbindung zwischen ihnen war wieder da und gab ihr ihren Mut, ihre Unerschrockenheit, ihren Sinn für das Nächstliegende zurück. Wieder kam ihr die tollkühne Idee. Wenn sie es schaffte, ihn zu verführen, konnte sie ihm vielleicht entkommen. So unerhört dieser Gedanke auch sein mochte, ganz ohne Reiz war er nicht.

Die meisten ihrer Opfer waren ältliche Lebemänner gewesen, deren einziger Lebenszweck in Trinken, Essen und Weibergeschichten bestand. Der Körper dieses Mannes aber verriet einen anderen Lebensstil – ein Leben voller harter Arbeit und strenger Regeln. Nun sollte dieser Körper ihr gehören – wenigstens für diese eine Nacht.

»Weshalb haben Sie mich hergebracht, Lord Trahern?« Sie stellte sich auf die Zehenspitzen und brachte ihre Lippen ganz nah an die seinen, die Hände auf seine Schultern gelegt.

Er sah auf sie hinunter, und einen Moment lang konnte sie in seinen Augen die widerstreitenden Gefühle sehen.

Begierde und Notwendigkeit.

Ihre Wirkung auf ihn war nicht verfehlt.

Doch ihr Triumph war von kurzer Dauer. Er legte ihr

die Hände auf die Schultern und schob sie bis auf Armeslänge von sich.

Einen Augenblick lang war sie unsicher auf den Beinen, nachdem er sie nicht mehr mit seiner Umarmung stützte.

»Ich kann Ihnen die Zeit ersparen und Ihnen meine Geldkassette jetzt gleich öffnen. Sie können soviel Geld haben, wie Sie wollen, aber zuerst möchte ich von Ihnen ein paar Antworten haben – und keine ihrer Spielereien. Ich will wissen, auf welcher Seite Sie stehen. An welche Sache glauben Sie?« Sein Blick wurde hart und durchdringend.

»Meine Sache?« wiederholte Sophia achtlos. Diese Unterhaltung kam der Wahrheit viel näher, als ihr lieb war. »Ich habe noch nie gehört, daß man das Anhäufen von Juwelen und Kleidern so nennt.«

»Oh, meine Dame, Sie erweisen uns beiden einen schlechten Dienst. Wir wissen beide, wie wenig Ihnen die Dinge bedeuten, die anderen Frauen so wichtig sind.« Er schnippte mit den Fingern nach den losen Stoffetzen ihres Oberteils. »Aber Sie sind ja auch nicht irgend eine Frau.« Seine Hand strich über ihre Wange und näherte sich wieder dem Rand ihrer Maske.

Sophia entwand sich ihm. »Ich würde annehmen, daß ein Mann Ihrer Erfahrung es vorzieht, wenn ich die Maske anbehalte.«

»Vielleicht haben Sie recht«, erwiderte er und trat einen Schritt näher. »Natürlich dürfte ich dann auch damit herumprahlen, Sie besessen zu haben. Wie all die anderen.« Wieder legte er ihr die Hände auf die Schultern, dann zog er sie dicht an seine Brust. »Sie sind die Verkörperung der Phantasien eines jeden Mannes, und um sie wahr werden zu lassen, bezahlt er Sie, ist es nicht so?«

Sein grober Tonfall war wie ein Schlag ins Gesicht. Doch statt zurückzuschlagen, lächelte sie. »Zuerst muß ich seine Phantasien kennen. Und Ihre, das muß ich zugeben, interessieren mich sehr.«

Ihr Blick wanderte von seinen blanken, dunklen Stiefeln über seine engen, schwarzen Kniebundhosen zu dem strenggeschnittenen Jackett, als könnte sie durch bloßes Hinsehen seine geheimsten Wünsche herausfinden.

Sie bemerkte keinerlei Schmuckstücke an ihm, nichts, was auf seinen Rang oder seinen Reichtum verwies. Nicht einmal eine Perücke trug er; sein pechschwarzes Haar war zu einem schlichten Zopf zusammengebunden.

Das also hätte er zu ihrer beider Hochzeit getragen? Sie wußte nicht, warum ihr das ausgerechnet jetzt auffiel, doch nun konnte sie nicht umhin zu denken, daß er genausogut zu einem Begräbnis hätte gehen können.

Seine mangelnde Achtung vor ihrer Heirat machte sie wieder ärgerlich. Besonders jetzt, nachdem ihr klarzuwerden begann, was ihr entging.

Sie schalt sich dafür, daß es sie überhaupt kümmerte. Immerhin war er derjenige gewesen, dem soviel an der Verbindung lag, natürlich nur wegen seines verwünschten Familienstammbaums.

Sie hatte schon viele Risiken als Schamloser Engel auf sich genommen, aber noch nie ein vergleichbares. Sie hörte förmlich Emmas düstere Warnungen, aber die verblaßten angesichts ihres wachsenden Zorns über seine offensichtliche Geringschätzung seiner Heirat mit ihr. Nichts wünschte sie sich mehr, als ihn ein zweites Mal zu verlassen – aber nicht bevor er sie wirklich schmerzlich vermissen würde.

»Es reicht mir nicht zu wissen, was Sie sich wünschen«, sagte sie. »Es ist viel besser, wenn Sie es selber aussprechen.«

Er ging auf ihre Herausforderung ein. »Und wenn ich Ihnen sagte, was ich mir wünsche, würden Sie es mir geben?«

Keck ließ sie die Hüften kreisen. »Ich nehme an, ich habe gar keine andere Wahl.« Sie trat einen Schritt näher und fuhr ihm mit dem Finger über den Wangenknochen.

»Die Wahl liegt ganz bei Ihnen.« Er zog sie in seine

Arme und beugte sich zu ihr herab. Sein brennender Kuß erstickte ihre Antwort, als wüßte er, was ihr Körper längst entschieden hatte.

Sie versuchte zu atmen, doch dazu blieb ihr keine Zeit. Seine Lippen drängten die ihren, sich zu öffnen. Als seine Zunge vordrang und seine Arme sich noch enger um sie schlossen, fühlte sie sich von einem Wirbelsturm des Verlangens davongetragen, der alle Proteste verstummen ließ.

In diesem hitzigen Moment war ihr, als hätte er ihr die Maske heruntergerissen und als wäre er imstande, in die Tiefen ihrer Seele zu sehen.

Wie hatte sie jemals annehmen können, sie sei erfahren?

Sachte ließ er seine Hände über ihre bloßen Arme gleiten, als hätte er die ganze Nacht zur Verfügung, um ihren Körper zu erforschen – ein krasser Gegensatz zu der Dringlichkeit seines Kusses, der ihre sofortige Kapitulation zu fordern schien.

Der Ärger, den sie seinetwegen verspürt hatte, mischte sich mit ihrem Verlangen nach ihm und ließ sie seinen Kuß mit der gleichen Dringlichkeit erwidern. Unter seiner hingebungsvollen Berührung erwachten ihre Sinne.

Er löste seine Lippen von den ihren und begann, ihren Nacken mit lauter kleinen Küssen zu bedecken. Dann streifte er die Überreste ihres Oberteils und ihres Leibchens herunter. Die süße Wonne, die ihr das bereitete, war ihr ebenso willkommen wie die kühle Luft, die nun an ihre fiebrige Haut drang.

Giles konnte sich nicht von dieser unglaublichen Frau in seinen Armen losmachen. Nie hatte er beabsichtigt, daß dies geschah, daß er in ihre sinnliche Falle geriet. Ihre Koketterie war ihm so harmlos erschienen, als sie sich ihm mit ihren Lippen näherte.

Er wußte, daß sie nicht mit ihren Opfern schlief, zumindest hatte sie nicht mit Monty geschlafen. Und da er nicht bereit war, mit ihr aus einem Glas zu trinken, welche anderen Tricks konnte dieses verführerische Geschöpf für ihn bereithalten?

Und nun flüsterte sie ihm Andeutungen ins Ohr, flehte ihn an, weiter ihr weiches, seidiges Fleisch zu erforschen.

»Bitte, ja«, hauchte sie, als sich seine Finger um ihre festen Brüste schlossen. Seufzend schmolz sie unter seiner Berührung dahin. Und so sehr es ausgesehen hatte, als hätte er die Situation unter Kontrolle, wußte er nun, daß sie beide die Kontrolle verloren hatten. Noch nie hatte er den Wunsch empfunden, eine Frau so unbedingt besitzen zu wollen.

Wild, provozierend, schamlos. Er wollte diese Frau, selbst wenn er wußte, daß eine Nacht niemals genug sein würde.

Und doch durfte dies nicht geschehen.

Ihre Hand glitt seinen Schenkel hinauf, bis sie die Härte seiner Männlichkeit berührte. Beinah andächtig begann sie, ihn durch den Stoff seiner Hose zu liebkosen.

Er versuchte, sich einzureden, daß das alles nur ein Test sein sollte, um zu sehen, wie weit sie gehen würde, um ihn zu täuschen. Doch das einzige, was getestet wurde, war seine Selbstbeherrschung, und die drohte unter ihrer schamlosen Berührung restlos außer Kontrolle zu geraten.

Wieder schloß sich sein Mund über ihren Lippen, denn er wollte die Oberhand zurückgewinnen. Sie erwiderte seinen Kuß mit dem gleichen Feuer und Verlangen, als wäre es ihnen vorbestimmt gewesen, an diesem Abend ihrer beider geheimsten Wünsche zu erforschen.

Er hob den Kopf und sah sie an. Ihre Augen schienen hinter ihrer Maske zu glühen, und ihr Blick bestätigte ihm, daß sie ihn begehrte. Zwischen ihnen konnte es keinen Sieger geben, denn von dem Feuer, das ihre Sinne erfaßt hatte, war nur eine gemeinsame Erlösung möglich.

Ihr unregelmäßiger Atem hob und senkte ihre Brüste. Behutsam legte er die sanften Rundungen frei, bis seine Daumen über ihre zarten Spitzen strichen.

Er sah, wie ihre Lider flatterten, und hörte ihr leises Stöhnen.

Fordernd und suchend drängten sich ihre Hüften gegen seinen Leib.

Er hob ihre Röcke, um ihre geheimsten Stellen zu erforschen. Derweil zerrte sie mit der gleichen Ungeduld an seiner Hose, um auch ihn zu befreien.

Sobald er das seidige Fleisch ihrer Schenkel berührte, hielt er inne. Es war ihm, als wäre er kurz davor, in eine Falle zu geraten, und schnell wich er vor ihr zurück. »Das ist nicht richtig«, sagte er mehr zu sich selber als zu ihr. »Ich werde das nicht tun.«

Mit einem ironischen Lächeln trat sie näher zu ihm. »Ich werde liebevoll mit dir umgehen. Du hast nichts zu befürchten.«

Nichts zu befürchten? Hatte sie mit diesen Worten Webb in den Tod gelockt? »Weder fürchte ich Sie, Madame, noch begehre ich Sie. Jetzt und in Zukunft nicht.«

Verwirrt legte sie den Kopf auf die Seite und sah ihn an. »Da bin ich anderer Meinung, und wenn Sie wieder zur Vernunft gekommen sind, werden Sie sehen, daß ich keine bösen Absichten habe. Kommen Sie zurück zu mir, Lord Trahern.« Sie streckte ihm die Arme entgegen, um ihn wieder in die Falle zu locken.

Wie hatte er es nur so weit kommen lassen können? Er hatte einfach nicht nachgedacht, das war es.

Irgendwo draußen erhob sich ein Streit.

Sie blickte zum Fenster. »Sie scheinen Besuch zu bekommen. Vielleicht von Ihrer Braut?«

Der Wortwechsel unten ging weiter.

»Er hat mir mein Baby genommen, sag' ich Ihnen. Ich will es zurück«, klagte eine Frau.

Giles hörte Keenan beschwichtigend auf die Frau einreden.

»Ich versichere Ihnen, Madame, seine Lordschaft hat Ihr Baby nicht«, beteuerte der Butler wieder und wieder.

»Aber ich habe gesehen, wie er mein Kleines mitgenommen hat.« Die Stimme der Frau nahm einen schrillen, hysterischen Klang an. »Er hat es aus seiner Wiege genommen, jawohl. Ich will mein Kind wiederhaben.«

Ohne auf den ungeduldigen Seufzer seiner Begleiterin zu achten, trat Giles ans Fenster, öffnete es und sah auf die Straße hinunter. Auf den Stufen zu seinem Eingang stand ein ärmliches Paar. Das Gesicht von Kummer gezeichnet, zerrte die Frau abwechselnd an ihren Kleidern und raufte sich das Haar.

Als Keenan Anstalten machte, ins Haus zurückzugehen, warf sie sich ihm vor die Füße und umklammerte seine Beine.

»Sie dürfen meinen kleinen Johnny nicht behalten. Geben Sie ihn mir zurück. Es ist ungerecht. Ich will ihn zurück«

Ihr Begleiter, vermutlich ihr Ehemann, trat vor. Seine vielfach geflickte Jacke verriet seinen Status als armer Arbeiter, und an seinen abgehackten Bewegungen konnte Giles erkennen, daß er erschreckt und eingeschüchtert war von diesem unziemlichen Ausbruch.

»Komm da weg, Frau«, sagte er und versuchte, die Verstörte um die Taille zu fassen und von Keenan fortzuziehen.

Plötzlich riß sie sich los und stürzte ins Haus. Giles trat vom Fenster zurück.

»Kinder entführen Sie also auch, ja?« bemerkte die Frau an seiner Seite. Zärtlich ließ sie ihre Finger seinen Ärmel hinaufwandern, als wollte sie ihn wieder in ihren Bann locken. »Sie sind ja ein vielbeschäftigter Mann.«

Das Gejammer und Geklage im unteren Stock wurde lauter und lauter.

Giles blickte von der verschlossenen Tür zu seiner Gefangenen. Sie lächelte ihn an, ihre Lippen noch geschwollen von seinen Küssen. Was immer er noch vor wenigen Minuten empfunden hatte, verflüchtigte sich, während sein Zorn über Webbs Tod wieder die Oberhand gewann.

Bald würde Dryden eintreffen, und er wollte nicht halb

London in seinem Haus haben, wenn sein Vorgesetzter ankam.

Er ging zur Tür und schloß sie auf. Dann drehte er sich zu seiner Gefangenen um. Sie hatte sich auf seinen Schreibtisch gesetzt und ließ ihre bestrumpften Füße in der Luft baumeln.

»Sie bleiben doch hoffentlich nicht lange fort, oder?« Sie zwinkerte ihm zu. »Ich habe es gar nicht gern, wenn man mich warten läßt.«

Ein Grollen stieg in seiner Brust auf. Ihre Stimme verlockte ihn, in ihre Arme zurückzukehren, aber diesmal verfehlten die verführerischen Töne ihre Wirkung auf ihn. Wie hatte er es nur so weit kommen lassen können?

Wenn sie tatsächlich für Webbs Tod verantwortlich war, sollte er ihr den Hals umdrehen, statt auf ihre Lügen hereinzufallen wie alle anderen Narren in London. »Sie warten hier.«

»Es wird sich lohnen.«

Statt einer Antwort beorderte er einen dritten Diener als Wache an die Tür, bevor er die Treppe hinunterging.

Als die zerlumpte Frau im Foyer ihn erblickte, verstummte ihr Gejammer. Sie kniff die Augen zusammen und erhob einen knochigen Finger gegen ihn. »Sie Bösewicht. Sie haben mir mein Baby weggenommen.«

»Madame« erwiderte er so höflich wie er konnte, »ich fürchte, hier liegt ein Mißverständnis vor. Ich habe Ihr Baby nicht.«

»Elender Lügner!« stieß sie hervor. Die Hände wie Klauen ausgestreckt, versuchte sie, sich auf ihn zu stürzen.

Ihr Begleiter konnte sie im letzten Moment zurückhalten. »Ich bitte für diese Störung um Verzeihung, Mylord. Meine Frau ist wohl nicht ganz richtig im Kopf.«

Unterdessen tobte die Frau weiter und rief immer wieder nach ihrem kleinen Johnny.

Der Mann beugte sich vor. »Wissen Sie, unser Baby ist am Fieber gestorben. Meine Schwester und ich haben versucht, sie zur Vernunft zu bringen, aber sie will nicht begreifen, daß er für immer fort ist. Sie glaubt fest daran, daß er ihr fortgenommen wurde und sie ihn wiederfinden muß.« Der Mann nahm die Mütze vom Kopf. »Sie werden Sie doch nicht in die Anstalt bringen lassen, oder? Sie meint es nicht böse. Wir mußten so lange auf den kleinen Kerl warten, und dann hatten wir ihn nur für ein paar Monate.« Der Mann sah aus, als würde er jeden Moment in Tränen ausbrechen. »Sie nimmt das alles einfach zu schwer.«

»Mein Beileid«, murmelte Giles, dem keine passenderen Worte einfallen wollten. Er hatte von solchen Frauen gehört, denen der Verlust ihres Kindes so zusetzte, daß sie darüber den Verstand verloren. »Aber Sie müssen sie nach Hause bringen und zusehen, daß man sich um sie kümmert.«

Der Mann nickte eifrig. »Das werde ich, Mylord. Komm jetzt, Frau. Unser Johnny ist nicht hier. Jetzt müssen wir nach Hause gehen, denn wenn er dort ist, braucht er seine Mutter.«

Dieser Gedanke schien die Frau aus ihrem Irrsinn zu reißen. »Ein Baby braucht seine Mutter.« Sie hängte sich bei ihrem Mann ein, wischte sich mit dem Ärmel die Tränen aus dem Gesicht und schniefte noch einmal laut. Langsam ließ sie sich aus dem Haus führen.

Giles folgte Keenan an die Tür, um sich zu vergewissern, daß das Paar tatsächlich fortging. Die beiden hatten gerade die nächste Ecke erreicht, als Michaels mit Dryden in der Kutsche vorfuhr.

»Sie haben sie also«, stellte Lord Dryden fest, sobald er das Haus betrat. »Stanton, dieser Narr, ist mir so auf die Nerven gefallen, daß ich Michaels anweisen mußte, ihn zuerst zu Hause abzusetzen. Er war nicht begeistert darüber, aber ich habe angedeutet, daß seine Beteiligung an den Ereignissen heute abend nicht unbeachtet bleiben wird. Das hat ihn wieder versöhnt, und er hat sich widerspruchslos nach Hause bringen lassen.«

Giles lächelte. Wie er den Herzog kannte, würde er

gleich am nächsten Morgen in Drydens Büro auftauchen, um seine wohlverdiente Belohnung für seine Verdienste am Vaterland in Empfang zu nehmen.

»Kommen Sie bitte mit, Sir«, forderte Giles den älteren Mann auf und unterdrückte den Drang, seinen Vorgesetzten davor zu warnen, was ihm von seiten des Herzogs noch blühte. »Sie ist oben in meinem Arbeitszimmer.«

»Hat sie etwas gesagt? Konnten Sie in Erfahrung bringen, wer sie ist?« fragte Dryden, während sie die Treppe hochstiegen.

Mit einem Nicken ließ Giles die Diener beiseite treten. Er holte den Schlüssel aus der Tasche und machte Anstalten, die Tür zu öffnen. »Nein, Sir.« Er hustete schuldbewußt. »Sie verhält sich sehr ausweichend.«

Drydens Gesicht wurde ernst. »Wir werden ja sehen.«

Unsicher, was sie vorfinden würden, holte Giles tief Luft und öffnete die Tür.

Der Anblick, der sich ihnen bot, war jedoch nicht, was er erwartet hatte.

Mitten im Raum lagen ihre Röcke in einer Masse aus weißer Seide. Daneben lag ihr Reifrock, und vor dem offenen Fenster lagen ihre Strümpfe.

5.

Sophia stieg in die Kutsche und begann mit dem Rücken zu Emma ihren Koffer nach ihren Reisekleidern zu durchwühlen.

Lord Trahern hatte mit seiner Behauptung, aus dem Fenster zu klettern wäre praktisch unmöglich, nicht übertrieben. Sie war gezwungen gewesen, ihr hinderliches Kleid zurückzulassen, bevor sie wie von Furien gehetzt die mit Efeu bewachsene Wand hinabgeklettert war. Geendet hatte ihre Flucht, indem sie die letzten Meter auf einer der elegantesten Straßen von London nur mit dem Unterrock bekleidet zurücklegte.

Ihr gegenüber war Emma damit beschäftigt, ihr dunkles Haar wieder zu dem gewohnten strengen Knoten im Nacken zusammenzustecken. Dann zog sie die alte geflickte Jacke aus, die sie bei ihrer Rolle als Sophias Fluchthelferin getragen hatte, und vertauschte sie gegen die gewohnte schwarze Jacke ihrer Witwenkluft.

Sophia empfand die endlos lastende Stille zwischen ihnen als aufreibend. Was mochte Emma nur denken? »Ich weiß ja, wie es aussehen muß …« Sie riskierte einen kurzen Blick über die Schulter, während sie einen wattierten Baumwollunterrock anzog.

Lächelnd zog Emma die Augenbrauen hoch. »Was sieht wie aus?« fragte sie. »Sollte mir etwas *entgangen* sein?«

Sophia schüttelte eine Jacke aus. »Es gab keinen anderen Ausweg. Ich mußte dort hinunterklettern. Und mit meinem Reifrock wäre das unmöglich gewesen.«

»Natürlich, das klingt vernünftig.« Emma nickte bedächtig.

»Er hatte mich eingeschlossen. Das Fenster war der einzige Ausweg.«

»Gewiß.« Sittsam faltete Emma die Hände im Schoß. »Aber, Sophia, hatten Sie Ihre Kleider denn noch an, bevor er Sie einschloß?«

»Selbstverständlich«, log Sophia eilig. »Na ja, zumindest das meiste davon.« Unbewußt berührte sie ihr Gesicht, auf dem sie immer noch Giles' Küsse spürte.

Wieder breitete sich Schweigen in der schaukelnden Kutsche aus.

»Auch wenn ich über jede Gelegenheit froh bin, meine schauspielerischen Fähigkeiten unter Beweis zu stellen, nachdem ich schon so lange nicht mehr auf der Bühne gestanden habe«, bemerkte Emma schließlich, »finde ich es doch amüsant, daß Sie es für nötig halten, Ihre Vorstellung für mich fortzusetzen.« Vielsagend blickte sie auf Sophias nackte Beine.

»Sie glauben, ich spiele Ihnen etwas vor? Daß ich in Wirklichkeit –« Sophia konzentrierte sich wieder auf das Anziehen.

»Ich kann mich nicht erinnern, in unseren Plänen jemals vorgesehen zu haben, daß Sie einem Mann Freiheiten erlauben, bevor Sie ihm das Mittel verabreicht haben.«

»Er wußte von dem Mittel«, erwiderte Sophia. »Sein Freund, dieser Herzog von Stanton, muß ihn davor gewarnt haben, etwas mit mir zu trinken.«

Emma nickte nur.

»Ich weiß ja, wie das aussehen muß«, begann Sophia von neuem, obwohl sie nicht wußte, weshalb sie dieses dringende Bedürfnis hatte, Emma alles zu erklären. »Aber so war es nicht. Tatsächlich wäre ich noch bei ihm, wenn die Wand nicht mit soviel Efeu bewachsen gewesen wäre.« Noch bei ihm. In seinen Armen, während er ihr die restlichen Kleider ausgezogen und ihren Hals, ihre Schultern, ihre Brüste geküßt hätte ... Sie blickte auf, bestürzt über die Abwege, auf die ihre Gedanken schon wieder gerieten. »Jedenfalls war ich praktisch schon aus dem Haus, als Sie und Oliver ankamen.«

»Ah, also das haben Sie da oben getan. Sie sind geflüchtet.«

»Aber ja. Was hätte ich sonst tun sollen?«

Emmas hochgezogene Augenbrauen waren Antwort genug.

»Also gut, vielleicht habe ich ihm erlaubt, mich zu küssen«, räumte Sophia ein. »Mir schien es die beste Möglichkeit, ihn abzulenken.«

Darüber mußte ihre Gesellschafterin herzlich lachen. »Sophia, ich bin doch nicht eine Ihrer Tanten. Mir können Sie nichts vormachen. Sie haben diesen Mann wild gemacht und jede einzelne Sekunde genossen.« Emma öffnete einen weiteren Koffer, wühlte kurz darin herum und holte ein Paar dicke Socken und solide Schuhe heraus.

»Und wenn schon«, murmelte Sophia, als sie Sachen entgegennahm. Sie war immer noch gekränkt, daß er es gewesen war, der ihre leidenschaftliche Umarmung beendet hatte. Mit bestürztem Gesicht war er vor ihr zurückgewichen, als bereute er jeden Augenblick mit ihr, und hatte sich dann voller Zorn gegen sie gewandt, als wäre sie die einzig Verantwortliche im Raum gewesen.

Während Sophia sich fertig ankleidete, erkannte sie, daß Emma der Wahrheit ziemlich nahe gekommen war, obwohl sie das um keinen Preis zugegeben hätte.

Sie schämte sich nicht, ihre Überlegenheit zu genießen, wenn ein Mann unter ihren Verführungskünsten dahinschmolz. Sie genoß das Bewußtsein, mit einem einzigen sinnlichen Augenaufschlag einen Mann verrückt machen zu können und seine geheimsten Wünsche zu wecken.

Während ihrer Zeit am französischen Hof hatte ihre Ausbildung aus genau solchen Lektionen bestanden. Sophia hatte schon früh gelernt, unerwünschte Annäherungsversuche abzuwehren, aber auch zur rechten Zeit ein paar Freiheiten zu gewähren.

Bei einer dieser Gelegenheiten war es gewesen, daß sie geglaubt hatte, verliebt zu sein. Sie hatte dem brennenden Verlangen nachgegeben, das ihr Geliebter in ihr geweckt hatte, ihre Jugend und Unerfahrenheit ausnutzend.

Ja, es war Liebe gewesen, zumindest hatte sie das damals geglaubt. Doch dann hatte er sie verlassen, und die schockierende Tatsache dieser Affäre hatte ihren Eltern keine andere Wahl gelassen, als ihre Tochter in die Obhut der strengeren englischen Verwandten zu schicken.

Das stetige Schaukeln der Kutsche auf ihrem Weg zur Küste milderte ein wenig die Spannung, die immer noch ihren Körper beherrschte. Sophia hätte froh sein müssen, dem Arbeitszimmer Lord Traherns entkommen zu sein, und dennoch fühlte sie sich seltsam enttäuscht.

Hätte sie doch nur wie die anderen jungen Mädchen leben können – sie hätte ein elegantes Debüt erlebt, hätte auf einem Ball einen Mann wie Lord Trahern kennengelernt, sich von ihm den Hof machen lassen, während sie sich kühl und unnahbar gegeben und ihr ungestümes Herzklopfen mit Gleichgültigkeit kaschiert hätte. Und wäre sie wie die anderen jungen Mädchen gewesen, hätte sie seinem Drängen schließlich nachgegeben und in die Heirat mit ihm eingewilligt.

Wenn sie nun auf die Ereignisse der letzten vierundzwanzig Stunden zurückblickte, mußte sie zugeben, daß sich ihr Traum zumindest in gewisser Weise erfüllt hatte.

Ihre Hochzeitsnacht hatte sie sich in ihren Jungmädchenphantasien jedoch immer anders vorgestellt, als barfuß und nur mit einem Unterrock bekleidet eine dunkle, kalte Straße entlangzuschleichen. Oder mit einer Kutsche durch die Nacht zu jagen und sich mit jeder Meile weiter und weiter von ihrem Bräutigam zu entfernen.

Sie schluckte die aufsteigenden Tränen hinunter und versuchte, sich auf die vor ihr liegende Strecke zu konzentrieren. Mit jedem Dorf, das sie hinter sich ließen, näherten sie sich dem Kanal, der sie von Frankreich trennte. In Dover würden sie eine kleine Fähre nehmen und dann am anderen Ufer im Schutz der Dunkelheit weiter bis Paris fahren.

»Emma?« fragte sie leise in die Dunkelheit hinein.

»Ja?«

»Wie machen sie das nur?«

Emma wandte sich vom Fenster ab. »Was denn?«

»Daß man alles andere vergißt. Daß sich einem das ganze Innere zusammenzieht.«

Emma lächelte und schüttelte den Kopf. »Muß das ein Kuß gewesen sein!«

O ja, dachte Sophia, während sie mit den Fingern unwillkürlich ihre Lippen berührte.

»Ich dachte, ich hätte ihn unter Kontrolle«, gestand sie. »Ich dachte, ich wüßte genug über ihn, um es zu meinem Vorteil auszunutzen.« Sophia sah zur Seite. »Ich wäre bei ihm geblieben, Emma. Wären Sie und Oliver nicht gekommen, hätte ich mich ihm bereitwillig hingegeben. Nie hätte ich gedacht, daß ich jemals wieder so etwas über einen Mann sagen würde.«

Emma beugte sich vor und tätschelte ihr verständnisvoll das Knie. »Ich hätte es Ihnen nicht verdenken können. Bei dem richtigen Mann ist es sehr schwer, der Vernunft zu folgen, wenn das Herz zu laut schlägt.«

»Aber ausgerechnet ich! Ich hätte es doch besser wissen müssen. Doch irgend etwas ist passiert. Ich kann es nicht erklären. Aber seit er mich letzte Nacht durch die Straßen verfolgt hat …« Sophia hielt inne und dachte an den Augenblick, als Lord Trahern ihr nahe genug gewesen war, um sie zu fassen. Dann hatte er sie entkommen lassen, wenn auch vielleicht nicht bewußt. Sie blickte auf und bemerkte, daß Emma sie beobachtete.

»Haben Sie eine Ahnung, warum er es überhaupt auf Sie abgesehen hat? Gestern und heute abend schon wieder. Das kann doch kein Zufall sein«, sagte Emma.

»Sie haben recht.« Sophia legte sich ein Schultertuch um. »Ich kann mir nicht vorstellen, was er vom Schamlosen Engel will.«

Emma sah sie kritisch an. »Glauben Sie, er hat einen Verdacht, wer Sie in Wirklichkeit sind?«

»Nein«, versicherte Sophia eilig. »Obwohl er zum Thema Lady Sophia behauptete, seine Braut vor dem Traualtar im Stich gelassen zu haben. Glauben Sie, daß er überhaupt zu Tante Effies Haus gekommen ist?«

Darüber mußte Emma lachen. »Aber natürlich.«

Sophia lächelte zurück. »Das glaube ich auch. Sein Stolz verbietet ihm zuzugeben, daß eine so stille und schüchterne Person wie Sophia D'Artiers sein ehrenvolles Heiratsangebot zurückweisen konnte. Bestimmt hat ihn das tief getroffen.«

Emma strich sich eine widerspenstige Strähne aus der Stirn und nickte. »Mindestens so sehr wie die Überraschung, die er nach meinem kleinen Ablenkungsmanöver in seinem Arbeitszimmer vorgefunden hat.«

»Oh, ich würde die Juwelen der Delaneys dafür geben,

hätte ich nur sein Gesicht sehen können!« Sophia fing an zu lachen, doch die Ereignisse des Abends ließen sie schnell wieder ernst werden. »Wissen Sie, Emma, als er heute bei Tante Effie auftauchte und verlangte, daß wir sofort getraut werden, haßte ich ihn dafür, daß er alles, wofür ich gearbeitet habe, hätte ruinieren können. Trotzdem war ich heute abend bereit, alle unsere Pläne zu vergessen und bei ihm zu bleiben.»

Emma rührte sich auf ihrem Sitz. »Es ist eine Schwäche und ein Fluch.«

»Was denn?«

»Einen Mann zu lieben.«

Überrascht lehnte Sophia sich zurück. »Aber ich liebe ihn nicht. Ich kann nicht in ihn verliebt sein.« Noch während sie diese Möglichkeit leugnete, fragte sie sich, ob in Emmas Einschätzung nicht doch ein Fünkchen Wahrheit war …

Vielleicht war sie doch verliebt, zumindest ein kleines bißchen.

Welche Frau würde sich auch nicht in einen solchen Mann verlieben? Besonders wenn er sie in die Arme nahm und seine Hände ungeahnte Leidenschaften in ihr freisetzten, als wüßte er jedes Geheimnis von ihr?

O nein, dachte sie, das konnte keine Liebe sein.

»Liebe?« Sophia schüttelte den Kopf. Das würde sie nicht zulassen. »In meinem Leben gibt es im Augenblick keinen Platz für Liebe. Nicht in der Art, wie Sie sie beschreiben.«

»Vielleicht nicht in Ihrem Leben, wohl aber in Ihrem Herzen. Wenn übrigens alles so läuft, wie wir es geplant haben, werden wir in drei Wochen wieder hier sein. Dann können Sie Lady Dearsley dafür sorgen lassen, daß er sein Heiratsversprechen einlöst, und Sie haben für den Rest Ihres Lebens Zeit, ihn *abzulenken*.«

»Ihn heiraten?« Sophia hatte gar nicht in Betracht gezogen, daß er sie nach ihrer Flucht überhaupt noch nehmen wollte. Außerdem hatte sie gesehen, wieviel ihm ihr Verschwinden ausmachte, nämlich nichts. Kaum hatte er das Haus ihrer Tante verlassen, hatte er sich auch schon auf die Suche nach einer anderen Frau begeben. Mit einem so gefühllosen Kerl wollte sie nicht den Rest ihres Lebens verbringen. »Ich werde ihn nicht heiraten. Nie würde ich einen Mann heiraten, der mich gar nicht liebt.«

Emma lachte in sich hinein. »Nach heute abend werden Sie ihm wohl etwas bedeuten müssen.«

»Von wem reden Sie eigentlich? Wenn Sie meinen, daß Lady Sophia ihm etwas bedeutet, so habe ich davon heute abend herzlich wenig gemerkt. Keine drei Stunden, nachdem ich ihn hatte sitzenlassen, vergnügte er sich auch schon mit einer anderen Frau«, sagte sie sichtlich verärgert. »Ich glaube nicht, daß es ihm soviel Spaß gemacht hätte, wenn ich es gewesen wäre. Sie wissen schon, was ich meine. Wenn er mit seiner Braut, Sophia, zusammengewesen wäre und nicht mit mir, diesem schamlosen Geschöpf, hinter dem alle her sind.«

Emma lachte wieder. »Sie sind ja richtig eifersüchtig!«

»Wahrscheinlich haben Sie recht«, gab Sophia zu. »Eifersüchtig auf mich selbst.« Sie schlug die Hände vor das Gesicht. »O Emma, was habe ich nur getan? Wenn meine Tante nun diese Heirat erzwingt, sobald wir zurück sind? Er erwartet einen ganz bestimmten Typ Frau zu heiraten – diese gräßliche, ängstliche Lady Sophia, die wir so sorgfältig erschaffen haben. Was wird, wenn ich ihn heirate und für den Rest meines Lebens diese langweilige Rolle spielen muß?«

Emma lachte. »Nach allem, was Sie mir von heute abend erzählt haben, glaube ich nicht, daß Sie in seinem Bett lange die ›Lady Sophia‹ spielen könnten.«

»Das ist es ja, was ich befürchte. Und dann wird er mich dafür bezahlen lassen!«

»Darüber würde ich mir erst Sorgen machen, wenn ich den Preis sähe«, riet Emma ihr. »So, und jetzt ruhen Sie sich ein wenig aus. Wir haben noch eine weite Reise vor uns und wissen nicht, was uns in Paris erwartet.«

Sophia dachte an seinen entschlossenen Gesichtsausdruck, als er sie in seinem Arbeitszimmer zurückgelassen hatte. Sie konnte nur ahnen, was sie in Paris erwartete. Hoffentlich nicht Lord Trahern.

6.

Paris, zwei Wochen später

»Für schlechte Informationen gibt es kein Geld, Balsac.« In der dämmrigen, verräucherten Taverne, die am *rive gauche,* dem linken Seineufer, allgemein als ›Schweinsohr‹ bekannt war, saß Sophia, maskiert mit einer Mischung aus Wachs und Farbe. »Wenn du mich anlügst, übernehme ich für alles weitere keine Garantie«, krächzte sie mit der Stimme eines alten Weibes.

Balsacs schmale Lippen gaben den Blick frei auf spitze, gelbliche Zähne. »Bürgerin, ich bin es, der keine Garantie übernimmt, wenn du mir weiterhin drohst. Seit unserem letzten Treffen hat sich vieles in Paris verändert. In den Straßen fließt nicht mehr nur das Blut von Aristokraten.« Der Mann musterte sie argwöhnisch.

Sophia wußte zwar, daß sie die angetrunkenen Gäste im ›Schweinsohr‹ mit ihrer Maskerade als alte Frau täuschen konnte, doch Balsac war kein Mann, der sich leicht hinters Licht führen ließ. Die Lautstärke der Gäste, das Gedränge verschwitzter Körper, kombiniert mit dem durchdringenden Geruch von verschüttetem Wein, machten den Reiz des ›Schweinsohrs‹ aus – und seine Vorzüge als geheimer Treffpunkt. Doch unter Balsacs stechendem Blick zog sie ihre Kapuze noch enger um ihr Gesicht. »Was könnten die Tribunale von einer armen alten Frau wollen?«

Er zuckte mit den schmalen Schultern. »Heutzutage

bewahrt einen weder hohes Alter noch die Unschuld der Jugend vor Madame Guillotine. Vergiß nicht: Ein falsches Wort zur richtigen Person könnte das Ende bedeuten für dich und ... deine Begleiter.«

Er wies mit dem Kopf in die Richtung, wo Oliver auf einem Stuhl in der Nähe der Tür döste, offenbar sinnlos betrunken. Dann grinste der kleine Mann zu Emma hinüber, die bei der Feuerstelle in eine Unterhaltung mit einem dickleibigen Geschäftsmann vertieft war.

Trotz der beruhigenden Gegenwart ihrer Freunde meinte Sophia an diesem Abend eine Gefahr zu spüren, die ihr völlig neu war – sie schien die verräucherte Luft und die lärmende Menge zu überlagern wie eine Stimme, die zur Vorsicht mahnte.

Energisch schob sie die nagende Vorahnung beiseite und tat Balsacs müheloses Erkennen ihrer Gefährten mit einem Schulterzucken ab. Doch wie hat er sie so einfach in dieser Menge ausmachen können? fragte sie sich.

Um sie herum füllte sich die beliebte, wenn auch gefährliche Taverne weiter mit nächtlichen Besuchern, von denen die meisten schon reichlich dem Alkohol zugesprochen hatten und mit großer Hingabe Revolutionslieder schmetterten.

In ihrer Verkleidung als zerlumpte, alte Bettlerin war Sophia sicher, daß niemand sie mehr als einmal ansehen würde. Emma hatte mit ihren Schminkkünsten jeden Hinweis auf zarte Haut und rosige Lippen verdeckt.

Nun schien Balsac den Vorteil auf seiner Seite zu haben, zumindest vorläufig.

»Was, du willst mich verraten? Was hättest du davon?« Sie sah sich in dem Raum um und richtete den Blick dann wieder auf Balsac. »Vor allem, wenn soviel Gold für dich auf dem Spiel steht.«

Der Mann kniff die schmalen Lippen zusammen. »Gold kann das Gedächtnis ähnlich trüben wie zuviel Wein. Zuviel Gold, und ich kann mich nicht mehr erinnern, wo ich gewesen bin und wen ich gesehen habe.« Er drehte sich um und lächelte wieder in Emmas Richtung.

Sophie wußte, daß Balsac nicht der einzige in Paris war, der eine solche Vorliebe für Gold hatte. Seit sich der Terror in allen Schichten der Pariser Gesellschaft breitgemacht hatte, wurden Fremde mit Mißtrauen und Argwohn betrachtet. Selbst in dem Quartier, wo sie, Emma und Oliver schon so oft untergekommen waren, hatte man sich geweigert, sie aufzunehmen. Schließlich hatten sie in einer anderen Pension, die Sophia kannte, Unterschlupf gefunden, aber erst nachdem sie der Wirtin das Doppelte des ohnehin schon überhöhten Preises und eine Vorauszahlung für drei Monate geboten hatten.

»Wollen wir unseren Handel denn nun endlich abschließen?« Sophia lenkte seine Aufmerksamkeit von Emma ab, indem sie ein kleines, schwarzes Säckchen auf die Tischplatte zwischen ihnen fallen ließ. Mit dem satten Klang guten englischen Goldes landete es auf dem rauhen Holz. »Was ist mit der Nachricht, die du mir versprochen hast, Balsac? Unsere Vereinbarung lautet, daß du den Beweis für die Richtigkeit deiner Informationen lieferst.«

»Den Beweis sollst du haben, Bürgerin. Aber zuerst das Gold. Laß mich mein Gold sehen.«

Schützend legte Sophia die Hand auf das Säckchen. »Hier, an einem solchen Ort?« Sie schüttelte den Kopf. »Bist du von Sinnen? Die meisten hier haben schon lange keine harte Währung mehr gesehen. Ihre Taschen sind voller wertloser *assignats*«, erinnerte sie ihn. Sie sprach von dem Papiergeld des Nationalkomitees, das in immer größeren Mengen auf den Markt geworfen wurde, in der Hoffnung, damit den wirtschaftlichen Zusammenbruch des Landes abzuwehren. »Glaubst du vielleicht, deine Freunde hier überlassen dir diesen kleinen Goldschatz, wenn sie ihn zu Gesicht bekommen? Zeig mir erst den Beweis, dann kannst du dein Geld im stillen zählen.«

Widerwillig kramte Balsac in seinen Taschen. Nach

einer Weile brachte er einen grünweißen Fetzen Brokat zum Vorschein. Mit geschickten Diebesfingern faltete er den verschlissenen Stoff auseinander und zeigte Sophia den Beweis, den sie verlangt hatte.

In dem Stoffetzen verborgen lag ein goldener Siegelring. Sophia mußte tief einatmen, als sie das matt schimmernde Schmuckstück vor sich liegen sah. Zitternd vor Staunen und Ungläubigkeit streckte sie die Hand danach aus.

Wie lange hatte sie auf diesen Augenblick gewartet, auf dieses Zeichen, daß sich ihre Bemühungen schließlich doch auszahlen würden?

Bevor sie das lange vermißte Beweisstück berühren konnte, packte Balsac ihre Hand mit einer eisernen Kraft, die sie diesem mageren, ausgemergelten Mann nicht zugetraut hätte.

»Ich will ihn mir nur ansehen«, beschwichtigte sie Balsac, ohne den Blick von ihm zu wenden. Sie starrte ihn an, bis er ihre Hand wieder losließ. »Der Ring muß eine Gravur an der Innenseite tragen.«

Mit einem Nicken ließ er sie gewähren, und sie hob den lange verlorenen Ring an die Augen.

»Dieses Gekritzel kannst du also lesen, Alte? Was für Talente verbergen sich denn sonst noch unter diesen Lumpen?«

»Keine, die du je zu sehen bekommen wirst«, erwiderte sie leise, während sie das Insigne studierte, das der Ring trug.

Ein von Lilien umgebener Schwan.

Dies war jedoch nicht Beweis genug, daß es der Ring war, den sie suchte.

Mit angehaltenem Atem drehte sie den Ring, bis sie die lateinische Inschrift entdeckte.

Nihil amanti durum.

»Dem Liebenden ist nichts zu schwer«, flüsterte sie kaum hörbar. Der Anblick dieser vertrauten Worte sandte ihr kalte Schauer über den Rücken.

Diese Worte. Wie oft hatte sie sie in Gedanken wiederholt, wenn sie die gefährlichen Momente ihres Doppellebens durchzustehen hatte? Die Bedeutung dieser Worte hatte stets ihre Entschlossenheit gestärkt und sie getröstet, wenn sie alles verloren glaubte.

Nun lag alles zum Greifen nahe.

»Und die Nachricht?« beharrte sie, nachdem sie das Beweisstück eingesteckt hatte. »Man hat mir gesagt, ich würde eine Nachricht erhalten.«

Balsac schüttelte den Kopf. *»Non, madame.* Ich habe dir den Ring gezeigt. Und wenn du mir nicht entgegenkommst, läßt mich mein armes Gedächtnis wieder im Stich.«

Sie schob das schwarze Säckchen zu ihm hinüber. Mit flinken Fingern schnappte sich Balsac seine Belohnung. Aber Sophia behielt die Zugbänder fest in den Händen.

»Die Nachricht, Balsac. Oder es wird dir noch leid tun, mich verärgert zu haben.« Sie holte den Dolch hervor, den sie immer in ihrer Jacke verborgen trug, und drückte ihm die scharfe Spitze an den Oberschenkel.

Der Mann stieß einen erschreckten Laut aus. »Das ist unnötig, Bürgerin«, beklagte er sich. »Ich habe meinen armen Hals riskiert, indem ich hierhergekommen bin. Schließlich habe ich eine Frau, eine Familie.«

Ungerührt verstärkte Sophia den Druck der Dolchspitze. Der Mann hatte keinerlei Angehörige. Zumindest keine, die seinen Leichnam beanspruchen oder sein Ableben betrauern würden. »Wenn du meine Geduld noch länger auf die Probe stellst, sorge ich dafür, daß deine *Frau* nicht mehr viel Spaß mit dir bekommt.«

»Aber, aber, Bürgerin. Du darfst dich nicht so aufregen«, beschwichtigte er sie hastig und versuchte, sich der Dolchspitze zu entwinden.

Oliver machte Anstalten, seinen Posten an der Tür zu verlassen und zu Hilfe zu kommen. Mit einem leichten Kopfschütteln beruhigte Sophia ihn. Noch brauchte sie keine Verstärkung.

»Es sind schlimme Zeiten; da kann man nicht vorsichtig genug sein.« Balsac ließ den Beutel los, ohne den Blick davon abzuwenden.

Sophia ließ den Dolch sinken, blieb aber weiterhin auf der Hut. Mit Balsac war es immer dasselbe Katz-und-Maus-Spiel. Bisher hatte er sich als ausgezeichneter Informant erwiesen, doch tief im Innern hatte Sophia ihm nie ganz vertraut.

Endlich löste er widerstrebend den Blick von dem ersehnten Goldschatz und richtete seine unsteten Augen auf Sophia. »Ah, jetzt fällt mir die Nachricht wieder ein.«

»Das ist auch besser so.« Zum Nachdruck stieß sie ihn noch einmal mit der Dolchspitze an.

Er zuckte zurück und redete eilig weiter. »Dein Verbündeter sagt, er will dich morgen abend treffen. In Dantons Salon.« Er hielt kurz inne. »Für eine dumme, alte Frau hast du einen beachtlichen Bekanntenkreis, Bürgerin.«

Stirnrunzelnd nahm Sophia seine provozierende Bemerkung zur Kenntnis.

Als sie nicht weiter darauf einging, fuhr er fort. »Sobald du da bist, wird dein Kontaktmann den Austausch mit dir vornehmen. Er hat gesagt, du würdest verstehen, was er meint.« Den Blick wieder auf das Säckchen mit dem Gold gerichtet, tippte sich Balsac plötzlich an die Stirn. »*Mais oui*, jetzt fällt es mir wieder ein. Er hat gesagt, ich sollte dich warnen.«

»Mich warnen? Wovor denn?«

Balsac blickte sich in dem überfüllten Raum um, eine Vorsichtsmaßnahme, die Sophias Anspannung nur noch steigerte.

Sie hatte den Raum bereits dreimal überprüft und war außerdem eine Stunde zu früh zu ihrem Treffen gekommen, um alle Risiken auszuschließen.

Ihre Befürchtung einer unmittelbar bevorstehenden Gefahr kehrte zurück und machte es ihr schwer, sich zu konzentrieren.

Balsac rutschte auf seinem Sitz herum. »Irgendwas ist faul.« Seine rattenhafte Nase zuckte angewidert.

Du wirst beobachtet, flüsterte eine unhörbare Stimme in Sophias Ohr.

Ein Schauer überlief sie. »Da muß ich dir wohl recht geben, Balsac.« Sie versuchte, ihre düsteren Vorahnungen abzuschütteln, und beugte sich zu ihrem Gegenüber vor. »Je schneller du mir die Nachricht übergibst, desto schneller kannst du von hier verschwinden.«

Balsac schien nicht zuzuhören, und sein Blick war zu einer Stelle hinter ihrem Rücken geirrt. Seine stechenden Augen flackerten, und seine sonst so arrogante Haltung sackte in sich zusammen. Offenbar hatte er jemanden entdeckt, der ihm Angst einflößte. Doch ehe Sophia sich umwenden konnte, um festzustellen, was den Mann so einschüchterte, zogen seine abgehackten Worte ihre Aufmerksamkeit wieder auf sich.

»Du wirst verfolgt … Sie wollen dir mitteilen … daß du bis zu deinem Treffen mit …« Er hielt inne und schüttelte den Kopf. »Vorsicht, Bürgerin, du mußt vorsichtig sein.«

Die Tür zur Taverne flog auf und ließ einen Schwall frischer Oktoberluft in den stickigen Raum strömen. Ein paar lärmende Soldaten stellten ihre langen, gefährlichen Speere bei der Tür ab und bahnten sich ihren Weg ins Innere, ihre roten Schärpen und Mützen waren lebhafte Farbflecken in dem schummerigen Licht.

Balsac nutzte die Ablenkung, um sich seinen Lohn zu schnappen und in Richtung Küche zu fliehen.

Bevor sie ihn aufhalten konnte, traten die Soldaten ihr in den Weg.

»Weg da, alte Hexe«, rief einer von ihnen grob und stieß sie unsanft zu Boden.

Ohne auf den Schmerz in ihrer Schulter zu achten, richtete Sophia sich wieder auf, fest entschlossen, Balsac nicht so einfach entkommen zu lassen. Aus dem Augenwinkel sah sie, wie Emma wild ihren Ärmel schüttelte.

Sophia sah an ihren eigenen Kleidern hinunter und wurde sich wieder bewußt, wie sie angezogen war.

Was hatte sie sich nur gedacht?

In der Aufregung hätte sie beinah vergessen, daß alte Frauen normalerweise keine wilden Verfolgungsjagden in Tavernen aufnahmen. Entschuldigend sah sie Emma an und stellte fest, daß sie nicht zu riskieren brauchte aufzufallen, denn Oliver war schon auf halbem Weg zur Küche.

Wenn Balsacs Nachricht noch etwas hinzuzufügen war, würde Oliver es schon in Erfahrung bringen.

Langsam wandte sie sich wieder den Soldaten zu und rieb sich jammernd die Schulter. »Einen *sou* für eine alte Frau. Einen *sou* für eine hungrige, alte Frau«, bettelte sie mit brüchiger Stimme, während sie ihr Bündel unter der Bank hervorholte, wo sie gesessen hatte.

Der große Mann blickte finster auf sie nieder. »Geh mir aus den Augen, du alte Schachtel. Ich bezahle nur, wenn ich auch was dafür bekomme.« Er zog das Serviermädchen zu sich heran, deren fehlende Vorderzähne durch ein Paar prächtiger Brüste wettgemacht wurden. Das kichernde Mädchen auf dem Schoß, sah er Sophia böse an. »Wenn ich nicht wüßte, daß du zäh bist wie eine alte Henne, würde ich dich höchstpersönlich zur Guillotine schaffen. Aber dein Hals würde die schöne Klinge nur stumpf machen.«

Mit johlendem Gelächter stimmten seine Kameraden ihm zu.

Sophia stimmte meckernd ein. »Ja, hebt die gute Klinge lieber für die zarten Hälse der Schweine auf, die sie verdienen.«

So wie ihr, fügte sie in Gedanken hinzu, während sie sich unauffällig von ihnen zurückzog und, immer noch um ein paar *sou* bettelnd, sich den Weg zum Ausgang bahnte.

Als sie die Tür aufstieß, um hinauszugehen, hörte sie, wie drinnen hastig ein Stuhl zurückgeschoben wurde. Sie warf einen Blick über die Schulter und entdeckte in der Ecke eine hochgewachsene Gestalt, die gerade aufstand.

Noch bevor sie sein Gesicht sehen konnte, erkannte ihr Körper ihn wieder – mit einem scharfen Stich jenes Verlangens, das seit ihrer Abreise aus London nie ganz in den Hintergrund getreten war.

Die berauschende Erinnerung, wie er sie in den Armen gehalten hatte, wie seine Hände ihre Brüste umfangen und gestreichelt hatten, machte ihren Entschluß, ihn zu vergessen, zunichte und entfachte das Feuer in ihr aufs neue.

Das kann nicht sein. Wie kann er hier sein?

Seine geflickte Jacke und seine rote Mütze wiesen ihn als *sans-culotte* aus, doch seine selbstsichere Haltung und die Achtlosigkeit, mit der er ein paar Münzen auf den Tisch warf, verrieten seine edle Herkunft.

Nein, dachte sie, und sah genauer hin. Er kann es nicht sein. Er kann nicht hier in Paris sein. Nicht so schnell.

So sehr ihr Stolz ihr weisgemacht hatte, daß er sie nie hier in Paris ausfindig machten könnte, so sehr hatte sich ihr Körper danach gesehnt, ihn wiederzusehen, wieder zu fühlen.

Oh, sie hatte gewußt, daß er ihr folgen würde. Sein Stolz hätte gar nichts anderes zugelassen. Soviel jedenfalls hatte ihr Giles' Vater während einer ihrer Schachpartien von ihm erzählt. Stolz hatte er berichtet, wie methodisch und unerbittlich sein Sohn der Wahrheit nachspürte, wenn er erst einmal eine Mission begonnen hatte.

Sein Vater hatte die Fähigkeiten seines Sohnes als Segen und als Gefahr bezeichnet. Doch Sophia wußte allzu genau aus eigener Erfahrung, wie gefährlich Giles ihr werden konnte.

Der Abend in seinem Arbeitszimmer hatte ein Verlangen in ihr erweckt, das sie bis in den Schlaf verfolgte und ihr wilde, leidenschaftliche Träume bescherte, aus denen sie dann leer und verlassen im Dunkeln hochschreckte.

Sie brauchte nicht zweimal hinzusehen, um sicher zu sein, daß es Lord Trahern war. Balsac hatte sie schon gewarnt, daß sie verfolgt wurde. Wer es auch war, Sophia spürte die Gefahr, die von dem Verfolger ausging, und sie wußte, daß sie die Taverne so weit wie möglich hinter sich lassen mußte.

Ihr Bündel an sich gepreßt, schlüpfte sie zur Tür hinaus und flüchtete sich auf die dunkle Straße. Nachdem sie zunächst in die Richtung geblickt hatte, wo sie sich mit Emma und Oliver wiedertreffen sollte, wandte sie sich in die entgegengesetzte Richtung und schlug den Weg zu den nebligen Gassen in der Nähe der Seine ein.

Als Sophia in die zweite Gasse einbog, gewann ihre Zuversicht wieder die Oberhand über die Panik, die sie in der Taverne empfunden hatte. Vielleicht hatte sie sich für einen Moment zu sehr von ihren Ängsten leiten lassen.

Nachdem sie sich dem Fluß so weit genähert hatte, daß ihr der faulige Geruch in die Nase zu steigen begann, war sie bereit, den Rest von Delaneys Juwelen darauf zu verwetten, daß sie ihren Verfolger abgeschüttelt hatte.

Im Schutz der Dunkelheit einer engen Gasse spähte sie in die Richtung, wo die neue Pont de la Concorde den Fluß überspannte und zu den Tuilerien und dem frisch umbenannten Place de la Revolution führte, dem Platz, wo sich täglich die Massen versammelten, um den Hinrichtungen der zum Tode Verurteilten beizuwohnen.

Zuversichtlich trat sie aus den schützenden Schatten heraus, um sich auf die mit Kopfstein gepflasterte Straße und die Brücke hinauszuwagen. Sie hatte den Platz noch nicht halb überquert, als sie die einzige Stimme vernahm, die ihre eiligen Schritte aufhalten konnte.

»Schon wieder auf der Flucht?« fragte Lord Trahern in leisem, gefährlichem Ton.

Äußerlich erstarrte sie, doch innerlich begann sie zu zittern. Seine Worte jagten ihr einen Schauer den Rücken hinunter.

Langsam drehte sie sich um und sah ihm entgegen.

Als er aus seinem Versteck in das blasse Mondlicht heraustrat, verlangsamte sich ihr Atem. Außerstande, sich von der Stelle zu rühren, sah sie zu, wie die hohe, in einen schwarzen Umhang gehüllte Gestalt mit langen, bedächtigen Schritten den Abstand zwischen ihnen verringerte.

Wie konnte es sein, daß ihr Verstand sie zur Flucht drängte, ihr Gefühl ihr aber sagte, sie sollte sich in seine Arme werfen? Sie blickte zu ihm auf, um festzustellen, ob er einen ähnlichen Widerstreit empfand.

Seine dunklen Augen sahen sie durchdringend an und verrieten keinerlei Erinnerung an das gemeinsam erlebte Verlangen.

»Sie können vielleicht diese Idioten im ›Schweinsohr‹ täuschen, Lady Schamlos, aber mich führen Sie nicht hinters Licht. Nie mehr.«

Nachdem Giles den größten Teil des Abends über einem Glas mit saurem Wein verbracht hatte, war er drauf und dran, seinen Posten zu räumen. Seine Untersuchungen zu Webbs Tod hatten bislang nichts weiter erbracht, als was er ohnehin schon von Dryden wußte.

Aber es fehlten noch zu viele Bruchstücke, als daß Giles sich zufriedengegeben hätte, also setzte er seine Suche fort.

Die Wirtin von Webbs Mansarde hatte inzwischen andere Mieter aufgenommen und verweigerte Giles die Erlaubnis, die Räume zu durchsuchen. Er verzichtete darauf, sich mit ihr anzulegen, denn sie war eine finster dreinblickende Riesin, die aussah, als könnte sie es ohne weiteres mit der gesamten Nationalgarde aufnehmen – unbewaffnet. Ihre schmuddeligen Ärmel waren hochgeschoben und gaben den Blick frei auf fleischige Oberarme; ihr fettiges Haar trug sie unordentlich unter eine rote Mütze gestopft.

»Ein Schlachtfeld haben die Soldaten hier zurückgelassen, nachdem sie ihn abgeführt haben«, beklagte sie sich. »Zwei Tage habe ich gebraucht, um es wieder nett herzurichten.« Schlau machte sie sich die Gelegenheit zunutze. »Er ist mir die Miete schuldig geblieben, jawohl.«

Also gab Giles ihr das Geld für zwei Tage, um sie für ihre Unannehmlichkeiten zu entschädigen, und die Miete für drei Monate, die Webb angeblich schuldig geblieben war.

»Viel hat er nicht besessen, nur ein paar Kleidungsstücke, die ich den Armen gegeben habe«, erklärte sie Giles mit einem bedauernden Kopfschütteln.

Er war absolut sicher, daß sich ihr Mann die Kleidungsstücke angeeignet hatte. »Gab es sonst noch irgend etwas?»

Ihr Blick fiel auf die Börse, aus der er die ersten Geldstücke entnommen hatte. »Vielleicht waren da ein paar Fetzen Papier und ein Pamphlet, an dem er geschrieben hat, vielleicht auch ein Buch oder zwei.«

Nachdem noch etwas Geld den Besitzer gewechselt hatte, erhielt Giles die Papiere und die Bücher. »Hatte er Freunde? Irgend jemanden, der ihn kannte?«

Die Frau zog ihr schwarzes Tuch enger um die mächtigen Schultern. »Er ist immer zu den Treffen der Cordeliers in der Nähe des Palais Royal gegangen. Eine rauhe Bande, sag' ich Ihnen. Und da war eine Frau, mit der ich ihn ab und zu gesehen habe. Wie wird sie noch mal genannt?«

Die Frau kratzte sich am Kopf.

Giles bot ihr eine weitere Belohnung.

Die Frau grinste. »La Devinette. So wird sie genannt. Die führt nichts Gutes im Schilde.«

»La Devinette«, wiederholte er. *Das Rätsel* – eine Beschreibung, die auch sehr gut auf den Schamlosen Engel gepaßt hätte. »Wie sieht diese Frau aus?«

Offenbar erwartete die Wirtin eine weitere Zahlung. Als Giles ihr nichts mehr anbot, gab sie ihre Informationen kostenlos preis, wenn auch ohne große Begeisterung. »Sie ist kleiner als ich«, begann die Frau und richtete sich zu ihrer vollen Größe auf, so daß sie praktisch Auge in Auge mit Giles stand. »Und sie ist sehr stolz auf ihr Auge, vielmehr auf das, das ihr fehlt. Behauptet, sie hätte es bei dem Massaker auf dem Champ de Mars verloren. Trägt immer eine schwarze Klappe und eine rote Bandage über dem Gesicht, um es zu verdecken. Sie können sie sich jeden

Nachmittag ansehen. Ihre Wachsfigur steht im Salon de Cire – das heißt, wenn Sie noch Geld für den Eintrittspreis übrig haben.« Sie lachte rauh und tätschelte ihre jetzt wohlgefüllte Tasche.

»War diese Bürgerin Devinette oft mit ihm zusammen?«

»Oft genug, will ich meinen. Keine Ahnung, was er in ihr gesehen hat, aber woher soll man als Frau wissen, was einem Mann Spaß macht?« Sie holte tief Luft und faßte Giles ins Auge, als wollte sie herausfinden, womit sie ihm eine Freude bereiten könnte.

»Aber Sie haben doch gesagt, sie gingen nur zusammen zu den Treffen«, erinnerte er sie hastig, in der Hoffnung, ihre Aufmerksamkeit wieder auf ihre Geschichte zu lenken.

»Sie haben auch immer zusammen in dieser Kaschemme, dem ›Schweinsohr‹, getrunken. Er hat gesagt, er könnte viel über Politik von ihr lernen.« Die Frau schnaubte. »Ich habe da so meine eigenen Vorstellungen. Aber solange sie ihre Miete bezahlen und ihre *Politik* leise betreiben, soll es mir egal sein.«

Giles bedankte sich bei der Frau für ihre Hilfe und ging. Es war immer noch notwendig, daß er in Webbs Wohnung gelangte, aber dazu mußte er sich erst eine Möglichkeit einfallen lassen, die Wirtin zu umgehen.

Die Papiere, die er erhalten hatte, enthielten verschlüsselte Informationen, jedoch keinerlei Hinweise darauf, wer seinen Freund verraten haben konnte. La Devinette war ein paarmal in Webbs Notizen erwähnt, aber es war nichts dabei, was die Frau direkt belastete oder auf ihre wahre Identität hinwies.

Wenn Webb tatsächlich den radikalen Zirkel der Cordeliers infiltriert hatte, wie es die Wirtin angedeutet hatte, konnte jeder von ihnen den jungen, englischen Agenten verraten haben.

Die Cordeliers, die schnell in dem neu gebildeten Komitee für öffentliche Ordnung zu Macht gekommen waren, denunzierten sich oft genug gegenseitig. Die wilden Anschuldigungen und das allgemeine Mißtrauen unter den Mitgliedern machten den Kreis zu einem gefährlichen Ort für Geheimnisse.

Die einzige Möglichkeit herauszufinden, ob und in welcher Weise La Devinette in Webbs Tod verwickelt war – und wie der Schamlose Engel in dieses Verwirrspiel paßte –, bestand darin, die Frau selbst zu finden.

Er wußte, daß der Schamlose Engel in Paris war; den Beweis dafür hatte er in einem der Pfandleihhäuser auf der Île de la Cité gefunden. Wie sonst hätte eine Brosche aus dem Besitz der Delaneys so schnell nach Paris gelangen sollen?

Um seine Suche fortzusetzen, befolgte er den Rat der Wirtin und schloß sich der Menge an, die in den Salon de Cire strömte, um sich Dr. Curtius' Wachsfiguren anzusehen. Dort standen sie Seite an Seite, die Berühmten und Berüchtigten der politischen Szene Frankreichs.

Schweigend war er an der Figur von La Devinette vorbeigegangen, einer furchteinflößenden Walküre von Frau mit einer schräg sitzenden *bonnet rouge* und einem hoch über dem Kopf erhobenen Kurzschwert. Wie die Wirtin es beschrieben hatte, war die rechte Gesichtshälfte der Frau von einer schwarzen Augenklappe und einer roten Bandage verdeckt.

Ein paar Schritte weiter blieb er stehen und wandte sich noch einmal zu der Figur um. Aus diesem Blickwinkel sah er plötzlich den leidenschaftlichen Blick der saphirblauen Augen des Schamlosen Engels.

Auch wenn er ihr Gesicht noch nie unmaskiert gesehen hatte, kannte er doch die Linie ihrer Wangen und ihre vollen Lippen, die ihn nun spöttisch anzulächeln schienen.

Also hatte er die letzten drei Abende im ›Schweinsohr‹ verbracht, sauren Wein getrunken und den fanatischen Reden und radikalen Liedern der ortsansässigen *sansculottes* gelauscht, aus denen sich die Cordeliers in dem rauhen Croix-Rouge-Viertel des linken Seine-Ufers zusammensetzten.

Als Giles sich dabei ertappte, wie er die *Marseillaise* summte, wurde ihm klar, daß er sich hier schon zu lange aufhielt. Nachdem er zu dem Schluß gekommen war, daß das Geld für die Informationen der Wirtin reine Verschwendung gewesen war, wollte er gerade seine Suche anderswo fortsetzen, als er von einem kurzen Zwischenfall mit einer zerlumpten Alten abgelenkt wurde.

Trotz des kunstvollen Make-ups, der verschlissenen Kleidung und der verstellten Stimme erkannte er sie an ihren Augen, als sie sich vom Boden aufrappelte. Das leuchtende Blau fesselte sofort seine Aufmerksamkeit.

Dieses Feuer kannte er, hatte er doch dieselben saphirblauen Augen voller Verlangen blitzen sehen.

Keine Frau, deren Knochen älter zu sein schienen als die Fundamente von Notre-Dame, konnte eine solche Lebendigkeit versprühen.

Er schüttelte den Kopf, fassungslos, daß keiner in diesem Raum außer ihm ihre Fassade durchschaute. Sie machte sich sogar über die *fédérés* lustig, indem sie sie um Geld anbettelte. Daß sie ein solches Risiko einging, ließ ihn mit den Zähnen knirschen.

Er redete sich ein, daß ihm gleichgültig war, was sie tat, daß es ihm nur um ein berufliches Prinzip ging. Ein guter Agent durfte niemals so tollkühn seinen Kopf riskieren. Vorausgesetzt, daß sie überhaupt eine Agentin war.

Ihre dreisten Auftritte innerhalb der Londoner Gesellschaft waren eine Sache, aber diese aberwitzigen Possen hier in der Taverne waren zuviel des Guten, dachte er, während er sprachlos zusah, wie ihr ein Soldat tatsächlich eine Münze in die ausgestreckte Hand fallen ließ.

Giles hätte am liebsten gelacht, aber gleichzeitig wollte er sie auch packen und durchschütteln, um sie zu Verstand zu bringen. Ein guter Agent konnte doch nicht jegliche Vorsicht außer acht lassen!

Sie verhielt sich, als wollte sie sich kopfüber ins Verderben stürzen.

Als er sah, daß sie sich zur Tür drängte, warf er schnell

ein paar Münzen auf den Tisch, um für seinen Wein zu bezahlen. Auf keinen Fall hatte er vor, sie wieder entkommen zu lassen. Doch als er vor die Tür trat, lag die schmale Straße verlassen vor ihm.

»Verdammt«, fluchte er.

Kaum war ihm der Fluch entfahren, als er den Zipfel eines braunen Umhangs um eine Ecke verschwinden sah.

Ohne eine weitere Sekunde zu zögern, rannte er los.

Es wurde eine anstrengende Verfolgungsjagd durch die engen Gassen und dunklen Straßen der Viertel des Croix Rouge und der Fontaine de la Grenelle. Je mehr sie sich der Seine näherten, desto breiter wurden die Straßen, und schwaches Mondlicht beleuchtete das Kopfsteinpflaster.

Wachsam und neugierig, sah er sich nun Auge in Auge mit dem Schamlosen Engel in dessen neuester Verkleidung. Wachsam, weil er eine Verräterin in ihr vor sich haben konnte, und neugierig, weil er wissen wollte, ob sich tatsächlich dieselbe heißblütige Frau unter der Verkleidung verbarg.

Er versuchte, hinter ihre täuschende Fassade zu blicken, doch ihre raffinierte Maskerade verbarg einmal mehr ihre wahren Züge vor ihm, so daß er nichts weiter hatte als die Erinnerung an ihre samtweiche Berührung und ihre berauschenden Küsse.

Langsam trat er auf sie zu, denn er befürchtete, jede hastige Bewegung könnte sie wieder in die Flucht schlagen. Es hätte ihn nicht gewundert, wenn diese Frau imstande gewesen wäre, sich vor seinen Augen in Luft aufzulösen.

»Haben Sie mir denn nichts zu sagen, Lady Schamlos?« fragte er auf französisch.

»Es sieht ganz so aus, Bürger, als hättest du mich mit jemand verwechselt«, erwiderte sie, immer noch mit der brüchigen Stimme einer alten Frau. »Schließlich ist es jetzt schon vierzig, nein, mehr als fünfzig Jahre her, seit mich jemand ›schamlos‹ genannt hat. Aber vielleicht ist es ja das, was du magst, eh? Eine Frau mit einer gewissen Reife, mit Erfahrung?«

Er mußte zugeben, die derben Manieren und die bäuerliche Kleidung wirkten vollkommen, bis hin zu der großen Warze an ihrem Kinn – so vollkommen, daß er zu zweifeln begann, ob dies wirklich die Frau sein konnte, die seine Widerstandskraft mit ihrer verführerischen Schönheit vor zwei Wochen in seinem Arbeitszimmer auf eine so harte Probe gestellt hatte.

Mit einer behandschuhten Hand tätschelte sie seinen Arm. »Aber, aber, *mon fils*, keine Sorge. Du wirst schon eine Gefährtin für heute nacht finden. Aber sei vorsichtig.«

Sie sah sich um, als wollte sie sich vergewissern, daß niemand sie beobachtete. »Das Komitee sieht solchen Zeitvertreib gar nicht gern«, warnte sie mit erhobenem Zeigefinger. »Ah, dieses Regime, was wissen sie schon von *l'amour*!« Sie stieß einen rasselnden Seufzer aus. »Wenn du doch nur ein paar Jährchen älter wärst … *mais non*, bestimmt würde ich dich überanstrengen.«

Sie wandte sich ab und machte sich mit dem schlurfenden Gang einer alten Frau davon. Giles verlor keine Sekunde, griff nach ihr und bekam ihre Hand zu fassen.

Mit einem Ruck zog er ihr den Handschuh aus.

Die alte Frau protestierte lautstark mit einer Serie von Kraftausdrücken und ließ ihr Bündel zu Boden fallen, während er triumphierend sein Beweisstück in die Höhe hielt.

Eine Hand, makellos glatt und ohne jede Spur von Flecken. Zierliche, weiche Finger, die nur einer jungen Frau gehören konnten. Einer Frau, die ihn mit ihren streichelnden Händen um den Verstand bringen konnte.

Er hielt ihr ihre Hand vor das Gesicht. »So, wollen wir nun da weitermachen, wo wir unterbrochen wurden?«

»Unterbrochen wurden?« wiederholte sie mit immer noch verstellter Stimme.

Er hielt ihr nur weiter ihre Hand vor das Gesicht.

Als sie diesmal antwortete, hatte ihre Stimme denselben verführerischen Charme, der seine Sinne im Ballsaal der Parkers und erst recht an dem Abend in seinem Arbeitszimmer so sehr verwirrt hatte.

»Gut gemacht, Lord Trahern. Sie haben mich schneller gefunden, als ich Ihnen zugetraut hätte. Leider habe ich aber heute abend gar keine Zeit für Sie. Kehren Sie nach London zurück, und ich werde Sie ganz sicher eines Abends besuchen kommen.« Sie versuchte, sich ihm zu entwinden, aber er ließ nicht locker.

Einen Augenblick blieben sie so stehen, und ihr Körper war zum Greifen nah. Vor ihm tauchte das Bild auf, das er zuletzt von ihr in seinem Arbeitszimmer vor sich gesehen hatte: ihre Elfenbeinhaut, vom Feuerschein beleuchtet, ihre einladend geöffneten Lippen, die provozierende Neigung ihres Kopfes und ihr Lächeln, das ihn zur schnellen Rückkehr aufforderte.

Verflixt, sie war eine Hexe. Schon wieder umfing ihn ihr Zauber, damit er alles andere vergaß. Seine Mission, Webb, überhaupt alles außer ihr.

Die Erinnerung an ihre Berührung und die seidige Wärme, die er unter seinen Händen gespürt hatte, ließ seine Männlichkeit unerbittlich zum Leben erwachen.

Mit einem Blinzeln schüttelte er den leidenschaftlichen Rückblick ab und starrte statt dessen in das Gesicht eines runzeligen, alten Weibes, und plötzlich fiel es ihm nicht schwer, die Vernunft das erkennen zu lassen, was sein Körper ignorieren wollte. Er ließ ihre Hand los und trat einen Schritt zurück. »Ihr Angebot hat nicht mehr denselben Reiz für mich wie letztes Mal, als wir zusammen waren.«

»Das kann ich mir vorstellen«, räumte sie ein, während sie ihre abgetragenen Wollröcke glattstrich. »Aber lassen Sie mir meine Freiheit, und ich gebe Ihnen alles, was Sie wollen.« Aus ihrem mit Wachs und Farbe entstellten Gesicht versprachen ihm ihre blauen Augen leidenschaftliche Verheißungen.

Giles tat sein Bestes, ihren Vorschlag zu ignorieren, denn er wußte sehr wohl, daß sie die Phantasie eines jeden Mannes erfüllen konnte, auch die seine. Als wäre sie imstande, direkt in seine Seele zu blicken und ihr die Geheimnisse all seiner Wünsche zu entreißen.

Er verschränkte die Arme vor der Brust, als wollte er sich vor ihrem reizvollen Angebot schützen. »Ich habe nicht vor, Sie laufenzulassen, jedenfalls jetzt noch nicht.«

Sie seufzte. »Aber ich habe Ihnen doch gesagt, daß ich schon andere Pläne habe.«

Giles sah sich zu beiden Seiten der Seine-Promenade um und zuckte mit den Schultern. »Leider scheint heute niemand in der Nähe zu sein, um Sie zu retten, Lady Schamlos. Keine Kutsche, die Sie in die Freiheit entführt. Keine Freunde, die ein Ablenkungsmanöver inszenieren, und keine Fenster, aus denen Sie herausklettern könnten.« Er trat einen Schritt näher und bemerkte, wie sich ihre Muskeln sogleich entschlossen spannten.

Ihre Aufsässigkeit und ihr Hochmut im Angesicht der Niederlage brachten ihn vollends gegen sie auf. Wenn sie an Webbs Tod beteiligt war, würde er sie um jeden Preis der Gerechtigkeit zuführen.

»Sie entkommen mir nicht«, sagte er mehr zu sich selbst als zu ihr. »Diesmal nicht.«

Sie wichen auseinander, als plötzlich schwere Schritte ertönten. Ohne zu zögern, drehte sie sich um, um zu fliehen. Giles packte sie am Ellbogen und hielt sie zurück.

»Die Wachen«, flüsterte sie ihm über die Schulter zu und versuchte, seine Hand abzuschütteln. »Es ist längst Ausgangssperre.«

Sie versuchte, den Griff seiner Finger zu lockern, doch er weigerte sich loszulassen.

»Sind Sie wahnsinnig?« fragte sie. »Sie werden wenig Gnade haben mit einem Engländer, der mitten in der Nacht durch Paris stromert. Bringen Sie sich in Sicherheit!«

Er schüttelte den Kopf. »Ich werde nirgendwohin gehen. Nicht ohne Sie.«

Sie sah aus, als wollte sie den Streit fortzusetzen, aber ihr Gesichtsausdruck verriet deutlich ihre Beunruhigung wegen des sich nähernden Regiments. »Dann schnell unter die Brücke. Sofort!«

Mit einer Behendigkeit, die ihr Kostüm Lügen strafte, zog sie ihn mit sich zum Seine-Ufer hinunter und in den Schutz der Pont de la Concorde. Ihr feuchtes, schlammiges Versteck grenzte gefährlich nah an den von Regenfällen angeschwollenen Fluß.

Kurze Zeit später erbebte die Brücke über ihnen von den Tritten marschierender Füße.

Bei den strengen Gesetzen und der verhängten Ausgangssperre wagten sich nur wenige Bürger nachts auf die Straße. Giles wußte, daß jeder, der nach Einbruch der Dunkelheit draußen angetroffen wurde, mit der Überprüfung seiner Papiere rechnen mußte, gefolgt von einer Vorladung vor dem nächsten Komitee. Ein einziges Kopfnicken eines der Mitglieder konnte einen Bürger den Kopf kosten – ohne vorherige Anhörung oder Gerichtsverhandlung.

»Verstecken Sie sich hier oft?« fragte er leise, während er seine einstmals sauberen Stiefel aus dem schmatzenden Matsch zu heben versuchte.

Sie sah ihn unter ihrer grauen Perücke und der fleckigen Mütze her an und runzelte die Stirn. »Ich rette Ihren Hals, und Sie haben nichts Besseres zu tun, als zu nörgeln. Wenn ich klug wäre, würde ich Sie mir mit einem Wort vom Halse schaffen«, erwiderte sie mit einer Kopfbewegung zu den über ihnen marschierenden Truppen.

»Das würde Ihnen nicht viel nützen, denn ich bin sicher, diese Männer würden das, was sich unter diesem Pferdehaar verbirgt –«, er zupfte leicht an ihrer Perücke, »nicht nur sehr überraschend, sondern auch äußerst interessant finden.«

»Wagen Sie es ja nicht. Es würde Ihren Tod genauso bedeuten wie meinen«, warnte sie ihn.

»Ich bin immerhin nicht verkleidet. Es liegt bei Ihnen.

Verraten Sie mich ruhig, Lady. Verraten Sie mich, und Sie werden sehen, zu welchem Einsatz ich bereit bin.«

Mit einem entnervten Seufzen wandte sie sich von ihm ab.

Giles erlaubte sich ein leises Lächeln. Er war ein kalkuliertes Risiko eingegangen, um zu sehen, wie sie sich entscheiden würde.

Hätte sie zu den Revolutionären gehört, hätte sie ohne zu zögern die Soldaten gerufen. Aber das hatte sie nicht getan. Also wollte sie entweder Zeit gewinnen, um weitere Informationen zu sammeln, bevor sie ihn auf die Warteliste des Scharfrichters setzen ließ, oder sie war tatsächlich die gefährliche Agentin, für die Dryden sie hielt. Dagegen sprach allerdings ihr ungestümes Verhalten, das sie immer wieder an den Tag legte.

Als die marschierenden Füße über ihnen verklangen, stieß sie ihn an. Vorsichtig kletterten sie die schlüpfrige Uferböschung hinauf. Sie erreichte den Rand vor ihm, aber bevor sie ihm wieder entkommen konnte, bekam er ihren Rocksaum zu fassen.

»Ich habe etwas mit Ihnen zu bereden, und davon werde ich mich nicht abbringen lassen.« Als sie sich jedoch wieder heftig gegen ihn zur Wehr setzte, erkannte Giles, daß er sie nicht verärgern sollte, wenn er auf ihre Kooperation oder auf Informationen von ihr angewiesen war. Vielleicht wurde es langsam Zeit, daß er den Spieß umdrehte und die Lady in ihrem eigenen Spiel schlug.

Sophia versuchte weiter, sich aus seinem Griff zu befreien, aber ohne Erfolg. Warum war er ihr nur gefolgt? Ob er einen Verdacht hatte, wer sie war? Nein, sie war ziemlich sicher, daß er die Verbindung noch nicht hergestellt hatte, sonst hätte er sofort etwas davon gesagt. Vielleicht hatte Lord Dryden ihn ihr wegen all ihrer Diebstähle hinterhergeschickt. Sie konnte sich jedoch nicht vorstellen, daß die englische Regierung einen ihrer Topagenten auf sie hetzen würde. Sie hatte sich ihre Opfer ganz bewußt ausgesucht – Männer, deren Eitelkeit es ihnen verbieten würde, zuzugeben, daß sie ausgeraubt worden waren, während sie ihre lüsternen Ziele verfolgten.

Plötzlich fiel ihr ein, zu welchem Zweck Lord Dryden bereit seine könnte, seinen besten Agenten zu riskieren.

Sophia schloß die Augen. Wie sollte sie ihn je darüber hinwegtäuschen?

Trahern schlang ihr den Arm um die Taille und zog sie an sich, bis ihr Rücken seine Brust berührte. Dann schlang er die Arme noch enger um sie, und seine Hand glitt höher und streifte ihre Brüste.

Zum Teufel mit dir, Lord Trahern, fluchte sie innerlich, warum mußtest du mir folgen?

»Sie sollten mir dankbar sein, daß Sie Ihren Kopf noch auf den Schultern haben«, sagte sie zu ihm, während sie sich aus seiner gefährlichen Umarmung zu befreien versuchte.

In diesem albernen Kostüm, wurde ihr klar, würde sie ihm unmöglich davonlaufen können. Für einen Moment unterbrach sie ihre Befreiungsversuche und versuchte, sich zu konzentrieren. Es gab andere Wege, einem Mann zu entkommen.

In seinen Armen drehte sie sich um, bis sie ihm ins Gesicht sah. Sie bedachte ihren Verfolger mit einem finsteren Blick, während ein neuer Plan in ihrem Kopf Gestalt annahm. »Sie haben nicht einmal das Recht, hier in Paris zu sein.«

»Ihre Sorge um mein Wohlergehen, Lady Schamlos, weiß ich sehr zu schätzen.«

»Sie brauchen gar nicht so selbstzufrieden dreinzuschauen«, fuhr sie ihn an. »Meine einzige Sorge ist, daß Sie uns beide ins Grab bringen könnten.«

»Und ich dachte schon, Sie hätten eine *petite tendre* für mich entwickelt.«

Oh, wie arrogant er war! Aber was sonst konnte sie von einem Mann erwarten, der in das Haus ihrer Tante marschiert war und verlangt hatte, daß ihre Nichte ihn unbesehen und auf der Stelle heiratete?

Hätte er sie nicht so fest im Griff gehabt, dann hätte sie ihn auf die Mitte der Brücke geschleppt, ihn über die Brüstung geworfen und sich ihn ein für alle Male vom Hals geschafft.

»Vergessen Sie nicht, daß *ich* es war, die *Sie* verlassen hat«, stichelte sie. »*Sie* sind *mir* hierher gefolgt.« Angesichts dieses kleinen Sieges gestattete sich Sophia ein selbstzufriedenes Lächeln.

»Das ist richtig. Und da Sie es erwähnen – ich hätte es vorgezogen, diese Angelegenheit in der Sicherheit und Bequemlichkeit meines Hauses in London zu regeln«, flüsterte er ihr ins Ohr. Sein warmer Atem und der Hintersinn seiner Worte verfehlten ihre Wirkung nicht. »Natürlich könnten wir auch hier ein Plätzchen finden, wo wir ungestört sind, statt die ganze Nacht mit den *fédérés* Katz und Maus zu spielen.«

»Sie hätten lieber zu Hause bleiben sollen, wenn Ihnen Paris so wenig zusagt«, entgegnete sie, während sie ihr Bestes tat, die Hitze zu ignorieren, die sein Körper ausstrahlte und die sie überall berührte – ihre Beine, ihre Brüste, ihren Hals. Er hielt sie auf eine Weise an sich gedrückt, daß ihr jeder Berührungspunkt zwischen ihnen bewußt war und sie keinen Einfluß darauf hatte, wie ihr Körper darauf reagierte. »Fahren Sie heim, wenn es Ihnen hier nicht gefällt.«

Fahren Sie heim und warten Sie auf mich, hätte sie am liebsten gefleht. *Denn ich werde zu Ihnen zurückkommen. Ich habe keine andere Wahl.*

Er schüttelte den Kopf. Zerstreut spielte er mit den Strähnen ihrer struppigen Perücke und ließ seine Finger ihren Hals entlanggleiten. »Wollen Sie wirklich, daß ich fortgehe?«

»Ja«, log sie trotz der hitzigen Empfindungen, die seine Berührung in ihr auslösten. Und sie sehnte sich danach, von ihm berührt zu werden – überall.

»Das habe ich mir schon gedacht.« Er lächelte. »Aber zuerst haben wir noch etwas zu erledigen. Vielleicht haben

Sie einen Vorschlag, wo wir hingehen könnten, um das zu Ende zu bringen, was wir in London begonnen haben?«

Nichts wünschte sie sich mehr, als das leidenschaftliche Intermezzo in seinem Arbeitszimmer fortzusetzen; die Erinnerung daran raubte ihr den Schlaf, seit sie sich wie ein Dieb in der Nacht aus seinem Hause fortgestohlen hatte. Nun war er es, der sie berauben wollte – um ihre Vernunft, ihren kühlen Kopf.

»Nein«, erwiderte sie leise.

»Ich habe nur daran gedacht, unsere Diskussion fortzusetzen«, versicherte er in einem sinnlichen Tonfall, der seine Worte Lügen strafte.

Entschlossen schüttelte sie ihre verworrenen Gefühle ab. Emma hatte ganz und gar nicht recht gehabt. Sie, Sophia, liebte diesen Mann nicht. Diesen Mann zu lieben, wäre unmöglich gewesen. In seiner Arroganz würde er ihr alles nehmen, sogar ihre Seele.

Reden würde sie mit ihm.

Aber wieder in seine Arme sinken und die ewige Verdammnis riskieren? Niemals.

Sie würde ihn aushorchen und ihn dann wegschicken. Für ihn war es das sicherste, und für ihr Herz auch.

Doch die innere Stimme, die sie in der Taverne gewarnt hatte, verwandelte sich nun in ein spöttisches Lachen.

Gestärkt von ihrem neuen Entschluß und bereit, alle ihre Zweifel zu unterdrücken, erwog sie ihre Möglichkeiten. »Vielleicht kenne ich einen Ort«, begann sie zögernd. Über zwei Dinge war sie sich im klaren: Weder konnte sie ihn in ihr Quartier mitnehmen, noch wollte sie allein mit ihm in seines gehen. Sie mußte auf der Hut sein vor der hypnotischen Wirkung seiner zärtlichen Küsse und seiner heißen Versprechungen.

»Dort wären wir bis morgen früh sicher«, fuhr sie fort. Dieser Ort würde sein hitziges Gemüt abkühlen und ihres auch. »Ich höre Ihnen zu, bis es Tag wird, doch Sie müssen mir versprechen, mich danach gehenzulassen und Paris sofort zu verlassen. Einverstanden?«

»Das hängt ganz von Ihnen ab, Lady Schamlos«, erwiderte er leise, während sie ihn über die Pont de la Concorde zu führen begann.

Kaum hörbar stieß sie einen saftigen Fluch auf französisch aus und versuchte, die immer noch nachklingende Wirkung seiner Berührung abzuschütteln. »Sie verlassen die Stadt bei Sonnenaufgang, Lord Trahern. Ich will nicht noch mehr Menschenleben auf dem Gewissen haben.«

7.

Im Schutz eines dunklen Hauseingangs wartete Sophia, bis die Gruppe Betrunkener außer Hörweite war, bevor sie fortfuhr. Bis dahin stand sie eng mit dem Rücken an Lord Traherns Brust gelehnt. Schützend hatte er die Arme um sie gelegt, so daß sie von seinem dunklen Umhang verborgen war.

So hatte sie ihn sich vorgestellt, seit ihre Tante sie von ihrer Verlobung unterrichtet hatte – warm, schützend, stark.

Wie sehr sie sich wünschte, daß es immer so sein könnte!

Was waren das nur für Gedanken? Schnell kniff sie sich, wie sie es immer als verträumtes Schulmädchen getan hatte, um ihre abschweifenden Gedanken wieder in vernünftige Bahnen zu lenken. Sie hatte keine Zeit für die Träumereien eines Schulmädchens.

Sie blickte ihn über die Schulter an. »Wie haben Sie mich gefunden?«

Mit einem ironischen Lächeln holte er etwas aus der Tasche und hielt es ihr hin.

Vor ihren Augen baumelte ein Armband, eines der Stücke, die sie Lord Delaney gestohlen hatte. Sie befreite sich aus seiner schützenden Umarmung und betrachtete die Brillanten. »Verflixter Gauthier. Er hat mir versprochen, das Stück sofort an einen italienischen Händler weiterzuverkaufen.«

»Sie dürfen es Ihrem Schweizer Freund nicht übelnehmen«, sagte Giles, während er sein Beweisstück wieder in die Tasche steckte. »Er hatte tatsächlich vor, es einem anderen Händler zu verkaufen. Erst als ich ihm sehr viel mehr dafür bot, überlegte er es sich anders. Er schien außerdem zu glauben, daß Sie noch mehr Juwelen anzubieten hätten, für die ich mich interessieren könnte.« Er legte den Kopf auf die Seite und ließ den Blick von ihren abgetragenen Stiefeln bis zu ihrer schäbigen Kopfbedeckung wandern. »Also, wie ist es? Haben Sie noch mehr Juwelen?«

»Säckeweise. Einige Stücke davon würden Sie sicherlich sehr beeindrucken.« Leise lachte sie in sich hinein, erleichtert, daß sie das Kollier, das er ihr zur Verlobung geschenkt hatte, nicht auch verkauft hatte. Den Erlös hätte sie zwar gut gebrauchen können, doch war er für ihr aktuelles Vorhaben nicht so wichtig.

Vielleicht mache ich später davon Gebrauch, hatte sie gedacht, als Gauthier ihr eine ansehnliche Summe dafür bot.

Nun erkannte sie, daß es Vernunft und nicht Sentimentalität gewesen war, die sie daran gehindert hatte, das Kollier zusammen mit den anderen Stücken zu verkaufen.

Es hätte einiger Erklärungen bedurft, wenn er sein Verlobungsgeschenk an Lady Sophia in einem Pariser Juwelierladen wiederentdeckt hätte.

Lord Trahern betrachtete sie, als verstünde er nicht recht, weshalb sie lachte. Sophia hatte jedoch nicht vor, den Mann aufzuklären.

Sie blickte ihn direkt an und fragte: »Was haben Sie damit nun vor?« Genaugenommen sprach nichts dagegen, das Armband noch einmal zu verkaufen.

»Ich werde es zurückgeben.«

Sie machte Anstalten, etwas zu entgegnen, aber die

Worte blieben ihr im Hals stecken, und sie brachte nur einen Laut des Bedauerns heraus. Er wollte es zurückgeben? Wie konnte er so starrsinnig sein?

Die betrunkenen *sans-culottes* bogen in eine Seitengasse ein, so daß Sophia und Giles unbesorgt weitergehen konnten. In ohnmächtiger Enttäuschung stapfte sie die Stufen hinab und trat auf den Boulevard.

»Ihnen gefällt die Vorstellung wohl nicht, daß es dem rechtmäßigen Besitzer zurückgegeben wird, oder?« fragte Giles, als er sie einholte.

»Ich kann nicht fassen, daß Sie mein Armband diesem bösartigen Mann wiedergeben wollen. Und das, nachdem es mich soviel gekostet hat, es ihm wegzunehmen.« Am Rand eines Parks blieb sie abrupt stehen, die Hände energisch in die Hüften gestemmt. »Wenn Sie wirklich meinen, es ihm unbedingt zurückgeben zu müssen, sollten Sie wissen, daß es spätestens in einem Monat in einem anderen Pfandleihhaus landen wird.«

»Delaney verkauft die Erbstücke seiner Familie?« Giles lachte sie aus. »Wie kommen Sie denn auf eine solche Idee? Bei seinem Vermögen könnte er noch zehn von diesen Armbändern kaufen und sie einfach in die Themse werfen«, sagte er und schnippte mit den Fingern.

»Dann wird er das hier ja nicht vermissen, also können Sie es mir genausogut zurückgeben.« Sophia fand seine moralische Entrüstung höchst unpassend. Zwar fand sie auch, daß es unter bestimmten Umständen unrecht war zu stehlen, doch Männer wie Delaney verdienten den Schutz des Gesetzes nicht.

Er verdrehte die Augen. »Ihnen zurückgeben? Vielleicht, damit Sie es gleich wieder verkaufen?«

»Warum nicht? Ich werde den Erlös für einen besseren Zweck verwenden als er.« Dessen war sich Sophia absolut sicher. Die Vorstellung, wofür Delaney sein Geld verwendete, stieß sie ab.

»Ich glaube immer noch nicht, daß Delaney einen Grund hat, die Juwelen seiner Mutter zu verkaufen. Wenn sie erst hört, daß ihr Sohn Ihnen nachgestellt hat, wird er ganz Rundell & Bridge aufkaufen müssen, um sie wieder zu beschwichtigen.«

»Wie wenig Sie doch wissen«, entgegnete sie hochmütig. Sie setzte ihren Weg fort, und als er sie einholte, sah sie ihn herausfordernd an. »Und womit, glauben Sie, wird er sich die Gunst seiner Mutter zurückkaufen?«

»Mit Geld, natürlich. Selbst ich kann mir nicht vorstellen, daß Sie das gesamte Vermögen der Delaneys unter Ihren Röcken davonschleppen konnten.

Sie blieb wieder stehen. »Genau das habe ich getan. Zumindest was davon noch übrig war.«

Fassungslos und ungläubig schüttelte Giles den Kopf.

Oh, diese grenzenlose Arroganz! Zumindest was ihre Informationen über die Delaneys anging, war sie ihm um einiges voraus. Sie stieß ihm den Finger in die Rippen und stellte sich auf die Zehenspitzen, so daß sie ihm direkt in die Augen sehen konnte. »Die Delaneys haben kein Vermögen mehr. Es ist alles weg.«

Wieder schüttelte er den Kopf. »Weg? Anscheinend fangen Sie an, Ihre eigenen Gerüchte zu glauben.«

Sie warf die Hände hoch. »Gut, dann glauben Sie mir eben nicht. Aber wie erklären Sie es sich, daß seine Mutter ausgerechnet zu Beginn der Saison die Koffer packt und abreist?« Sie hielt einen Moment inne. »Seine Mutter hat die Stadt verlassen, um den Gläubigern zu entkommen.«

»Selbst wenn das wahr wäre, wie sind Sie an diese Informationen gekommen«, fragte Giles. »Wenn Delaney ruiniert wäre, würde selbst sein Kammerdiener nichts derartig Schockierendes verlauten lassen. Und wenn er bankrott wäre, würde sich die Gesellschaft in London das Maul darüber zerreißen.«

Diesmal lächelte sie. »Sie glauben ja nicht, was ein Kammerdiener alles verlauten läßt. Besonders, wenn ihm jemand die Getränke bezahlt.«

Giles warf einen verstohlenen Blick auf die Frau an seiner Seite. Ihr Eingeständnis bewies seine Theorie, daß sie ihre Opfer gründlich auskundschaftete – und erklärte außerdem, wie sie so mühelos ihre geheimsten Phantasien ergründen konnte.

An der nächsten Häuserecke blieben sie stehen. »Sie sehen also, daß Sie es ihm nicht zurückgeben können«, beharrte sie.

»Wenn Delaney ruiniert ist, wird er den Erlös für das Armband brauchen.«

Sie atmete tief durch, um ihre wachsende Ungeduld zu zügeln. »Und Sie glauben, wenn Sie es ihm zurückgeben, verwendet er es, um seine Schulden abzutragen? Sie kennen den Mann wirklich schlecht, oder?« Sie stemmte die Hände wieder in die Hüften, aber ihr Tonfall war ruhiger, als wollte sie ihm etwas enorm Wichtiges begreiflich machen. »Viel eher wird er versuchen, sich noch mehr junge Mädchen damit zu kaufen. Da Sie wenig von Delaneys Vorlieben zu wissen scheinen, lassen Sie sich aufklären: Der Mann hat eine besondere Schwäche für Jungfrauen. Junge, zarte Mädchen, die er brechen kann. Zum Beispiel ihre Knochen, wenn er sie mit dem Stock schlägt. Wenn sie dann blutend um Gnade flehen, verschafft er sich sein Vergnügen mit ihnen. Also geben Sie ihm das Armband ruhig zurück, wenn Sie es für richtig halten, aber Sie müssen wissen, daß er sich damit das Leben von drei oder vier Mädchen vom Lande kaufen wird. Mädchen, die, falls sie überhaupt die Nacht mit diesem Ungeheuer überleben, sich für den Rest ihres erbärmlichen Lebens an Männer verkaufen müssen, denen ihr Aussehen egal ist.« Dann wandte sie sich von ihm ab, um die Straße zu überqueren.

Giles folgte ihr.

Er hatte das Getuschel über Delaneys Zeitvertreib gehört, hatte diesen boshaften Gerüchten aber nie wirklich Bedeutung beigemessen.

Obwohl Monty die Wahrheit offensichtlich gekannt hatte. Kein Wunder, daß er so entschieden protestiert hatte, als Giles entschied, sie allein in das Haus Delaneys gehen zu lassen.

»Das wußten Sie alles, und trotzdem haben Sie das Haus dieses Mannes betreten?« fragte er, als er sie einholte. Er brachte sie zum Stehen. Er wußte nicht, weshalb er auf einmal so wütend auf sie und sich selbst war.

Und warum er das Bedürfnis hatte, sie ganz fest in den Armen zu halten.

»Sagen Sie es mir. Warum sind Sie mit ihm mitgegangen?« fragte er wieder. Er konnte einfach keinen Sinn darin erkennen.

Sie schüttelte den Kopf und blickte zur Seite.

Behutsam strich er die groben Strähnen ihrer Perücke zur Seite und sah, daß in ihren leuchtendblauen Augen Tränen schimmerten. Anscheinend hatte sie in Gedanken noch einmal die Ereignisse dieses schrecklichen Abends durchlebt. Mit ihrem Handschuh wischte sie sich hastig die Tränen ab.

Vor lauter Ärger über ihr plötzliches Verschwinden hatte er ganz vergessen, in welchem Zustand er sie in sein Haus gebracht hatte – mit zerrissenem Kleid, den Abdruck von Delaneys Hand deutlich auf ihrem Gesicht zu sehen. Sicherlich hatte sich eine scheußliche Schwellung daraus entwickelt.

Noch immer konnte er ihren tollkühnen Entschluß, Delaney auszurauben, nicht begreifen. »Warum haben Sie sich ausgerechnet ihn ausgesucht, wenn Sie doch wußten, wozu er imstande ist?«

»Ich kenne eines seiner Opfer.« Sie blickte weiterhin zur Seite, doch diesmal blieben die Tränen aus. Ihre Stimme nahm einen seltsam feierlichen Klang an, der ihren Worten eine Aufrichtigkeit verlieh, die er bis dahin nie bei ihr vernommen hatte. »Ich konnte leider nicht dafür sorgen, daß er seine verdiente Strafe bekommt und gehängt wird, aber ich konnte ihm wenigstens sein letztes bißchen Geld rauben, damit er nicht noch jemanden ins Verderben lockt. Und wer hätte Anstoß daran genommen? Er ist doch sowieso ruiniert. Die meisten werden ohnehin finden, daß er noch viel zu leicht davongekommen ist.«

Diese Eröffnung jagte Giles einen kalten Schauer über den Rücken.

Insgeheim hatte ihn wohl, wie viele andere Angehörige der Londoner Gesellschaft auch, die Auswahl ihrer Opfer amüsiert. Monty einmal ausgenommen, hatte jeder einzelne von ihnen sein Schicksal verdient.

Aber ihr Mitgefühl für die vergessenen Opfer dieser Männer, die unschuldige Frauen so schändlich für ihre abartigen Ziele mißbraucht hatten, verliehen dieser geheimnisvollen, undurchsichtigen Frau an seiner Seite ganz neue Züge.

Wenn sie imstande war, so viel menschliches Mitgefühl aufzubringen, konnte sie dann auch einen ehrbaren und gütigen Menschen wie Webb Dryden verraten haben?

Obwohl so vieles gegen sie sprach, konnte er auf einmal nicht mehr glauben, daß sie etwas mit Webbs Tod zu tun hatte. Dieses Gefühl beruhte nicht auf irgendwelchen neuen Erkenntnissen oder greifbaren Beweisen, sondern lediglich auf der unbestimmten Annahme, daß er diesmal auf etwas vertrauen mußte, das er weder sehen noch berühren konnte. Dennoch war seine Frage immer noch nicht beantwortet.

»Warum sind Sie ein solches Risiko eingegangen?« fragte er. »Schön, vielleicht haben Sie damit ein weiteres armes Mädchen vor Delaney gerettet, aber was ist mit Ihrem eigenen Leben? Was kann so wichtig sein, daß Sie Kopf und Kragen für das Gold eines Mannes riskieren?« Sanft wanderten seine Finger an der Seite ihres Gesichts hinunter und ihren Hals entlang, bis sie ihr Kinn umschlossen.

Er bekämpfte den Drang, sie an sich zu ziehen und zu küssen. Ihr seinen Schutz, seine Hilfe anzubieten. Alles zu tun, damit sie nicht ein Risiko zuviel einging.

Wußte sie denn nicht, was sie ein einziger Fehler kosten konnte? Bei ihrer mangelnden Vorsicht konnte er sich vorstellen, daß sie ihr Glück schon übermäßig strapaziert hatte.

Sie schien bereit zu sein, ihm die Antworten zu geben, die er sich so ersehnte. An ihren Augen konnte er den Widerstreit ihrer Gefühle ablesen, als überlegte sie, ob sie ihm trauen sollte oder nicht.

Sie seufzte und machte sich von ihm los.

Offenbar hatte ihr Mißtrauen die Oberhand behalten, denn der Schamlose Engel entfloh seiner Umarmung und setzte den Weg fort, halb verborgen von den Schatten wie ein Geschöpf der Nacht. Furchtlos und entschlossen.

Er konnte nichts weiter tun, als ihr zu folgen.

Vor einem kleinen, eingezäunten Kirchhof machte sie kurz halt und drehte sich lächelnd zu ihm um. Sie winkte mit einem Finger, daß er ihr auf den angrenzenden Friedhof folgen sollte. Um sie herum erhoben sich die feierlichen Gedenkstätten der Toten.

Geliebte Mutter und Tochter …

Ergebener Diener der Kirche …

Namen und Inschriften zogen vorbei, als sie sich den Weg durch das Labyrinth der Hingeschiedenen bahnte. Schließlich blieb sie an der hinteren Einzäunung stehen, weit weg von der Straße, weit entfernt von neugierigen Blicken.

Bei einem hohen, moosbewachsenen Grabstein legte sie ihr Bündel ab.

Als Giles aufblickte, sah er sich Auge in Auge mit einem Greif, der von einem grimmig blickenden Engel gehalten wurde.

Warum hatte er auf einmal das Gefühl, der Schamlose Engel wäre nach Hause gekommen?

An den einen Ort, an dem sich Tag für Tag die Lebenden und die Toten trafen.

»Sehen Sie jetzt ein, wie dumm es von Ihnen ist, hier zu sein?« fragte sie, die Hände locker in die Hüften gestützt. »Ungeachtet der Tatsache, daß Ihr Land Frankreich den Krieg erklärt hat, wie konnten Sie auch nur daran denken, hierherzukommen? Paris ist kein Ort für einen Aristokraten, jedenfalls für keinen mit Ihren, wie soll ich es sagen, Spezialkenntnissen?«

Ihre Feststellung traf ihn unvorbereitet.

Auch wenn Monty gern darüber spekulierte, welcher Art Giles' Verpflichtung gegenüber Lord Dryden war, hatte sich Giles doch oft gefragt, was sein Freund sagen würde, wenn er den wahren Hintergrund seiner ›Geschäftsreisen‹ kennen würde. Was das betraf, wußten nur sehr wenige, wie weitreichend seine Rolle im Außenministerium über die Jahre geworden war.

Und diese Frau redete daher, als wäre das allgemein bekannt.

»Was wissen Sie von meinen Spezialkenntnissen?« fragte er vorsichtig.

Sie lächelte und zuckte unbestimmt mit den Schultern. »Mehr, als Ihnen wahrscheinlich lieb ist. Sagen wir, ich möchte wetten, daß Sie mir nicht nachgereist sind, um mir meine Schuhe und meine vergessenen Kleider zurückzugeben. Man hat Sie geschickt.«

Das kam der Wahrheit näher, als Giles recht war, und er beschloß, das Spiel weiterzuführen, das er auf der Brücke begonnen hatte. »Ich habe nicht die leiseste Vorstellung, was Sie meinen. Wer soll mich geschickt haben? Vielleicht bin ich Ihnen ja tatsächlich gefolgt, um Ihnen – Ihr Eigentum zurückzugeben. Männer haben schon Kriege angezettelt, um der Frau zu folgen, die sie *lieben.*«

Sobald er das Wort ausgesprochen hatte, wurde ihm die unglaublich schwerwiegende Bedeutung klar. Er hatte nur genauso unverblümt und dreist sein wollen wie sie, und doch …

Die Frau wich zurück, als hätte er sie geschlagen. »Sie lieben mich nicht. Sie kennen mich nicht einmal«, erwiderte sie. Abwehrend schüttelte sie den Kopf, als wäre das bloße Wissen um ihre Identität schon zu gefährlich.

Er hatte nicht damit gerechnet, daß seine dahingesagte Bemerkung eine so starke Wirkung auf sie haben würde.

Sie fürchtete sich davor, geliebt zu werden. Besonders von ihm.

Und recht hatte sie damit, dieses gefährliche Gefühl zu fürchten. Es würde mit seinen verlockenden Verheißungen zwischen ihnen stehen, ihre anderen Verpflichtungen in den Hintergrund drängen, ihnen jegliche Vernunft rauben. Und statt sie mit seiner Stärke aneinander zu binden, würde es alles zerstören, was ihnen beiden lieb und teuer war.

Ja, er konnte ihr nur zustimmen. Für sie beide war es zu gefährlich zu lieben. Und dennoch fragte er sich, ob es nicht schon längst zu spät war.

Er trat auf sie zu, sich wohl bewußt, wie wachsam sie ihn ansah und welche Erkenntnis ihm gerade gekommen war.

»Daß ich hier bin, ist doch Beweis genug, oder?« Er beugte sich vor und hob ihr Kinn zur Seite, so daß er ihr ins Ohr flüstern konnte. »Nach unserer letzten ... Begegnung sind Sie so hastig aufgebrochen, daß ich befürchten mußte, Sie könnten sich erkälten ohne Ihre Schuhe und ... Kleider.«

Sie erwiderte etwas nicht sehr Damenhaftes auf französisch und wich vor ihm zurück. »Beleidigen Sie mich nicht. Ganz sicher sind Sie mir nicht nach Paris gefolgt, weil Sie in plötzlicher Leidenschaft entbrannt sind. Den liebestollen Verehrer können Sie jemand anderem vorspielen, vielleicht Ihrer Verlobten, wenn sie dumm genug ist, Ihren schönen Worten zu glauben.«

»Sie scheinen von meiner Verlobten nicht viel zu halten.«

»Was kümmert es mich, wen oder was Sie heiraten?« entgegnete sie. Sie trat hinter den Gedenkstein, um ihn wie ein Schutzschild zwischen sich und Giles zu bringen. »Außerdem sind wir hierhergekommen, weil Sie etwas mit mir besprechen wollten. Also los, heraus damit, denn sobald es Tag wird, gehe ich weg von diesem Ort. Ohne Sie.«

Er provozierte sie weiter, nicht nur um ihre Entschlossenheit zu prüfen, sondern auch seine eigene. »Ah, aber es sind ja noch Stunden bis Sonnenaufgang.«

Verärgert zog sie die graugepuderten Augenbrauen hoch. »Die Späße würden Ihnen schnell vergehen, wenn Sie von der Wache festgenommen würden ...« Die Worte schienen ihr im Hals steckenzubleiben. »Man würde Sie foltern und ... hinrichten.«

Ihr gefühlvoller Ton ließ ihn innehalten. Noch nie hatte jemand eine so tief empfundene Sorge um seine Sicherheit zum Ausdruck gebracht.

Giles grinste und beugte sich über den Grabstein. Aus irgendeinem Grund genoß er den besorgten Ton ihrer Stimme. »Würden Sie denn um mich trauern? Wäre Ihr Herz schwer vor Bedauern, daß wir nie –«

»Nie was?« fragte sie und betrachtete ihn mit zur Seite geneigtem Kopf.

Er beugte sich noch weiter vor. »Nie das zu Ende gebracht haben, was wir in meinem Arbeitszimmer begonnen haben.«

Einen Augenblick lang schien ihr Atem stillzustehen. Deutlich sah er den Widerstreit in ihren Augen. Als sie bemerkte, daß er sie beobachtete, und erkannte, daß sie sich eine Blöße gegeben hatte, suchte sie wieder Schutz hinter ihrer gewohnten Fassade.

Angewidert verdrehte sie die Augen. »Ich soll wohl glauben, Sie wären ein betörter Idiot. Aber ich weiß, wer Sie sind, Lord Trahern. Hören Sie mir gut zu. Hier in Paris sind Sie so sicher vor der Guillotine, wie ich die Thronerbin bin. Und bei all dem Tod und Verderben, von dem wir umgeben sind, können Sie an nichts anderes denken als an unsere –« Abrupt hielt sie inne, als hätte die eigene Leidenschaft der Stimme sie erschreckt. Sie wirbelte herum. Mit zitternden Fingern zupfte sie an dem Moos, das den Grabstein bedeckte.

»Wessen Erbin sind Sie denn? Vielleicht hatte ich ja recht, als ich Sie beim Ball der Parkers fragte, ob Sie eine

Prinzessin sind. Eine Prinzessin, die ihre Heimat, ihr Königreich, ihre Welt verloren hat.« Giles streckte den Arm aus und ergriff behutsam ihre Hand. »Ich kenne ja nicht einmal Ihren Namen. Welche Person verbirgt sich nur unter dieser Maskerade?« Er streckte den anderen Arm aus, um an ihrem zerlumpten Kostüm zu zupfen.

»Niemand«, flüsterte sie, den Blick immer noch abgewandt. »Für Sie bin ich genauso lebendig wie all diejenigen, die hier an diesem Ort schlummern.«

Wie seltsam, daß sie zu so leidenschaftlichen Ausbrüchen fähig war, voller Mitgefühl für die Armen und Schwachen, um im nächsten Augenblick in tiefer Trauer zu versinken. Giles erkannte, daß sie ihn vielleicht sogar deshalb zurückstieß, um ihn zu schützen. Wenn sie jedoch wirklich wußte, wer er war, mußte ihr auch klar sein, daß er keinen Beschützer benötigte.

Sie schüttelte den Kopf. »Vergessen Sie mich, Mylord. Gehen Sie heim zu Ihrer Verlobten. Leben Sie Ihr Leben. Meines ist verloren.«

»Da stimme ich Ihnen nicht zu.« Fest umfaßte er ihr Handgelenk. Ihr Puls schlug wie wild unter seinem Griff. »Ich finde Sie sehr lebendig.«

Zuerst versuchte sie, sich seinem Griff zu entwinden, aber Giles gab nicht nach.

»Warum sind Sie mir gefolgt?« flüsterte sie atemlos.

Trotz der Dunkelheit konnte er aus dieser Nähe deutlich das tiefblaue Feuer ihrer Augen erkennen. Keine ihrer Verkleidungen würde jemals ihre Augen vor ihm verbergen können.

Er ließ ihre Hand los, nahm ihr die schmuddelige Kopfbedeckung ab und ließ sie zu Boden fallen. »Damit ich Ihre Verkleidung Stück für Stück entfernen kann, bis Sie völlig entblößt vor mir liegen. Bis ich Sie in- und auswendig kenne.« Er wickelte sich eine der groben Strähnen ihrer Perücke um den Finger und zog ihr die Perücke vom Kopf. Sie von ihrer Maskerade zu befreien, erfüllte ihn mit pulsierender Erregung.

»Vielleicht überrascht Sie, was Sie entdecken, Lord Trahern«, warnte sie ihn.

»Vielleicht, aber ich wette, es wird eine angenehme Überraschung.« Er beugte sich vor und drückte einen Kuß auf die zarte Haut ihres Handgelenks. »Wie kommt es nur, daß Sie die Männer so verzaubern? Mit welchem Hexenmittel bringen Sie sie um den Verstand?«

So sehr Giles seinen Freund Monty wegen dessen Schwärmerei gescholten hatte, war er doch selber genauso in dem Zauber dieser Frau gefangen. Schlimmer noch – er war bereit, seine Pläne in den Wind zu schreiben, zumindest für diese Nacht, nur um all ihre Geheimnisse zu enthüllen.

Und das Leuchten ihrer Augen verhieß ihm eine willige Partnerin.

»Ich bezweifle, daß ein Mann wie Sie an Zauberei glaubt.« Sie sprach langsam und zögernd. »Denken Sie denn wirklich, wenn Sie wüßten, wie ich aussehe, würde das all Ihre Fragen beantworten?«

Er nickte. Natürlich würde ihr Anblick seine Fragen beantworten. Sobald er wußte, wer sie war, kannte er auch ihre Motive. Mehr noch, er wollte wissen, wer seine neue Beschützerin war, wollte ihr unmaskiertes Gesicht sehen.

Sie strich ihm über das Kinn und zeichnete mit dem Finger den Umriß seines Gesichts nach. »Ich habe keine Zauberkraft. Das entspringt alles nur Ihrer Phantasie. Schließen Sie die Augen, Mylord. Schließen Sie sie, und sehen Sie, was sich in meinem Herzen verbirgt.« Aus der Jackentasche holte sie ein großes Leinentaschentuch.

»Was soll ich tun?« fragte er und sah argwöhnisch zu, wie sie das Tuch zu einer Augenbinde faltete.

»Mir vertrauen.« Sie hielt das gefaltete Stück Stoff in die Höhe. »Vertrauen Sie mir, Mylord. Lassen Sie mich Ihnen auf die einzig mögliche Weise zeigen, wer ich bin.«

Ihre Aufforderung ließ Giles zurückweichen. Einer Eingebung zu folgen, war eine Sache, doch sein Leben in ihre

Hände zu legen, sich von ihr die Augen verbinden zu lassen, war etwas ganz anderes. Es war tollkühn.

Doch wenn er ihr Vertrauen gewinnen wollte, wenn er ihre Geheimnisse lüften wollte, mußte er aufs Ganze gehen.

Entgegen aller Vernunft ließ er zu, daß sie ihm die Augen verband. Zuerst stiegen ungewohnte Ängste in ihm auf, doch bald überwog seine Erregung, als sich ihr Körper an ihn schmiegte und ihre Brüste sich an seine Brust drängten, während sie sich auf die Zehenspitzen stellte, um ihn auf den Mund zu küssen.

Er umfing sie mit den Armen und zog sie dicht an sich, um sich ganz ihrem Kuß hinzugeben. Er begann so zärtlich, daß er überrascht war von der behutsamen, fast zögernden Begegnung ihrer Zunge mit der seinen.

»Überlaß das Sehen deinem Körper«, sagte sie zu ihm. »Laß deine anderen Sinne mein Bild zeichnen.«

Sie nahm seine Hände und führte sie unter ihre Kleidung, bis er die warme, seidige Weichheit ihrer Haut spürte. Statt ihm die Freiheit des Erforschens zu überlassen, leitete sie seine Finger über ihren Bauch und dann höher, bis sie ihre Brüste umfingen.

Er hörte ihr leises Seufzen, als sich seine Finger um die harten Warzen schlossen, die ihn schon zu erwarten schienen, und mit den Daumen langsam die empfindsamen Spitzen umkreisten.

Das war es also, was der Lady gefiel. Willig erfüllte er ihre Wünsche. Er konnte sie vor sich sehen, wie sie lächelte, den Hals unter seiner Berührung zurückgebogen.

Mit den Lippen folgte er der Linie ihres Kinns bis hinunter zu ihrem Nacken und liebkoste sie mit zärtlichen Bissen und Küssen.

Erregt wand sie sich in seinen Armen, bereit, wieder die Kontrolle zu übernehmen. Ihre Hände ertasteten die Wärme seiner Haut, dann zerrten sie ihm ungeduldig Jacke und Hemd herunter. Er fühlte ihre Fingernägel über seine entblößte Brust streichen, gefolgt von heißen, feuchten Küssen.

»Habe ich dir nicht gesagt, daß deine Augen nutzlos sind?« fragte sie leise. »Du darfst ihnen nie zu sehr trauen.«

Sie geleitete ihn zum Boden, die Hände auf seinen Schultern. Das hohe, ungemähte Gras bot ihnen ein weiches Lager, das sie in geheimnisvoller Tiefe umfing.

Die Luft war schwer von dem Duft von Klee und Gras. Giles hörte das Rascheln der Halme, als sie sich herumrollte und wieder eng an ihn schmiegte. In den Bäumen über ihnen spielte der Wind eine leise, einsame Melodie. Noch nie hatte er seinen übrigen Sinnen den Vorrang vor seinen Augen gegeben. Nun stellte er fest, daß seine Ohren, seine Nase, seine Finger imstande waren, ihm das Bild ihrer Person zu liefern, das sie seinen Augen verwehrte.

So nah bei ihr, in so enger Umarmung, konnte er den Schwung ihrer Hüften ›sehen‹, indem er ihren groben Wollrock hochschob und mit den Händen das zarte Fleisch darunter entdeckte. Seine Hand umfing ihr rundes Hinterteil und wanderte weiter über ihre Schenkel.

Willig teilten sie sich, als seine Finger ihre Liebkosungen dort fortsetzten. Heiß und feucht, erwartete sie seine Berührung bereits. Behutsam begann er, sie zu erforschen.

Sophia seufzte tief, als er sie so innig berührte. Es war zuerst wie ein Schock, so intensiv spürte sie den ersten Augenblick seiner Berührung. Dann begannen seine Finger, sie in sanftem Rhythmus zu streicheln, und sie gab sich ganz der süßen Liebkosung hin. Ihr Atem wurde immer schneller, während er sie weiter streichelte, und ihre Hüften hoben und senkten sich mit jeder seiner Berührungen. Sein Mund schloß sich über dem ihren, und seine Zunge führte die süße Qual weiter, die seine Finger in ihr entfachten.

Wenn Sophia gedacht hatte, die Wahl eines Friedhofes als Aufenthaltsort würde ausreichen, die impulsive Leidenschaft zwischen ihnen abzukühlen, hatte sie sich sehr geirrt.

Sobald sie die gefährlichen Straßen von Paris hinter sich gelassen hatten, hatte sie geahnt, was sich in diesem sicheren Winkel der Stadt abspielen konnte. Sie wußte, daß die nächsten Tage so gefährlich für sie werden konnten, daß sie London vielleicht niemals wiedersah und auch nie mehr die Chance erhielt, in seinen Armen zu liegen.

Mit einemmal erschien ihr der Preis, den sie vielleicht zu zahlen hatte, viel zu hoch.

Was, wenn sie versagte und sterben mußte?

Wenn das ihr Schicksal war, wenn sie wirklich ihr Leben lassen mußte, dann wußte sie nach einem Blick auf Giles' starke Schultern, nach einem Kuß von seinen Lippen, daß sie die Stufen zum Schafott gefaßt emporsteigen konnte, wenn sie nur diese eine Chance nutzte, seine Liebe zu erfahren.

Dies sollte ihre Hochzeitsnacht sein. Die zärtlichen Worte, die sie ihm anvertrauen wollte, blieben ihr im Halse stecken. Es gab keine nach Rosen duftenden Laken, auf denen sie ihren Liebsten hatte empfangen wollen, sondern nur ihren alten Umhang und den süßen Duft von Gras.

Wenn sie sich schon nicht zu ihren Gefühlen für ihn bekennen und ihm nicht ihre wahre Identität preisgeben durfte, wollte sie wenigstens ihren Körper ausdrücken lassen, was weder ihr Herz noch ihr Verstand ihm mitteilen durften.

Er begann, ihre Brüste mit den Lippen zu liebkosen, und führte ihr Verlangen zu neuen Höhen.

Oh, sie wollte, daß er niemals aufhörte. Sie wollte ihr Gelöbnis vergessen, ihre Versprechen, und wollte ihn anflehen, ihre Sinne an den Rand des Erträglichen zu bringen und sie in den unendlichen Abgrund der Leidenschaft zu stoßen.

Aber diesen Weg konnte sie nicht allein gehen.

Wenn sie die Erinnerung an seine Berührung bis zum Tode in sich tragen wollte, sollte auch er mit demselben brennenden Geschenk nach London zurückkehren.

Sie rührte sich in seinen Armen und zog und zerrte an

der Öffnung seiner schlichten Arbeitshose. Seufzend schloß sie die Hand um seinen harten Schaft.

Mit zärtlichen, fordernden Fingern massierte sie seine stolze Männlichkeit und ahmte seine Zärtlichkeiten nach, indem sie den Daumen langsam und verlockend um die Spitze kreisen ließ.

Sein lustvolles Stöhnen erregte sie noch mehr.

»Ich will dich in mir haben«, flüsterte sie ihm ins Ohr. »Ich will dich ganz in mir auskosten.«

Giles benötigte keine weitere Aufforderung; er rollte sie auf den Rücken und stützte sich über ihr auf die Arme. Er brauchte nicht ihr Gesicht vor sich zu sehen, um zu wissen, daß ihre Erregung genauso groß war wie seine. Nicht, wenn er ihren heftigen Atem hörte, den wilden Pulsschlag ihres Herzens fühlte, das Verlangen ihrer Lippen schmeckte.

Ungestüm griffen ihre Hände wieder nach ihm und leiteten ihn zu ihrer Pforte.

»Bitte«, flüsterte sie, »laß mich nicht warten.«

Auch Giles konnte nicht länger warten. Mit einem langsamen, sicheren Stoß füllte er sie aus. Sie stöhnte leise, während er immer wieder in sie hineinglitt und die ungestümen Bewegungen ihrer Hüften mit gleichmäßigen Stößen beantwortete, die ihr drängendes Verlangen ins Unermeßliche steigerten. Er hörte sie leise flehen, er solle schneller, fester zustoßen.

Wünsche, die nur von einer leidenschaftlichen Frau stammen konnten.

Er küßte sie auf den Mund, und mit brennender Dringlichkeit drückte er sie in ihr Lager aus Gras.

»Du gehörst mir«, sagte er schwer atmend. »Von heute nacht an gehörst du mir.«

»Ich werde nie jemand anderem gehören«, erwiderte sie leise. Sie umfaßte seine Hüften und trieb ihn an, sich ihren hitzigen Bewegungen anzupassen. Sie hob sich ihm wild entgegen, während sie einen letzten sinnlichen Laut ausstieß.

Er griff nach dem Tuch, das seine Augen verband, riß es herunter und sah ihr direkt in die Augen, während die Wellen der Erleichterung über sie hinweggingen. Einen Moment lang sah er etwas, das er noch nie zuvor in den Augen einer Frau gesehen hatte, ein Gefühl, das so unverfälscht, so wild und so intim war, daß es ihn mit seiner Intensität ansteckte.

Ihr Körper bebte immer noch von den Freuden, die sie erfahren hatte, und rief ihn auf, das Feuer nicht ausgehen zu lassen. Als sie ihn tiefer in ihre Umarmung zog, trug sie ihn mit sich davon in das dunkle, turbulente Land der Befreiung, wo er sein Sehnen und sein Begehren verströmte.

Er ließ sich in ihre Arme fallen. Eine Zeitlang lagen sie nebeneinander, immer noch verbunden durch die langsam verebbenden Wellen ihres Verlangens.

Er schob ihr Haar beiseite und suchte ihr Gesicht. Irgendwann – er erinnerte sich nicht mehr genau – hatte er ihr die Perücke abgenommen, und lange seidige Strähnen waren zum Vorschein gekommen, die er jetzt verspielt um die Finger wickelte.

In der Dunkelheit konnte er ihre Haarfarbe nicht erkennen, aber er fühlte den weichen Glanz zwischen seinen Fingern.

Doch als sie ihm ihr Gesicht zuwandte, sah er entsetzt ihre makabre Maske. Schnell wandte er den Blick von den Runzeln und der Warze.

Kein Wunder, daß sie ihm die Augen verbunden hatte.

Sie kicherte. »Gefällt dir nicht, was du siehst?« neckte sie ihn. Sie rollte sich auf die Seite und stützte sich auf den Ellbogen.

Er sah ihr direkt in die Augen. »Was ich sehe, ist mir egal. Ich kenne dich jetzt.«

Sie schüttelte den Kopf. »Wenn du mein wahres Ich kennen würdest, wärst du wahrscheinlich ziemlich enttäuscht.«

Ihre Worte hatten etwas Trauriges und Wehmütiges,

das ihn an das erinnerte, was seine kleine Braut zu ihm gesagt hatte.

Ich möchte Sie nicht enttäuschen.

Was würde seine bescheidene und zerbrechliche Verlobte wohl sagen, wenn sie ihn hier mit einer anderen Frau sähe? Ihr unzweifelhafter Kummer ernüchterte ihn auf der Stelle. Er war immer ein Mann gewesen, der an Treue glaubte; für ihn hatte es nie mehr als eine Frau zur gleichen Zeit gegeben. In seiner Ehe wollte er dem Beispiel seines Mentors, Lord Dryden folgen. Die Achtung und Liebe dieses Mannes für seine Frau galten in seinen Gesellschaftskreisen als außergewöhnlich. Giles war immer beeindruckt gewesen von der Verläßlichkeit ihrer Beziehung, war er doch ein Mann, der in seinem Leben nie die Stabilität eines sicheren Familienlebens kennengelernt hatte.

Seine Hingabe an den Schamlosen Engel war eine Absage an das Herzensversprechen, das er einer anderen Frau gegeben hatte. Zumindest sah er das jetzt so, während er die innigen Gefühle, die aus ihrem Blick zu ihm gesprochen hatten, beiseite schob. Wenn er diesen Gefühlen nachgab, wenn er zuließ, daß sie den Weg in sein Herz und in seine Seele fanden, wie konnte er dann jemals zu seiner Verlobten zurückkehren und bei ihr bleiben?

Das konnte er niemals.

Die Erkenntnis rüttelte ihn auf. Wenn diese Frau die Macht besaß, ihn sein Heiratsversprechen vergessen zu lassen, konnte sie ihn dann nicht auch von seiner Verpflichtung abbringen, Webbs Verräter zu finden?

»Wozu diese Heimlichkeiten?« fragte er. »Nach dieser Nacht, nach allem, was geschehen ist, willst du mir nicht sagen – wer du bist?«

Sie schüttelte den Kopf und sah weg. »Das darfst du nicht von mir verlangen. Ich kann und ich werde es dir nicht sagen.«

Ihre Worte brachten sein Mißtrauen wieder an die Oberfläche. Er hatte sich ihr bedingungslos anvertraut und sich von ihr die Augen verbinden lassen, aber sie brachte ihm kein solches Vertrauen entgegen.

Zum Teufel mit ihr und ihren Geheimnissen.

Er griff nach seinen Hosen und zog sie hastig an. Er mußte sich von dieser Frau losreißen. Entschlossen stand er auf und wich vor ihr zurück, bis er mit einem hohen Grabstein zusammenstieß.

Diese geheimnisvolle Frau hatte ihn mit ihren Verlockungen betört, nur um ihm dann zu sagen, daß sie ihn nicht enttäuschen wollte und ihm nicht sagen konnte, wer sie war.

Hatte sie dieselben Worte verwendet, als sie Lyle und Rostland um ihr Vermögen beraubte?

Hatte sie Webb diese Worte zugeflüstert, bevor sie ihn an das Komitee ausgeliefert hatte?

Selbst wenn sie Webb nicht verraten hatte – Giles stand immer noch nur halb bekleidet mitten auf einem Friedhof. Die Kälte des Marmors an seiner Schulter machte sich in seinen Adern breit und vertrieb die letzten Überreste der Hitze, mit der ihre Leidenschaft ihn erfüllt hatte.

Wessen würde sie ihn berauben? Sie hatte Delaneys Geld genommen, vielleicht sogar Webbs Leben. Die letzte Herausforderung für sie, dachte Giles, mußte nun seine Seele sein.

Nicht mit mir, sagte er sich. Sie hatte recht gehabt, darauf zu bestehen, daß sie ihre geschäftlichen Angelegenheiten regelten, aber er hatte sich von seinem Drang leiten lassen, sie zu demaskieren. Wie hatte er nur glauben können, sie würde ihm jemals erlauben, sie anzusehen? Sie hatte ihn in ihre Arme gelockt, hatte ihm hier und da einen kleinen Blick gestattet, aber niemals würde sie ihm geben, was er wirklich wollte.

Die Wahrheit.

Nicht, bevor sie dazu bereit war. Und er war es leid, sich von ihren Spielchen an der Nase herumführen zu lassen.

Auch sie schien den gefährlichen Umschwung zwischen ihnen zu spüren und stand ebenfalls auf. Sie ordnete ihre Kleider, hob ihr Bündel auf und entfernte sich unauffällig von ihm. Noch unsicher auf den Beinen, stützte sie sich an den verrosteten Stangen des Zauns ab, der den Friedhof säumte.

Sophias Herz schlug schneller. Seit er sie am Fuße der Pont de la Concorde gestellt hatte, versuchte sie herauszufinden, wieviel er wußte.

War sein plötzlicher Ärger ein Anzeichen dafür, daß er schließlich doch den Zusammenhang zwischen seiner verschwundenen Braut und dem Schamlosen Engel hergestellt hatte? Hatte sie ihm gestattet, durch ihre Maskerade hindurch direkt in ihre Seele zu blicken?

Wenn er erkannt hatte, wer sie war, verrieten die ungeduldigen Bewegungen, mit denen er sich anzog, seinen Ärger nur zu deutlich. Und wenn er daran dachte, sie zu retten, Lady Sophia zu retten, wäre sie verantwortlich, falls ihm etwas zustieße. Sie fühlte die zärtlichen Momente ihrer Liebesbegegnung dahinschwinden. Sie konnte sie nicht aus der Luft greifen und sie in ihrem Herzen festhalten. Das süße Verlangen, die überwältigende Intimität seiner Berührung verflüchtigte sich in der Nacht und hinterließ in ihr ein Gefühl der Leere und der Kälte.

»Laß uns die Angelegenheit besprechen, die dich hergeführt hat«, forderte sie ihn auf. »Wie soll ich dir Antworten geben, wenn ich nicht weiß, wonach zu suchst?«

»Wenn ich dir eine Frage stellen würde, würdest du sie mir ehrlich beantworten?«

Das war nicht die Entgegnung, die Sophia erwartet hatte. »Ja. Wenn ich kann. Aber sag mir zuerst, ob du aus Pflicht deinem Vaterland gegenüber hierher gekommen bist oder wegen dem, was zwischen uns in deinem Arbeitszimmer vorgefallen ist.«

»Ich habe in meinem Leben immer nur der Pflicht gehorcht«, erwiderte er, ohne zu zögern. »Und ich habe den Auftrag, deine Absichten herauszufinden. Herauszufinden, wohin deine *Pflichten* dich führen.«

Das beendete ihre Spekulationen.

Und es schmerzte sie mehr, als sie erwartet hatte. Es bedeutete auch, daß er sie nicht als Lady Sophia wiedererkannt hatte. Der Pflicht gehorchend, war er dem Schamlosen Engel nach Frankreich gefolgt. Vielleicht hatte er sie sogar aus Pflichterfüllung geliebt.

Dennoch verriet ihr etwas an seinem Tonfall, daß er nicht vollkommen ehrlich zu ihr war. Er mochte pflichtbewußt sein, aber er war auch ein Mann.

Ein Mann, der seine verschwundene Braut dem Schamlosen Engel zuliebe verlassen hatte. Eine Pflicht, die ihm offensichtlich mehr lag, als seine Braut heimzuführen.

Es machte keinen Unterschied, daß sie ein und dieselbe Person war. Eine Kränkung war es trotzdem.

»Dann stell deine Frage.« Sie versuchte, gelangweilt zu wirken. »Ich möchte, daß wir diese alberne Angelegenheit endlich abschließen.«

Er riß den Kopf hoch und sah sie zornig an. »Albern? Hier geht es um Verrat!«

Das traf sie unvorbereitet. Es war also schlimmer, als sie angenommen hatte. Er konnte doch nicht allen Ernstes annehmen, sie wäre verantwortlich für ... Doch das tat er; sie erkannte es an seiner zornigen Haltung, seinem funkelnden Blick. Es schmerzte zu sehen, daß er ihr ein solches Verbrechen zutraute, aber was wußte er schließlich von ihr? Sie hatte Männer beraubt, sie hatte die Kriegsfronten zu ihren eigenen Zwecken gewechselt, sie hatte sich, scheinbar einer Laune folgend, von ihm lieben lassen. Eine schöne Bescherung hatte sie da angerichtet, und nun mußte sie ihn schleunigst loswerden. Ihn nach Hause schicken, um ihn vor den schrecklichen Gefahren zu bewahren, die sie hier umgaben.

»Ich habe keinen Verrat begangen ... in letzter Zeit«, erwiderte sie. »Doch wenn du meine Geduld weiterhin so auf die Probe stellst, wirst du feststellen, wie schnell mein Ehrgefühl erschöpft sein kann.«

»Ehrgefühl? Was weißt du denn schon von –« Er unterbrach sich, als wäre er nicht sicher, wie weit er gehen durfte. Abschätzend ließ er den Blick über sie und ihre Umgebung wandern.

Mit dem Rücken zur Ecke der Umzäunung stehend, wirkte sie wahrscheinlich wie ein Tier, das in der Falle saß.

Schön, Lord Trahern. Unterschätze mich ruhig wieder.

Sophia unterdrückte den Wunsch, ihn anzulächeln.

»Was ich von Ehre weiß?« ergänzte sie für ihn. »Wohl nicht sehr viel, wenn es nach deinen Regeln geht. Aber hier in Frankreich haben sich die Regeln geändert.«

»Und du änderst dich mit ihnen.«

Sie nickte. »Ich habe keine andere Wahl. Und du auch nicht, falls du überleben willst.« Sie ging zu der Stelle, wo ihre restlichen Sachen verstreut lagen, und hob ihre Perücke und ihre Kopfbedeckung auf. Gleich daneben lag sein Umhang, und aus einer der Taschen blitzte es ihr golden entgegen.

Das Armband der Delaneys! Schnell sah sie sich um, und als sie feststellte, daß er sie nicht beobachtete, nahm sie es aus der Tasche und ließ es in die eigene fallen.

Sie unterdrückte ein Lächeln und drehte sich wieder zu ihm um. Wenn sie in ihrer Rolle als Schamloser Engel etwas gelernt hatte, dann war es die Erkenntnis, daß es oft Direktheit war, mit der man den anderen dazu bringen konnte, seine Schwächen zu offenbaren.

Und sie wollte ihn verspotten. Nicht zu sehr, aber gerade genug, um seinen Stolz ähnlich zu verletzen, wie er ihren verletzt hatte.

»Du willst also wissen, wer ich bin, auf wessen Seite ich stehe«, sagte sie ruhig. Sie forschte in seinem Blick nach einer Reaktion, doch seine Augen flackerten nur für einen kurzen Moment.

Oh, er ist gut, dachte sie, während sie sich ihre nächste Äußerung zurechtlegte, aber nicht gut genug für das, was jetzt kommt.

»Man hat dich hierhergeschickt, damit du herausfindest, was ich mit dem Tod eures Agenten zu tun habe. Du sollst untersuchen, was ich über Webb Dryden weiß.«

8.

Giles zuckte zurück, als hätte er einen Schlag in die Magengrube erhalten.

Wie konnte sie nur soviel wissen?

Dann dachte er an ihre frühere Äußerung auf der Brücke – daß sie nicht noch mehr Menschenleben auf dem Gewissen haben wollte.

Hatte das eine Warnung sein sollen, daß ihm ein ähnliches Schicksal zustoßen konnte wie Webb?

Das Außenministerium hatte ihr Wissen bei weitem unterschätzt. Dryden würde entsetzt sein, wenn er von einer undichten Stelle dieses Ausmaßes erfuhr.

»Was weißt du über Webb?« fragte er. »Nun sag es mir endlich, verdammt noch mal!«

»Wieso? Damit du ihm ins Grab folgen kannst?« Sie schüttelte den Kopf. »Geh nach Hause, Engländer. Ich werde nicht zulassen, daß du deinem Freund folgst.«

»Und wie willst du mich aufhalten?« Er trat näher zu ihr, getrieben von dem Wunsch, die Wahrheit aus ihr herauszuschütteln. »Wie ich schon sagte, heute abend ist niemand da, der dich retten kann.«

Sie wich zurück, bis sie die rostigen Streben des Zauns im Rücken spürte. »Ich brauche kein Ablenkungsmanöver und keinen Retter, um mich in Sicherheit zu bringen.« Spöttisch blitzten ihn ihre saphirblauen Augen an. »Deine Einbildung, nur du könntest dieses Rätsel lösen, wird noch unser Untergang sein. Glaube mir, du wirst Paris nicht überleben, wenn du diese tollkühne Suche nicht aufgibst. Kehr zurück nach Hause.«

Sie langte hinter sich und zog an einer der engstehenden Streben. Mit einem mißtönenden Geräusch gab die Stange nach.

Erst jetzt fiel ihm auf, daß die Stange, die sie in den Händen hielt, nicht so verrostet war wie der übrige Zaun. Entsetzt erkannte er den Zweck.

Unter ihrem Griff sprang der Zaun ein Stück auf.

Zu spät erkannte er, daß sie wieder einmal im Begriff war, ihn zu übertölpeln. Er sprang auf sie zu, jedoch nicht schnell genug. Behende schlüpfte sie durch die Öffnung und lief davon.

Er versuchte, ihr zu folgen, mußte aber feststellen, daß die Öffnung im Zaun gerade ausreichte, um ein Kind hindurchzulassen – oder eine schlanke Frau.

In ohnmächtiger Wut mußte er mit ansehen, wie die Frau einmal mehr seinem Zugriff entschwand. »Verflucht, erzähl mir von Webb! Wenn du glaubst, ich ließe mich aufhalten, bist du im Irrtum. Ich werde dich finden!«

»Kehr nach Hause zurück!« Ihre Stimme hatte ihre spöttischen Unterton verloren und einen ernsten Klang angenommen. »Warte in London auf mich. Ich weiß, wo ich dich finde. Wenn du dort auf mich wartest, verspreche ich, dir die Informationen zu bringen, die du benötigst. Keine Tricks, keine Täuschungen, nur die Wahrheit. Bitte, glaub mir.«

Machtlos sah Giles zu, wie sie sich entfernte und um die nächste Ecke verschwand. Sie zu verfolgen wäre sinnlos gewesen. Bis er die Straße erreicht und den Block umrundet hätte, wäre sie längst auf und davon. So vertraut, wie sie mit den Straßen der Stadt war, konnte sie dann sonstwo zwischen dem Kornmarkt und den Ruinen der Bastille sein.

In London auf sie warten? Ihr glauben?

Hart rammte er die Faust gegen den Marmorstein hinter sich. Der Schmerz explodierte in seiner Hand, schoß seinen Arm hinauf und brachte ihn wieder zur Vernunft.

Er fluchte heftig und ausgiebig über seine eigene Dummheit, seine Begierde, die Art und Weise, wie sie seine Gefühle in der Hand hatte. Als er sich anschickte, der trostlosen Stätte den Rücken zu kehren, stolperte er beinah über ihre Jacke, die verknüllt an der Stelle lag, wo er sie ihr ausgezogen hatte.

Auch wenn er sich nicht allzu viel davon versprach,

wollte er nicht darauf verzichten, sein Fundstück gründlich zu durchsuchen. Er ließ sich auf einem niedrigen Grabstein nieder und nahm sich jede einzelne Tasche vor, in der Hoffnung, auf eine versteckte Botschaft oder einen Verschlüsselungscode zu stoßen.

Seine Finger trafen auf etwas Hartes, Glattes, und er brachte einen Gegenstand zum Vorschein, der ihn in seiner schlichten Schönheit und seinem enormen Wert in Erstaunen versetzte.

»Anscheinend hast du bei deinem hastigen Aufbruch etwas vergessen, Lady Schamlos«, flüsterte er in die Richtung der Öffnung im Zaun.

Nachdenklich wog der den goldenen Siegelring in der Handfläche, beeindruckt von seinem Gewicht.

Nur die reichsten Edelmänner und Kaufleute trugen einen Ring von solcher Kostbarkeit.

Wie ich sehe, hast du wieder gestohlen, dachte er, während er das Insigne betrachtete.

Ein von Lilien umgebener Schwan.

Das Emblem sandte ihm kalte Schauer über den Rücken.

Hastig durchwühlte er seine eigenen Taschen nach dem Stoffetzen, den er seit dem Ball bei den Parkers bei sich trug. Er hielt das Stück silberweißen Brokats und den Ring nebeneinander und schüttelte ungläubig den Kopf über die identischen Zeichen.

Ein von Lilien umgebener Schwan.

Da er nicht an Zufälle glaubte, mußte das Emblem einen wichtigen Platz im Herzen des Schamlosen Engels einnehmen. Er lächelte vor sich hin. Vielleicht ist das ja alles, was ich brauche, um herauszufinden, wer du bist, sagte er vor sich hin, während er den Ring von allen Seiten betrachtete.

Ein solcher Ring wurde normalerweise in einem edlen Geschlecht von Generation zu Generation weitergereicht. Und er wurde seinem Besitzer erst auf dem Totenbett vom Finger gezogen.

Er blickte wieder zu der Öffnung im Zaun, durch die sie ihm entkommen war.

Vielleicht bestand die Mission des Engels darin, einen Mord zu rächen. Oder sie war auf der Suche nach dem Mann, der der rechtmäßige Inhaber dieses Rings war. Oder sie trug den Ring nur als Talisman. Er konnte immer weiter spekulieren, doch ihr Geheimnis würde er nicht aufdecken.

Immerhin es gab eine Möglichkeit, ein paar Antworten zu finden.

Er unterdrückte das Verlangen seines Körpers, ihr zu folgen, und machte sich auf den Weg zurück zum ›Schweinsohr‹.

Auf dem dritten Treppenabsatz zu ihrer Mansarde hielt Sophia inne. Ihr widerstrebte, den letzten Treppenabschnitt in Angriff zu nehmen, denn sie hatte das starke Bedürfnis, ihre vielen widersprüchlichen Gefühle wegen der Ereignisse des Abends zu ordnen.

Einerseits war sie wütend auf Giles, weil er sie nicht wiedererkannt hatte, auch wenn das ein Beweis für Emmas unglaubliche Künste war. Sie hätte frohlocken sollen, daß er immer noch nicht den Zusammenhang zwischen dem mitreißenden Schamlosen Engel und der sanftmütigen und stillen Lady Sophia hergestellt hatte.

Andererseits war sie entrüstet, daß er die Gesellschaft des Schamlosen Engels suchte statt die seiner Verlobten. Er hatte hemmungslos mit ihr geflirtet, sie zu seiner Geliebten gemacht und kühn seinen Besitzanspruch festgestellt.

Was hatte er zu ihr gesagt, als er sie an den Rand des Verlangens brachte?

Von heute nacht an gehörst du mir.

Sie schauderte, als hätte er ihr die Worte erneut ins Ohr geflüstert.

Sie wußte, daß er recht hatte. Sie gehörte tatsächlich

ihm. Und sie konnte nichts dagegen machen. Es war, als hätte er sie gefesselt und eingeschlossen, um dann alle Fenster zu öffnen und sie aufzufordern, wie ein Vogel davonzufliegen.

Und dann hatte er behauptet, diese Nacht wäre nichts weiter als eine Pflichterfüllung für ihn gewesen.

Ob er alle seine Missionen für das Außenministerium in dieser Weise ausführte?

Kein Wunder, daß er so hingebungsvoll seinem Land dient, dachte sie abfällig.

Und wenn sie nun tatsächlich als verheiratetes Paar endeten?

Würde er ihr Bett teilen und dabei von einer anderen träumen? Oder würde er einfach das Bett mit anderen teilen?

»Dieser Hund«, murmelte sie, bevor sie sich wieder zusammenriß.

Mit einem Seufzen fragte Sophia sich, warum sie ihrer Phantasie so freien Lauf ließ.

Sie war eifersüchtig auf sich selbst.

Während sie zerstreut an der Wachsschicht an ihrer Nase und ihren Wangen zupfte, mit der Emma sie so kunstvoll in ein altes Weib verwandelt hatte, erkannte sie, was für einen schlimmen Fehler sie begangen hatte.

Sie hatte zugelassen, daß ihre Angst vor den kommenden Tagen die Oberhand gewann, und war auf die trügerische Sicherheit, die er bot, hereingefallen. Wenn er erfuhr, wer sie war und was sie über Webb wußte, würde er sie nach London zurückschaffen und einsperren.

Ihr Blick fiel aus dem Fenster des Treppenhauses über die Dächer, die sich im Licht der aufgehenden Sonne rosig zu färben begannen. Trotz allem wäre sie am liebsten zum Friedhof zurückgekehrt – um ihn dazu zu bringen, ihr zu vertrauen und ihr in ihren letzten Stunden beizustehen.

Sie schüttelte den Kopf und stieg die Stufen weiter hinauf. Es war schlimm genug gewesen zuzulassen, daß Emma und Oliver in ihre Pläne verwickelt wurden. Sie würde nicht dulden, daß noch jemand sein Leben aufs Spiel setzte. Ihr blieb keine andere Möglichkeit, als zu überleben und ihm eines Tages den Grund für ihr Doppelleben zu erklären.

Sophia wollte nach dem tröstenden Ring greifen und erinnerte sich mit Schrecken, daß sie ihn in ihrer Jackentasche gelassen hatte.

Und die Jacke hatte sie auf dem Friedhof vergessen. Ihr Herz sank, als ihr der Verlust klar wurde. Bis sie den Kirchhof wieder erreichte, würde es taghell sein. Dieses Risiko war zu groß. Sie seufzte und ballte die Faust, frustriert, daß sie leer war.

Still öffnete sie die Tür zu ihrem Quartier in der Hoffnung, unbemerkt hineinschlüpfen zu können. Bestimmt schliefen Emma und Oliver noch. Doch nach zwei Schritten mußte sie erkennen, daß ihre Freunde weit entfernt davon waren, zu ruhen.

»Wo haben Sie nur gesteckt?« fragte Emma. Wild an ihrer Pfeife paffend, folgte sie Sophia von der Tür zum Kamin.

Vorbei war es mit der Chance, diese Unterhaltung auf später zu verschieben. Resigniert streckte Sophia die Hände aus, um sie über dem Feuer zu wärmen. Auch der sonst so friedfertige Oliver hatte die Arme vor der mächtigen Brust verschränkt und blickte sie aus vorwurfsvollen braunen Augen an.

Von dieser Seite hatte sie also keine Unterstützung zu erwarten.

»Ich bin festgehalten worden«, antwortete sie mit einem unbestimmten Schulterzucken. Sie hatte nicht vor, mit Emma über Lord Trahern zu diskutieren. Es war schon schlimm genug gewesen, als sie, nur mit ihrer Unterwäsche bekleidet, aus seinem Haus geflüchtet war. Mit dieser Episode hatte Emma ihr tagelang in den Ohren gelegen.

Emma verschluckte sich fast an ihrem Tabaksqualm. »Festgehalten?«

»Müssen wir unbedingt jetzt darüber reden? Ich bin furchtbar müde, und ich –«

»Sie schleichen sich hier wie ein Dieb herein und erzählen uns ganz nebenbei, daß man Sie festgehalten hat? Ich glaube doch, daß Sie uns eine Erklärung schuldig sind.«

»Nun, ich konnte doch entkommen.«

Das schien Emma nicht sonderlich zu beeindrucken. Schwaden von Tabaksqualm stiegen um ihren dunklen Kopf auf. »Das genügt jetzt. Sie fahren nach Hause.« Sophias Gesellschafterin begann, Koffer und Reisetaschen unter dem schmalen Bett hervorzuziehen.

»Nach Hause?« wiederholte Sophia protestierend. »Ich fahre nicht nach Hause. Nicht ausgerechnet jetzt, wo wir dem Ziel so nahe sind.«

»Oliver und ich können die Arbeit hier ohne Sie beenden. Sie fahren nach Hause.« Emma öffnete einen Schrank nach dem anderen und fing an, Sophias Kleidungsstücke hervorzuholen. »Nachdem die Behörden Sie jetzt gesehen haben, wird es keine Rettung für Sie geben, falls man Sie noch einmal erwischt.« Obwohl Emma nur fünf Jahre älter war als Sophia, legte sie allmählich das strenge Verhalten einer ältlichen Gesellschaftsdame an den Tag, als die Sophias Tanten sie eigentlich angeheuert hatten.

»Das kommt überhaupt nicht in Frage«, beschwerte sich Sophia. Sie kam sich vor wie verwöhntes, junges Fräulein, das ausgescholten wurde, weil es heimlich ohne Begleitung im Park spazierengegangen war.

Fast berührte ihre Nasenspitze Emmas Tabakspfeife, als sie ihr unerbittlich in die Augen starrte.

Oliver schaltete sich ein. »Wenn es nicht die Wachen waren, die Sie festgehalten haben, wer dann?«

Sein väterlich strenger Ton lenkte ihre Aufmerksamkeit und ihren Zorn von Emma ab. Wie sein Vater vor ihm, diente Oliver ihrer Familie schon so lange, wie er lebte. Als ihre Mutter nach Frankreich durchbrannte, begleitete er sie. Obwohl England seine Heimat war, hatte er nicht vorgehabt, wieder dorthin zurückzukehren, bis der Graf ihn beauftragte, Sophia zum Haus ihrer Tante zu begleiten. In diesen ersten einsamen Jahren in England war er ihre einzige Verbindung zu Frankreich gewesen. Mit ihm teilte sie ihr Heimweh. Er verstand ihre Scherze über die Heiratswut ihrer Schwestern, über Juliens grenzenlosen Einfallsreichtum, was Streiche betraf, und ihren älteren Bruder mit seiner stetig wachsenden Familie.

Sie liebte Oliver wie einen Onkel. Als sie an ihn herangetreten war, damit er ihr bei ihren Plänen half, hatte er mit allen Mitteln versucht, sie von einer Rückkehr nach Paris abzubringen, so wie es ein Familienmitglied getan hätte.

Ihr Vater würde es nie erlauben, hatte er ihr ins Gewissen geredet. Sie sollte in London in Sicherheit bleiben, und er würde an ihrer Stelle zurückkehren.

Aber Sophia hatte sich nicht von ihrem Vorhaben abbringen lassen, und Oliver hatte schließlich nachgegeben, nachdem sie ihn überzeugt hatte, daß sie auch ohne seinen Segen gehen würde.

»Wer hat Sie festgehalten, kleine Piper?« Er verwandte den Spitznamen ihrer Jugend, den sie schon so lange nicht mehr gehört hatte. »War es Balsac oder einer seiner Spießgesellen?«

Sie blickte von Emma zu Oliver. Eigentlich gab es keinen Grund, es ihnen zu verschweigen, trotzdem scheute sie Emmas Verhör, das zweifellos folgen würde, wenn herauskam, wer sie so lange festgehalten hatte. »Nein, nicht Balsac.«

»Wer denn, wenn nicht dieser scheußliche kleine Mann oder die Wachen?« fragte Emma und sah Sophia durchdringend an. Dann fiel ihr Blick auf ihre verknitterte Kleidung, den Zustand ihres Kostüms. Wenn sie die Wahrheit nicht aus Sophias Widerstreben ablesen konnte, dann verrieten ihr die Grasflecken auf ihrem Rock genug.

Schließlich dämmerte es Emma, und entsetzt riß sie die Augen auf. »O nein. Das darf nicht sein. Nicht schon wieder er.«

»Wer denn?« fragte Oliver mit ungeduldigem Unterton.

»Lord Trahern«, erwiderte Sophia.

Mit einem lauten *Plumps* ließ Emma die Reisetasche zu Boden fallen. »Du grundgütiger Himmel. Diesmal sitzen wir wirklich in der Klemme.«

Giles wußte, welches Risiko er einging, indem er an einer Abendgesellschaft im Hause Georges Dantons teilnahm. Der große, häßliche Mann zählte als Mitglied einer Gruppe gefährlicher, unerschütterlicher Radikaler, die sich *La Montagne* nannten, zu den Mächtigsten der jungen Republik.

Giles wagte sich nur deshalb in die Nähe dieses unberechenbaren Kreises, weil man ihm versichert hatte, daß La Devinette auf Dantons Gästeliste stand.

Giles hielt sich in der Nähe der Tür auf und musterte aufmerksam die Menge.

Auch wenn die Gruppe, der Danton angehörte, die Aristokratie verabscheute, war seine Vorliebe für Luxus und Reichtum nicht zu übersehen. Sein Salon mit der üppigen Dekoration aus Pastelltönen und kostbaren Stoffen hätte einem Edelmann gehören können, nicht jemandem, der Edelmänner ermorden ließ. Auch die Zimmerdecke mit ihren ländlichen Schäfermotiven stellte einen Lebensstil dar, der von der Revolution hinweggefegt worden war. Nur Danton mit seiner sicheren Stellung in dieser jungen Republik konnte sich Dinge erlauben, die andere nicht gewagt hätten.

»Corliss? Sind Sie es wirklich? Mein Lieblingskunde, Sie sind wieder da, *mon ami*!« rief Jacques Isnard und entschuldigte sich bei dem großen, dunkelgekleideten Mann, mit dem er gerade gesprochen hatte.

Der Kaufmann Isnard, einer der wenigen Männer in Paris, denen Giles vollkommen vertraute, hatte ihn über die Jahre in einer großen Anzahl mächtiger Kreise eingeführt. Seit ihrer letzten Begegnung hatte Isnard ein paar Pfunde zugelegt, und der Schnitt seiner Kleidung verriet nicht mehr seinen beträchtlichen Reichtum. Wie die anderen in dem Raum, trug er ein schlichtgeschnittenes Jackett und die neumodischen langen Beinkleider statt der üblichen Kniebundhosen.

Mit den wechselhaften Gezeiten der französischen Politik war es Isnard gelungen, stets oben zu schwimmen wie die Fässer, die er herstellte, und immer den Kopf über den schnell dahinströmenden Gewässern zu behalten.

»Wie gut, Sie zu sehen«, antwortete Giles und streckte dem Mann die Hand zur Begrüßung entgegen.

Der Kaufmann ergriff sie und schüttelte sie kräftig. »Kommen Sie und lernen Sie das neue Frankreich kennen.« Isnard geleitete Giles durch den Raum und stellte ihn als amerikanischen Plantagenbesitzer aus Virginia vor. Daß Giles tatsächlich eine kleine Plantage in der früheren Kolonie besaß, verlieh seiner Geschichte Glaubwürdigkeit, um so mehr, als er sich dort auch schon aufgehalten hatte. Zu den Gästen zählten einige Herren, die während des kolonialen Aufstands unter Lafayette gekämpft hatten, also waren ihre Fragen gezielt und fundiert.

Und seine Antworten wurden akzeptiert.

Zumindest vorläufig, dachte Giles skeptisch.

Immer mehr Gäste strömten herein, doch von der Dame, die er hier zu treffen hoffte, fehlte immer noch jede Spur.

»Sie wirken ein wenig erschöpft, *mon ami*«, stellte Isnard fest, als sie für einen Augenblick am Durchgang zu der berühmten Bibliothek Dantons stehenblieben. »Eh, hatten Sie gestern abend zuviel Wein oder eine gute Frau?«

Giles lächelte und nickte. »Zuviel vom ersten und nicht genug vom letzteren.«

»Heutzutage ist es schwer, eine annehmbare Frau zu finden«, bemerkte der Mann und schlug Giles herzhaft auf den Rücken. »Dieses Regime hat viele Stärken, aber die Frauen – bah! Sie haben keine Manieren, keine Raffinesse.« Isnard grinste. »Aber wenn ich Sie richtig kenne, ist es nicht der Mangel an weiblicher Gesellschaft, der Sie so betrübt aussehen läßt. Vielleicht möchten Sie ja Ihre *petite praline* mit einem guten alten Freund teilen, *oui*?«

»Nein, Isnard«, wehrte Giles lachend ab. »Ich glaube kaum, daß sie Ihr Typ ist. Zu reif für Ihren Geschmack. Wenn ich mich recht erinnere, ziehen Sie junges Blut vor – frisch vom Lande oder aus dem Konvent.«

»Ah, die Konvente!« Der Mann rieb sich die Hände vor seinem stattlichen Bauch. »Sie haben solche Leckerbissen produziert. Welch ein Jammer, daß es auch das nun nicht mehr gibt.«

»Geben Sie acht, was Sie sagen«, warnte Giles ihn. Zwar standen sie außer Hörweite der Gäste im Salon, doch konnte man nie sicher sein, ob jemand lauschte. »Sie klingen wie ein Mann, der keine Veränderungen schätzt.«

»Nur, wenn es um Herzensangelegenheiten geht«, entgegnete der listige alte Schurke lachend. Wieder schlug er Giles auf den Rücken. »Vergessen Sie den bitteren Geschmack, den diese Hure in Ihrem Mund hinterlassen hat, und lassen Sie sich unserem Gastgeber, Danton, vorstellen. Er ist zwar verdorrt und langweilig wie die Schenkel einer alten Jungfer, aber er hat zu viel Macht, als daß man ihn außer acht lassen sollte. Ein sehr nützlicher Freund, wenn Sie wissen, was ich meine. Der Zeitpunkt ist günstig – gerade ist sein Ehrengast eingetroffen, und ich werde das Vergnügen haben, Sie mit La Devinette bekannt zu machen.«

»Ich habe schon von dieser Frau gehört«, bemerkte Giles. »Wie ist sie denn?«

»Sehen Sie selbst.« Isnard wies mit einer Kopfbewegung in ihre Richtung.

Neben dem untersetzten Danton sah Giles eine schlanke Frau stehen. Als hätte sie gespürt, daß sie beobachtet wurde, drehte sie sich um und blickte in seine Richtung. Statt in den Salon hinauszutreten, zog sich Giles einen Schritt in die Bibliothek zurück, um sich ihrem Blick zu entziehen. Trotz ihrer neuesten Verwandlung hatte er sie sofort erkannt.

Der Schamlose Engel.

Dies war sein endgültiger Beweis, dachte er, während er beobachtete, wie die Frau, die ganz Paris *La Devinette* nannte, Isnard höflich zunickte und sich dann wieder kühl ihrer Unterhaltung mit Danton zuwandte.

Seine Hände ballten sich zu Fäusten.

Isnard stieß ihn an. »Die wäre doch etwas für Ihren abenteuerlichen Geschmack, obwohl ich bezweifle, daß Sie eine Chance bei ihr hätten.«

Giles versuchte, seinen aufsteigenden Ärger zu beschwichtigen. Sie liebäugelte also tatsächlich mit den höchsten Funktionären der französischen Revolution. Ihre Falschheit war nicht zu überbieten. Er zog sich noch ein wenig tiefer in die Bibliothek zurück, um nicht von ihr entdeckt zu werden, und fragte Isnard: »Wer ist sie?«

»Wie ich schon sagte, man nennt sie Bürgerin *Devinette*, denn ihre Herkunft ist ein allgemeines Rätsel. Das einzige, was mit Sicherheit über sie bekannt ist, ist ihre Loyalität gegenüber der Republik.«

Ihre Kleidung entsprach jedenfalls ihrer Rolle als treue Bürgerin Frankreichs, wie Giles feststellte. Über seine Schulter hinweg konnte er sehen, wie sie den Raum durchquerte, nachdem sie Danton verlassen hatte und sich ein junger Mann, den Isnard Giles als Louis Antoine Saint-Just vorgestellt hatte, zu ihr gesellt hatte.

Saint-Just, ein Mann von Mitte Zwanzig, hatte seinen steilen Aufstieg in Frankreich seiner Ergebenheit gegenüber Robespierre zu verdanken.

»Die beiden sind ein beeindruckendes Paar«, bemerkte Isnard. »Die Tochter der Freiheit und des Teufels Sohn«, setzte er kaum hörbar hinzu.

Giles mußte zugeben, daß La Devinette die Aufmerksamkeit jedes Mannes in dem Raum fesselte. Er selbst war nicht ausgenommen, was ihn noch wütender machte als ihre Verbindung zu dem eigensüchtigen Saint-Just.

Ihr Haar, das ihn in der vergangenen Nacht so fasziniert hatte, schimmerte in dem hellen Licht der Kerzenlüster rötlich braun. Einen Teil hatte sie unter die rote Mütze der *sans-culottes* gesteckt, doch der Rest fiel ihr in dichten Locken bis auf die Schultern.

Ihr Kleid aus schlichtem cremefarbenen Musselin ließ ihren Hals, ihre Schultern und Arme frei und fiel ihr gerade bis zu den Knöcheln hinunter. Als einzigen Schmuck trug sie um die Taille eine blau-weiß-rote Schärpe, in der verwegen ein Kurzschwert steckte, das Zeichen ihrer Verbundenheit mit der *Fraternité de la Revolution*.

Äußerlich bot sie das Bild der kriegerischen Amazone, entschlossen in ihrer Überzeugung und unerschütterlich in ihrer Loyalität. Doch bei näherem Hinsehen bemerkte Giles, wie sie kaum wahrnehmbar zurückzuckte, als Saint-Just ihren Ellbogen umfaßte, und wie sie ihren Blick in einer verstohlenen Musterung durch den Raum gleiten ließ.

Sie wartete auf irgend etwas oder irgend jemanden. Und das Warten machte ihr angst.

Es erinnerte ihn an ihr Verhalten, als sie Delaneys Haus betreten hatte – vorsichtig und wachsam.

Immer noch plagte ihn die eine Frage: Wo lag ihre Loyalität?

»Sicherlich muß doch jemand wissen, wer sie ist«, beharrte Giles.

Isnard schüttelte den Kopf. »Das ist eine Frage, die schon viele gestellt haben und die zu immer weiteren Spekulationen führt. Manche behaupten, sie als Anführerin beim Sturm auf die Bastille gesehen zu haben, andere wieder sagen, sie hätten sie schon vor Jahren in den Gärten des Palais Royal sprechen hören, als noch niemand im Traum an eine Revolution dachte.« Der Kaufmann warf die Hände hoch. »Wie ich schon sagte, alles reine Spekulation, aber es ist doch eine wundervolle Ablenkung davon, wer alles heute wieder geköpft wurde.«

Giles blickte in ihre Richtung.

Saint-Just neigte den Kopf über ihrer Schulter und flüsterte ihr etwas ins Ohr. Darauf ertönte helles Gelächter, Gelächter, das einem Mann schmeicheln und ihm den Kopf verdrehen sollte.

»Und dieser Saint-Just ist ihr Beschützer?«

»Ihr Geliebter, meinen Sie wohl?« Energisch schüttelte der Mann den Kopf. »Der arrogante Dummkopf würde seinen rechten Arm hergeben, um in ihr Bett zu gelangen, obwohl er das niemals zugeben würde.« Isnard wies mit einem Kopfnicken in die Richtung, wo Robespierre dem Treiben finster durch seine metallgefaßten Brillengläser zusah. »Saint-Just vollführt einen schwierigen Balanceakt. Mal gibt er seinem Meister zuliebe vor, sich nicht für männliche Vergnügungen zu interessieren, und im nächsten Augenblick –« Mit hochgezogenen Augenbrauen ließ Isnard den Blick über die Frau an Saint-Justs Arm gleiten.

»Aber hat sie einen Liebhaber unter diesen Wölfen?«

»Oh, Sie müssen ein verzweifelter Mann sein. Sicherlich haben Sie doch ihr Auge bemerkt?« Seine Stimme nahm den Tonfall einer alten Klatschbase an. »Oh, dieses Auge ... es werden Wetten darauf abgeschlossen, wie sie es verloren hat! Die verbreitetste Theorie besagt, daß sie schändlich von einem Edelmann mißbraucht wurde und daß er, als sie ihn bei den Behörden anzeigen wollte, sich rächte, indem er befahl, ihr beide Augen auszustechen, damit sie ihn nicht identifizieren konnte.«

Giles mußte ein Lächeln unterdrücken. »Aber ihr fehlt doch nur ein Auge«, gab er zu bedenken. Ein Wort von ihm, und Isnard hätte ihm alle Einzelheiten über jeden der Anwesenden in dem Raum berichtet.

»*Oui*. Aber als er sie holen kommen wollte, fielen er und seine Gefolgsleute ihrem Schwert zum Opfer, jedoch erst, nachdem sie schon ein Auge eingebüßt hatte. Man sagt, er war der erste, der für die Revolution sterben mußte.« Isnard schauderte. »Ich könnte Sie mit ihr bekannt machen, aber ich muß Sie warnen: Sie ist sehr eigen, was ihren Umgang betrifft. Ich für meinen Teil wäre zu nervös bei so einer Frau, wenn Sie wissen, was ich meine. Man sagt übrigens, daß sie ihr Schwert nie ablegt.«

Er wußte nicht, weshalb ihn Isnards Erwähnung eines früheren Liebhabers so störte, aber es war so. »Wer steht denn augenblicklich in ihrer Gunst?«

Der ältere Mann lachte. »Wenn ich es nicht besser wüßte, würde ich annehmen, daß Sie eifersüchtig sind. Ihr Geschmack hat sich eindeutig gewandelt, *mon ami.*« Isnard warf einen Blick zurück in ihre Richtung. »Zur Zeit ist da niemand, obwohl Saint-Just sicherlich die besten Chancen hat, denn er ist genau ihr Typ.«

»Und welcher Typ ist das?«

Isnard zuckte mit den Schultern. »Vor ein paar Monaten gab es da einen Amerikaner, Ihnen nicht unähnlich, nur jünger. Er hatte sehr angenehme Manieren, ein erfreulicher Kontrast zu diesen übrigen Flegeln. Er bemühte sich sehr um sie, und sie – wie soll ich es ausdrücken – schien sehr empfänglich dafür zu sein. Sie wurden überall zusammen gesehen, bis –«

»Bis?«

Isnards Augen wurden schmal. »Das ist der Grund, weshalb ich Sie davor warne, sich ihretwegen zu viele Hoffnungen zu machen. Die Frau ist gefährlich.«

»Was ist mit diesem Amerikaner geschehen?« fragte Giles, auf das Schlimmste gefaßt. »Vielleicht kenne ich ihn ja.« Er versuchte, sich nichts anmerken zu lassen, aber das Eingeständnis der Frau am vorigen Abend, Webb zu kennen, schien damit bestätigt zu sein.

»Vielleicht *kannten* Sie ihn«, korrigierte Isnard ihn. »Vor etwa zwei Monaten ist er verschwunden. Gerüchten zufolge ist er nach Amerika zurückgekehrt, aber andere behaupten, sie hätten gesehen, wie er –«

»Wie er was?«

Nun zog auch Isnard sich weiter in die Bibliothek zurück. Hier waren sie allein, weit weg von dem Stimmengewirr im Salon. »Man sagt, sie hätte ihn verraten. Sie hätte ihn in den Tod geschickt.«

Giles blickte in den Salon zurück und bekämpfte den Drang, sie sich über die Schulter zu werfen und in Ketten nach London zu schaffen. »Hatte er auch einen Namen, dieser Amerikaner?«

»Ich versuche gerade, mich daran zu erinnern. Er wurde mir nur einmal vorgestellt … Diese amerikanischen Namen, für mich klingen sie alle gleich. Kein Vergleich mit der Schönheit unserer Sprache.« Isnard kratzte sich am Kopf. »Seth, nein, Wade …«

»Vielleicht Webb?« schlug Giles vor.

Die Miene des Mannes erhellte sich. »*Oui*, das ist es. Webb. Also kannten Sie den Mann?«

»Nein, ich habe nur geraten.« Giles schluckte den gallenbitteren Geschmack herunter, der in ihm aufstieg.

Wie hatte sie es noch am vorigen Abend ausgedrückt? *Ich habe keinen Verrat begangen … in letzter Zeit.*

Also sah es doch so aus, als hätte sie Webb verraten. Mehr noch, sie hatte ihn mit ihrem Wissen verspottet, bevor sie sich in die Nacht flüchtete. Er ballte die Hände zu Fäusten und öffnete sie wieder.

»Sie sehen gar nicht gut aus«, bemerkte Isnard. »Ein solcher Verrat ist immer verwerflich, aber ganz besonders dann, wenn eine Frau ihn begeht. Jetzt verstehen Sie, warum ich glaube, daß Sie nicht Ihr Typ ist.«

»Da kann ich nur zustimmen«, erwiderte Giles. »Und Sie haben recht, ich bin tatsächlich sehr erschöpft. Vielleicht sollte ich ein wenig an die frische Luft gehen.«

Isnard verbeugte sich und mischte sich wieder unter die Gäste im Salon, während Giles noch für eine Weile in der Bibliothek blieb. Er trat an den Schreibtisch, wo er ein Stück Papier und eine Schreibfeder fand. Nachdem er die Feder in die Tinte getaucht hatte, begann er, eine kurze Nachricht zu schreiben.

Treffen Sie mich …

Ein Diener tauchte an Sophias Seite auf. »Bürgerin«, flüsterte er ihr zu, »ich habe eine Botschaft für Sie.« Damit übergab er ihr ein zusammengefaltetes Stück Papier.

Sie wandte sich zu ihrem unerwünschten Begleiter, Louis Saint-Just, und lächelte. »Anscheinend habe ich einen geheimen Verehrer.« Lachend hielt sie das Papier in die Höhe. »Wollen Sie raten, von wem es ist?«

»Sie haben viele Bewunderer, *ma chère*. Anscheinend erwecken Sie den Geist der Freiheit in den Männern.« Saint-Just blickte dem Diener nach.

»Anscheinend.« Sie wußte, daß er den Diener befragen würde, wer ihn mit der Überbringung der Botschaft beauftragt hatte, doch wenn ihr Kontaktmann so vorsichtig war wie bisher, würden die Nachforschungen zu nichts führen.

Sophia entfaltete das Blatt Papier, bemüht, das Zittern ihrer Hände zu verbergen. Das Treffen am heutigen Abend bedeutete einen wichtigen Schritt nach Monaten mühevoller Arbeit. Zunächst sollte ein Goldbetrag übergeben werden, dessen Höhe ausgereicht hätte, selbst den König vor dem Scharfrichter zu bewahren.

Besser noch, es bedeutete, daß sich ihr geheimes Doppelleben langsam dem Ende näherte.

Entgegen Emmas und Olivers Einwänden hinsichtlich der Bedrohung, die Lord Trahern für ihre Pläne darstellte, hatte Sophia sie überzeugt, daß der hartnäckige Engländer sie niemals hier bei Danton finden würde.

Wie sollte er auch? hatte sie gefragt. Er hatte nichts außer dem Armband der Delaneys gegen sie in der Hand gehabt, und selbst das befand sich nicht mehr in seinem Besitz. Wie sollte er einen Zusammenhang zwischen dem Schamlosen Engel und der Bürgerin Devinette herstellen? Ihr bestes Argument dafür, daß sie unbedingt selbst zu Danton gehen mußte, war jedoch gewesen, daß ihr Kontaktmann nach der Bürgerin Devinette Ausschau halten würde, nicht nach Emma oder Oliver. Also konnten sie die Transaktion ohne Sophia nicht durchführen.

Ihre besseren Argumente hatten sich gegen die Bedenken ihrer besorgten Freunde durchgesetzt. Doch während sie sich überzeugt gegeben hatte, daß Giles sie niemals finden würde, war sie den ganzen Abend über nervös und schreckhaft gewesen.

Wenn er nun doch kam? Wenn er sie hier fand?

Wenn er ihre Identität aufdeckte, bevor ...

Er würde ihr keine andere Wahl lassen, als ihn zu denunzieren, bevor er sie bloßstellen konnte.

Sie war jedes Risiko eingegangen, um das nötige Geld zusammenzubringen, und nachdem sie nun dem Ziel so nahe war und so viele Menschenleben auf dem Spiel standen, konnte sie nicht zulassen, daß er all das ruinierte.

Also würde sie ihn denunzieren. Sie mußte es tun. Ihre Gefühle für ihn durften dabei keine Rolle spielen. Danach würde sie dann einen Weg finden, um seinen Hals vor der Guillotine zu retten.

»Was ist es denn?« fragte Saint-Jules, der seine Eifersucht und seinen Ärger kaum zügeln konnte.

Sophia zuckte mit den Schultern. Dieser Mann entwickelte sich zu einem immer größeren Problem. Zuerst hatte sie seine Gleichgültigkeit als Segen empfunden, doch je mehr Macht er gewann, desto größer war seine Überzeugung geworden, ganz Frankreich müßte ihm zu Füßen liegen, sie eingeschlossen.

Genauso war es gewesen, als sie sich vor vielen Jahren kennenlernten. Doch diesmal war sie im Vorteil. Er schien keinerlei Zusammenhang zu sehen zwischen La Devinette und jenem schüchternen, unerfahrenen Mädchen, das er mit seinen Aufmerksamkeiten überschüttet hatte.

»Eine Einladung zum Essen für morgen abend«, log sie. Sie zerriß das Blatt, trat zum Kamin und ließ die Fetzen in die gierigen Flammen fallen. »Als hätte ich Zeit für solch sinnlosen Zeitvertreib bei all der Arbeit, die es zu tun gibt.«

Saint-Just gesellte sich zu ihr und sah zu, wie sich das Papier dunkel färbte und bog, bevor es vom Feuer verzehrt wurde.

Sie drehte sich um und hielt betont unter den Gästen Ausschau. »Wenn er noch hier ist, möchte ich sichergehen, daß er meine Antwort verstanden hat.«

»Sie war eindeutig genug.« Er bot ihr wieder seinen Arm und lächelte, als sie ihre Hand darauf legte. »Ich bin so erfreut, wie mein Widersacher enttäuscht sein muß. Sie sind eine bemerkenswerte Frau, die sich nicht von all der Aufmerksamkeit beirren läßt.«

»Das ist ein kleiner Preis für das, was ich für mein Land tun kann.«

Saint-Just nickte, und sie wanderten weiter durch den Raum. Sophia zerbrach sich den Kopf, mit welcher Entschuldigung sie sich seiner Gesellschaft entziehen konnte. Ihr Retter nahte in Gestalt des Bürgers Isnard, eines lästigen, aber harmlosen Faßherstellers, der überall anzutreffen war, wo etwas los war.

»Auf ein Wort, Bürger Saint-Just.« Isnard verbeugte sich tief. »Bürgerin, bitte vergeben Sie mir, wenn ich den Bürger Saint-Just für einen Augenblick von Ihrer Seite entführe.«

Bei früheren Begegnungen war der Mann immer wie ein nervöses Hündchen um sie herumgetänzelt. Sicherlich glaubte er die unerhörten Gerüchte, die in den Pariser Salons über sie kursierten. Um ihn noch ein wenig mehr einzuschüchtern, setzte sie eine finstere Miene auf, bevor sie ihm antwortete, und sei es nur, um seine buschigen Augenbrauen nervös flattern zu sehen. »Selbstverständlich, Bürger. Ich habe gerade zu Louis gesagt, daß ich von den Schwierigkeiten in Ihrem Zuständigkeitsbereich gehört hätte.« Mit einem Lächeln wandte sie sich an Saint-Just. An seiner schadenfrohen Miene konnte sie erkennen, wie sehr es ihm gefiel, daß sie den angeberischen Isnard ein wenig reizte, auch wenn es ihm wahrscheinlich lieber gewesen wäre, wenn er selber auf den Gedanken gekommen wäre.

»Schwierigkeiten? *Mais non*, Bürgerin. Wo können Sie nur eine solche Lüge gehört haben? Mein Bezirk ist einer der republiktreuesten. Bei uns gibt es keine Schwierigkeiten.«

»Selbstverständlich nicht«, beruhigte Saint-Just ihn. »Die Bürgerin will Sie nur ein wenig ärgern.«

»Ah, *oui*, das habe ich mir schon gedacht«, erwiderte Isnard. »Gerade habe ich meinem amerikanischen Freund erzählt, daß die Bürgerin berühmt ist für ihren feinen Humor. Er wollte Ihnen vorgestellt werden, aber das erspare ich Ihnen lieber. Er ist ein ungehobelter Kerl und sicherlich nicht Ihr Typ.«

Sophia lächelte. »Und wer ist mein Typ, Bürger Isnard?«

Als der Mann zu husten und zu stottern anfing, entschuldigte sie sich, höchst erfreut über diese willkommene Unterbrechung.

Sie wanderte langsam in Richtung Tür und hielt aufmerksam nach Anzeichen Ausschau, die darauf hinwiesen, wer ihr neuer Kontaktmann war. Aber niemand schien anders auf sie zu reagieren als mit der gewohnten verhohlenen Abscheu oder Neugier. In der Nachricht hatte es geheißen, man solle sich draußen treffen, also hatte ihr Kontaktmann vielleicht schon den überfüllten Salon verlassen.

In der Nähe der Tür stieß sie mit einer Frau zusammen, die sich mit drei recht großspurigen Männern amüsierte. »*Excusez-moi*, Bürgerin«, entschuldigte sich Sophia höflich. Bevor sie jedoch weiterging, beugte sie sich vor und flüsterte Emma zu: »Es ist an der Zeit. Ich muß jetzt hinausgehen.«

Emma ließ nicht erkennen, ob sie die Mitteilung gehört hatte oder nicht und setzte ihre Unterhaltung fast ohne Unterbrechung fort. Sophia zog ihr Schultertuch enger um sich und schlüpfte aus dem Salon in die Vorhalle. Sie nickte dem Diener an der Tür kurz zu und lächelte ihn an. »Wenn der Bürger Saint-Just nach mir fragt, dann sag ihm, daß ich draußen bin, um ein wenig frische Luft zu schnappen.«

»*Oui,* Bürgerin«, erwiderte der Mann, den Blick zu Boden gerichtet. Weder wollte er in ihr einzelnes Auge sehen noch in irgendeiner Form ihren Unmut erwecken.

Wie Sophia wußte, hatte Emma das Gerücht ausgestreut, daß La Devinette ihre Liebhaber zu entmannen pflegte, sobald sie ihrer überdrüssig war. Sie durfte nicht vergessen, ihrer Gesellschafterin ihre Anerkennung für dieses einfallsreiche Märchen auszusprechen.

Die kühle Nachtluft drang durch ihr Kleid und ließ sie erschauern. Allzuviel konnte sie der neuen Mode nicht abgewinnen. Sie mochte im August angenehm sein, doch in der zunehmenden Kühle des Oktobers bot sie wenig Schutz und Wärme.

Während sie langsam die Stufen hinunterstieg, ließ sie den Blick über die verlassene Straße schweifen. Zuerst dachte sie, daß sie die Nachricht vielleicht mißverstanden hatte. Darin war ein Treffen im Freien vorgeschlagen worden. Hatte sie zu lange gezögert hinauszugehen? Vielleicht war Balsacs Information falsch gewesen. Schlimmer noch, vielleicht war dies eine Falle.

Ein leiser Angstschauer kroch ihr über die Glieder. Wieder blickte sie sich aufmerksam auf der Straße um.

Es war niemand in Sicht.

Und dann hörte sie es. Eine leise Melodie, die der Wind ihr zutrug. Sophie folgte den Noten, obwohl ihr Instinkt ihr sagte, daß sie dies nicht tun sollte. Bisher hatte sie sich mit ihren Informanten stets im Schutz einer größeren Menschenmenge getroffen, und immer waren Emma und Oliver zu ihrem Schutz in der Nähe gewesen.

Sie wußte, daß Emma bald den Salon verlassen und zu Oliver gehen würde, der in einer Taverne ein Stück die Straße hinunter wartete; dort würden sie ihm das Gold übergeben.

Sie holte tief Luft, straffte die Schultern und versuchte, sich ihre Furcht nicht anmerken zu lassen.

In dem Schatten des Eingangs erspähte sie eine Figur.

»Ich habe ein Rätsel für dich.«

All ihre Nerven schrien Alarm. Sie kannte diese Stimme, sie hatte ihr leidenschaftliche Worte zugeflüstert. Doch nun klang Ärger darin mit.

Der Mann trat näher, so nahe, bis Sophia das Funkeln in seinen Augen erkennen konnte. Sie versuchte, das Zittern zu unterdrücken, das sie befallen hatte, versuchte, ihrem Fluchtinstinkt nicht nachzugeben. Denn es hätte nicht den geringsten Sinn gehabt zu flüchten.

Wieder einmal war Lord Trahern der Jäger und sie die Beute.

9.

Sophias Mund wurde trocken.

Lord Trahern!

Schnell faßte sie sich und drehte sich auf dem Absatz um, um sich in die relative Sicherheit von Dantons Haus zu flüchten.

Er holte sie mühelos ein.

»Laß mich los, du unverschämter –«, stieß sie hervor, bevor er ihr mit seiner Hand den Mund verschloß.

Sie befreite eine Hand und langte nach dem Griff ihres Kurzschwerts. Zwar wußte sie nicht, was sie tun würde, wenn es ihr gelang, die Waffe zu ziehen, doch vielleicht konnte sie ihn damit überzeugen, sie in Ruhe zu lassen, bevor sie entdeckt wurden.

Mit der anderen Hand umklammerte er ihre Hand auf dem Griff, so daß sie ihr Schwert steckenlassen mußte. »Willst du mich abstechen und einfach liegenlassen, oder ziehst du es vor, mich der Guillotine zu übergeben, damit alle Welt Zeuge deines Verrats werden kann?« flüsterte er ihr ins Ohr.

»Beides«, antwortete sie undeutlich hinter seiner Hand. Ihre verräterischen Glieder erkannten die Härte seiner

Muskeln, und schon wollte ihr Körper wieder dahinschmelzen und sich den Freuden hingeben, die er in der Nacht zuvor erfahren hatte.

Wenn sich in ihm eine ähnliche Sehnsucht regte, so ließ er nichts davon erkennen; kalt und unpersönlich hielt er sie in eisernem Griff.

»Wirst du um Hilfe rufen, wenn ich dich loslasse?«

Sie schüttelte den Kopf.

Langsam nahm er die Hand von ihrem Mund.

Sie schnappte nach Luft, blieb aber still. Ihrem Gastgeber, Danton, und Saint-Just erklären zu müssen, weshalb sie von einem Engländer auf der Straße angesprochen wurde, war das letzte, was sie sich wünschte.

Zwar konnte sie jetzt wieder frei atmen, doch war sie immer noch in seinem unentrinnbaren Griff gefangen. Sie hob den Fuß, um ihn zu treten, wie sie es schon einmal auf dem Ball der Parkers getan hatte, doch er hatte ihre Bewegung vorausgesehen und drehte sie blitzschnell um die eigene Achse, so daß sie sich beinahe selber auf den Fuß getreten hätte. Er packte ihre Arme und hielt sie an ihre Seiten gepreßt.

»So, und nun werde ich ein paar Antworten bekommen, Lady Schamlos.« Er blickte zu dem Haus zurück. »Oder sollte ich dich lieber Bürgerin nennen?«

Der Sarkasmus in seiner Stimme erschreckte sie. Es war leichtsinnig von ihr gewesen, ihn am vorigen Abend mit ihrem Wissen über Webb aufs äußerste zu reizen, aber sie hatte es nicht nur getan, um ihn zu strafen, sondern auch, um ihn zu schützen. Sie mußte ihn dazu bringen, sie zu hassen, damit er sie endlich in Ruhe ließ.

Nun mußte sie erkennen, welche Zerstörung sie zwischen ihnen angerichtet hatte.

Sie hatte ihn nicht nur verletzt. Sie hatte ihn dazu getrieben, seinen kühlen Kopf zu verlieren.

Durchdringend sah er sie an, die Zähne grimmig zusammengebissen, während er auf ihre Antwort wartete.

»Laß mich in Frieden«, flüsterte sie. »Du verdirbst alles.

Bitte, laß mich einfach nur gehen.« Was sollte sie tun, wenn Saint-Just sie beide so sah?

Sein Blick verriet nur kalte Gleichgültigkeit. »Wie nett du bitten kannst, wenn du etwas willst«, stellte er höhnisch fest. »Und es muß dir sehr wichtig sein, wenn du deshalb eine so überzeugende Vorstellung lieferst.«

»Ich will nur, daß du nach London zurückkehrst. Siehst du denn nicht, in welcher Gefahr du schwebst?« Wie gern sie seine Wange berührt, ihm das Haar zurückgestrichen hätte, und wie sehr sie sich wünschte, er würde sie wieder so ansehen wie am Abend zuvor. »Ich will, daß du in Sicherheit bist. Ich könnte es nicht ertragen, wenn dir meinetwegen etwas zustieße.«

Ungläubig zog er die Brauen in die Höhe. »Ich kann mir nicht vorstellen, daß mein Tod dein Gewissen belasten würde. Was bedeutet denn schon ein weiterer Toter für deinesgleichen … für euresgleichen«, setzte er nach einem Blick auf die erleuchteten Fenster von Dantons Haus hinzu.

Nie hätte Sophia diesen brennenden Haß erwartet. Natürlich hatte sie von seiner Charakterstärke und Loyalität gehört, bevor sie ihm überhaupt begegnet war.

Aber hier inmitten dieses Hexenkessels von Paris zu stehen, vor dem Haus eines der machtvollsten Bürger, und Gerechtigkeit für seinen Freund zu fordern? Sophia war unschlüssig, ob sie ihn bewundern oder an seinem Verstand zweifeln sollte.

Im Angesicht seiner starrsinnigen Entschlossenheit, die Wahrheit über Webb Dryden aufzudecken, erkannte sie, daß diese noblen Charakterzüge, die sie so sehr bewunderte, ihn nur in sein Verderben führen würden.

Und nicht nur ihn, sondern auch sie selbst, wenn sie ihn nicht davon überzeugen konnte, sie in Ruhe zu lassen.

»Ich werde dir alles erklären, wenn du mich nur heute abend gehen läßt.«

Seine Hand irrte zu ihrem Gesicht und spielte an der Bandage, die ihre Züge teilweise verdeckte. »Und ich soll dir glauben, nachdem du mir erst gestern gesagt hast, daß du mir niemals dein Geheimnis verraten wirst? Warum dieses plötzliche Angebot, mich einzuweihen?«

Sie warf einen hastigen Blick auf die erleuchteten Fenster des Salons. Eine der Gardinen bewegte sich, als wäre sie eilig wieder zugezogen worden. »Ich habe jetzt keine Zeit, es dir zu erklären. Gerade jetzt steht viel zuviel auf dem Spiel.« Sophia schüttelte seinen Griff ab und legte ihm die Hände auf die Brust. Mit jedem Schritt stieß sie ihn ein Stück vor sich her. »Warum kannst du mir nicht glauben, wenn ich dir sage, daß das hier nicht der richtige Ort für dich ist? Ich werde nicht zulassen, daß dir etwas geschieht.«

Ihre Worte schienen etwas in ihm zu bewegen, denn sein Gesicht nahm plötzlich einen unschlüssigen Ausdruck an.

Doch er schüttelte den Kopf und schob die aufsteigenden Gefühle, die den ihren so sehr glichen, entschlossen beiseite. »Kein Grund zur Rührseligkeit, Bürgerin. Damit wirst du mich nicht überzeugen. Ich kenne inzwischen alle deine Tricks. *Jeden einzelnen.* Mich interessiert nur noch, welche davon du angewandt hast, um Webb in den Tod zu locken.«

Sophia blinzelte, als hätte sie nicht recht verstanden. »In den Tod? Ich habe ihn nicht in den Tod geschickt. Ganz im Gegenteil, ich –«

»Genug«, unterbrach er sie. »Meine Beweise gegen dich reichen aus, um dich in England an deinem hübschen Hals aufknüpfen zu lassen, für das, was du getan hast. In diesem Haus dort gibt es mindestens ein halbes Dutzend Zeugen, die aussagen können, daß du oft mit ihm zusammen gesehen wurdest. Ich weiß, daß du und Webb euch sehr nahegestanden habt – zumindest so lange, bis du ihn ausgeliefert hast.«

Deshalb also hatte er sie so hartnäckig verfolgt. Er dachte, sie wäre für Webbs Tod verantwortlich.

Oh, was für ein furchtbares Durcheinander ist aus allem geworden.

Wie einfach wäre es gewesen, ihm die Wahrheit zu

erzählen. Doch seine zornige Haltung verriet ihr, daß er sie nur weiterer Lügen beschuldigen würde.

Und damit hätte er gar nicht so unrecht.

»Du traust mir also wirklich einen Mord zu?« flüsterte sie.

»Ich könnte dir ein Dutzend Verbrechen aufzählen, die du bisher in deiner glanzvollen Karriere begangen hast. Was bedeutet schon eine solche Sünde angesichts deiner Liste von Raub, tätlichem Angriff, Diebstahl, Betrug? Und für diese blutrünstige Bande dort drinnen«, sagte er mit einer Geste zu den Salonfenstern, »ist Mord doch wohl nur eine Abendunterhaltung.«

Sophia hatte Mühe, den Mann, der sie noch in der vergangenen Nacht als die Seine beansprucht hatte, und den, der sie jetzt des Mordes beschuldigte, miteinander in Einklang zu bringen. »Aber nach letzter Nacht ...«, begann sie. »Wie konntest du ... letzte Nacht zu mir kommen, wenn du dachtest, ich wäre zu einem Mord imstande?«

»Die Freuden und Risiken meines Berufs, könnte man sagen.« Er lächelte, wenn auch ohne eine Spur von Belustigung. »Weiter nichts.«

Sie trat nah an ihn heran, so daß nur noch wenige Zentimeter sie voneinander trennten. Seine rohe Gleichgültigkeit schmerzte sie sehr, mehr als sie jemals für möglich gehalten hätte. Ihr war bewußt gewesen, welches Risiko sie einging, als sie sich ihm hingab. Und wenn er erst das ganze Ausmaß ihrer Täuschung aufdeckte – daß sie Lady Sophia war –, wußte sie, daß er vor Wut und Empörung alle Bande zwischen ihnen zerstören würde.

»Ich habe nichts getan«, sagte sie. »Nichts, was du nicht auch getan hättest, um Leben zu retten.«

Lord Trahern packte sie bei den Schultern. »Wessen Leben?«

Sie schloß den Mund und blickte zur Seite, bevor sie zuviel sagte.

»Ich habe genug von deinen Lügen und deinen Spielen.« Er stieß einen kurzen, schrillen Pfiff aus, und am

Ende der Straße löste sich eine Kutsche aus den Schatten. Das *Trapp-Trapp* der Pferdehufe auf dem Kopfsteinpflaster schien das Ende ihrer Maskerade anzukündigen.

»Willst du mir denn nicht glauben?« fragte sie. Verzweifelt wehrte sie sich gegen seinen Griff, mit dem er sie zu dem wartenden Gefährt zerrte. »Webbs Tod ... es war –« Sie unterbrach sich und suchte nach dem passenden Wort. »– Schicksal«, ergänzte sie schließlich.

»Schicksal?« Abrupt blieb er stehen. »Für mich ist es Mord, wenn ein Unschuldiger zur Guillotine geschleppt wird. Du treibst dich mit diesen Aasgeiern schon zu lange herum, Bürgerin, wenn du meinst, du dürftest über Leben und Tod entscheiden und es dann als Schicksal bezeichnen.«

»So war es aber nicht«, widersprach sie heftig. »Es war nicht meine Entscheidung. Webb kannte die Gefahren. Er hat seine Wahl getroffen –« Wachsam irrte ihr Blick zu den Salonfenstern über ihnen. »Vertrau mir und verlaß diesen Ort, und ich verspreche –«

Die Stimme, die Sophia so sehr verabscheute, unterbrach sie. »Was versprechen Sie, *ma Chère*?« rief Saint-Just vom Eingang her.

Sofort ließ ihr Verfolger sie los, und dafür war sie dankbar.

»Corliss, sind Sie das da unten?« fragte Isnard, der sich zu dem jungen Mann auf den Stufen gesellt hatte. »Das ist der Mann, von dem ich Ihnen berichtet habe – Giles Corliss«, erklärte er Saint-Just. »Der mit der Plantage in Amerika. Er besitzt eine große Anzahl Schiffe, mit denen er uns helfen könnte, die Blockade dieser elenden Engländer zu durchbrechen.«

Mit ein paar Schritten brachte Sophia Abstand zwischen sich und Lord Trahern. Sie hoffte nur, daß Louis' Eifersucht sie nicht beide in Gefahr brachte. Sie strich sich über das Kleid und hob weder den Blick noch antwortete sie Saint-Just, bis sie sicher war, daß ihr Gesicht nichts mehr von ihren Gefühlen verriet.

Bitte, Lord Trahem, sei klug und begehe jetzt keinen Fehler; unser beider Leben hängt davon ab.

Schon war Saint-Just die Stufen hinuntergekommen und hatte sich neben sie gestellt, ohne auf Isnards Geplapper oder die Gegenwart des Fremdlings zu achten. »*Ma chére,* was wollten Sie diesem Mann gerade versprechen?«

Ihr Lachen klang selbst in ihren eigenen Ohren eher hysterisch als belustigt. »Ihm nicht zu beweisen, daß die Gerüchte über mich wahr sind.« Sie zog ihr Schwert und richtete die Spitze auf Lord Traherns Herz. »Sie wissen ja, wie sehr mich Amerikaner faszinieren, aber dieser hier hat die unerhörtesten Ansichten über Landbesitz. Ich habe ihm gesagt, wenn er unverzüglich ginge, würde ich seine Ansichten nicht gegen ihn verwenden, noch würde ich ihn auf der Stelle töten.«

Ihre Erklärung beschwichtigte Louis anscheinend, denn er lächelte nachsichtig. »Ihre Vorstellungen sind zu extrem, Bürgerin. Unser neues Regime garantiert jedem seine freie Meinung.« Er faßte sie am Ellbogen und schickte sich an, sie ins Haus zurückzuführen. »*Monsieur*«, sagte er über die Schulter zu Giles, »wollen Sie sich nicht zu uns gesellen? Ich wäre entzückt, Ihre Ansichten hören zu dürfen. Sie haben mein Wort, daß ich meine bezaubernde Gefährtin und ihre radikalen Theorien im Zaum halten werde. Wenn Sie möchten, entwaffne ich sie sogar.«

Lord Trahern schüttelte den Kopf. »Morgen früh habe ich mit dem Bürger Isnard wichtige Geschäfte zu besprechen. Es ist wohl besser, wenn ich mich zeitig zur Ruhe begebe, damit ich morgen frisch und ausgeruht bin.«

Saint-Just nickte, seine eisige Hand besitzergreifend um Sophias Ellbogen gelegt. »Dann freue ich mich darauf, Ihre Ideen ein andermal zu hören, denn ich habe das Gefühl, daß wir uns wiederbegegnen werden.«

Sophia sah zu, wie Giles in seine Kutsche stieg und dem Fahrer seine Anweisungen gab. Doch Saint-Just wurde schon ungeduldig.

»Kommen Sie wieder herein, meine Liebe. Hier draußen ist es zu kalt und viel zu gefährlich.« Sein Griff um ihren Arm verstärkte sich. »Was haben Sie sich nur dabei gedacht, ganz allein hinauszugehen?«

»Ich muß es wohl vergessen haben«, erwiderte sie leichthin. »Aber meinetwegen brauchen Sie sich keine Sorgen zu machen. Sie müßten doch am besten wissen, daß ich sehr gut auf mich selbst achtgeben kann.«

Er nickte und begann, sie die Stufen hinaufzuführen.

Widerstrebend folgte sie Louis. Sie konnte sich nicht des Gefühls erwehren, von ihm zu einem privaten Schafott geführt zu werden. Bevor sie die Schwelle überquerte, warf sie einen letzten Blick zurück auf die Straße und stellte fest, daß sie leer war.

Zu ihrer Erleichterung war Lord Traherns Kutsche nicht mehr zu sehen.

Das löste jedoch nicht ihre eigenen Probleme. Wieviel hatte Saint-Just wohl von ihrer Unterhaltung mitgehört? Jedes einzelne Wort war schon zuviel, dessen war sie sicher.

Doch wenn er sie ausliefern wollte, schien es ihm damit nicht sonderlich eilig zu sein, denn sobald sie das Haus betreten hatten, ließ er ihren Arm los.

»Ziemlich arrogante Burschen, diese Amerikaner«, bemerkte er. »Ich verstehe nicht, was Sie so faszinierend an ihnen finden.«

»Reine Neugier«, entgegnete sie wegwerfend. »Vielen Dank, daß Sie mich von ihm befreit haben.«

Er lächelte, dann verbeugte er sich. »Stets zu Ihren Diensten, Bürgerin.«

Ein Diener tauchte auf und flüsterte ihm etwas ins Ohr.

»*Ma chére*, ich habe etwas Geschäftliches zu regeln«, entschuldigte sich Saint-Just. »Kann ich mich darauf verlassen, daß Sie heute abend niemanden mehr von Dantons Gästen bedrohen?«

Sie lachte. »Selbstverständlich, Louis. Für heute habe ich mein Mütchen gekühlt. Kümmern Sie sich um Ihre Geschäfte. Ich werde versuchen, etwas Amüsanteres als Politik zu finden.«

Nachdem sie gesehen hatte, wie sich Saint-Just zu Robespierre in der Bibliothek gesellt hatte, überflog sie die Schar der Gäste ein letztes Mal.

Ihre Kontaktperson – Konnte sie noch hier sein, oder hatte sie aufgegeben, während sie sich mit Giles abgab?

Sie machte eine Runde durch den Raum und vermied dabei all jene Leute, von denen sie in ein Gespräch verwickelt werden konnte. Emma war nirgendwo zu sehen; wahrscheinlich wartete sie mit Oliver in der Taverne auf die Lieferung.

Sie ballte die Hände zu Fäusten. All das war so einfach gewesen, bevor Lord Trahern in ihr Leben getreten war. Aber seit er ihren Arm im Ballsaal der Parkers ergriffen hatte, war alles falsch gelaufen.

Sechs Monate lang hatte sie an ihrer Entschlossenheit festgehalten, genauso hartnäckig wie Giles an der seinen, und hatte sich von ihr durch ihre schwierigsten Augenblicke geleiten lassen. Nun mußte sie Zweifel haben, ob sie die nächste Stunde überleben würde, geschweige denn die Strapazen, die ihr in den nächsten vierundzwanzig Stunden bevorstanden.

Und bei all ihren Sorgen mußte sie nun auch noch um Lord Traherns Leben fürchten.

Zum Teufel mit ihm, dachte sie. Und zum Teufel mit meinen Gefühlen für diesen uneinsichtigen Mann.

Außerhalb des Salons sah Sophia Saint-Just in hitziger Diskussion mit Robespierre. Die beiden Männer waren selten geteilter Meinung, denn der Jüngere folgte Robespierres Visionen und Zukunftsplänen für Frankreich beinahe blindlings.

Etwas an der spannungsgeladenen Auseinandersetzung ließ ihre Wut über Giles in den Hintergrund treten. Saint-Justs Gesichtsausdruck war ihr vertraut. So sah er aus, wenn ihm etwas verweigert wurde, das er unbedingt haben wollte. Sophia schauderte. Nur zu gut konnte sie sich vorstellen, was Saint-Just wollte.

Unauffällig näherte sie sich der Tür zur Bibliothek und

spitzte die Ohren. Die ersten Worte, die sie aus Louis' Mund vernahm, bestätigten ihre Befürchtung, daß sie als La Devinette nicht länger sicher war.

»Ich meine auch, daß wir diesen Amerikaner finden müssen, mit dem sie heute abend zusammen war. Der Bürger Isnard wird wissen, wo er logiert. Er ist genauso wenig ein harmloser Plantagenbesitzer, wie ich der Prinz von Dänemark bin. Ich will, daß man ihn findet und herbeischafft.«

Sophia kämpfte die Furcht nieder, die über ihr zusammenzuschlagen drohte. Lord Trahern befand sich in schrecklicher Gefahr, und das war allein ihre Schuld. Sie hätte vorsichtiger sein müssen, hätte sich nie draußen mit ihm treffen dürfen. Wenn ihm etwas zustieß …

»Aber was ist mit La Devinette?« schalt Robespierre. »Werden Sie sie auch festnehmen?«

Saint-Just erwiderte zunächst nichts.

Sophia hielt die Luft an und wünschte, sie könnte ihren Herzschlag beruhigen, denn das Gehämmer drohte die Antwort des Mannes zu übertönen.

»Es wird nicht einfach, sie vor der Bürgerschaft anzuklagen, denn man verehrt sie. Ich habe gehört, daß man sie sogar mit diesem englischen Helden vergleicht, mit Robin Hood.«

»Muß ich Sie daran erinnern, Bürger«, erwiderte Robespierre in einem eisigen Tonfall, der Sophia das Blut gefrieren ließ, »daß auch die treuesten Diener der Republik hin und wieder einer Überprüfung unterzogen werden müssen?«

Sophia wußte nur zu genau, was für eine Überprüfung Robespierre im Sinn hatte.

Saint-Just räusperte sich. Berühmt für seine Redekunst, wußte er nicht immer, wann es Zeit war aufzuhören. »Wenn Sie andeuten wollen, daß ich in die Machenschaften der Bürgerin Devinette verwickelt bin, darf ich Ihnen versichern, daß meine Loyalität –«

Sophia wandte sich von der Tür ab, bevor sie beim Lauschen ertappt wurde. Vor ihren Augen verschwamm alles, und haltsuchend lehnte sie sich an einen Vorsprung in der Wand.

»Bürgerin, diese Versammlung ist recht langweilig, nicht wahr?«

Die Stimme an ihrem Ohr ließ sie heftig zusammenfahren.

»Wie bitte?« fragte sie und wischte sich über ihre plötzlich feuchte Stirn.

Ein rundlicher Mann blinzelte sie durch kleine Brillengläser hindurch an. »Ich sagte, diese Versammlung ist recht langweilig.«

Die harmlosen Worte mochten sich für jeden anderen wie leeres Gerede anhören, doch Sophia holten sie mit einem Schlag wieder in die Gegenwart zurück.

Sie konnten nur von einer Person stammen. Von ihrem Kontaktmann.

»Ja, Bürger. Ziemlich langweilig. Vielleicht kennen Sie die Taverne hier in der Nähe? Der Wein dort ist viel eher nach meinem Geschmack.«

Nachdem ihr neuer Freund die erwartete Antwort mit einem Kopfnicken akzeptiert hatte, folgte sie ihm zur Tür.

Mit einem letzten Blick zur Bibliothek wurde ihr klar, daß sie zum letzten Mal Saint-Justs Gesellschaft hatte erdulden müssen. Unbemerkt schlüpfte sie zur Vordertür hinaus und atmete erleichtert auf, dem Haus zu entkommen, dessen Wände ihr noch vor wenigen Augenblicken wie Gefängnismauern erschienen waren.

Sie stieg mit ihrem Kontaktmann in die kleine, unauffällige Kutsche, die sie gemietet hatte, und überlegte fieberhaft, wie sie Giles vor der Gefahr warnen konnte, in der er sich befand. Er war ihr nach Paris gefolgt, weil er dachte, sie wäre verantwortlich für Webbs Tod.

Vielleicht wurde es Zeit, ihn endlich über Webb Drydens Schicksal aufzuklären.

Wenn er ihr nur glauben würde.

Giles war nicht überrascht, den Schamlosen Engel mit einem anderen Mann fortgehen zu sehen. Eilig stiegen sie die Stufen hinab und verschwanden in einer unauffälligen Kutsche, die ohne weitere Verzögerung abfuhr. Sofort befahl er seinem Fahrer, die Verfolgung aufzunehmen, wenn auch in gebührendem Abstand. Das Gefährt kam vor einer Taverne zum Stehen, wo der Begleiter der Frau ausstieg und hineinging, während sie selber in der Kutsche blieb.

»Wie seltsam«, murmelte er vor sich hin, als die Kutsche mit der Frau darin davonrollte. Er folgte ihr eine Zeitlang, bis sie unweit von dem Friedhof ausstieg, wo sie ihm in der vergangenen Nacht entkommen war.

Er beobachtete, wie sie auffällig aus der Kutsche stieg und die Stufen zu einem eleganten Haus emporstieg. An der Tür drehte sie sich um und entließ den Fahrer mit einer Handbewegung. Die Kutsche rollte langsam davon.

Nachdem das Gefährt um die nächste Ecke gebogen war, stieg die Frau die Stufen wieder hinunter und trat auf die Straße. Er sah, wie sie einen hastigen Blick über die Schulter warf. Sie hatte nicht auf seine Kutsche geblickt, sondern auf die Schatten hinter ihm. Als er sich umdrehte, bemerkte er, daß sie tatsächlich verfolgt worden waren.

»Also traust du Saint-Just nicht«, sagte Giles leise zu sich selbst. »Kluges Mädchen.« Er wies seinen Fahrer an, an ihr vorbeizufahren und dann an der nächsten Ecke die Fahrt zu verlangsamen. Als die Kutsche nach rechts schwenkte, schlüpfte Giles hinaus und verbarg sich in den Schatten. Er wußte bereits, wie sie den Mann, der ihr folgte, abschütteln würde, doch diesmal würde er auf der anderen Seite des Zaunes warten, wenn sie hindurchschlüpfte.

Wenig später sah er sie aus der Gasse kommen, ein hinterlistiges Lächeln auf den Lippen.

Gleich wird dir das Lächeln vergehen, Lady Schamlos, dachte er, als sie ihn einmal mehr auf verschlungenen Pfaden durch Paris führte. *Nächstes Mal wird Saint-Just jemanden mitnehmen, der klein genug ist, um durch dein Schlupfloch zu passen.*

Als sie endlich vor dem Eingang zu einem Gebäude stehenblieb, knirschte er mit den Zähnen.

Es war dasselbe Wohnhaus, in dem Webb seine Mansarde bewohnt hatte.

Sie trat durch die Tür, und Giles wartete, um zu sehen, welche Räume sie betreten würde. Tatsächlich flackerte wenige Minuten später in den Fenstern des Dachgeschosses Kerzenschein auf.

War es wirklich möglich, daß sie diesen Mann ums Leben gebracht und dann sein Quartier bezogen hatte?

Es gibt nur einen Weg, das herauszufinden, dachte er. Er ging an dem Gebäude vorbei und bog in eine Gasse, die hinter dem Haus vorbeiführte. Webb hatte dieses Gebäude ausgesucht, weil es mehrere Fluchtmöglichkeiten bot. Außer dem Vorderausgang gab es einen Hinterausgang, einen Weg über die angrenzenden Dächer und eine Reihe verborgener Türen im Keller, die zu den Abwasserkanälen führten.

Da Giles keine Lust verspürte, das unterirdische Paris zu erforschen, entschied er sich für den Weg über das Dach. Er hatte diesen Weg schon einmal genommen, nachdem er von Webb herausgefordert worden war. Er fragte sich jetzt, ob die Wirtin inzwischen etwas unternommen hatte, um ihr morsches Dach auszubessern.

Während er an dem Baum neben dem angrenzenden Gebäude hochkletterte, warf er einen Blick auf das Dach. Nein, anscheinend hatte die geldgierige Wirtin keinen *sou* von dem, was er ihr für ihre wertlosen Informationen gezahlt hatte, in die Reparatur ihres Dachs investiert. Offenbar hatte er ihr zu wenig gezahlt, denn sonst hätte sie ihm verraten, daß die von ihm gesuchte Frau unter ihrem Dach lebte.

Er konnte nur hoffen, daß er nicht mit dem Dach einbrechen und im Bett der Wirtin landen würde. Einmal ihre charmante Bekanntschaft gemacht zu haben, genügte ihm vollauf, denn er glaubte nicht, daß er genug Geld hätte, um sich bei einer zweiten Begegnung loszukaufen.

Im Erdgeschoß brannte Licht, also beschloß er zu warten, bevor er sich weiter vorwagte. Er sagte sich, daß sie heute abend nicht weit weggehen würde, zumindest nicht vor der Geisterstunde, die sie zu bevorzugen schien.

Während er oberhalb des Hauses wartete, umfing ihn die eigenartige Stille von Paris. Vor der Revolution war Paris bei Nacht ein aufregendes Erlebnis gewesen, voller Licht und Leben. Dieses Paris gab es nicht mehr. Er dachte an das verkrampfte Verhalten der Gäste in Dantons Haus und an die merkwürdige Wachsamkeit, mit der sich der Schamlose Engel inmitten dieses gefährlichen Kreises bewegt hatte.

Glaube mir, hatte sie ihn am Abend davor gebeten.

Entgegen aller Vernunft wollte er ihr glauben. Sein Körper sehnte sich noch immer nach ihr, auch wenn sein Verstand ihm verbot, ihr zu glauben.

Was sie sagte, konnte nicht wahr sein. Er hatte genug Beweise gehört und gesehen, die gegen sie sprachen.

Und doch hatte sie ihm am vorigen Abend die Augen geöffnet, indem sie sie verband, indem sie ihn aufforderte, dem nicht Sichtbaren zu vertrauen. Etwas von diesem Moment – als sie ihn von dieser unglaublichen Blindheit befreite – hallte immer noch in ihm nach.

Wie konnte er die Frau der vergangenen Nacht in Einklang bringen mit all den belastenden Beweisen, die auf ihre aktive Beteiligung an Webbs Tod hinwiesen?

Eine Stunde später war Giles noch immer zu keiner Lösung gekommen. Inzwischen lag das Haus in Dunkelheit, und vorsichtig balancierte er am Dachrand entlang, bis er ohne einen Zwischenfall an eine Dachluke gelangte. Er öffnete den Riegel und ließ sich durch die Luke in den Flur hinab. Dann zog er eine Pistole, die er für solche Gelegenheiten immer bei sich trug, vergewisserte sich, daß sie geladen war und blieb lauschend an der Tür stehen.

Es herrschte absolute Stille.

Diesmal, Lady Schamlos, werde ich meine Antworten bekommen. Seine Finger schlossen sich um den Türknauf.

Er zögerte kurz, dann stürzte er mit gezogener Pistole in den Raum.

Der Schamlose Engel sprang von einem kleinen Hocker beim Kamin auf. Sie trug immer noch ihre Verkleidung als La Devinette, und die schwache Beleuchtung der Kerzen und des Kaminfeuers boten ihr den Schutz vor neugierigen Blicken, den sie so offensichtlich schätzte. Er blickte sich um, ob es weitere Bewohner gab, doch sie schien allein zu sein.

»Lord Trahern«, flüsterte sie, während sie sich mit der Hand über das Gesicht fuhr.

Er nickte ihr zu und durchquerte den Raum in zwei großen Schritten. Zuerst überprüfte er das zweite Schlafzimmer, dann eine kleinere Abstellkammer. Anscheinend hielt sich niemand außer ihr in den Räumen auf.

Schnell schloß er die Tür zum Flur und legte den Riegel vor. Dann holte er tief Luft und machte sich bereit für den Kampf, den sie sicherlich anzetteln würde.

So sicher war er sich ihrer Reaktion, daß er eine Wette darauf abgeschlossen hätte. Überraschung. Empörung. Zorn.

Was nun kam, hatte er am allerwenigsten erwartet.

»Giles«, sagte sie. Es war das erste Mal, daß sie seinen Namen aussprach, und sie tat es mit Erleichterung und Hingabe. »Du bist in Sicherheit, du bist am Leben.«

Er sah, daß ihr Gesicht plötzlich tränenüberströmt war. Sie lief zu ihm und warf ihm die Arme um den Hals.

»Und ich dachte, ich hätte dich für immer verloren.« Damit nahm sie sein Gesicht zwischen ihre Hände und küßte ihn hingebungsvoll.

10.

Sophia war selbst überrascht, als sie Giles die Arme um den Hals schlang und ihn so innig küßte.

Obwohl sie, zu Hause angekommen, ungeduldig auf Emmas und Olivers Rückkehr gewartet hatte, war ihre Erschöpfung stärker gewesen. Sie wollte nicht ruhen, nicht solange ihr keine Möglichkeit eingefallen war, wie sie Giles vor dieser schrecklichen Gefahr warnen konnte. Doch während sie einen Plan nach dem anderen verwarf, taten der warme Feuerschein und die stille Einsamkeit des Raums ihre Wirkung, wärmten sie und ließen ihre Augen schwer werden, bis sie schließlich in einen rastlosen Schlaf fiel.

Im Traum mußte sie hilflos mit ansehen, wie Giles zum Schafott auf dem Place de la Revolution hinaufgeführt wurde. Sie versuchte, ihm etwas zuzurufen, doch das Gebrüll der begeisterten Menge übertönte ihre jämmerlichen Rufe um Gnade. So laut war das Gejohle, daß es in ihr nachzuhallen schien, so daß sie bebend neben dem Schafott stand, die Ohren mit den Händen bedeckend. Als sie wieder nach Giles sah, stand Saint-Just zu einer Seite des Schafotts und Robespierre zur anderen, und beide lächelten auf sie herab wie wohlwollende Väter.

Groß und stolz stand Giles zwischen den beiden, die Hände hinter dem Rücken gefesselt. Der Wind zauste sein dunkles Haar, und er blickte nach Westen, zu den entfernten Ufern Englands.

»*Nicht, bitte, nicht!*« schrie sie laut und konnte kaum hinsehen, wie mutig und unerschrocken Giles sein Schicksal hinnahm. Während die Menge immer lauter ihrer Vorfreude Ausdruck verlieh, wandte Giles ihr den Kopf zu.

»War es denn so schwer, mich zu lieben?« fragte er. »War es so leicht, mich zu verraten, meine Frau?«

Noch während er diese Worte aussprach, stieß Saint-Just ihn in die Ansammlung von Menschen, um ihnen das

Vergnügen zu gönnen, den Feind zu töten. Rasend vor Zorn stürzten sie sich auf den Wehrlosen, um ihn mit ihren Speeren und Pfählen zu durchbohren. Sein Blut färbte die Pflastersteine dunkel. Er streckte die Hand nach ihr aus, doch sie war zu weit entfernt, um ihm zu helfen. Ihre Füße waren wie gelähmt; sie konnte nicht gehen. So sehr sie sich auch mühte, sie konnte sich nicht bewegen, um dem Wahnsinn Einhalt zu gebieten.

Sophia riß sich aus dem Schlaf, um nicht länger hinsehen zu müssen.

So leicht, mich zu verraten, meine Frau. Wieder und wieder hörte sie seinen Vorwurf.

Sie hatte nichts getan, um ihn zu retten. Sie hatte sich bemüht, doch sie hatte versagt.

Entsetzt versuchte sie, die letzten furchtbaren Bilder zu vertreiben, doch nur, um Giles gesund und lebendig in ihrer Tür stehen zu sehen. Sie schüttelte die Nachwirkungen ihres Alptraums ab und lief zu ihm. Als ihre Finger seine warme Haut berührten, wußte sie, daß er wirklich noch am Leben war.

Dann hatte sie getan, was jede Ehefrau getan hätte. Überglücklich war sie ihm um den Hals gefallen.

Nur war sie nicht seine Ehefrau.

»Ich habe mir solche Sorgen gemacht«, murmelte sie und trat wieder zurück, mit einemmal verlegen wegen ihrer Reaktion. Nachdem er vor Dantons Haus so kalt und hartherzig zu ihr gewesen war, hatte er eigentlich nur Vorwürfe verdient. »Ich wußte nicht, wo du wohnst.« Sophia wandte sich von ihm ab. »Ich wußte nicht, wie ich dich warnen soll.«

»Mich warnen? Wovor?« Er drehte sie zu sich herum. »Was soll das nun wieder? Noch mehr Tricks? Noch mehr Hinterlist?«

Sie schüttelte den Kopf. »Nein. Nie wieder. Ich habe sie belauscht … und dann wußte ich nicht, wo … und jetzt bist du hier und in Sicherheit.« Sophia war klar, wie verworren sie sich anhören mußte, aber wie sollte sie ihre aufgewühlten Gefühle unter Kontrolle halten, die Angst, die Erleichterung, die ihr immer noch so nahegingen?

Der ruhelose Blick seiner dunklen Augen verriet ihr, daß er ihr kein einziges Wort glaubte. Diese Erkenntnis war für sie so schmerzhaft wie seine Worte in ihrem Traum.

Und dann erkannte sie die schreckliche Wahrheit. Emma hatte von Anfang an recht gehabt. Sophia war verliebt.

Nein! wollte sie schreien. *Laß mich in Ruhe. Für dich ist kein Platz in meinem Herzen oder in meinem Leben.* Aber es war zu spät.

Die Inschrift in ihrem verlorenen Ring schien sie zu verspotten.

Dem Liebenden ist nichts zu schwer.

Wie wenig diese Worte zutrafen, dachte sie. Liebe machte alles nur viel schwerer. Besonders die Liebe zu einem Mann wie dem Marquis von Trahern.

Sie versuchte, ihre gewohnte Entschlossenheit wiederzufinden und ihre neu entdeckten Gefühle beiseite zu schieben. Doch in ihrem Herzen fand sie nur die restlichen Gefühle der Verzweiflung und Hilflosigkeit aus ihrem Traum. Sie würde nicht zulassen, daß Giles sterben mußte, nicht ihretwegen.

»Bitte glaub mir«, sagte sie. Wieder berührte sie seinen Ärmel, um sich zu vergewissern, daß er wirklich am Leben war und sie nicht von einer Illusion getäuscht wurde. »Du bist in schrecklicher Gefahr.«

Er lächelte kühl. »Das weiß ich seit dem Tag, an dem wir uns kennengelernt haben.«

»Das meine ich nicht«, erwiderte sie und versetzte ihm einen Stoß vor die Brust. »Man hat deine Festnahme angeordnet.«

Sein Gesicht wurde dunkel vor Zorn. »Und wer ist es, der mich verraten hat?«

Die Ängste aus ihrem Traum stiegen wieder in ihr auf, und für einen Augenblick sah sie ihn wieder auf dem Schafott stehen.

Sie schüttelte die beunruhigenden Gedanken ab und legte ihm die Hände auf die Schultern. Auf keinen Fall war es ihre Schuld gewesen, daß er ihr so hartnäckig gefolgt war und ihre Warnungen ignoriert hatte. »Du selbst, du dummer Riesenaffe. Du hast es dir selbst zu verdanken.«

»Ich habe mich selbst verraten?« Mit jedem Wort wurde seine Stimme lauter.

Sophia stieß einen tiefen Seufzer aus. »Was kümmert es mich? Wozu mache ich mir überhaupt die Mühe?« Sie ließ den Blick über Giles wandern. »Du hast dich selbst verraten. Habe ich dir nicht gesagt, daß du nach London zurückkehren sollst, statt mich zu verfolgen? Und hast du auf mich gehört? Nein! Jetzt hast du dich verdächtig gemacht. Robespierre hat dir deine Geschichte von der Plantage in Virginia nicht abgekauft. Warum auch? Jeder Blinde kann sehen, was du bist – ein angeberischer, arroganter englischer Aristokrat. Und wenn du nicht sofort von hier verschwindest, wirst du sterben müssen wie ... wie ... « Sie wandte sich ab, erschreckt von ihrem eigenen Ausbruch, entsetzt über die Bilder, die sie gesehen hatte.

Er trat so leise auf sie zu, daß sie erschreckt zusammenzuckte, als er ihre Schultern berührte. Die Wärme seiner Hände und die tröstende Sicherheit seiner Umarmung beruhigten sie, als er sie an sich zog. »Und was ist mit dir? Was wird aus La Devinette?«

»Auch ich soll verhaftet werden. Die entsprechenden Befehle ergehen morgen früh.«

Giles hörte zu, wie sie gefaßt ihr eigenes Todesurteil aussprach. Während sie sich eben noch voller Leidenschaft um seine Sicherheit gesorgt hatte, schien ihre eigene Gefährdung sie mit einer ruhigen Entschlossenheit zu erfüllen.

Als hätte sie von vornherein erwartet zu sterben.

Die Vorstellung ihres Todes ließ ihm das Blut gefrieren. Er war wütend auf sie gewesen, überzeugt, daß sie Teil einer größeren Verschwörung war, doch dessen war er sich nun nicht mehr so sicher.

Ihre stürmische Umarmung, als er den Raum betrat, hatte sich so richtig angefühlt, als gehörte sie an seine Seite, voller Sorge um seine Sicherheit. Zum erstenmal fielen die Einsamkeit und der Kummer, die ihn beinahe sein Leben lang wie ein Umhang umhüllt hatten, von ihm ab, und an ihre Stelle traten die Hingabe und Fürsorge dieser Frau.

Er erkannte die Aufrichtigkeit ihrer Gefühle in ihren Augen und hörte sie aus ihrer Stimme heraus. Zwar wußte er, welche schauspielerischen Fähigkeiten sie an den Tag legen konnte, wenn es sein mußte, doch an diesem Abend erschien sie ihm anders, genau wie an dem Abend, als sie in seinen Armen gelegen hatte.

Trotz all der unbeantworteten Fragen wegen Webb riet sein Herz ihm, ihr zu glauben, ihr zu vertrauen.

Er, der sonst so überlegt und methodisch vorging, war nun im Begriff, seine gewohnte Vernunft und Vorsicht über Bord zu werfen. Und zum erstenmal in seinem Leben sprach er aus, was in seinem Herzen verborgen war.

»Dann werden wir diesen Ort verlassen«, flüsterte er ihr ins Ohr und zog sie noch dichter an sich, um die Kälte abzuwehren, die den Raum plötzlich erfüllte. »Wir könnten wieder in England sein, noch bevor man hier weiß, wo man nach uns suchen soll.«

Sie schüttelte den Kopf. »Du mußt gehen, aber ich kann nicht. Meine Arbeit hier ist noch nicht beendet.«

»Wenn du hierbleibst, bleibe ich auch. Mich wirst du nicht so schnell los.«

Ihre störrische Miene verriet ihm, daß sie sich niemals damit einverstanden erklären würde.

Als hättest du eine Wahl, Lady Schamlos, dachte er. Laut aber sagte er: »Was kann so wichtig sein, daß du deshalb nicht noch heute abend fortgehen kannst? Was für eine Arbeit ist das, die dir so heilig ist?«

Draußen im Flur wurden Schritte hörbar.

Sein ganzer Körper spannte sich an. Giles lauschte aufmerksam und glaubte, drei, vielleicht vier Menschen zu hören, die sich der Mansarde näherten. »Wen erwartest du?«

»Du wolltest doch wissen, weshalb ich mich zu diesem Leben entschieden habe. Warum ich Paris nicht verlassen kann. Jetzt wirst du gleich die Antwort auf die meisten deiner Fragen bekommen.«

Die Tür ging auf, und ein Junge stürmte in das Zimmer.

»Piper!« rief er aufgeregt. Er durchquerte den Raum wie ein ungestümer junger Hund und fiel in die ausgebreiteten Arme der Frau. »Ah, Piper, ich habe dich ja so vermißt!«

»Ich dich auch, Julien«, antwortete sie dem Jungen, und Tränen schimmerten in ihren Augen.

Der Junge trat zurück und musterte ihre Verkleidung. Dann brach er in Gelächter aus. »Wie du aussiehst, Piper. Bist du unter die Piraten gegangen?«

Über Juliens Bemerkung mußten beide lachen.

Als Giles wieder zur Tür sah, entdeckte er, daß dort ein verlegenes, mageres Mädchen wartete. Er schätzte, daß sie kaum älter war als dreizehn. Sie hatte das Aussehen eines ungelenken Fohlens, wie es ihm häufig bei Mädchen aufgefallen war, die sich selbst schon als junge Dame betrachteten, im Grunde aber noch ein Kind waren. Sofort fiel ihm die verblüffende Ähnlichkeit zu der Frau im Raum auf, von der sie vielleicht sieben, acht Jahre trennten.

Was immer das Mädchen zurückgehalten haben mochte, fiel jetzt von ihr ab, und auch sie folgte dem Jungen und begrüßte den Schamlosen Engel wie ein Familienmitglied.

Er erinnerte sich an die lateinische Inschrift des Rings, den er in ihrem Kleidungsstück gefunden hatte. Die Inschrift hatte er entdeckt, als er mit dem Ring am Vormittag dieses Tages zu einigen der Juweliere auf der Île de la Cité gegangen war, in der Hoffnung, auf diese Weise den rechtmäßigen Besitzer herauszufinden.

Dem Liebenden ist nichts zu schwer.

Der Engel war also nach Paris zurückgekehrt, um ihre Familie zu retten.

Denn zu einer Familie zählten sie offensichtlich. Die Ähnlichkeit zwischen ihnen war unglaublich. Sie und der Junge hatten das gleiche kastanienbraune Haar, während das Mädchen blond und hellhäutig war. Doch ihre Züge versprachen, zu der gleichen Schönheit heranzureifen wie die ihrer ... Mutter? Nein, dachte er, während der die rührselige Szene vor sich betrachtete. Der Engel war zu jung, um eine Tochter dieses Alters zu haben.

Sie mußten Geschwister sein.

Und sie hatten sie mit einem Namen angesprochen. *Piper*. Irgendwie paßte der merkwürdige Name zu der geheimnisvollen Frau.

Pipers Wangen waren tränenüberströmt. Ganz offensichtlich hatte sie ihren Bruder und ihre Schwester schon eine Zeitlang nicht mehr gesehen. Angesichts ihrer Reaktion mußte er sogar annehmen, daß sie sie verloren geglaubt hatte.

Die Kinder waren in Lumpen gekleidet wie die Ärmsten der Armen. Doch Giles ließ sich von der Kleidung nicht täuschen.

Trotz seiner Aufregung hatte der Junge die Haltung eines Edelmannes, den Rücken gerade, den Kopf hoch erhoben. Auch das Mädchen hielt sich stolz und gerade.

Sie kam ihm auch vage bekannt vor, dachte er jetzt, während er versuchte, sie bei den Familien einzuordnen, denen er am Hofe König Ludwigs vor der Zeit der Revolution begegnet war. Tatsächlich sah sie eher wie eine Engländerin als wie eine Französin aus mit ihrer steifen Haltung und ihrer ersten Miene.

Ihr kritischer Blick galt dem Übermut ihres Bruders, der das Schwert seiner Schwester entdeckt hatte und nun seine imaginären Gegner mit Angriffen und Paraden traktierte. Seine Handhabung der Waffe verriet eine erstklassige Ausbildung.

Eine Ausbildung, wie sie nur die höchsten Angehörigen der Aristokratie erhielten.

Das erklärte auch die Mühelosigkeit, mit der Piper sich als der Schamlose Engel unter die Londoner Gesellschaft gemischt hatte. Sicherlich hatte sie ihre Lektionen am Hofe Ludwigs XVI. gelernt, wo Betrug und Intrigen natürlicher Bestandteil der Aristokratie waren.

Piper hatte die tollkühnen Risiken nicht um ihretwillen, sondern für ihre Familie auf sich genommen. Giles trat einen Schritt zurück, als ihm bewußt wurde, welchen Gefahren sie sich ausgesetzt hatte. Bei all den Theorien, die er sich zurechtgelegt hatte, war ihm diese eine nicht in den Sinn gekommen. Wie hatte ihm das nur passieren können?

Die Antwort lag auf der Hand. Weil er keine Familie hatte.

Tatsächlich hatte er nie wirklich eine Familie gehabt. Keine Brüder, keine Schwestern, nur seinen Vater, dessen Aufgaben ihn immer wieder auf ausgedehnte Reisen führten. Giles zog sich von den drei anderen zurück, bis er allein in der Nähe des Kamins stand.

Was hatte sie heute abend zu ihm gesagt?

Es geht um Leben und Tod.

Und er hatte sie verspottet. Jetzt erkannte er, wie verzweifelt ihre Handlungen gewesen waren. Giles wußte, daß täglich adelige Kinder an der Seite ihrer Eltern starben. Und diese Kinder hier waren von der Freiheit noch weit entfernt. Seine Szene vor Dantons Haus hatte ihrer Sache auch herzlich wenig genützt.

Ihm sank das Herz. Was hatte er nur angerichtet?

Auch wenn er noch keine Erklärung für ihre Verbindung zu Webb hatte, würde er nicht zulassen, daß diese Kinder wegen seiner Fehler starben. Sein Schiff lag in Le Havre, und er würde dafür sorgen, daß Piper und ihre Geschwister sicher nach England kamen. Dort konnten sie im Schutze eines seiner Landsitze leben, bis …

Ja, bis was? fragte er sich. Bis seine zukünftige Frau herausfand, daß er sich direkt vor ihrer Nase eine Geliebte hielt? Er wußte nicht, wie die sanfte, stille Sophia reagieren würde, aber er konnte sich ausmalen, was Lady Dearsley dazu zu sagen hätte. Auch die Lautstärke ihres Protests konnte er sich vorstellen.

Dann würde er eben Monty in Anspruch nehmen. Der Herzog hatte mehr Besitz, als er verwerten konnte. Er konnte ohne weiteres eines seiner Häuser erübrigen.

Und dann würde Giles dem Schamlosen Engel den Rücken kehren müssen und sein Leben weiterführen, als hätte sie niemals existiert. Er würde Lady Sophia heiraten, weil er der Wahl seines Vaters verpflichtet war, und den Rest seines Lebens damit zubringen zu träumen, was hätte sein können. Mit dieser trostlosen Aussicht wandte er sich von der rührenden Szene der Wiedervereinigung ab und blickte trübsinnig in die Flammen.

Sophia hatte befürchtet, Lily und Julien niemals wiederzusehen. Als die Revolution über die ländliche Gegend hereinbrach, wo sich das Schloß ihres Vaters befand, waren die Kinder bei immer anderen Freunden und Verwandten in der Umgebung versteckt worden.

Davon hatte Sophia jedoch nichts gewußt.

In ihrer letzten Nachricht hatte ihre Mutter sie lediglich wissen lassen, daß die jüngsten Kinder der D'Artiers in Sicherheit waren, hatte jedoch nicht gewagt, ihren Aufenthaltsort in einem Brief preiszugeben.

Kurz nachdem Sophia die Botschaft ihrer Mutter erhalten hatte, war die restliche Familie von der Nationalgarde festgenommen worden.

Während der ersten Monate hatte sie ihre Beute, die sie als der Schamlose Engel machte, dazu verwendet, den Aufenthaltsort der Kinder herauszufinden. Sie nach England zu bringen, erforderte weitere Bestechungsgelder und kostspielige, gefälschte Papiere, insbesondere nachdem die beiden Länder ihren alten Konflikt wieder aufgegriffen und einander den Krieg erklärt hatten.

Doch nun schien alles nach Plan zu verlaufen.

Sophia schickte ein kleines Gebet zum Himmel. *Bitte gib, daß sie in Sicherheit bleiben.*

»Piper«, sagte Julien, »ich habe beschlossen, Bauer zu werden, wenn wir nach England kommen. Mögen sie Bauern in England?«

»Ja«, antwortete sie mit einem Lächeln. »Sie mögen Bauern.«

»Das ist gut, weil ich Bauernhöfe mag. Besonders Schweine. Sie sind sehr sozial, weißt du das? Sie mögen jeden.«

Sie versuchte, den gehetzten Ausdruck seiner Augen ebenso zu ignorieren wie sein ungeheures Bedürfnis, akzeptiert zu werden. Statt dessen legte sie ihm die Arme um seine schmalen Schultern. Wie mager er war!

Nein, die letzten eineinhalb Jahre waren nicht leicht gewesen für ihren Bruder und ihre Schwester.

Unnatürlich schweigsam stand Lily in der Nähe.

Als Sophia ihre jüngere Schwester vor vier Jahren das letzte Mal gesehen hatte, war das Mädchen kaum zum Schweigen zu bringen gewesen. Sie hatte sie mit Fragen über das Leben am Königshof gelöchert und davon geschwärmt, wie viele Kleider und Verehrer sie haben würde, wenn sie von ihrer Mutter nach Versailles geholt wurde.

Die Lily von damals gab es nicht mehr; an ihre Stelle war diese stille Gestalt getreten.

Sophia hoffte nur, daß die beiden, wenn sie sich erst einmal in der liebevollen Obhut ihrer Tante Mellisande befanden, sich erholen und vielleicht sogar die Schrecken, die sie hatten mit ansehen müssen, vergessen würden.

Die Tür ging auf, und Oliver streckte seinen Kopf in den Raum.

»Die Kinder brauchen jetzt Ruhe. Sie haben einen langen Tag –« Abrupt unterbrach er sich, als er Giles am Feuer stehen sah.

Sophia trat auf die Tür zu. »Er ist mir hierher gefolgt.«

Oliver nickte.

Giles betrachtete den einfach gekleideten Mann in der Tür genauer und riß überrascht die Augen auf, als er ihn plötzlich wiedererkannte.

»Hat Ihre Frau ihren ›Johnny‹ endlich wiedergefunden?«

Der Mann grinste ihn an. »Sie ist im Flur und sucht immer noch.«

Kopfschüttelnd wandte sich Giles der Frau zu, die sie Piper nannten. »Wie viele Komplizen hast du denn noch?«

»Nur noch eine Komplizin.«

»Und wirst du mich ihnen vorstellen, *Piper*?«

Sophia lächelte, als er sie bei diesem Namen nannte. »Nein. Je weniger du weißt, desto besser.«

»Du hättest mir das gestern alles erklären und uns beiden eine Menge Schwierigkeiten ersparen können.« Er trat näher zu ihr und senkte die Stimme zu einem Flüstern. »Wenn ich deine Familie gefährdet habe, möchte ich dafür sorgen, daß sie sicher ankommen, wohin du sie auch schicken willst. Du kannst über meine Schiffe, über all meine Mittel verfügen.«

Überrascht von seinem Angebot, atmete Sophia tief durch. Sein plötzlicher Sinneswandel war zu extrem, als daß sie ihm ohne weiteres glauben konnte, aber als sie seinen Blick über Julien und Lily schweifen sah, wußte sie, daß er sie nun verstand. Er wußte, weshalb sie so gehandelt hatte.

»Ein sicheres Schiff käme uns sehr gelegen«, antwortete sie. »Danke.«

»Sie haben ein Schiff?« mischte Julien sich ein.

Giles fuhr dem Jungen durch das zerzauste Haar. »Ja. Und du wirst darauf mitsegeln.«

»Ich werde das Kommando haben«, berichtigte Julien ihn und fuchtelte mit dem Schwert seiner Schwester herum.

»Ich dachte, du wolltest Bauer werden?« fragte Lily sarkastisch.

Ihr bitterer Spott erschreckte Sophia. Sie war noch so

jung und hatte schon soviel Zorn in sich – es war gut, daß ihre Schwester Frankreich verlassen würde.

»Ich kann doch beides sein – Bauer und Seemann, oder?« entgegnete Julien.

Sophia trat zwischen die Geschwister und entwand ihrem Bruder die gefährliche Waffe. »Du kannst jetzt ins Bett gehen und davon träumen, beides zu sein.«

Das paßte ihm gar nicht. »Ich bin überhaupt nicht müde.«

Sie nahm ihn noch einmal in die Arme und lächelte Lily über seine Schulter hinweg an. »Aber in den nächsten Tagen wirst du es sein. Morgen mußt du mit der Frau gehen, die du heute abend kennengelernt hast, und du wirst ihr gehorchen, als wäre sie deine *Maman*. Ich werde euch dann folgen.«

Sophia übergab Julien in Olivers Obhut und wandte sich dann ihrer Schwester zu. »Leg dich jetzt auch schlafen. Ich werde dich morgen früh noch einmal sehen, bevor ihr geht.«

Das Mädchen schüttelte den Kopf und stampfte kaum merklich mit dem Fuß auf. »Warum hast du mich gezwungen, ihn zu verlassen?« fragte sie. »Er war krank. Er hat mich gebraucht. Wenn ihm etwas geschieht ... dann werde ich dir nie verzeihen.«

Mit dieser Reaktion hatte Sophia nicht gerechnet. Ihre Schwester hörte sich wie eine verliebte Frau an. Und sie konnte sich denken, wer das Objekt ihres Gefühlsausbruchs war.

Aber Lily war doch noch ein Kind, dessen Schwärmerei zu gefährlich war, um sie in Giles' Gegenwart zu besprechen.

»Er ist noch nicht kräftig genug für die Reise«, sagte sie leise zu Lily, während sie sie auf die Tür zusteuerte. »Er muß noch hierbleiben, zumindest vorläufig. Willst du, daß die Reise ihn das Leben kostet?«

Störrisch schüttelte das Mädchen den Kopf.

»Dann geh jetzt. Und schlaf gut, damit du stark bist für –« Sophia unterbrach sich und sah zu der Stelle hinüber, wo Giles in die Flammen starrte, »– Julien«, ergänzte sie dann.

Schließlich fügte sich Lily, aber erst, nachdem sie Giles einen letzten finsteren Blick zugeworfen hatte.

Sophia wandte sich Giles zu. »Du solltest heute nacht hierbleiben. Zu deinem Quartier zurückzukehren, wäre zu gefährlich.«

Er blickte von den Flammen hoch. »Soll das eine Einladung sein?«

»Nicht so, wie du es dir vorstellst. Obwohl ich –« Sie blickte sich in den kleinen, kahlen Räumen um, in denen es jetzt ziemlich eng war mit den zwei Kindern und nun auch noch mit einem weiteren Erwachsenen.

Wie gern hätte sie wieder die Nacht mit ihm so verbracht wie die Nacht davor. Aber das war unmöglich. »Ich fürchte, ich kann dir nicht mehr anbieten als ein Lager auf dem Fußboden.«

Einen Augenblick lang standen sie schweigend einander gegenüber, während jeder die Worte des anderen überdachte.

»Danke«, sagte sie schließlich.

»Wofür denn? Dafür, daß ich deine Familie in Gefahr gebracht habe? Wenn mich nicht alles täuscht, sind die beiden deine Geschwister.«

»Ich will nur soviel sagen, daß sie mir alles auf der Welt bedeuten. Und du hast sie auch nicht gefährdet. Jedenfalls noch nicht.« Sophia seufzte.

»Sobald sie in England sind, kann ihnen nichts mehr zustoßen«, versicherte Giles energisch, so als hätte er gerade einen sehr wichtigen Entschluß gefaßt.

Welchen Entschluß, konnte sich Sophia jedoch nicht vorstellen. Genauso wenig war sie auf seine nächste Ankündigung gefaßt.

»Ich habe ein Haus«, begann er, »in Bath. Es liegt auf dem Lande. Byrnewood. Ich nutze es nur selten, und ich dachte, wenn du nicht weißt, wohin –«

Noch nie hatte Sophia Giles so verunsichert erlebt. Der

eingebildete, besserwisserische Lord Trahern stolperte über seine eigenen Worte wie ein Schuljunge beim Aufsagen eines Gedichts. Und sein Angebot war noch unglaublicher.

»Was willst du damit sagen, Lord Trahern?« fragte sie, um sich zu vergewissern, daß sie ihn richtig verstanden hatte.

»Es ist nur so, daß das Leben in England sehr teuer für euch sein wird, und vielleicht hast du nicht so weit im voraus geplant ...«, stammelte er weiter. »Außerdem brauchst du einen Ort, wo du dich wieder von ... allem erholen kannst und wo du ... völlig ungestört bist.«

»Du bietest mir eine Unterkunft an?«

Er nickte, sichtlich erleichtert, daß sie es ihm nicht weiter schwermachte. »Eine Unterkunft, ja. Es ist nur ein kleines Haus. Ich benutze es nie. Aber ich könnte dich und die Kinder dorthin bringen und dafür sorgen, daß ihr euch unbesorgt dort einrichtet.«

Sophia wußte, daß Byrnewood weitaus mehr war als das Häuschen, von dem er jetzt erzählte. Es galt als einer der elegantesten Landsitze in Bath mit seinen ausgedehnten Rasenflächen und gestutzten Hecken. Es gab Stallungen, Dienstboten und eine endlose Zahl von Räumen.

Und er bot es ihr und ihren Angehörigen an, als wäre es gar nichts.

»Einrichten?«, wiederholte Sophia, unschlüssig, ob sie belustigt oder verärgert sein sollte. Hier stand ihr Verlobter vor ihr und bot einer anderen Frau an, sich bei ihm häuslich einzurichten.

»Verflixt«, brauste er auf, »du weißt genau, was ich meine.«

»Ja, das weiß ich. Und was wird deine charmante Verlobte zu diesem *Arrangement* sagen? Ich meine, du hast doch wohl immer noch die Absicht, Lady Dearsleys Nichte zu heiraten, oder?«

Er hustete verlegen. »Ja. Ich bin eine Verpflichtung eingegangen.«

Sophia lächelte hinterlistig. »Und was verbindet uns beide miteinander?«

Er antwortete nicht, aber seine heftig arbeitenden Kinnmuskeln verrieten seine Frustration.

»Und nach deiner Heirat mit dieser Dame? Was wird dann aus mir?«

»Durch meine Heirat wird sich nichts ändern. Verstehst du das denn nicht? Ich habe keine andere Wahl, als Lady Sophia zu heiraten. Ich bin der Letzte unseres Geschlechts, und mein Vater hat mir auf seinem Totenbett das Versprechen abgenommen, die Familie nicht aussterben zu lassen. Ich würde dir vieles geben, und es gibt vieles, das du von mir verlangen könntest, aber mein Gelübde gegenüber meinem Vater zu brechen und diese Heirat aufzugeben, sind zwei Dinge, die ich nicht tun kann.«

Das war nicht die Antwort, die Sophia sich erhofft hatte. »Nein, ich nehme an, das kannst du wirklich nicht«, erwiderte sie. »Aber eines habe ich in meinem Leben gelernt: Man hat immer eine Wahl.«

»Ich nicht. Nicht in dieser Sache. Es ist eine Frage der Ehre.«

»Ehre?« Sie lachte. »Die Ehre erlaubt dir, eine Frau zu heiraten, die dir offensichtlich nichts bedeutet, und mich auf deinem Landsitz zu verstecken, damit dein Vergnügen nicht zu kurz kommt? Was wird dabei aus meiner Ehre?«

Sein Blick irrte zu den Flammen im Kamin, als wagte er nicht, ihr in die Augen zu sehen. »Mehr kann ich nicht geben.«

»Ja, das fürchte ich auch.« Sie trat von ihm zurück. Es lag ihr auf der Zunge, ihm zu erzählen, wer sie war. Doch dann stiegen wieder die Bilder aus ihrem Traum in ihr auf. Nein, sie durfte ihm nichts sagen. Denn wenn er es erfuhr, würde er niemals zulassen, daß sie ihr Werk zu Ende führte.

»Wenn dein Angebot, dein Schiff zur Verfügung zu stellen, ernst gemeint war, bin ich dir sehr dankbar«, sagte sie behutsam. »Das würde das Risiko verringern. Es würde mich beruhigen zu wissen, daß Lily und Julien unter deiner sicheren Obhut nach England zurücksegeln.«

Giles legte den Kopf auf die Seite und sah sie an. »Du wirst nicht mitsegeln?«

Sie schüttelte den Kopf.

»Warum nicht? Du hast ihnen das Leben gerettet, was hoffst du hier denn sonst noch zu erreichen?«

»Ich habe noch etwas anderes zu erledigen. Nach spätestens vierundzwanzig Stunden werde ich euch folgen.«

»Uns?«

»Ja, euch. Du wirst die Kinder begleiten. Ich bitte dich, dafür zu sorgen, daß sie dein Schiff ohne Zwischenfälle erreichen.« Noch während sie sprach, erkannte sie schon an seiner Miene, daß er sich nicht so ohne weiteres beugen würde. »O nein, mein Engel oder Piper oder Bürgerin oder wer auch immer, ich werde dir nicht von der Seite weichen. Wir beide haben noch etwas zu erledigen. Vor allem mußt du mir noch sagen, was du über Webb Dryden weißt.«

Sophia hatte gehofft, dieses heikle Thema zumindest an diesem Abend vermeiden zu können. »Ich habe dir dazu alles gesagt, was ich zu sagen habe. Ich werde dir alle nötigen Informationen und Beweise in London übergeben.« Sie sah den Sturm in seinen dunklen Augen aufziehen, aber seine unerbittliche Sturheit wegen seiner Heirat mit Lady Sophia reizte sie. Die Hände zu Fäusten geballt, fuhr sie fort. »Nur zu«, sagte sie herausfordernd. »Brüll das Haus zusammen. Hol die Garde. Ich jedenfalls werde dir kein weiteres Wort über Webb Dryden erzählen, bis du wieder sicher in London bist.«

»Dann bleibe ich hier bei dir in Paris.«

Im stillen verfluchte sie seinen Starrsinn.

»Was könnte außerdem gefährlicher sein als unsere Eskapade von heute abend?« fragte er. »Was könnte gefährlicher sein, als sämtliche Mitglieder des Nationalkomitees an der Nase herumzuführen?«

Sophia holte tief Luft. Sie richtete sich zu ihrer vollen Größe auf, straffte die Schultern und sagte es ihm.

»Ich habe vor, morgen meine restliche Familie aus dem Abbaye-Gefängnis zu befreien.«

In der Stille des kleinen Schlafgemachs lauschte Sophia den gleichmäßigen Atemzügen ihrer Schwester. Als sie hereingekommen war, war Julien aufgewacht und hatte darauf bestanden, im vorderen Raum bei Oliver und Giles zu schlafen.

Falls sie einen dritten Mann zur Wache benötigen, hatte er verschlafen argumentiert.

Sophia hatte lieber nachgegeben, statt noch eine Meinungsverschiedenheit heraufzubeschwören.

Ihr Kopf schwirrte von ihrer Auseinandersetzung mit Giles. Gute drei bis vier Stunden lang hatten sie den Plan zur Befreiung ihrer Familie beratschlagt, und schließlich waren sie zu einer Einigung gekommen.

Der Streit drohte, am nächsten Morgen seine Fortsetzung zu finden, bis sie ihn endlich überzeugen konnte, daß ihr unglaublicher Plan unter günstigen Bedingungen und trotz des Haftbefehls gegen sie tatsächlich funktionieren konnte.

»Emma«, flüsterte sie, »sind Sie wach?«

»Wie könnte ich schlafen? Ihre kleine Schwester hat mir gesagt, Rauchen wäre vulgär, und hat mir praktisch befohlen, meine Pfeife wegzulegen.«

Sophia lachte leise. »Und? Haben Sie ihr gehorcht?»

»Ja. Der kleine Satansbraten hat mir damit gedroht, sich gleich bei ihrer Ankunft bei Ihren Tanten über mich zu beschweren. Mit der Kleinen werden Sie noch Ihre Freude haben, wenn Sie zu Hause sind. Es sei denn, sie fällt bei der Überfahrt *aus Versehen* über die Reling.«

»Ich verstehe. Sie haben nicht zufällig gehört, was sie vorhin beinah vor Giles' Ohren gesagt hätte?«

»Doch, das habe ich gehört. Die ganze traurige

Geschichte. Sie sind eine wirklich böse Schwester, das Mädchen von dem Mann zu trennen, den sie liebt. Sie wird Ihnen niemals verzeihen.« Emma lachte leise.

»*Maman* hat mit mir das gleiche getan, als ich fast fünfzehn war. Ich hatte eine sehr unpassende Vorliebe für einen der Söhne des Gärtners. Das war, als ich nach Versailles geschickt wurde.«

»Und? Haben Sie ihr verziehen?«

»Irgendwann, ja.« Sophia konnte sich noch genau daran erinnern, wie sie ihrer Mutter verziehen hatte. Es war sechs Monate später gewesen, und sie war gerade der Faszination von Louis Antoine Saint-Just erlegen. Seine dunkle Kleidung und sein leidenschaftliches Feuer hatten ihre Sinne völlig verwirrt.

Zu spät hatte sie begriffen, daß Saint-Just nichts von der Charakterstärke besaß, die einen Mann wie Giles wie eine Ritterrüstung umgab.

»Nun, ich nehme an, Lily wird Ihnen vergeben«, bemerkte Emma.

»Mit der Zeit.«

Emma zündete ihre Pfeife an, und der vertraute Duft des Tabaks breitete sich aus.

»Giles hat mir ein Haus angeboten«, berichtete Sophia leise. »Ein Haus für die Kinder und mich.«

»Wie großzügig«, bemerkte Emma. »Wird er es Ihnen überschreiben? Das war immer mein Fehler. Ich habe mir nie etwas überschreiben lassen, bevor ich ja gesagt habe.«

»Emma!«

»Nun, er hat doch wohl vor, Sie zu seiner Geliebten zu machen, oder?«

»Ja, ich denke auch, daß er ein solches Arrangement im Sinn hat.«

»Dann lassen Sie sich das Haus überschreiben«, riet die Gesellschafterin ihr.

»Und auf welchen Namen soll er es mir überschreiben?«

Die Pfeife glühte auf, als heftig daran gezogen wurde. »Das ist ein echtes Problem.«

»Es ist nicht das einzige Problem«, sagte Sophia. »Ich glaube, ich bin im Begriff, mich in ihn zu verlieben.«

Emma drehte sich um und sah sie an. »Ich sehe ein, daß das ein Problem ist, wenn Sie sich in den Mann verlieben, den Sie heiraten sollen.«

»Ach, Sie wissen schon, was ich meine. Er ist in die andere verliebt, den Schamlosen Engel oder La Devinette oder sonst wen, aber nicht in Lady Sophia. Und Sophia wird er schließlich heiraten.«

»Dann sagen Sie ihm doch die Wahrheit.«

Auf einmal ergaben die Worte aus ihrem Traum einen Sinn. *War es so leicht, mich zu verraten, meine Frau?*

Sie war nicht *im Begriff* ihn zu verraten, sie hatte ihn bereits verraten mit all ihren Täuschungen und ausgeklügelten Komplotten. Giles Corliss, der Marquis von Trahern, konnte unmöglich den Schamlosen Engel heiraten. Und wenn er Lady Sophia heiratete und ihr Doppelspiel jemals aufgedeckt wurde, wäre die Schande unüberwindlich.

Er und seine Erben würden aus der Gesellschaft ausgestoßen, und das alles nur ihretwegen.

»Ich kann es ihm nicht sagen. Und heiraten kann ich ihn auch nicht.«

Emma klopfte ihre Pfeife aus. »Dann werden Sie eben seine Geliebte.«

Dieser Gedanke gefiel Sophia besser, als sie sich eingestehen wollte. Aber Giles brauchte eine rechtmäßige Ehefrau, eine ehrbare Person, die seine Kinder zu Welt brachte und für den Fortbestand seiner Familie sorgte. »Ich werde fortgehen, vielleicht in die Kolonien.«

Diese Ankündigung brachte Emma nur zum Lachen. »Sophia, ist es ein schönes Haus?«

»Welches Haus?«

»Das Haus, das Lord Trahern Ihnen angeboten hat.«

»Ja. Ich war oft mit meiner Tante auf Byrnewood, als der alte Marquis noch lebte.«

»Dann nehmen Sie das Haus.« Damit drehte sich die praktisch veranlagte Emma auf die Seite und schlief ein.

11.

Die Kälte des Oktobermorgens drang durch den groben Wollstoff von Giles' Uniform. Er stand bei den Stallungen hinter Webbs früherem Wohnhaus und wartete mit Sophia darauf, daß Oliver mit den gemieteten Pferden und dem Karren, den sie gestohlen hatten, erschien. Hinter sich konnte er Sophia mit ihrem Schwert hantieren hören. Alle paar Minuten spähte sie in die Gasse hinaus, um Ausschau nach Oliver zu halten.

»Er muß jetzt jeden Augenblick hier sein«, verkündete sie, während sie in dem stetigen Rhythmus der Glocken auf und ab ging, deren Klang seit Sonnenaufgang den Bürgern von Paris die neuesten Neuigkeiten ankündigte. »Das Gedränge heute früh wird Oliver wohl aufgehalten haben.«

Giles nickte, auch wenn er kaum darauf versessen war, den ärmlichen Karren durch die Gasse rumpeln zu sehen. Olivers Ankunft würde den Auftakt zu diesem selbstmörderischen Unternehmen bilden. Obwohl er wußte, daß es sinnlos war, versuchte er es noch einmal mit den Argumenten der Vernunft.

»Das Ganze ist irrsinnig. Abbaye? Warum versuchen wir nicht gleich, die Kronjuwelen zu stehlen?«

»Wenn dir ein besserer Plan einfällt, laß es mich wissen.« Sie rümpfte die Nase und blickte wieder die Gasse hinab. »Ich war einverstanden, daß du mitkommst, vorausgesetzt, du fängst keine Diskussionen mehr an und folgst den Befehlen. Wenn das ein Problem für dich ist ...«

Kopfschüttelnd steckte Giles die Hände in die Taschen und schwieg. Was konnte er noch sagen, was er nicht schon ausgesprochen hatte? Aber er war nicht bereit, sie allein gehen zu lassen, nicht seit er erkannt hatte, daß er ihre Vertrauensstellung beim Nationalkomitee ruiniert hatte. Selbst nachdem er seine Fehler eingestanden und sich entschuldigt hatte, mußte er die halbe Nacht auf sie einreden, um sie davon zu überzeugen, daß er ihr von Nutzen sein konnte.

Diese Frau war entschieden zu halsstarrig.

Die Kinder hatten gemeinsam mit einer Begleiterin, die Sophia nur als ›Emma‹ vorgestellt hatte, das Haus noch vor dem ersten Sonnenstrahl verlassen. Das Gesicht der Frau hatte er nicht zu sehen bekommen, denn sie trug eine Kapuze und ein großes Tuch, das sie fest um Kopf und Schultern gewickelt hatte. Lily und Julien, die ebenfalls derbe Bauernkleider trugen, waren Emma unwillig zu Fuß zu den Stadttoren gefolgt.

Sobald die Mauern der Stadt hinter ihnen lagen, hatte Sophia erklärt, würden sie von einem Komplizen in einem Lastkarren nach Le Havre gebracht.

Das Rattern von Rädern und das Wiehern eines Pferdes am Ende der Gasse zog ihre Aufmerksamkeit auf sich.

»Jetzt erkläre mir bitte noch einmal, wie du uns davor bewahren willst, umgebracht zu werden«, forderte er sie auf, während sie zu Oliver, der auch die Uniform der Nationalgarde trug, auf den Kutschbock stieg.

Sophia grinste ihn an. »Ich weiß nicht. Das hängt ganz davon ab, wie gut du Befehle befolgen kannst«, erwiderte sie dann mit einem vielsagenden Blick auf seine neuerworbene Uniform. »Steig ein.« Mit dem Daumen wies sie auf den Karren. Entsprechend seinem niederen Rang mußte Giles mit der hinteren Bank des Karrens vorliebnehmen. Er zog eine Grimasse und richtete seine schlechtsitzende Uniformjacke. Kaum saß er auf der Bank, als der Karren mit einem Ruck anfuhr und die Räder dumpf über die kalten Pflastersteine rumpelten.

Giles fragte sich, wie Lord Dryden sein Bericht zu dieser Mission gefallen würde:

16. Oktober. Habe dem Schamlosen Engel geholfen, gefangene Familienmitglieder aus dem Gefängnis Abbaye zu befreien, während ganz Paris den Tod seiner Königin feierte.

Nicht genug, daß er sich freiwillig bereit erklärt hatte, zusammen mit den anderen das am schwersten bewachte Gefängnis von Paris zu betreten, sie taten es außerdem in der Uniform der *fédérés*.

Falls sie gefaßt wurden, war ein schneller Tod durch das Fallbeil wahrscheinlich mehr, als er sich erhoffen durfte.

In das Gefängnis Abbaye einzubrechen und sich als *fédérés* auszugeben, reichte vermutlich aus, um geteert, gefedert und gevierteilt zu werden.

Trotz aller seiner Proteste und Gegenargumente hatte er schließlich mit Oliver die frühen Morgenstunden damit verbracht, ein paar geeignete Wachen zu suchen, denen sie die Uniformen abnehmen konnten. Zwar war ihre Wahl alles andere als ideal gewesen, doch hatten sie sich die Kleidungsstücke ohne große Gegenwehr aneignen können.

Nun ja, ein bißchen hatten sie sich schon gewehrt, erinnerte sich Giles, während er sich die schmerzenden Knöchel seiner Hand rieb.

»Ich finde immer noch, daß du etwas anderes anziehen solltest«, sagte er mit einem Blick auf ihre Verkleidung als La Devinette. Zumindest wollte er versuchen, ihrem unmöglichen Plan so etwas wie einen vernünftigen Rahmen zu geben.

»Und wie soll ich ohne diese Verkleidung ins Gefängnis gelangen?« fragte sie ihn. »Wenn sie glauben, daß ich in einer offiziellen Angelegenheit komme, werden sie uns den Hof ungehindert betreten lassen. Andernfalls kommen wir nie durch das Tor.«

Giles war immer noch nicht überzeugt. »Sagen Sie es ihr«, wandte er sich an Oliver. »Sagen Sie ihr, daß es unsinnig ist. Niemand wird ihr glauben.«

Oliver lachte und ließ die Zügel schnalzen. »Genausogut könnte man der Menge heute sagen, sie sollte das Leben der Königin schonen. Was glauben Sie, warum wir sie ›Piper‹ nennen?« Der Mann lächelte breit.

Giles vermutete eine interessante Geschichte und vielleicht einen Hinweis auf ihre wahre Identität. Außerdem bedeutete eine Geschichte eine willkommene Ablenkung von der unmöglichen Aufgabe, die vor ihnen lag. »Aha, also war sie wie der *Pied Piper*, der Rattenfänger von Hameln, und hat andere Kinder immer zu Unfug angestiftet?«

Sophia und Oliver tauschten einen Blick. Während sie rot wurde, grinste Oliver noch breiter.

Gespannt beugte Giles sich vor. »Kommen Sie schon. Heraus damit. Ich will die ganze Geschichte hören.«

Sie verschränkte die Arme vor der Brust. »Es ist nur ein Spitzname aus meiner Kindheit, weiter nichts.«

Oliver lachte. »Wenn Sie es nicht erzählen, tue ich es.«

Sie ließ einen deftigen Fluch hören. »Wenn es unbedingt sein muß. Aber machen Sie schnell.« Sie sah Giles über die Schulter an und wandte sich dann wieder an Oliver. »Und keine Ausschmückungen, wenn ich bitten darf.«

Oliver, der das Unbehagen seiner Herrin offenbar genoß, lehnte sich zurück. »Als sie noch klein war, beschloß sie, Schäfer zu werden, wenn sie groß war.«

»Keine Schäferin?« fragte Giles.

Statt einer Antwort hob Oliver die Augenbrauen und schüttelte leicht den Kopf.

Giles betrachtete Sophia einen Augenblick lang. »Ich verstehe. Also Schäfer wollte sie werden.«

»Ein ehrbarer Beruf«, erklärte sie.

»Und so nahm sie sich vor, alles Notwendige zu lernen. Sie kleidete sich wie ein Schäfer und lernte, alle Schafe der

Herde zu unterscheiden und sie zu den besten Weiden zu führen.«

»Und sicherlich hat sie ihre Aufgabe sehr gut gemacht, oder?« fragte Giles.

»Selbstverständlich«, fuhr Sophia auf. »Eigentlich genügt es zu erzählen, daß ich als Kind Schäfer gespielt habe. So, nun kennst du die amüsante Anekdote aus meiner Kindheit. Damit sollte deine Neugier befriedigt sein, denn die Geschichte ist zu Ende.« Ihr Ton duldete keine Widerrede.

Oliver zwinkerte Giles zu und fuhr fröhlich fort. »Da war allerdings noch die Sache mit der Flöte. Ein guter Schäfer sollte sich den Nachmittag mit Flötenspiel vertreiben können. Der Klang beruhigt die Tiere und hält die Herde beieinander.«

Sophia schnaubte nur und wandte sich ab.

»Das Flötenspiel lernte unser kleiner Schäfer jedoch nie ganz richtig. Tatsächlich wurde sie sogar von der Weide geschickt. Ihr Spiel hatte die armen Schafe in völlige Aufruhr versetzt. Einige der verstörten Tiere fand man ein paar Felder weiter im Schatten der Dorfkirche. Manche sagten, die Tiere hätten darum beten wollen, daß der Höllenlärm endlich endete.«

Diesmal lachte Giles schallend, ohne auf Sophias wütenden Blick zu achten.

»Das reicht jetzt«, preßte sie zwischen zusammengebissenen Zähnen hervor.

»Oh, aber damit fängt es ja erst an«, fuhr Oliver fort. »Unser armer kleiner Schäfer heuerte jeden im Dorf an, um sich das Flötenspiel beibringen zu lassen.«

»Hast du das Instrument schließlich beherrschen gelernt?« fragte Giles.

Daraufhin mußte Oliver so sehr lachen, daß Sophia ihm die Zügel abnehmen und die Geschichte für ihn weitererzählen mußte.

»Nein, das habe ich nicht«, erwiderte sie verächtlich. »Ich bin völlig unmusikalisch und habe kläglich versagt.«

»Warum nennt man dich dann Piper, wenn du nicht Flöte spielen kannst?«

»Das ist ja die Ironie der Geschichte«, schaltete sich Oliver ein, nachdem er sich wieder erholt hatte. »Alle im Dorf folgten ihr, um ihr zu helfen. Bald schon hörten die Leute aus den Nachbardörfern von ihrem Mißgeschick und strömten herbei, um ihren Rat anzubieten. Menschenmassen versammelten sich –«

»Menschenmassen!« wiederholte sie ungläubig. »Als nächstes wird er dir noch erzählen, daß der König seine Musiklehrer entsandte, um mich zu unterrichten.«

Oliver nahm ihr wieder die Zügel aus der Hand. »Als ob das etwas genützt hätte!«

Das brachte Giles wieder zum Lachen, bis Sophia sich umdrehte und ihn verärgert ansah.

»Ich nehme an, du kannst besser spielen, oder?« fragte sie.

Giles lehnte sich mit verschränkten Armen zurück. »Tatsächlich kann ich das«, entgegnete er. »Eines Tages werde ich es dir beweisen«, fügte er hinzu, als er ihre ungläubige Miene sah. »Jetzt ist meine Frage aber immer noch nicht beantwortet. Weshalb wirst du ›Piper‹ genannt?«

Oliver trieb die Pferde an. »Weil sie so viel Aufmerksamkeit erregte und so viele Menschen anlockte, die ihr schlechtes Spiel hören wollten, daß wir sie Piper nannten, wie den Flötenspieler in dem Kindermärchen. Nur daß sie, statt die Kinder des Dorfes anzulocken, alle Schafe vertrieb und jeden, der stehenblieb, um zuzuhören.«

Zufrieden nickte Giles. Dann sah er sie hinterlistig an. »Und wie hat man dich genannt, bevor aus dir ›Piper‹ wurde?«

»Kein schlechter Versuch«, murmelte sie. »Glaube mir, es ist besser, wenn du nicht weißt, wer wir sind. Es würde dich nur noch in größere Gefahr bringen.«

»Vielleicht. Aber dann hätte ich wenigstens etwas zu erzählen, wenn sie mich auf die Folterbank spannen.«

»Das ist nicht komisch.«

»Soll es auch nicht sein.«

Sie versanken in Schweigen, während Oliver die ruhigen Gassen des Place Vendôme verließ und sich den Prozessionen anschloß, die der Rue St. Honoré entgegenströmten. Um sie herum wurde das Gedränge immer dichter, so daß sie nur noch langsam vorwärtskamen. Die Luft über Paris vibrierte von dem düsteren Läuten der Glocken, das die Leute auf die Straßen rief.

»Sie haben tatsächlich vor, sie zu ermorden, nicht wahr?« fragte Giles ungläubig, als ein paar Jungen ihrem Karren auswichen. Sie hielten eine brennende Puppe in die Höhe, die die Königin, Marie Antoinette, darstellte.

Sophia nickte, den Blick unverwandt auf die Flammen gerichtet. »Balsac kam vorbei, kurz nachdem die Glocken zu läuten anfingen. Die Jury hat ihr Urteil gegen vier Uhr früh gefällt.« Sie schüttelte den Kopf. »Sie ist nicht die erste.« Mit wachsamem Blick beobachtete sie, wie die Flammen in der Brise hoch über den Köpfen aufloderten. »Und sie wird auch nicht die letzte sein.«

Sie schauderte. »Das hatte ich befürchtet. Die Straßen werden vor Blut bald überlaufen. Wenn die Volksversammlung glaubt, mit ihrem Tod den Rachedurst des Volkes zu stillen, ist das ein Irrtum. Dieser Mord wird teuflische Kräfte entfesseln. Und die Unschuldigen werden büßen müssen.«

Ihre Worte jagten ihm kalte Schauer über den Rücken. So leise und so überzeugt hatte sie sie ausgesprochen, daß es ihm schien, als hätte sie in die Zukunft geblickt. »Aber deine Familie wird in Sicherheit sein.«

Sophia wandte sich zu ihm um. Die tiefe Traurigkeit in ihrem Blick erschreckte ihn. »Und ich soll mich ihres Lebens freuen, während so viele andere mit dem Tod bezahlen werden?«

»Du kannst sie nicht alle retten.«

»Nein, das kann ich wohl nicht.« Ihr Blick irrte in die Ferne, als überlegte sie, wie sie all diejenigen befreien konnte, die in den Gefängnissen von Paris gefangengehalten wurden. »Wie kann ich in England zur Ruhe kommen, wenn ich weiß, was hier vor sich geht?«

Darauf wußte Giles keine Antwort. Er würde versuchen, sie von ihrem Vorhaben abzubringen, denn er wollte, daß sie am Leben blieb, daß sie ein Teil seines Lebens wurde.

Aber welchen Platz konnte er ihr in seinem Leben einräumen? Der einzige Platz, den er ihr mit gutem Gewissen hätte anbieten können, war schon an jemand anderen vergeben.

Er versuchte, sich Lady Sophias Gesicht ins Gedächtnis zu rufen, ein Detail, das er in seinem Herzen bewahren konnte, aber es kam ihm keines in den Sinn. Das einzig Greifbare für ihn war das Gefühl von Pipers Haut unter seinen Fingerspitzen und die Art, wie sie seine Umarmung voller Leidenschaft erwiderte.

Der Karren setzte seinen Weg durch den stockenden Verkehr der Pariser Straßen fort. Es schien, als wäre jeder Bürger Frankreichs in den alten Gassen der Stadt unterwegs, um dem Tod der verhaßten Königin beizuwohnen. Zeitweise glich die Stimmung der eines Volksfestes mit Kindern und Eltern, die prall gefüllte Eßkörbe mit sich trugen, doch dann wieder sah man die finsteren Gesichter der *sans-culottes*, die triumphierend ihrer Rache entgegenfieberten.

Giles' Unbehagen wegen Pipers Verkleidung wuchs, während die Menschenmenge um sie herum anschwoll und die Stimmung immer ausgelassener wurde.

Die Massen von Paris waren unberechenbar, wie Giles aus eigener Erfahrung wußte. So sehr La Devinette vom Volk als Heldin der jungen Republik geliebt und verehrt wurde, so schnell konnte die Stimmung umschlagen und sich gegen sie wenden.

Die Launen einer Meute von *sans-culottese* waren völlig unberechenbar. Wenn der Tod von Marie-Antoinette sie nicht zufriedenstellte, würden sie sich bald neue Opfer suchen, um ihre unstillbare Mordlust zu befriedigen.

Wenn Robespierres Befehl vom vergangenen Abend einem der achtundvierzig Sektionskommandeure von Paris zu Ohren gekommen war, wäre die Treue gegenüber der Devinette als Galionsfigur des revolutionären Geistes schnell vergessen. Man würde sie in Stücke reißen, ihren Kopf auf einen mit bunten Bändern verzierten Speer stecken und im Triumph durch die Gassen von Paris tragen.

Wenn Piper etwas von der steigenden Spannung um sie herum spürte, ließ sie sich nichts davon anmerken. Den Blick starr geradeaus gerichtet, nahm sie kaum zur Kenntnis, wie man ihr im Vorbeifahren zujubelte.

Hin und wieder wurden sie von der Menge eingeschlossen, und schmutzige Hände streckten sich vor, um die berühmt-berüchtigte Devinette zu berühren. Giles bewunderte die Gelassenheit, mit der sie mit ihren Bewunderern umging. Weder lächelte sie, noch schien sie sie zur Kenntnis zu nehmen. Statt dessen langte sie in die Tasche, wann immer das Gedränge zu dicht wurde, und warf eine Handvoll Münzen in die Menge, und sofort stoben die Menschen auseinander, um sich ihren Anteil zu sichern.

»Vive La Devinette!«

»Vive la République!«

Wenn er Dryden – und sich selbst – davon überzeugen konnte, daß sie mit Webbs Tod tatsächlich nichts zu tun hatte, sollten sie in Betracht ziehen, sie für den Dienst zu rekrutieren. Mit ihren naturgegebenen Fähigkeiten und ihren chamäleonartigen Verkleidungskünsten war sie die beste Agentin, die ihm je begegnet war.

»Gibt es keine Möglichkeit, deinen Beliebtheitsgrad bei den Bürgern dieser Stadt zu verringern?«

»Wieso?« fragte sie. »Mir gefällt es.«

»Das sagst du jetzt, aber was ist, wenn sie herausfinden …«

Piper sah ihn stirnrunzelnd an. »Und du verdienst so deinen Lebensunterhalt? Ich verstehe nicht, wie du so lange überleben konntest. Mein herzliches Beileid für deine Frau. Du wirst sie zur Witwe machen, noch bevor sie Zeit hat, etwas für das Kinderzimmer zu sticken.«

Giles rückte sich den roten Dreispitz auf dem Kopf zurecht. »Ich habe nicht die Angewohnheit, mich einer blutrünstigen Menge zu präsentieren, während über mir das Todesurteil schwebt. Genausogut könnte man Robespierre zu einem geheimen Treffen der Royalisten einladen.«

Herausfordernd sah sie ihn an. »Wo bleibt denn dein Abenteuersinn, dein Jagdinstinkt, auf den ihr Engländer euch soviel einbildet?«

»Wir lieben die Jagd, weil wir die Jäger sind, nicht die Gejagten.«

»Trotzdem, wenn du meine Pläne so fragwürdig findest, kannst du immer noch versuchen, Lily und Julien einzuholen. Und zu deiner lieben, tugendhaften Braut zurückkehren.«

Giles kochte innerlich. Diese Frau verstand wie niemand sonst, seinen Stolz zu provozieren.

Schlimm genug, daß sie ihr Gesicht verächtlich verzog, wann immer sie von Lady Sophia sprach. Doch was ihn wirklich reizte, war ihr sarkastischer Tonfall, der deutlich verriet, daß sie die Wahl seiner Braut als eine unerschöpfliche Quelle der Belustigung betrachtete – auf seine Kosten.

Wie konnte eine so vitale und sinnliche Frau wie Piper, die die Männer in Scharen anlockte, seine Verlobte derart abwerten, als wäre sie eine ebenbürtige Gegnerin?

Vielleicht wußte Piper genau wie er selber, daß sie eine viel bessere Ehefrau für ihn abgeben würde als Lady Sophia.

Und Piper liebte ihn. Das wußte Giles genauso sicher, wie er es fürchtete. Ihr Kuß am vergangenen Abend war Beweis genug gewesen.

Aber war ihre Liebe ein ausreichender Grund, Lady Sophia aufzugeben und eine Frau zu heiraten, der man mit Mißbilligung begegnen würde? Seine Ehre, sein Ruf, seine Stellung in der Gesellschaft – all das wäre in Frage gestellt, wenn er dem Ruf seines Herzens folgte, ganz zu schweigen davon, was er damit seinen Erben antun würde.

Piper zu heiraten war eine ebenso verrückte Vorstellung, wie in das Gefängnis Abbaye zu marschieren.

Und doch folgte er ihr auf diesem unmöglichen Weg.

Konnte er auch diesen nächsten Schritt wagen? Giles wußte, daß er es nicht konnte. Niemals.

Dennoch mißfiel ihm ihr überlegener Ton, als wüßte sie, in welchem Widerstreit der Gefühle er sich befand.

»Ich finde, du solltest es dir noch mal überlegen«, sagte sie über die Schulter zu ihm.

»Was überlegen?«

»Mitzukommen. Das arme Ding. Zuerst läßt du sie an eurem Hochzeitstag einfach stehen, und jetzt verbringst du das, was eure Hochzeitsreise hätte sein müssen, mit mir.« Betrübt schüttelte Piper den Kopf. »Aber sie ist ein ziemlich unscheinbares, kleines Mäuschen, nicht wahr? Der Typ, der alles versteht und alles verzeiht. Schließlich hat ein solches Mädchen auch nicht die allerbesten Heiratschancen, oder?«

Bei dieser Beleidigung beschloß Giles, Piper eine kleine Lektion zu erteilen. »Du sollst wissen, daß mich meine Verlobte von Herzen gern hat. Außerdem ist sie eine Dame und wird akzeptieren, was immer ich ihr als die Wahrheit darstelle.«

»Ja, das wird sie wohl.« Sie rieb sich das Kinn, als müßte sie gründlich über diese unwahrscheinliche Vorstellung nachdenken. Doch schon blitzte es hinterlistig in ihrem unverdeckten Auge auf. »Wenn du sie überhaupt wiederfindest. Vielleicht irre ich mich ja, aber war nicht *sie* es, die noch vor der Hochzeitsnacht davongelaufen ist?«

Kerzengerade richtete Giles sich auf und hielt sich an den Seiten des schaukelnden Karrens fest. »Woher weißt du das?«

Sie zuckte mit den Schultern. »Ich hab's erraten.«

Oliver warf ihr einen warnenden Blick zu, als meinte er, sie wäre zu weit gegangen.

»War das eine Nacht!« murmelte Giles. »Du warst genauso treulos wie meine Braut.«

Sofort nahm ihr Gesicht den weichen, lieblichen Charme des Schamlosen Engels an. Ihre Stimme wurde sinnlich und verführerisch, als sie sich vorbeugte und ihm ins Ohr flüsterte: »Die Nacht hätte ganz anders verlaufen können, hättest du dir nicht in den Kopf gesetzt, mich den Behörden auszuliefern.« Sie lachte fröhlich, ein verheißungsvoller, abenteuerlicher Klang. »Aber ich werde dir das nicht nachtragen, wenn du mir versprichst, daß ich noch einmal in deinen Armen liegen darf.«

Für einen flüchtigen Augenblick konnte Giles an ihrer Verkleidung vorbei einen Blick auf die wahre Frau werfen, die sich dahinter verbarg – hervorgerufen durch das heiße Verlangen in ihrem Blick und die zarte Berührung ihrer Hand an seinem Kinn.

Die verbliebene Glut ihrer Liebesnacht flammte auf, als wäre das Feuer nie heruntergebrannt. Giles' Brust wurde eng, und er mußte tief Luft holen. Wie gut erinnerte er sich an ihre Berührungen an anderen Stellen seines Körpers, an die Herrschaft ihres Verlangens über ihn.

Auch sie war von dem Augenblick gefangen. Ihr Gesicht schien zu glühen, während sie sich offenbar der ungezügelten Freuden in seinen Armen erinnerte. Sie blickte zur Seite, schaute aber gleich wieder zu ihm hin. Ihr Blick versprach so viel – Verheißungen, die Giles bei ihr einlösen würde, ungeachtet der Risiken und des Preises.

Zum Teufel mit seiner Ehre, zum Teufel mit dem letzten Wunsch seines Vaters.

Mit dieser Frau und keiner anderen würde er den Rest seines Lebens verbringen. Einer Frau, die ihr Leben riskierte für das, woran sie glaubte, einer Frau, deren Liebe so tief war. Wenn sie diesen Tag erst überlebt hatten, würde er ihr sein Herz offenbaren und ihr alles sagen, er würde sie aus dieser verfluchten Stadt herausbringen und ihr und ihren Angehörigen das sichere Heim bieten, das sie verdienten.

Sophia entging die seltsame Wandlung seines Gesichtsausdrucks nicht. Es war, als hätte er einen schweren inneren Kampf ausgefochten und schließlich zu einer Lösung gefunden. Danach zu fragen, hatte sie jedoch keine Zeit mehr.

»Vorsicht«, warnte Oliver leise, »man beobachtet uns.«

Weiter vorn bei der nächsten Kreuzung sah sie drei grobe Kerle in der Uniform der Ortspolizei herumlungern. Mit mürrischer Miene musterten sie die Menge, als suchten sie nach einem Zeitvertreib.

»Das gibt Ärger.« Sophia holte tief Luft. »Ich kann es fühlen.«

Plötzlich stieß einer der Polizisten einen wütenden Laut aus. Sophia zuckte zusammen aus Furcht, sie wüßten von dem Haftbefehl und alles wäre verloren. Wenige Schritte vor ihrem Karren machten sie jedoch halt.

Erst jetzt bemerkte sie das auserwählte Opfer, einen älteren Mann, der die Streifen eines Offiziers des *Régiment du Roi* trug und sich am Rande der Menge aufhielt. Frühere Offiziere des königlichen Regiments wurden allgemein verabscheut, so daß die meisten sich versteckt hielten oder ausgewandert waren, und dieser hier war offenbar so alt, daß er schon lange vor Beginn der ersten Unruhen seinen Dienst quittiert hatte.

Der Schrei blieb ihr im Halse stecken, als der erste der Kerle auf sein Opfer losging wie ein tollwütiger Hund, dicht gefolgt von den beiden anderen.

Giles sprang vom Karren und wollte sich in die Menge stürzen.

Ohne zu überlegen, wandte sie sich an Oliver. »Halten Sie ihn auf«, befahl sie. Zu ihrem Entsetzen mußte sie feststellen, daß sie nicht den Totschläger meinte, sondern Giles.

Oliver erwischte Giles am Kragen und hielt ihn fest.

»Loslassen«, brüllte Giles wutentbrannt über die Schulter und versuchte, den Griff des größeren Mannes abzuschütteln.

Sophia schüttelte den Kopf. Sie konnte nicht zulassen, daß er das Richtige, das Ehrenvolle tat. Denn wenn er eingriff, waren sie die nächsten Opfer.

Der Pöbel ließ sich weder von dem Alter des Pensionärs noch von seinen schwachen Protesten zurückhalten. Speere erhoben sich, und das Abschlachten begann.

»Blut, Blut, Blut«, riefen sie im Chor. Und schon verfärbte das Blut des Mannes den schmutzigen Belag der Straße.

Sophia mußte sich mit Gewalt von dem Gemetzel abwenden. Wie in ihrem Traum, war sie momentan wie gelähmt, unfähig sich zu rühren, unfähig einzugreifen. Der Geschmack von Galle stieg in ihr hoch, und sie schluckte mühsam die Schluchzer hinunter, die sich ihr entringen wollten.

Was hatte sie da zugelassen?

Giles entwand sich Olivers Griff und wollte wieder losstürmen.

»Lassen Sie es sein, mein Freund«, warnte Oliver. »Vergessen Sie nicht, wer Sie sind.«

Ein Blick auf den alten Mann verriet Giles, daß jede Rettung zu spät war. Die Zeit des Mannes war abgelaufen.

»Wie kannst du so kaltherzig sein?« griff Giles jetzt Piper an. Oliver das wußte er, hätte nichts ohne Erlaubnis seiner Herrin unternommen. Es war ihre Entscheidung gewesen, einzugreifen.

»Steig wieder ein«, befahl sie ihm, ohne den Blick von der grausigen Szene auf der Straße zu wenden.

»Erst wenn –«

»Steig ein, oder wir lassen dich zurück.«

Störrisch überlegte sich Giles ein paar passende Antworten, während er ihrem herausfordernden Blick standhielt. Bis ihm klar wurde, wie falsch er sie einschätzte.

Ihre Lippen und Wangen waren blutleer, und ihre Hände zitterten. Als hätte sie seinen Blick bemerkt, legte sie die Hände übereinander, um das Beben zu verbergen.

Sie hatte nicht dem Sterben eines Fremden zugeschaut. Vor ihren Augen hatte sich etwas abgespielt, was den Mitgliedern ihrer Familie zustoßen konnte oder ihnen allen dreien, wenn sie gefaßt wurden.

Schändlich und brutal auf der Straße niedergemetzelt zu werden.

Die enorme Verantwortung, die sie trug, legte sich auch schwer auf seinen Schultern.

Und wie hatte er ihr geholfen? Indem er vom Karren sprang und alle Aufmerksamkeit auf sie lenkte. Ohne ein weiteres Wort stieg er wieder auf und nahm seinen Platz ein, beschämt von seinem Verhalten und seiner eigenen Dummheit. Er hätte sie alle umbringen können.

Er hörte kaum, wie sie mit Oliver sprach.

»Ich meine, wir sollten heute eine andere Route nehmen.«

Kommentarlos lenkte Oliver den Karren fort von dem breiten, gepflasterten Boulevard und schlug den Weg durch verlassene Seitengassen ein.

Sophia atmete ein-, zweimal tief durch.

Was hatte sie gerade getan?

Reglos hatte sie mit angesehen, wie ein alter Mann getötet wurde. Es war alles so schnell gegangen, als befände sie sich noch inmitten ihres Alptraums, unfähig zu schreien, außerstande, ihre unbeweglichen Glieder zu rühren.

Nichts. Sie hatte nichts getan.

War es die übermächtige Angst vor Entdeckung gewesen oder Feigheit, die sie auf ihrem Sitz festgehalten hatte, unfähig, auch nur einen Finger zu rühren, um dem Mann zu helfen?

Giles war losgestürzt, ohne auch nur eine Sekunde zu zögern. Ein Nicken von ihr, und Oliver hatte ihn am Kragen gepackt wie einen kleinen Dieb und ihn davon abgehalten, das Richtige zu tun. Hatte ihn festgehalten, als hinge ihrer aller Leben davon ab.

Und so war es ja auch.

Diese Vorstellung war ebenso abstoßend wie beängstigend.

Sie hatte ihrer Leben für das eines unbewaffneten, alten Mannes eingetauscht. Ihre Vernunft sagte ihr, daß die Entscheidung richtig gewesen war, doch ihr Herz betrauerte die Ungerechtigkeit.

Giles' Anschuldigung aus ihrem Traum hallte in ihren Gedanken nach. Sie hatte den alten Mann verraten, wie sie Giles verraten würde, wenn es ihnen mißlang, ihre Familie zu befreien, und sie bei dem Versuch gefaßt wurden. Würde sie stumm mit ansehen, wenn er gefangengenommen wurde? Hätte sie den Mut vorzutreten, um sein Leben zu retten?

»Wir sind da«, verkündete Oliver ruhig.

Sophia blickte auf und sah die grauen, verwitterten Mauern von Abbaye vor sich.

Um ihr Werk zu vollenden und ihre Familie wieder in Freiheit zu sehen, benötigte sie nun all ihre List und Überzeugungskraft, ihren klaren Verstand und höchste Konzentration.

Vor ihren Augen verwandelte sich das schmutzige Grau der Gefängnismauern in leuchtendes Rot, die Farbe von Blut, bis sie nichts anderes mehr sah und ihre Ohren erfüllt waren von dem bedrohlichen Chor.

Blut, Blut, Blut.

Ihr Blut. Ihre Hände umklammerten die Holzplanken ihres Sitzes.

Als Giles sich vorbeugte und sie leicht anstieß, sprang sie vor Schreck fast vom Sitz.

»Ich muß mich entschuldigen«, sagte er leise. »Wir wären verloren gewesen, wenn ich eingegriffen hätte.«

Heftig schüttelte sie den Kopf, um die beängstigenden Bilder zu vertreiben. Sie zwinkerte ein paarmal, und die Gefängnismauern nahmen wieder ihre normale nichtssagende Farbe an. »Du hast versucht, das Richtige zu tun. Dafür sollte man sich nie entschuldigen. Ich müßte um Verzeihung bitten, dich und den Mann. Möge seine Seele Frieden finden.«

Giles umfaßte ihre Schultern und schüttelte sie sanft. »Sie hätten uns auf der Stelle getötet. Was wäre dann aus deinen Eltern geworden? Aus deinem Bruder und seiner Familie? Nein, deine Instinkte haben dir genau das Richtige geraten.«

»Das Richtige? Ich habe gar nichts getan, weil das meine einzige Wahl war.« Panik drohte in ihr aufzusteigen, und alle ihre Zweifel und Befürchtungen drängten an die Oberfläche. Für diesen Augenblick hatte sie so viele Risiken auf sich genommen, und nun … »Ich habe es mir anders überlegt. Du wirst nicht mit uns mitkommen. Steig aus dem Karren.«

Er schüttelte den Kopf. »Nein. Ich habe vorhin einen Fehler begangen, aber das wird sich nicht wiederholen.«

Sie sprang von ihrem Sitz auf die Straße. »Nein, es war mein Fehler, und was ist passiert? Der alte Mann mußte sterben. Steig aus dem Karren. Ich will dich nicht auch noch umbringen«, fuhr sie fort, übermannt von ihren Gefühlen und Ängsten. »Du hattest von Anfang an recht. Dieser Plan ist Selbstmord, und für dich ist kein Platz darin.«

Giles stieg aus und nahm ihre Hand. »Du kannst doch jetzt nicht alles umwerfen! Auch wenn ich zugeben muß, daß dein Plan tollkühn ist, so ist er doch dreist genug, um zu funktionieren.« Er wandte den Blick in die Richtung, in der die Seine lag. »Es klingt vielleicht roh, aber der Tod der Königin könnte uns die Ablenkung verschaffen, die wir brauchen, um es zu schaffen.«

»Falls wir es schaffen.« Sie entzog ihm ihre Hand.

»Wir werden es schaffen, wenn du nur daran glaubst«, erwiderte er. »Was wird, wenn dir oder Oliver etwas zustößt? Wenn ich noch dabei bin, ist die Chance viel größer, daß deine Familie nach England gelangt. Aber du mußt dir von mir helfen lassen.«

Die Wachen vor dem Eingang machten Anstalten, sich ihnen zu nähern. Piper blieb nicht mehr viel Zeit.

Giles warf einen kurzen Blick über die Schulter und sah dann wieder Piper an. »Du müßtest doch am besten wissen, wie du mit den Phantasien der anderen spielen kannst.« Er salutierte vor ihr. »Geh hinein, Bürgerin Devinette. Laß sie spüren, daß dein schrecklicher Zorn sie trifft, wenn sie deine Befehle nicht unverzüglich ausführen. Glaube daran, daß du jedes Recht hast, dort hineinzugehen und die Freilassung dieser Verräter anzuordnen. Glaube daran, und die Wachen werden deine Befehle ohne Zögern ausführen.«

Sie hatte keine Wahl; sie hatte keine Zeit mehr, ihn vor den Augen der Wachen fortzuschicken.

Sophia nickte Oliver zu, der den Karren auf den Eingang zulenkte. Zwei Wachen traten vor, während weitere Wachen jenseits der verschlossenen Eisentore auf ihren Posten standen.

Sie straffte die Schultern und rückte ihr Schwert zurecht, bevor sie auf die Wachen am Eingang zutrat.

»Ich bin die Bürgerin Devinette. Der Bürger Robespierre schickt mich in einer dringenden Angelegenheit. Sie haben meinen Befehlen unverzüglich Folge zu leisten.«

12.

»Was ist das?« fragte der Wachhabende nach einem Blick auf das Papier in Sophias ausgestreckter Hand. »Ein Befehl? Ich weiß von keinem neuen Befehl.«

Der andere Wachhabende zuckte mit den Schultern.

Sophia durchbohrte den ersten Mann mit stechendem Blick, bis dieser voller Unbehagen zur Seite sah. »Muß ich mich wiederholen? Dieser Befehl ist vom Bürger Robespierre persönlich unterzeichnet. Erst vor einer Stunde habe ich mit eigenen Augen gesehen, wie er seine Unterschrift daruntergesetzt hat.« Sie wedelte mit dem Papier vor der Nase der Wache herum. »Sieh selbst.«

Sie übergab ihm das Blatt verkehrt herum, und als der Mann so zu tun begann, als könnte er die Worte lesen, wußte sie, daß sie ihren ersten Punkt erzielt hatte. Sophia hoffte, daß auch die übrigen Wachen weder lesen konnten noch die Unterschrift Robespierres allzu gut kannten. Die Fälschung war zwar ausgezeichnet – Emmas Fertigkeiten waren nicht zu überbieten –, dennoch war es nur eine Fälschung.

»Wie lange dauert es denn noch?« Ungeduldig wippte sie mit dem Fuß. »Ich liebe es nicht, wenn man mich warten läßt. Das Tribunal drängt darauf, die Fälle dieser Leute zu verhandeln. Sie hoffen, bis Mittag damit fertig zu sein, damit der Gerechtigkeit ohne weitere Verzögerung Genüge getan werden kann.«

»Wir haben so etwas noch nie getan, Bürgerin«, wandte der erste Wachhabende vorsichtig ein. Den Kopf zur Seite gelegt, sah er sie an. »Die heutige Fuhre ist schon abgeholt worden. Normalerweise bekommen wir einen solchen Befehl nicht zweimal an einem Tag. Außerdem haben wir nicht genügend Wachen, um den Geleitschutz zu erübrigen. Alle sind fort, um den Kopf der Witwe rollen zu sehen.«

»Das ist der Grund, weshalb ich meine eigenen Wachen mitgebracht habe», erklärte sie und wies mit dem Daumen in Olivers und Giles' Richtung. »Und nun mach Platz und öffne das Tor, oder ich setze deinen Namen gleich mit auf diese Liste.«

»Ich muß zu meinem Kommandeur gehen und ihn um Genehmigung bitten«, stotterte er.

»Dann bringe mich sofort zu ihm.« Sie marschierte auf

den Eingang zu, wo die zweite Wache mit dem Schloß zu hantieren begann. Mit einem metallischen Kreischen schwang das hohe Eisentor endlich auf.

Sie wandte sich nach Oliver um. »Ihr zwei da, hört auf, Löcher in die Luft zu starren und schafft den Karren hinein. Meine Geduld ist schon strapaziert genug, als daß ihr zwei mich jetzt auch noch warten lassen dürft.«

»Jawohl, Bürgerin«, erwiderte Oliver und ließ die Zügel schnalzen. Nervös tänzelten die Pferde vorwärts und zogen den Karren über die unebenen Steine.

»Ihr zwei seid nicht zu beneiden, selbst dann nicht, wenn ihr zusehen dürft, wie diese österreichische Hure hingerichtet wird«, murmelte der zweite Wachhabende vor sich hin, als Oliver und Giles vor dem Tor vorfuhren.

Abrupt blieb Sophia auf dem Innenhof stehen. Sie drehte sich herum und faßte den Mann, der gesprochen hatte, scharf ins Auge. »Hast du uns etwas mitzuteilen, Bürger?«

Am ganzen Körper zitternd, schüttelte er den Kopf. »N-n-n-nein«, stotterte er.

»Dann solltest du den Mund halten«, empfahl sie ihm. Mit einem knappen Nicken entließ sie den Mann.

So weit, so gut, dachte sie. Niemand schien von einem Haftbefehl gegen sie gehört zu haben, denn sonst hätten sie sie gleich vor dem Tor ergriffen.

»Führe mich zum Kommandeur dieses Drecksloch«, herrschte sie den nächsten Wachhabenden an. Mit ein wenig Glück würde der Kommandeur ebenso mühelos einzuschüchtern sein wie seine Untergebenen.

Eine halbe Stunde später mußte sie erkennen, daß das nicht so leicht werden würde. Der Kommandeur von Abbaye, ein verkniffener Mann mit dem Namen Augustin Lamude, bot ihr hartnäckig die Stirn. Ihre Forderungen und Drohungen ließen ihn völlig unbeeindruckt.

»Ich weiß nicht, wie Sie behaupten können, ein treuer Diener der Republik zu sein, wenn ich sehe, wie Sie diesen Schweinestall führen«, sagte sie angewidert.

Sie hörte Oliver, der an der Tür zum Büro des Kommandanten wartete, tief Luft holen und von einem Fuß auf den anderen treten. In dem Büro war es stickig heiß, und der billige Wollstoff seiner Uniform kratzte sicherlich auf seiner Haut. Sie blickte hinüber zu Giles, den Lamudes Weigerung, die Gefangenen herauszugeben, sichtlich verblüffte.

Sophia wußte so gut wie er, daß die Zeit allmählich knapp wurde.

Lamude hatte einen Boten losgeschickt, der den Befehl in ihren Händen bestätigen lassen sollte und der in spätestens fünfzehn, zwanzig Minuten zurückkehren würde.

Es war ein Wettlauf mit der Zeit.

So führte sie ihren Frontalangriff in ihrer Maskerade als Bürgerin Devinette fort, um ihr Ziel zu erreichen.

Sie provozierte und drängte Lamude, auf der Suche nach einer Schwachstelle in seiner unnachgiebigen Fassade, einer Angst, einem Mangel an Loyalität, irgendeinem Makel, der es ihr erlauben würde, den Hebel anzusetzen und eine Bresche in die Gefängnismauer zu reißen, groß genug, um die Gefangenen hindurchzulassen.

Doch keine ihrer Drohungen oder Beleidigungen, keine ihrer Verleumdungen entlockte ihm etwas anderes als ein verkrampftes Lächeln und ein »*oui*, Bürgerin« oder »*non*, Bürgerin.«

Sophia erkannte, daß ihre Möglichkeiten erschöpft waren – bis auf eine. Sie hatte noch eine letzte Karte, und die würde sie ausspielen. Sie wandte sich an Oliver und Giles. »Ihr zwei geht in den Hof hinunter und wartet dort auf mich.«

Giles machte Anstalten zu protestieren, wie sie es fast schon erwartet hatte. Um ihm zuvorzukommen, drehte sie Lamude den Rücken zu und zog ein kleines Fläschchen aus ihrer Schärpe. Mit einem kurzen Nicken und Augenzwinkern zeigte Giles, daß er verstanden hatte.

»Jawohl, Bürgerin.« Er neigte den Kopf und folgte gehorsam Oliver hinaus.

»Oh, und schließt bitte die Tür hinter euch!« rief sie ihnen nach. »Ich möchte mit dem Kommandeur *allein* sein.« Der letzte Satz kam ihr wie ein samtiges Schnurren von den Lippen.

Wieder wandte sie ihre volle Aufmerksamkeit dem Mann hinter dem Schreibtisch zu und bedachte ihn mit dem Besten, was der Schamlose Engel zu bieten hatte. »Ich muß mich für meine schlechte Laune entschuldigen. Bei meinen vielen Pflichten habe ich in letzter Zeit meine Manieren ganz vernachlässigt. Ich würde gern meine Grobheit wiedergutmachen.«

»Wo denken Sie hin, Bürgerin«, protestierte Lamude mit einer Stimme, die wie das mühsame Krächzen einer Drehorgel klang. »Ich finde eine Frau mit Ihrem ... äh ... Temperament sehr anregend, wenn Sie wissen, was ich meine.« Seine Nase zuckte wie die eines Kaninchens, während er aufgeregt die Hände rang.

»Dann hätten Sie mir vielleicht etwas Wein anbieten sollen. Ich habe schrecklichen Durst, und es ist gar nicht nett von Ihnen, mir nichts zu trinken anzubieten«, schalt sie ihn.

Lamude quittierte ihren milden Vorwurf mit einem schleimigen Grinsen, als hätte er ein hohes Lob erhalten.

Sie beugte sich über den Schreibtisch und schob all seine Papiere beiseite, um Platz zu schaffen. »Und wenn wir etwas getrunken haben, werde ich mir eine passende Strafe für Ihren Ungehorsam einfallen lassen. Was sagen Sie dazu?«

»*Oui*, Bürgerin«, erwiderte er, während er durch den Raum huschte und eine Flasche Wein und zwei Gläser aus einem verschlossenen Schrank holte.

Wieder an seinem Schreibtisch, füllte er die feinen Kristallgläser mit tiefrotem Wein und reichte ihr augenzwinkernd ein volles Glas, bevor er seines hob.

Die Gläser berührten sich mit einem Klingen, und Sophia warf ihres hinter sich.

Lamudes Augen wurden groß.

»Ich will den Wein lieber von deinen Lippen kosten«,

sagte sie zu ihm, während sie sich weit über den Schreibtisch zu ihm vorbeugte. Sie warf den Kopf in den Nacken und zog die Schultern zurück, um Lamudes gierigen Augen einen großzügigen Einblick in den Ausschnitt ihres Musselinkleides zu gewähren.

Sie brauchte nur zwei Sekunden, um den Inhalt des Fläschchens in sein Weinglas zu leeren.

»Trink, Lamude«, befahl sie. »Trink und laß mich an deiner Leidenschaft teilhaben.«

»Feuer!« ertönte ein Schrei. »Feuer!«

Als Giles aufblickte, sah er schwarzen Qualm aus dem Büro des Kommandeurs im dritten Stock dringen. Auf dem Innenhof brach Panik aus, als die Wachsoldaten vom Tor und aus allen Ecken herbeiliefen, um die Flammen zu bekämpfen.

Aus Lamudes Fenstern quoll beißender Rauch.

»Unauffälligkeit ist nicht ihre Sache, oder?« fragte Giles Oliver.

»Ganz und gar nicht.«

Wenig später entdeckte er Piper, wie sie die Treppen herunterlief und Befehle brüllte.

»Los, Männer, hinauf in das Büro des Kommandanten. Beeilt euch.« Sie blickte auf und grinste Giles an, dann hielt sie einen Schlüsselbund in die Höhe.

»Du da!« schnauzte sie einen noch jungen Offizier an, dessen Augen sich erschreckt weiteten, als sie ihr Schwert zog und mit der Spitze erst auf ihn, dann auf das Tor zeigte. »Aufmachen! Und zwar weit! Wie soll die Feuerwehr hereinkommen, wenn ihr sie aussperrt?«

Der verstörte Mann schüttelte den Kopf und nickte dann, unsicher, wie er es ihr recht machen sollte.

»Aufmachen!« bellte sie. »Sofort!«

Er erwachte aus seiner Starre. Eilig lief er zum Tor und öffnete es weit.

»Warte hier mit dem Wagen«, sagte sie zu Oliver, als er

ihr ein Bündel von der hinteren Bank des Karrens zuwarf. »Komm, Engländer«, flüsterte sie Giles zu. »Jetzt kannst du mir beweisen, daß es richtig war, dich mitzunehmen.«

Zusammen rannten sie in das Gefängnis. Nach drei Versuchen hatte sie den richtigen unter den gestohlenen Schlüsseln gefunden.

»Weißt du denn, wo sie sind?« fragte er, während sie in die Vorhalle traten und sich vergewisserten, daß die Luft rein war.

»Ja, ich denke schon. Bevor ich das Feuer gelegt habe, konnte ich noch schnell Lamudes Aufzeichnungen durchsehen. Ein tüchtiger kleiner Kerl, obwohl seine Handschrift lausig ist. Offenbar hat er die Gefangenen alle paar Tage verlegt, um Rettungsversuche von außen zu vereiteln. Meine Familie ist im zweiten Kellergeschoß verzeichnet.«

Dunkelheit umfing sie, sobald sie den ersten Gang betraten. Giles nahm eine der brennenden Fackeln von der Wand und hielt sie hoch. Mit der anderen Hand zog er die Pistole.

Piper schaute nach links, dann nach rechts, als wollte sie die Erinnerung an eine Stätte ihrer Kindheit auffrischen. Sie grinste ihn an und schlug den Weg nach links ein.

Zum dritten Mal in ebenso vielen Tagen blieb ihm nichts übrig, als ihr zu folgen. »Woher weißt du, wohin du gehen mußt?«

»Ich war schon einmal hier.«

Warum war er nicht von selbst darauf gekommen?

Sie führte ihn weiter den Flur entlang, immer im Schatten der Wand. »Ich habe mir auch einen Grundriß dieses Baus besorgt, als ich das letzte Mal in Paris war.« Sie grinste ihn wieder an. »Seitdem habe ich ihn mir immer wieder eingeprägt. Ich kenne jetzt jeden Winkel, so als hätte ich das Gefängnis selbst erbaut.«

»Wie kannst du so sicher sein, daß die Pläne stimmen?«

»Wir werden es ja gleich feststellen«, erwiderte sie mit einem Schulterzucken. »Und was ich nicht weiß, werde ich mir zusammenreimen. Bisher hat das immer funktioniert.«

Obwohl er nicht so beruhigt war, wie er es sich gewünscht hätte angesichts ihres Abstiegs in die Tiefen der Abbaye, mußte er doch zugeben, daß es seinen eigenen Reiz hatte, dem Schamlosen Engel zu folgen – es erinnerte ihn an ein Pistolenduell, bei dem man nie wissen konnte, wessen Kugel zuerst treffen würde. Der Reiz war größer, als er sich eingestehen wollte, vor allem nachdem er ihr so viele Vorträge über Umsicht und sorgfältige Planung gehalten hatte.

Am Ende einer gewundenen, steilen Treppe legte sie ihr Bündel ab, bevor sie ihren Abstieg in die Tiefen des Gefängnisses begannen. Der Gestank war unsagbar – ein Abwasserbecken in der Augusthitze konnte nicht übler riechen. Der feuchte, schwere Dunst ließ ihnen kaum genug Luft zum Atmen.

Bevor sie anfangen konnten, die Zellen zu überprüfen, trat ein riesenhafter Wachmann aus den Schatten und ihnen in den Weg. »Was habt ihr hier zu suchen?« fragte er, während er sich verschlafen die Augen rieb. Offenbar hatte er bis zur Besinnungslosigkeit getrunken, denn sein Atem dünstete den Geruch von saurem Wein aus, und neben seinem Hocker lag eine geleerte Flasche.

»Was hast du hier zu suchen?« fragte sie zurück. »Das Gefängnis brennt dir gerade über dem Kopf ab, und du schläfst selig wie ein Säugling.«

»Es brennt?« wiederholte er erschreckt und schnüffelte furchtsam die abgestandene Luft.

»*Oui,* du Idiot. Es brennt.«

»Ich muß hier raus«, murmelte er und versuchte, sich an ihnen vorbeizudrängen.

»So, du willst also einfach deinen Posten verlassen!« Sie bohrte ihm den Finger in die Brust und trieb ihn furchtlos in dem Gang vor sich her. »Ich will deine Verfehlung dieses eine Mal übersehen, Bürger, aber noch mehr von diesem Ungehorsam, und ich werde bei Lamude deinetwegen Meldung machen. So, und nun kümmere dich um deine Pflichten. Zeig meiner Wache, daß alle Zellen gesichert sind. Dann kannst du beim Feuerlöschen helfen.«

»*Oui.*« Der große Kerl drehte sich um und schlurfte den Gang hinunter. Seine Schlüssel rasselten an seinem Bund.

Sie drückte sich eng an die Wand, um Giles an sich vorbeizulassen.

Giles hob die Flasche vom Boden auf und ließ sie dem Mann mit einem dumpfen Knall auf den Schädel sausen. Wie ein gefällter Baum brach der Wachmann zu Giles Füßen zusammen.

»Ist er tot?« fragte sie.

Giles kniete an seiner Seite nieder. »Nein, er atmet noch.«

Piper grinste, sprang über den leblosen Körper und verschwand wie der Wind in dem dunklen Gang. »Lucien«, rief sie halblaut, erst vor einer Zelle, dann vor der nächsten. »Lucien, wo bist du?«

»Piper?« ertönte die verwundene Antwort.

»*Oui,* Lucien. Ich bin es.« Sie winkte Giles herbei. »Schnell, ich habe sie gefunden.«

»Schnell, sagt sie. Na klar«, murmelte er vor sich hin, während er zum dritten Mal versuchte, den schweren Wachmann auf die andere Seite zu wuchten. Der schmale Gang ließ ihm nicht viel Manövrierungsfreiheit, aber mit einem kräftigen Ruck schaffte er es schließlich, den Mann so weit zu bewegen, daß er ihm den Schlüsselbund vom Gürtel nehmen konnte.

Er warf ihr die Schlüssel zu und trat dann zu ihr an die Tür, während sie einen Schlüssel nach dem anderen probierte. Mit dem Rücken zu ihr, wachte er mit der Pistole im Anschlag, denn jeden Augenblick konnte das Feuer gelöscht sein, und dann würden die Wachleute die Suche nach ihnen aufnehmen.

»Piper, was tust du hier?« ertönte eine männliche Stimme aus dem Innern der Zelle.

»Dich retten, Lucien. Was glaubst du denn?« erwiderte sie ungeduldig.

Giles lächelte über den Wortwechsel zwischen den Geschwistern. Es erinnerte ihn an Drydens Kinderschar.

Wieder schüttelte sie den Bund und wählte den nächsten Schlüssel aus. Diesmal paßte er, und die Tür ließ sich öffnen.

Zwei kleine Jungen stolperten in den Gang hinaus, gefolgt von einer Frau mit einem Säugling auf dem Arm. Ein großer, hagerer Mann, offenbar Lucien, trat als letzter hinaus, um seine Schwester in die Arme zu schließen.

»Ich habe gebetet, daß du es nicht wagen würdest, und dann wieder habe ich gebetet, daß du es doch tust«, sagte er.

»Wie typisch von dir«, neckte sie ihn, »gegen dich selbst zu wetten.«

»Ich will euer Wiedersehen ja nicht stören«, warf Giles ein, »aber da draußen ist noch eine ganze Garnison, an der wir uns vorbeischmuggeln müssen.«

Piper ließ ihren Bruder los und trat in die nun leere Zelle. »Wo ist *Papa*? Und *Maman*?«

Lucien schüttelte den Kopf. »Sind sie denn nicht bei dir?«

»Warum sollten sie?«

»Sie sind heute früh abgeholt worden. Auf besonderen Befehl. Wir waren ganz sicher, daß du ihre Freilassung erwirkt hast.«

»Nein!« Sie trat tiefer in den Gang hinein. »*Maman*! *Papa*! Seid ihr hier?«

Als einzige Antwort ertönten Hilferufe.

»Laßt mich frei, ich besitze viel Gold.«

»Nehmt meine Kinder mit, um Gottes Willen, holt meine Kinder hier heraus!«

Giles schob Lucien und seine Familie den Gang hinunter. Er drückte dem ausgezehrten Mann die Fackel in die Hand und wies ihm die Richtung zur Treppe. Dann faßte er Piper an der Hand und zog sie und ihre Familie hinter sich her.

Sie wehrte sich bei jedem Schritt. »Nein, ich will sie nicht zurücklassen. Ich weiß, daß sie noch hier sind.«

Er blieb stehen, umfaßte ihre Schultern und schüttelte sie, bis sie in die Wirklichkeit zurückkehrte und ihr Blick wieder normal wurde. »Du mußt jetzt deinen Bruder und seine Familie retten. Deine Mutter und deinen Vater werden wir noch finden, aber nicht jetzt. Als La Devinette hast du die besten Chancen, uns hier herauszubekommen. Nun fang schon an, dich wie diese wilde Revolutionärin aufzuführen.«

Sophia nickte stumm und stolperte die dunkle Treppe hinauf.

Am oberen Ende war das Licht besser, und zum erstenmal konnte sie sehen, wie radikal die Gefangenschaft ihren Bruder und seine Familie verändert hatte.

Der einst so kräftige und breitschultrige Lucien war jetzt mager und schwächlich wie ein unterernährter Jugendlicher. Noël, seine Frau, die am Hofe der Bourbonen für ihre Sanftmut und Schönheit berühmt gewesen war, hielt völlig verängstigt ihren Säugling an sich gedrückt, während sie eine sich ständig wiederholende Melodie vor sich hin summte. Ihr früher so langes, blondes Haar war lieblos abgesäbelt worden und hing ihr struppig auf die Schultern.

Die Zwillinge, Félix und Lucien-Victor, klammerten sich an die schmutzigen Röcke ihrer Mutter, die Nasen verschnupft und die Augen riesig in ausgezehrten Gesichtern.

Der Schreck über ihr Aussehen trieb Sophia zum Handeln. Sie knotete das Bündel auf, das sie an der Treppe abgelegt hatte, und holte verschiedene Kleidungsstücke heraus. Sie reichte Giles einen Umhang und sagte: »Wickel sie darin ein, und paß auf, daß das Kind verdeckt ist.«

Ihrem Bruder gab sie eine Uniform ähnlich der, wie Giles sie trug. »Zieh das an, zumindest die Jacke.« Draußen war immer noch Geschrei und Getrampel zu hören, während die Glocke von Abbaye die Nachricht von dem Feuer verkündete. Viel Zeit blieb ihnen nicht mehr.

Sie kniete neben ihre Neffen nieder und setzte ihnen leuchtend rote Mützen auf den Kopf.

»Wer bist du?« fragte Félix.

»Ich bin –« Fast hätte sie gesagt, eure Tante Sophia, konnte sich aber gerade noch bremsen. »Ich bin die Bürgerin Devinette. Und wir machen jetzt ein Spiel.« Sie hob Lucien-Victor hoch und übergab ihn Giles, dann nahm sie Félix auf den Arm und küßte ihn schnell auf die Wange. »Also, der erste Schritt in diesem Spiel ist, sehr, sehr leise zu sein. Und dann verstecken wir uns ...«

Mit Félix auf dem Arm rannte sie die Innenmauer des Gefängnishofs entlang, gefolgt von Lucien und Noël und mit Giles und Lucien-Victor als Schlußlicht.

Oliver hatte den Karren näher an den Eingang gefahren. Kaum war die Familie in den Karren geklettert, schnalzte Oliver mit den Zügeln. Die Pferde zogen im selben Augenblick an, in dem Alarm ausgelöst wurde.

»Sie entkommen! Sie entkommen! Die Gefangenen entkommen!«

Ohne die Wachen am Tor gab es niemanden, der sie aufhalten konnte. Hinter ihnen ertönte Gewehrfeuer. Giles schoß mit seiner Pistole zurück, während er Piper zurief: »Hinunter! Hinunter mit allen!«

Sie warf sich auf die Kinder und zog sie mit sich zu Boden. Der Karren schwankte über den Vorplatz und bog in die nächste Seitengasse ein, die sie erreichten. Wild schlingernd rasten sie durch die schmalen Gäßchen des Unité-Viertels, während Oliver die Pferde wie ein Besessener antrieb.

»Weiß er, wohin er fahren muß?« rief Giles.

»Ja. Es ist nicht mehr weit«, antwortete Sophia, in jedem Arm einen Zwilling. Fest hielt sie sie an sich gedrückt, während der Karren in wilder Fahrt über das Pflaster holperte. Sie blickte zurück zu den hohen Mauern der Abbaye, und Kummer und Furcht machten ihr das Herz schwer. Ihre Eltern – was war mit ihnen geschehen? Wie hatte sie zu spät kommen können?

Sie bemerkte, daß Giles sie mit grimmiger Miene ansah. »Wir werden sie finden. Wir beide werden sie finden. Das verspreche ich«, versicherte er ihr.

Als die holpernde Fahrt plötzlich zum Stillstand kam, blickte sie hoch und stellte fest, daß sie noch weit von den Stadttoren entfernt waren.

Oliver sah sie über die Schulter an. »Ich kann sie nicht noch mehr antreiben«, sagte er mit einer Geste zu den armen Tieren. »Und wenn wir diese Geschwindigkeit beibehalten, machen wir uns nur verdächtig.«

Sie gab ihm recht. »Die Nachricht von unserer Flucht wird sich schnell verbreiten. Wir müssen auf den anderen Plan ausweichen.«

Giles stieg von dem Karren ab. »Du hast also noch einen weiteren Plan?« fragte er.

Sie zuckte nur mit den Schultern. »Überrascht dich das etwa?«

Er grinste und begann, Noël mit dem Säugling vom Karren zu helfen.

Sophia durchwühlte das Stroh auf dem Boden des Gefährts und brachte zwei weitere Bündel zum Vorschein. »Ihr müßt diese Uniformen loswerden.« Sie zeigte auf einen Haufen Abfall mitten in der Gasse. »Versteckt sie dort drin und zieht diese hier an«, sagte sie und teilte weitere Kleidungsstücke aus.

Für sich selbst hatte sie eine abgewandelte Form ihrer Altweiberverkleidung bereitgelegt. Da Emma diesmal nicht da war, um ihr Gesicht in das einer alten Hexe zu verwandeln, mußte der Umhang mit dem eingearbeiteten Buckel auf dem Rücken ausreichen. Wenn sie nur den Kopf gesenkt hielt, würde kaum jemand auf ihr Gesicht achten.

Nachdem sich alle umgezogen hatten, ließen sie den Karren mit den Pferden ein paar Gassen weiter stehen und machten sich zu Fuß auf den Weg zum Ufer der Seine.

Giles beugte sich zu ihr vor. »Wir sind nicht schnell genug.«

»Ich weiß«, antwortete sie mit einem Blick auf ihren Bruder und seine Familie. Die Kinder und die angegriffene Gesundheit ihrer Eltern ließen keinen schnelleren Schritt zu.

»Gehen Sie vor«, forderte sie Oliver auf. »Sorgen Sie dafür, daß unser Freund bereit ist.«

Entschlossen machte Oliver sich auf den Weg.

Um sie herum läuteten Kirchenglocken, und die Schellenbäume der Wachen schienen nach Vergeltung zu rufen.

Blut, Blut, Blut.

Als Sophia an einer Ecke haltmachte, fiel ihr auf, daß die Straßen entschieden zu leer waren. Fast ganz Paris war zu der Hinrichtung der Königin gegangen. Alle übrigen hatten sich in ihren Häusern verbarrikadiert aus Angst vor dem Chaos, das danach folgen konnte. Sie mußten auffallen, sowohl wegen ihrer Eile als auch wegen ihrer Anzahl.

Giles stand direkt neben ihr. Sie blickte ihm in die Augen und entdeckte dort die gleiche Sorge.

»Wir müssen uns trennen. Es ist nicht mehr sehr weit, aber zusammen fallen wir zu sehr auf.« Wenn sie seinen Widerspruch erwartet hatte, so war sie von seiner Antwort überrascht.

»Da stimme ich zu. Du nimmst deine Schwägerin, den Säugling und einen der Jungen. Ich werde mit deinem Bruder und dem anderen Sohn gehen.«

»Genau mein Vorschlag.« Sie lächelte ihn an. »In der Nähe der Pont Neuf liegt ein kleines blaues Boot. Der Bootsmann ist ein Italiener namens Aldo. Er hat sein Geld schon im voraus erhalten, aber bestimmt verlangt er noch mehr, bevor ihr die Stadtmauern erreicht. Gib ihm die Hälfte davon«, sagte sie und übergab Giles einen Beutel. »Gib ihm nicht mehr, bevor Paris weit hinter euch liegt.«

Er wollte ihr den Beutel zurückgeben, aber sie wehrte ab. »Du wirst auch da sein. Du kannst ihn bezahlen«, sagte er.

»Das ist nur für den Fall, daß ich es nicht schaffe; eine reine Vorsichtsmaßnahme.«

Giles gab nach, doch etwas störte ihn an ihren Worten.

Für den Fall, daß ich es nicht schaffe.

Ihm fiel auf, daß sie ihre Schwester nicht in ihre düstere Vorahnung eingeschlossen hatte. Nachdem sie ihrem Bruder alles erklärt hatte, wandte sie sich wieder an Giles.

»Du hast nicht die Absicht, mit ihnen mitzukommen, oder?« fragte er sie.

»Aber selbstverständlich habe ich das«, erwiderte sie stirnrunzelnd.

Giles glaubte ihr nicht. Er zog sie in die Arme. »Versprich mir, daß du nichts Unüberlegtes tust. Versprich mir, daß du auch in dem Boot sein wirst.«

Sie schüttelte den Kopf. »Ein solches Versprechen kann ich dir nicht geben. Ich habe keinen Einfluß darauf, was auf dem Weg von hier bis zum Ufer passiert.«

Er blickte ihr ins Gesicht und kämpfte gegen die Versuchung, ihr die lächerliche Augenklappe herunterzureißen. Dann würde er ihr die Haare aus dem Gesicht streichen und erstmals ihre Züge vor sich sehen – Züge, die er noch nie ganz unverdeckt oder bei hellichtem Tage gesehen hatte – um sie sich ein für allemal einzuprägen.

Diese unglaubliche Frau reizte seine Sinne, forderte seinen Geist heraus und schaffte es immer wieder, ihn zu überraschen. So wollte er sie für den Rest des Lebens in den Armen halten, wenn er nur die Chance erhielt.

Er neigte den Kopf und küßte sie auf den Mund, um sein Versprechen zu besiegeln. Mit diesem Kuß prägte er sie sich in sein Gedächtnis ein, wie er es mit seinen Augen nicht konnte. Zunächst erforschte er ihre Lippen in einem ersten Vorstoß. Bereitwillig öffnete sie sie ihm, und er setzte seine Erforschung fort. Die Wärme und Tiefe ihrer Erwiderung berührte das tiefste Innere seiner Seele. Er war nicht länger ohne Orientierung wie ein Mann ohne Landkarte, sondern erinnerte sich jeder Nuance, jedes noch so geringen Details von ihr, als würde er sie schon seit Jahrhunderten kennen.

Er schob die verhüllenden Schichten ihrer Kleidung beiseite, bis seine Hände die warme, seidige Haut ihrer bloßen Arme berührten. Er vertiefte seinen Kuß, und ihre Zunge begegnete seiner Herausforderung. Ihr steigendes Verlangen entfachte das vertraute Feuer zwischen ihnen und begehrte nach Erfüllung.

Das Getrappel von Pferdehufen ließ sie auseinanderfahren. Nur noch ihre Blicke verbanden sie in leidenschaftlichem Einverständnis.

»Das werden wir bald fortführen«, flüsterte er ihr zu.

»Ich werde darauf warten.« Sie nahm seine Hand und drückte sie. »Versprich mir eines, Giles: daß du meine Familie sicher nach England bringst.«

»Aber –«

»Sollte mir etwas zustoßen, darfst du nicht nach mir suchen. Lucien und die Sicherheit seiner Familie müssen an erster Stelle stehen. Sie müssen nach England gelangen. Versprich es mir.«

»Es wird nichts zwischen hier und dem Ufer –«

»So etwas darfst du nicht sagen. Damit forderst du das Schicksal heraus. Versprich es mir einfach.«

Er lächelte, beugte sich vor und küßte sie kurz auf die Lippen. »Ich verspreche es dir. Aber ich möchte dich um eine Gegenleistung bitten. Ich möchte –«

Sie legte ihm einen Finger auf die Lippen, um ihn zu unterbrechen. »Wir haben keine Zeit mehr. Sag es mir ein anderes Mal.« Sie wandte sich zu ihrem Bruder und flüsterte ihm etwas ins Ohr. Lucien schien über ihre Anweisungen nicht beglückt zu sein, nahm aber den Beutel an, den sie ihm gab.

Giles fragte sich, wie viele Pläne sie noch auf Lager hatte.

Es dauerte ein Weilchen, die Zwillinge voneinander zu trennen, und Giles fiel die Aufgabe zu, einen unglücklichen Félix zu tragen. Der Vater war kaum kräftig genug, sich selbst auf den Beinen zu halten, geschweige denn, seinen Jungen zu tragen, doch sie schafften es, Aldos Boot in weniger als einer Stunde zu erreichen, nachdem sie zwei Umwege gemacht hatten, um den Patrouillen auszuweichen.

Als sie ankamen, empfing Aldo sie mit einem breiten Lächeln. »Gut, nun sind ja alle da.« Er befahl einem Jungen, der eine Miniaturausgabe des wettergegerbten Bootsführers war, die Leinen loszumachen.

»Wo sind die anderen?« fragte Giles.

»Unter Deck«, antwortete Aldo und wies mit einem Daumen zu einer Luke. »Schicken Sie die beiden anderen auch nach unten. Sie können an Deck bleiben und meinem Jungen mit den Leinen helfen, damit wir endlich ablegen können.«

Nachdem das Boot den Landesteg verlassen und Kurs auf die Flußmitte genommen hatte, ging Giles unter Deck, doch nur, um Noël und Lucien in einer breiten Koje liegend vorzufinden, ihre schlafenden Kinder zwischen sich.

Piper und Oliver waren nirgends zu sehen.

»Wo sind sie?« wollte Giles wissen.

Lucien schüttelte den Kopf. »Sie wollte nicht mitkommen, solange sie nicht weiß, was mit unseren Eltern geschehen ist.«

Zorn stieg in ihm auf.

Mit ein paar Sätzen war er wieder an Deck und blickte von der Reling in das braune Wasser der Seine. Weiter voraus war der Fluß verstopft mit Booten, je mehr sie sich dem Place de la Revolution näherten. Nach Giles Schätzung ging es auf Mittag zu, und nach den wogenden Massen zu urteilen, mußte die Königin nun jeden Augenblick auf den Platz geführt werden. Das Ufer war von Menschenmassen gesäumt, und für einen Moment war ihm, als sähe er Piper und Oliver unter ihnen.

Ein gebücktes altes Weib humpelte an der Seite eines hünenhaften Mannes dahin. Kurz blickte die Frau in seine Richtung, bevor sie sich zwischen die Menge drängte und seinen Blicken entschwand. Eine Hand legte sich auf seine Schulter und hinderte ihn daran, über Bord zu springen und ans Ufer zu schwimmen.

»Sie hat gesagt, ich sollte Ihnen etwas ausrichten«, begann Aldo.

Giles nickte, den Blick immer noch auf das von Menschen gesäumte Ufer geheftet.

»Ich soll Ihnen sagen, daß Sie ihr Versprechen halten müssen.«

»Warum? Sie hat mir schließlich keine Gegenleistung versprochen.«

Aldo zuckte mit den Schultern. »Frauen sind sonderbar, mein Freund. Sie haben eine andere Auffassung von Ehre als wir Männer.«

»Das sehe ich anders«, entgegnete Giles. »Ich glaube, sie verstehen unsere Auffassung von Ehre nur zu gut.« Da sie wußte, daß er eine andere Frau um der Ehre willen heiraten würde, hatte sie ihm das Versprechen abgenommen, seine Familie in Sicherheit zu bringen, denn sie wußte, daß er sein Versprechen einlösen würde. Sie hatte sich sein Pflichtbewußtsein und seine Glaubenstreue zunutze gemacht und gegen ihn verwendet, um ihn in die Sicherheit Englands zurückzuschicken.

Es führte kein Weg daran vorbei, nun mußte er nach England zurückkehren.

Giles kannte ihre Vorgehensweise genügend, um zu wissen, daß sie tief genug in Paris untertauchen würde, um eine Suche sinnlos zu machen.

Doch irgendwann mußte sie wieder nach England zurückkehren, um ihre Familie wiederzusehen. Sie hatte gewußt, daß er zu demselben Schluß kommen und einsehen würde, daß sie ihm unmöglich ein Versprechen hatte geben können. Er würde nach England gehen, weil das der einzige Ort war, an dem er darauf zählen konnte, sie wiederzufinden.

Verdammt, sie war gut. Zu gut.

Aldo rief seinem Sohn einen Befehl zu und wandte sich dann wieder Giles zu.

»Ich soll Ihnen noch etwas von ihr sagen.«

Giles blickte auf, bereit, ihre nächste Lektion über sich ergehen zu lassen.

»Ich soll Ihnen sagen, daß Sie in der falschen Stadt nach dem Mann gesucht haben, der Ihren Freund verraten hat. Dieser Webb, so hat sie ihn genannt, wurde von einem Engländer verraten.«

13.

London, zwei Wochen später

Nachdem Sophia die Spielhölle in St. James betreten hatte, blieb sie zunächst am Eingang stehen und betrachtete durch ihre schwarze Maske hindurch das bunte Treiben, das sich ihr bot. Ihr maskiertes Gesicht würde hier kaum auffallen, denn wenn eine Dame es wagte, sich an einem so verruchten Ort blicken zu lassen, war es ratsam für sie, unerkannt zu bleiben.

Soweit sie wußte, hatte dieser Ort keinen Namen, und vor Betreten mußte man bei dem großen, eleganten Perser, Namir, dem das Etablissement gehörte, ein Eintrittsgeld entrichten. Die Kundschaft bestand aus den Reichen und den wenig erfreulichen Subjekten, die sich gerne an deren Fersen hefteten – Intriganten, alternde Mätressen, Betrüger.

Auch wenn es für Sophia immer einen gewissen Reiz gehabt hatte, die Maske des Schamlosen Engels anzulegen, fühlten sich heute die Seidenbänder, mit denen sie befestigt war, zu eng an.

Emma hatte versucht, ihr diesen Plan auszureden, ebenso wie Oliver, doch Sophia war mehr denn je gezwungen, schnell an Geld zu kommen. Es war ihr nicht gelungen, ihre Eltern ausfindig zu machen, und sie hatte Balsac ein Vermögen versprochen, sollte er den Graf und die Gräfin D'Artiers finden, bevor sie der Guillotine zum Opfer fielen.

Heute abend wollte sie an dieses Vermögen gelangen.

»Ah, Mylady, es ist mir ein Vergnügen, Ihnen zu Diensten zu sein«, sagte Namir mit einer tiefen Verbeugung.

Sie nickte ihm zu. »Ich suche einen Gentleman.«

»Das tun viele Ladys«, erwiderte der Gastgeber lachend. »Gibt es denn jemanden, den Sie besonders vorziehen?« Er bot ihr seinen Arm, und gemeinsam begannen sie, durch den Raum zu spazieren.

»Ja. Lord Selmar.«

Namir blieb stehen. »Das ist nicht Ihr Ernst, Mylady.«

Sophia holte tief Luft. »Wenn es Ihnen nichts ausmacht, an welchem Tisch sitzt er?«

Der Gastgeber schüttelte betrübt den Kopf und führte sie zu einem separaten Zimmer im hinteren Teil des Spielsalons. Die Wände waren mit roten Samtvorhängen drapiert, deren tiefe, satte Farbe sie verstörte,

Diesmal war sie es, die Namir zurückhielt.

Blut. Überall schien Blut zu sein. Der Alptraum, der sie jede Nacht heimsuchte, schien sich vor ihren wachen Augen zu wiederholen.

»Ist etwas nicht in Ordnung, Mylady?« erkundigte sich Namir.

Sie kniff sich in den Nasenrücken und schüttelte ihre Ängste ab, die nun mit aller Macht zurückkehren wollten. »Nein, mir geht es gut, vielen Dank.«

Sie sah sich unter den Gästen in dem separaten Raum um, bis sie schließlich Lord Selmar entdeckte. Für ihn und nur für ihn allein setzte sie ein verführerisches Lächeln auf.

Arrogant und eitel wie er war, sonnte sich Selmar in ihrer Aufmerksamkeit. »Wollen Sie sich nicht zu uns gesellen?»

Sie nickte und nahm den angebotenen Platz an.

Selmar, ein Mann von mittlerweile Ende Vierzig, war vor Jahren verheiratet gewesen, hatte einen Erben gezeugt und wenig später seine Frau aufs Land verfrachtet, wo sie wenige Monate später unter mysteriösen Umständen starb. Immer noch ein attraktiver Mann, hatte er sich immer wieder Geliebte gehalten, von denen jedoch keine lange bei ihm blieb. Selmar war nicht berühmt für seine Großzügigkeit oder Feinfühligkeit gegenüber dem schönen Geschlecht.

Sophia war sich bewußt, weshalb Namir gezögert hatte,

sie mit Selmar bekannt zu machen. Der Mann galt als rasend eifersüchtig und rücksichtslos in Geschäftsdingen, außerdem war er ein gefürchteter Schütze, wenn es um seine verletzte Ehre ging. Es gab nur wenige, die es wagten, sich ihm in den Weg zu stellen. Doch was kümmerte es sie, wie gut er schießen konnte? Er würde bewußtlos am Boden liegen, bevor er eine Pistole ziehen konnte.

Sie war nur an dem unglaublichen Reichtum dieses Mannes interessiert, zu dessen Vermögen eine riesige Sammlung an Gold und Edelsteinen gehörte. Teile davon waren Erbstücke seiner verstorbenen Frau, andere hatte er durch Betrügerei beim Kartenspiel angehäuft.

Ein vollkommenes, unwiderstehliches Opfer für den Schamlosen Engel. Und die Beute würde mehr als ausreichen, Balsacs unmäßige Forderungen zu befriedigen.

»Ah, meine Dame, spielen Sie vielleicht Macao?« fragte Selmar. Er beugte sich über seine Karten, mehr an dem Anblick ihres großzügigen Dekolletés interessiert als an seinem Blatt.

»Jede Art von Glücksspiel reizt mich.« Unter dem Tisch glitt ihr Fuß an Selmars Bein hoch. »Ich bin zu fast jeder Wette bereit, wenn ich glaube, bekommen zu können, was ich will.«

»Und was bieten Sie als Einsatz?« Er zwinkerte seinen Mitspielern zu.

»Mich.«

Einen Augenblick lang starrte er sie nur verblüfft an.

Ein stattlicher Gentleman am Tisch verschluckte sich an seinem Aperitif. »Hat sie wirklich gesagt –«

Selmar hob die Hand, um den Mann zum Schweigen zu bringen. Ein leises, gieriges Lächeln umspielte seine Mundwinkel. »Wollen Sie die erste Runde austeilen?« fragte er aalglatt und schob ihr das Päckchen Karten hin.

Und so begann ihr Abend – mühelos gewann sie die erste Runde und verlor die nächsten fünf. Selmar zeichnete ihre Verluste gewissenhaft auf, sichtlich entschlossen, ihren ›Einsatz‹ zu kassieren, noch bevor der Abend zu

Ende war. Die Art, wie sein abschätzender Blick zwischen seinen Karten und ihr hin und her wanderte, ließ sie widerwillig schaudern. Doch sie hatte keine Wahl – dies war ihre beste Chance, an einem einzigen Abend ein ungeheures Vermögen zu machen.

Dabei hatte sie doch eine andere Wahl – sie konnte zu Giles gehen und ihn um Unterstützung bitten.

Das hatte Emma ihr vorgeschlagen. Immerhin hatte der Mann ihr ein Haus angeboten und wollte sie zur Geliebten haben. Sein Verlobungsgeschenk war Beweis genug, daß er alles andere als kleinlich war. Emma drängte sie, von ihm eine Vorleistung von Geschenken zu verlangen und mit dem Erlös die Befreiung ihrer Eltern zu finanzieren.

So gern Sophia das getan hätte, sie konnte es nicht.

Giles würde ihr helfen, das wußte sie nur zu gut. Aber er würde auch von ihr verlangen, daß sie in England blieb, um selber nach Frankreich zu fahren. Allein.

Der Gedanke, er wäre in Paris ganz allein auf sich gestellt und sie wäre zu weit fort, um ihm zu helfen, hatte sie zu dem einzig möglichen Entschluß geführt. Sie würde alles tun, um zu verhindern, daß sich ihr Alptraum verwirklichte.

Giles hatte schon zuviel riskiert, indem er Lucien und seine Familie zur französischen Küste geleitete, wo ihn schon Emma, Lily und Julien bei seinem Schiff erwarteten. Nach allem, was Emma erzählt hatte, hatte erst ein gehöriger Goldbetrag, Giles' Gold, den Besitzer wechseln müssen, damit das Schiff die Genehmigung der Hafenbehörde zum Ablegen erhielt. Bei der edlen Fracht, die das Schiff transportierte, war die Verzögerung nicht überraschend gewesen, aber selbst Sophia war überwältigt gewesen von der Summe, die der Marquis gezahlt hatte, um ihre Familie zu retten.

Emma und Lucien waren ihren Anweisungen gefolgt und hatten sich vierundzwanzig Stunden nach ihrer Ankunft in London unbemerkt von Giles entfernt. Emma hatte sich außerhalb von London in einem kleinen Gasthaus versteckt, das ihnen schon früher zu ähnlichen Zwecken gedient hatte. Lucien und sein Familienanhang stellten schon ein etwas größeres Problem dar, da sie unterwegs nach Bath oder York zu sehr auffallen würden, also hatte Sophia ihrem Bruder geraten, die Stadt nicht zu verlassen und statt dessen seine Familie in Lady Dearsleys Haus am St. James Square unterzubringen.

Sophia vermutete, daß das der letzte Ort sein würde, den Giles freiwillig aufsuchte.

Ihre Tante hatte die so lange verloren geglaubte Familie mit offenen Armen aufgenommen und die unglaubliche Geschichte ihres Entkommens als nichts weniger als ein Wunder bezeichnet. Die Zwillinge fingen schon an, Gewicht zuzulegen, und Noël würde sich nach Einschätzung des Arztes mit der Zeit vollständig von den Strapazen erholen.

Sophia hatte Lucien nicht in ihre weiteren Pläne eingeweiht, da er, genau wie Giles, darauf bestanden hätte, daß sie zu Hause blieb und ihn nach Paris zurückkehren ließ.

Dann war da noch die Sache mit ihrer Verlobung. Tante Effie hatte Sophias tränenreiche Entschuldigung für ihre kopflose Flucht vor Lord Trahern angenommen. Nun war die Gute jedoch fest entschlossen, ihre Nichte mit Lord Trahern zu verheiraten, selbst wenn es bedeutete, daß sie ihn nach Gretna Green schleppen und die Trauung höchstpersönlich vornehmen mußte.

Diesmal würde sich Lady Sophia nicht vor Giles verbergen können. Sie würde mehr benötigen als ein wenig gelbliches Make-up und ein schlechtsitzendes Kleid, um ihre Identität zu verschleiern, wenn Lord Trahern sie das nächste Mal in Lady Dearsleys Haus aufsuchte.

Es wurde höchste Zeit für sie, ihren Rettungsplan in die Tat umzusetzen.

Sie blickte in ihre Karten und stellte fest, daß ihr Blatt perfekt war.

Verflixt, sie mußte doch verlieren. Während sie überlegte, wie sie möglichst unauffällig ihre besten Karten abwerfen konnte, ergriff eine seltsame Vorahnung von ihr Besitz, ähnlich den warnenden Stimmen, die sie im ›Schweinsohr‹ an dem Abend vernommen hatte, als Giles sie in Paris fand.

Jemand beobachtete sie.

Sie drehte sich auf ihrem Platz um und ließ den Blick durch den Raum schweifen, enttäuscht, nicht aus einer Ecke von seinen dunklen Augen beobachtet zu werden.

Enttäuscht und erleichtert.

Schlimm genug, daß es ihr nicht gelungen war, ihre Eltern zu retten, nun gab ihr das Schuldgefühl wegen Giles auch noch das Gefühl, auch ihn zu verraten.

Und vielleicht stimmte das ja in gewisser Weise.

Selmar sagte etwas zu ihr, und plötzlich fiel ihr auf, daß alle sie erwartungsvoll ansahen, damit sie ihre Karten auf den Tisch legte.

»… was halten Sie davon?« fragte er gerade.

Erschreckt riß Sophia sich zusammen. »Was immer Sie wünschen, Mylord«, erwiderte sie in der Hoffnung, damit die erwartete Antwort zu geben.

Lord Selmar beugte sich zu ihr vor. »Ich meine, es ist Zeit zu gehen«, flüsterte er ihr zu. »Ich kann mir nicht leisten, daß Sie weiter verlieren.«

Sie atmete tief durch und rang sich ein strahlendes Lächeln ab. »Ich habe doch gesagt, daß ich Sie entschädigen werde. Und ich bin eine Frau, die zu ihrem Wort steht.« Sie besiegte den Drang, sich vor diesem Mann durch die Hintertür zu flüchten, und erhob sich, um zu ihm zu treten.

»An Ihrem Wort bin ich nicht interessiert«, entgegnete er, während er ihr ihre Stola um die Schultern legte.

»Dann werde ich Sie wohl nicht enttäuschen.«

Seit seiner Rückkehr aus Paris war es Giles nicht gelungen, irgendwelche Informationen aufgrund der verschlüsselten Hinweise des Schamlosen Engels herauszufinden. Auch von der Frau selbst hatte man weder etwas gehört noch gesehen. Und obwohl er erwartet hatte, daß sie zu ihrer Familie zurückkehren würde, war auch ihre Familie verschwunden.

Er hatte Lucien die Gastfreundschaft seines Hauses angeboten, und die erschöpfte Familie hatte sich einen Tag lang bei ihm ausgeruht. Als Giles jedoch am frühen Abend von seinem Club nach Hause zurückkehrte, mußte er feststellen, daß sie fort waren und keinerlei Hinweis auf ihren weiteren Aufenthaltsort hinterlassen hatten.

Also war Giles genauso ratlos wie zu Anfang, und da er nicht wußte, wo er beginnen sollte, entschied er sich für die Vorgehensweise, die ihm am vertrautesten war: Eine methodische Untersuchung aller Hinweise, die er schon hatte, und eine unerbittliche Suche nach neuen. Er hatte Laufburschen angeheuert, um die Docks zu überwachen, und Männer, die Nachforschungen bei allen aus London herausführenden Poststationen anstellten, um herauszufinden, wohin Lucien mit seiner Familie geflüchtet war.

Er verbrachte seine Tage in der Nähe der An- und Verkaufsläden in Ludgate Hill, stöberte in den Buchläden um St. Paul's und aß in den Cafés, in denen sich die *émigrés* trafen. Niemand schien eine Ahnung zu haben, wer Piper oder ihre Familie war.

Er hatte lediglich während des vergangenen Monats herausfinden können, daß seine Verlobte zwei Tage nach ihrer Flucht vor ihrer Trauung gesund und munter auf dem Landsitz ihrer Tante in Bath eingetroffen war.

Für diesen Abend hatte er Monty versprochen, mit ihm eine Reihe von Festen zu besuchen, auf denen sich die feine Gesellschaft Londons zu amüsieren gedachte. Da bald Vollmond sein würde, wurde Giles das Gefühl nicht los, daß sie irgendwo dort draußen unterwegs war und nichts Gutes im Schilde führte.

Er hatte sich gerade fertig angekleidet, als ein lautes Pochen an seiner Haustür ertönte. Sobald er ins Foyer trat, wurde er schon ungeduldig von einem triefend nassen Lord Harvey erwartet.

»Ich habe sie gefunden, Mylord.« Der junge Lord grinste über das ganze Gesicht. »Ich meine, der Herzog hat sie entdeckt. Er hat mich geschickt, um es Ihnen zu sagen.«

»Wo?« fragte Giles nur.

»In dem Spielsalon dieses Persers. Namir heißt er.« Lord Harvey schüttelte sein nasses Haar wie ein junger Hund, der aus dem Regen hereingekommen war. »Der Herzog hat seinen Wagen geschickt, weil sein Fahrer den Weg kennt.« Er zeigte nach draußen, wo Montys Kutsche auf der gegenüberliegenden Straßenseite wartete.

Giles nickte Harvey zu und lief an ihm vorbei in die verregnete Nacht hinaus, ohne Mantel und Hut und ohne einen weiteren Blick auf Keenans überraschtes Gesicht. Sehr zu seinem Mißfallen folgte der junge Mann ihm.

»Mylord, bitte, wenn Sie erlauben«, sagte er, während Giles Anstalten machten, in Montys Kutsche zu steigen.

»Was wollen Sie?« bellte Giles ihn an, sichtlich am Ende seiner Geduld.

»D... daß Sie mich vorstellen«, stammelte der junge Mann. Er wurde rot, straffte aber entschlossen die Schultern. »Daß Sie mich Lord Dryden vorstellen, meine ich. Damit ich meinem Vaterland dienen kann.«

Giles nickte und lächelte ihn an. »Abgemacht. Ich werde Sie Lord Dryden vorstellen, aber den Rest müssen Sie selber erledigen, junger Mann.«

Er hörte kaum das selige »Vielen Dank, Mylord«, während er den Fahrer barsch instruierte, sich zu beeilen.

Die wilde Fahrt durch die nassen und gefährlichen Straßen entsprach nur zu gut Giles' widersprüchlichen Empfindungen. Zuerst war er wütend, dann erleichtert, dann wieder wütend, bis der Fahrer endlich die Pferde vor dem Spielsalon zum Stehen brachte.

Monty trat ihm schon unter dem tropfenden Vordach

entgegen. »Was hat dich nur so lange aufgehalten?« wollte er wissen. Er ließ Giles erst gar nicht aussteigen, sondern rief dem Fahrer ein neues Ziel zu und stieg ein.

»Wo ist sie?« fragte Giles. Mit einem Ruck fuhr die Kutsche an.

»Weg. Seit mindestens einer Stunde.« Monty schüttelte die Regentropfen von seinem Hut und Mantel.

Giles wollte es kaum glauben. »Sie war also wirklich wieder in London und auf ihren alten Abwegen. Warum bist du ihr nicht gefolgt?«

»Ohne dich?« Monty schnaubte. »Du hättest mir das Fell über die Ohren gezogen.«

Giles mußte tief durchatmen. »Und das ist alles? Du hast sie einfach so davonkommen lassen?« Er konnte es nicht fassen. Er hatte sie so fieberhaft gesucht, und Monty spürte sie mühelos in einer Spielhölle in St. James auf.

»Was sollte ich denn tun?« Montys Unterkiefer schob sich vor wie der einer Bulldogge. »Sollte ich sagen: Oh, hallo, Madame. Erinnern Sie sich noch an mich? Hätten Sie etwas dagegen, mich zu begleiten, statt diesen Mann dort auszurauben?«

Giles schüttelte den Kopf. »Selbstverständlich nicht, aber zumindest hättest du ihr folgen können.« Wie hatte er seinem Ziel so nahe kommen können, nur um es gleich wieder aus den Augen zu verlieren?

»Wieso denn, wenn ich doch weiß, wohin sie unterwegs ist?«

Völlig entnervt erwischte Giles seinen besten Freund am Kragen. »Warum hast du mir das nicht gleich gesagt?«

»Du hast ja nicht gefragt.« Monty funkelte ihn böse an, bis Giles ihn wieder losließ. Dann lehnte er sich in seinem Sitz zurück und verschränkte die Arme vor der Brust. »Und jetzt halte dich fest, denn was nun kommt, wird dir nicht gefallen.«

Beherrscht fragte Giles: »Wohin ist sie gegangen?«

»Wohin ist nicht das Problem«, erklärte der Herzog, »sondern mit wem.«

Das versetzte Giles einen neuen Schlag. Auf was hatte sie sich nun schon wieder eingelassen?

Die Antwort kannte er nur zu gut: auf ein halsbrecherisches Abenteuer.

Nachdem er sie in Paris aufgespürt hatte, war ihr einziger Gedanke gewesen, wie sie ihn dazu bringen konnte, die Stadt zu verlassen und seine Haut zu retten. Er kochte immer noch innerlich bei der Erinnerung, daß er wie ein altes Weib in eine sichere Ecke abgeschoben worden war.

Zum Teufel mit ihrem halsstarrigen Unabhängigkeitssinn. Sah sie denn nicht ein, daß sie ihre Eltern niemals allein befreien konnte? Sie brauchte ihn. Sie brauchte jemanden, der Ordnung in ihre gefährlichen Komplotte brachte.

Und daß auch er sie brauchte, war ebenfalls etwas, womit er sich noch abfinden mußte.

»Mit wem ist sie gegangen?« fragte er mit unbewegter Stimme.

»Mit Selmar.«

Zunächst war Giles sprachlos.

Die Kutsche war in eine breitere Straße eingebogen und gewann an Fahrt.

»Er wird sie umbringen, wenn sich ihm nur die Gelegenheit bietet«, sagte Monty bedrückt. Er bot einen traurigen Anblick mit seiner tropfnassen Perücke, die Hände um den Rand seines Sitzes geklammert.

»Die Gelegenheit wird sich aber nicht bieten, wenn ich ein Wörtchen mitzureden habe«, sagte Giles. »Diese Frau umzubringen, betrachte ich als mein Privileg.«

Nichts war so, wie es sein sollte. Das wurde Sophia in dem Augenblick klar, als sie Selmars Haus betrat.

Statt sie in sein Arbeitszimmer zu führen, brachte er sie in seine private Waffenkammer. Sie konnte sich nur verwundert fragen, was ein Mann mit einer solchen Sammlung anfing.

Speere, Schwerter, Säbel und Schilde waren in gefälligen Gruppierungen an den hohen Wänden angeordnet. Eine Wand diente ausschließlich der Ausstellung von Feuerwaffen, genug, um damit eine gleichzeitige Invasion der Franzosen und der Spanier abzuwehren. Es gab keinerlei Gemälde oder Zierrat außer dem, der kriegerischen Zwecken diente. Da der Raum auch völlig unmöbliert war und nicht einmal einen Stuhl enthielt, erinnerte er an ein mittelalterliches Gewölbe; sogar zwei Ritterrüstungen waren in zwei Ecken postiert.

Sie spürte den Blick ihrer runden, leeren Augen auf sich, als wären es lebendige, atmende Wesen, die den Befehl hatten, jede ihrer Bewegungen zu überwachen.

Auf keinen Fall würden sie ihr verraten, wo Lord Selmar sein Geld und seine Juwelen versteckt hielt.

»Du meine Güte«, murmelte sie vor sich hin.

»Wie war das, meine Liebe?« rief er von der Stelle aus, wo er ein antikes, spanisches Schwert ausgewählt hatte, um es ihr zu zeigen.

»Ich habe gesagt, du meine Güte, was für eine große Sammlung Sie haben«, erwiderte sie und wandte sich schaudernd von einer Reihe von Streitäxten ab. *Allerdings nicht so groß wie deine kolossale Arroganz,* fügte sie im stillen hinzu. In der Kutsche hatte er noch einen recht interessierten Eindruck gemacht. Doch kaum hatten sie sein Haus betreten, schleppte er sie auch schon in diesen kalten, zügigen Raum, um ihr seine ›Kinder‹ zu zeigen.

Dabei waren ihre Informationen über ihn eindeutig: Er liebte den Reiz der Gefahr. Geheimnisvolle Frauen waren seine Schwäche. Er galt als erfahrener Schwertfechter und war der tödlichste Schütze von London.

Und der tödlichste Langweiler, wie sie fand.

Am schlimmsten war jedoch, daß er sich weigerte, etwas mit ihr zu trinken – mit der Begründung, dazu wäre es schon zu spät am Abend. Er wollte einen klaren Kopf, um mit ihr die ›Rückzahlung‹ ihrer Schulden zu besprechen.

»Ich habe Jahre gebraucht, um diese Schätze anzusammeln«, erklärte er gerade. »Dies hier ist mein Lieblingsstück. Spätes sechzehntes Jahrhundert, ein unglaubliches Stück Handarbeit. Ich bin auf ziemlich ungewöhnliche Weise daran gekommen.«

Er strich mit den Fingern so hingebungsvoll über die Waffe, daß Sophia eine Gänsehaut auf den Armen bekam.

»Wie meinen Sie das?«

Er lächelte. »Ich habe es stehlen lassen. Die Familie, der es gehörte, weigerte sich, es mir zu verkaufen. Also mußte ich mir etwas anderes einfallen lassen, um an das Prachtstück zu gelangen.«

Verständnisinnig lächelte sie ihn an. »Und? Haben Sie die Tat selbst begangen?« Sie trat näher an ihn heran, in der Hoffnung, sein Interesse an ihr wiederbeleben zu können.

Er wich ihrer Annäherung aus und riß entsetzt die Augen auf. »Natürlich nicht! Ich habe jemanden angeheuert, der sich besser zu einer derart verabscheuungswürdigen Tat eignet.«

So ein Heuchler. Zwar gefiel es ihm, ein gestohlenes Schwert zu besitzen, aber an der Tat selbst wollte er sich nicht die Hände schmutzig machen. Er war nicht nur ein Heuchler, sondern ein Feigling obendrein. Einer, der eine Lektion verdiente.

»Sehen Sie sich nur die Intarsien an, den mit Edelsteinen besetzten Griff!« Er zog sie näher zum Kamin. »Sie werden nirgends eine kunstvollere Arbeit finden.«

Sophia stockte der Atem bei dem Anblick der großen Edelsteine und dicken Perlen. Das waren wenigstens Dinge, von denen sie etwas verstand. Allein die Edelsteine mußten ein Vermögen wert sein, ganz zu schweigen von der feinen Gold- und Silberschmiedearbeit.

Er hielt es ihr hin. »Wollen Sie es nicht einmal in die Hand nehmen?«

Sophia brauchte keine weitere Aufforderung. Sie umfaßte den Griff. Zu ihrer Überraschung paßte er genau in ihre Hand. Die perfekt ausbalancierte Klinge und die Leichtigkeit des Stahls gaben ihr das Gefühl, als wäre die Waffe eigens für sie gemacht worden. Sie schwang den Arm vor und zurück, und das Schwert folgte ihrer Bewegung mit müheloser Eleganz, als wäre es eine natürliche Verlängerung ihres Arms.

Selmar grinste. »Ich dachte mir schon, daß Ihnen das gefallen würde. Es wurde für eine Dame angefertigt, für eine ziemlich berühmte Piratin.«

»Das Schwert einer Piratin«, wiederholte Sophia. Nach allem, was sie über Lord Selmar gehört hatte, war es wenig ratsam, den Mann zu provozieren, doch sie hatte nicht die ganze Nacht Zeit, um seine Sammlung zu bewundern. Das Geschäftliche wartete.

»Ist es scharf?« fragte sie und besah sich die Klinge näher.

»Sehr«, warnte er sie. »Ich achte immer darauf, daß alle Klingen in meiner Sammlung bestens geschärft sind. Mir wäre es lieber, Sie gäben es mir jetzt zurück.«

»Nicht so eilig.« Sie trat zurück und richtete die tödliche Waffe auf seine Brust. »Nun, Lord Selmar, Sie schätzen doch das Glücksspiel so sehr. Wie wäre es, wenn wir im Hinblick auf meine Schulden den Einsatz erhöhen würden?«

Als Montys Kutsche vor Lord Selmars Wohnsitz in Mayfair zu einem abrupten Halt kam, war das Haus hell erleuchtet und voller Betriebsamkeit. Überall liefen Dienstboten herum.

»Was glaubst du, was passiert sein könnte?« fragte Monty, während er Giles aus der Kutsche folgte.

»Es ist etwas schiefgegangen.«

Im selben Moment fuhr eine weitere Kutsche vor. Ein dunkelgekleideter Mann stieg aus, in der Hand eine schwarze Tasche.

Ein älterer Dienstbote, vermutlich der Butler, kam eilig

die Treppe hinuntergelaufen. »Doktor Riverton, wenn Sie mir bitte folgen wollen«, forderte der ernst wirkende Mann den Arzt auf. »Ihr Patient scheint Sie sehr nötig zu brauchen.«

Die zwei Männer eilten die Treppe hinauf. Am Eingang drehte der Butler sich um und nahm Giles unangemeldetes Erscheinen stirnrunzelnd zur Kenntnis.

»Gehört dieser Herr zu Ihnen, Doktor?«

Der Arzt schüttelte den Kopf. »Nein, ich habe ihn noch nie gesehen.«

Mißtrauisch sah der Butler Giles an. »Wer sind Sie?«

»Ich bin der Marquis von Trahern, und das«, fuhr er mit einer Geste in Montys Richtung fort, »ist der Herzog von Stanton. Wir haben mit seiner Lordschaft etwas Geschäftliches zu besprechen. Führen Sie uns sofort zu ihm.« Giles versuchte, sich an dem Mann vorbeizudrängen, doch nicht nur der stellte sich ihm in den Weg, sondern noch zwei jüngere und viel kräftigere Diener.

»Das kommt nicht in Frage. Seine Lordschaft ist zur Zeit sehr beschäftigt. Die Situation erfordert einen Arzt.«

Die Tür drohte ihm vor der Nase zugeschlagen zu werden. Entschlossen schob Giles den Stiefel in den Türspalt. »Hören Sie gut zu«, sagte er. Er langte durch den Spalt und packte den aufmüpfigen Mann am Hals. »Lassen Sie uns ein, oder Sie brauchen gleich selbst einen Arzt, der sie wieder zusammenflickt.«

Monty stieß hinter ihm einen Laut des Protests aus, doch Giles beachtete ihn nicht. Seine Vorsicht und seine Manieren hatte er in der Kutsche zurückgelassen. Wenn Piper sich in diesem Haus befand, wenn sie verletzt war … Niemand durfte es wagen, sich ihm in den Weg zu stellen.

»L-l-lassen Sie mich los«, bettelte der Mann.

»Nur wenn Sie mich einlassen«, erwiderte Giles mit gefährlich drohendem Unterton.

Mit hochrotem Kopf wedelte der Butler mit den Armen, um die Diener zu entlassen.

Giles ließ ihn los, stieß die Tür weit auf und marschierte hinein, als wäre er der Herr im Haus.

»Wo ist der Arzt hingegangen?« bellte er.

Schweigend standen die Diener auf ihren Posten.

Giles zog die Pistole und brachte sie in Anschlag. »Wo ist der Arzt?« fragte er den jüngsten Diener.

»Dort entlang«, stammelte der Junge und führte sie die Treppe hinauf.

Monty bildete das Schlußlicht. »Findest du das richtig?« fragte er. »Selmars Personal zu terrorisieren?«

Giles warf ihm nur einen finsteren Blick zu.

Monty ließ nicht locker. »Was ist nur in dich gefahren?« fragte er. »Hast du den Verstand verloren? Ich kenne dich seit unserer Kindheit, und noch nie habe ich dich so erlebt. Was ist nur los?«

»Wenn er ihr etwas getan hat, bringe ich ihn um.«

Monty grinste. »Hast du schon daran gedacht, daß es Selmar sein könnte, der einen Arzt benötigt?«

Montys Frage wurde im selben Moment beantwortet, als der Diener sie in Selmars Schlafgemach führte. Jammernd und klagend lag der Mann auf seinem Bett, als hätte er eine tödliche Verletzung erlitten.

Der Arzt holte eine Flasche und eine Kompresse aus seiner Tasche.

Selbst von der Tür aus war zu erkennen, daß Selmars Wunde nichts weiter war als ein Kratzer, obwohl auch der kaum zu sehen war. Es entging jedoch weder Giles noch Monty, daß der Verletzte eine Pistole in der Hand hielt.

»So, die Waffe legen Sie nun besser weg«, riet ihm der Arzt und versuchte, dem Patienten die Pistole zu entwinden. »Für heute haben Sie genug Schaden angerichtet.«

Giles trat in den Flur zurück und zog Monty und den jungen Diener beiseite.

»Was zum Teufel ist geschehen?«

Der Junge schien froh zu sein, endlich Zuhörer gefunden zu haben. »Seine Lordschaft brachte eine Lady mit nach Hause. Das hat es schon lange nicht mehr gegeben.

Die meisten von uns dachten schon, er hätte vergessen, wie es geht.« Der Junge grinste.

»Was weiter?« grollte Giles in einem Ton, der dem Jungen das Grinsen sofort vergehen ließ.

»Na ja, ich weiß nicht so genau. Sie waren in der Waffenkammer, allein, und dann fing er plötzlich an zu japsen, als ob er sterben müßte. Wir sind alle hingelaufen. Bevor wir aber in dem Raum ankamen, brach die Hölle los, und seine Lordschaft feuerte mit seiner Pistole um sich, als wären die Franzosen im Anmarsch. Keiner von uns wollte da hineingehen, bis er mit dem Schießen aufhörte. Na ja, und als wir uns schließlich hineingetraut haben, war die Lady weg, und der ganze Raum war zusammengeschossen.«

»Was weißt du über die Lady?«

»Keiner hat sie gehen sehen. Sie ist wohl verschwunden, als er wie ein Verrückter zu feuern anfing.«

Giles wurde ganz übel. »Wo ist diese Waffenkammer?«

»Hier entlang, Mylord.«

Der Junge führte sie zu dem riesigen Raum. Sofort machte Giles sich an die Arbeit und suchte nach Spuren.

Der Diener, der sich in seiner Rolle als Informant zu gefallen begann, zeigte ihnen alles bereitwillig. »Ich nehme an, sie ist zur Hintertür hinausgelaufen«, sagte er und führte sie zu einem seitlichen Eingang.

Giles bat um ein Licht, und der Junge brachte ihm eine Kerze. Als Giles damit den dunklen Gang ausleuchtete, stieß er auf die Spur, die er zu finden gefürchtet hatte.

Leuchtendrotes Blut färbte die Wand an verschiedenen Stellen, soweit der Lichtschein reichte.

Es schnürte ihm den Hals zu. Furchtbare Bilder erschienen vor seinem geistigen Auge – Piper verletzt, hilflos, sterbend.

Warum hatte sie sich nicht an ihn gewandt? Warum hatte sie nicht seinem Versprechen geglaubt, daß er ihr helfen würde, ihre Eltern zu finden?

Monty drängte sich vor und schnappte bei dem

schrecklichen Anblick nach Luft. Sein sonst so rosiges Gesicht wurde aschfahl.

»Wurde seine Lordschaft auf diesem Weg hinausgebracht?« fragte Giles, obwohl er bezweifelte, daß Selmar mit seinem kleinen Kratzer so viel Blut verloren hatte.

»Nein, wir haben ihn die Vordertreppe hochgebracht. Glauben Sie, er könnte sie tatsächlich getroffen haben? Er ist ein so lausiger Schütze.« Der Junge schluckte, als er erkannte, daß er zuviel gesagt hatte.

Giles sah den Jungen an. »Was sagst du da?«

»Also, wenn Sie sagen, daß Sie es von mir haben, werde ich alles abstreiten – aber seine Lordschaft kann nicht schießen. Er kann kaum ein, zwei Meter weit sehen. Wenn er sie getroffen hat, dann aus reinem Zufall.«

Giles betrachtete die frischen Blutspuren und erkannte, daß es der Zufall diesmal mit dem Schamlosen Engel nicht gut gemeint hatte.

14.

Während der folgenden Woche ergab seine Suche nach Piper oder nach Hinweisen auf den Schamlosen Engel absolut nichts. Seine schlimmste Befürchtung war, daß sie genügend Geld erbeutet hatte, um ihre Rückkehr nach Paris zu finanzieren, doch Selmar behauptete, sie hätte nichts mitgenommen.

Nicht, daß er dem hochmütigen Mann ein Wort glaubte.

Die Situation gefiel Giles ganz und gar nicht – er als gründlich ausgebildeter und erfahrender Agent hatte sich von einer jungen Frau an der Nase herumführen lassen, als hätte sie jede seiner Bewegungen vorausgesehen.

Und als wäre das noch nicht genug, erhielt er ständig Briefe von Lady Dearsley, in denen sie ihn aufforderte, nun endlich seine Verlobte auf dem Landsitz der Lady Larkhall in Bath zu besuchen. Bislang hatte er mit jeder erdenklichen Ausrede abgelehnt, doch er wußte, daß er Lady Sophia und ihren Tanten nicht für immer aus dem Weg gehen konnte.

Giles stieg aus seiner Kutsche und betrat den kleinen Buchladen in Covent Garden. Die Lage zwischen zwei Theatern war ein merkwürdiger Standort für einen Buchhändler, aber der Eigentümer hatte den Ruf, sowohl ein leidenschaftlicher Sammler französischer Texte als auch ein glühender Verehrer von Bühnendarstellerinnen zu sein.

Giles öffnete die Tür und bahnte sich seinen Weg in das dunkle Innere des Ladens. In einem hinteren Winkel entdeckte er einen buckligen Mann, der sich im Schein einer Kerze über einen riesigen Wälzer beugte.

Giles blieb stehen und wartete darauf, daß der Mann ihn nach seinen Wünschen fragte. Nichts deutete darauf hin, daß der Alte seinen neuen Kunden bemerkt hatte.

Die staubige Luft ließ Giles husten. »Entschuldigen Sie bitte«, sagte er schließlich. »Ich habe gehört, daß Sie Sammler französischer Texte sind.«

»Eh?« Endlich blickte der Mann von seinem Buch auf. »Wie war das?«

»Ich sagte, ich suche nach einem bestimmten französischen Text.«

Der Mann verließ seinen hohen Hocker und kam herbeigehumpelt, wobei er sich auf einen knorrigen Stock stützte. »Französisch, eh? Was für ein Text?«

Giles langte in die Tasche und brachte zwei Gegenstände zum Vorschein, die er vor sich auf den Tresen legte.

Einen goldenen Siegelring und ein Stück silberweißen Brokats. Beide trugen das Emblem eines von Lilien umgebenen Schwans.

Der Mann humpelte die letzten Schritte zum Tresen und blinzelte die Gegenstände mit kurzsichtigen Augen an. »Darf ich?« fragte er, die Hand nach dem Ring ausgestreckt.

Giles nickte.

Der Mann hob den Ring auf und studierte eingehend das Emblem. Seinem wachsamen Blick schien nichts zu entgehen, denn kurz darauf drehte er den Ring vor der Kerze und las die an der Innenseite eingravierten Worte.

»*Nihil amanti durum*«, murmelte er. Er richtete sich wieder auf und betrachtete Giles. »Ich nehme nicht an, daß Sie eine Übersetzung dafür brauchen?«

»Nein, ich weiß, was es bedeutet.«

Dem Liebenden ist nichts zu schwer. Worte, die er zu glauben begann und die doch voller Widerspruch waren.

»Dachte ich es mir doch. Was führt Sie dann zu mir?«

»Ich möchte wissen, wer dieses Emblem und dieses Motto beansprucht. Ich glaube nicht, daß sie zu einem neueren Titel gehören, vielmehr denke ich, daß sich ein sehr alter Familienname dahinter verbirgt, der nicht mehr fortgeführt wird. Ich vermute, daß das Motto nur in Verbindung mit dem Familiennamen verwendet wird.«

Der Mann nickte verstehend.

Unter dem Einfluß höherer und renommierterer Titel gerieten die alten Nachnamen französischer Edelmänner oft in Vergessenheit und waren nur noch, wenn überhaupt, direkten Familienmitgliedern bekannt – Namen, die so alt waren, daß sie bis auf die Zeiten von Karl dem Großen zurückgingen.

In letzter Zeit griff man wieder öfter auf diese alten Namen zurück, bot sich doch damit den Aristokraten die Möglichkeit, sich hinter einer neuen Identität zu verbergen.

»Vielleicht habe ich etwas, das Sie interessieren könnte«, sagte der Mann, erfreut über die Gelegenheit, seine besten Stücke zur Geltung bringen zu können. Er humpelte vom Tresen zur hinteren Wand, die von oben bis unten mit Büchern vollgestellt war.

Er stieg eine kleine Trittleiter hoch und schloß die mageren Finger um den Rücken eines dicken Bandes. »Hier haben wir es.«

Nachdem er das Buch zum Tresen gebracht hatte, begann er, vorsichtig die brüchigen Pergamentseiten umzuwenden.

Giles beugte sich vor, erstaunt über die lebhaften Farben, die ihm von den Seiten ins Auge sprangen. Präzise, mit sicherer Hand ausgeführte Illustrationen von Familienstammbäumen waren von lateinischen Texten erläutert.

Der Mann blickte noch einmal auf den Ring und lächelte. »Hier ist es.« Er zeigte auf das Ende der Seite. »Laurent. Sagt Ihnen das etwas?«

Giles schüttelte den Kopf.

»Das überrascht mich nicht. Sie lieben das Verwirrspiel, die Franzosen. Aber wir sind noch nicht am Ende.« Wieder kehrte der Mann zu seinen Bücherreihen zurück, wobei er Titel und Namen vor sich hin murmelte.

Nach vier weiteren Büchern hatte Giles seine Antwort. Laurent war der frühere Familienname des Grafen D'Artiers.

Seines zukünftigen Schwiegervaters.

Und das konnte nur bedeuten, daß Lady Sophia …

Verflixt und zugenäht, dachte Giles. Zum Teufel mit ihrer Falschheit!

Er entlohnte den Mann für seine Hilfe und verließ den Laden ohne ein weiteres Wort.

Monty streckte schon den Kopf aus der Kutsche, wo er auf Giles' Rückkehr gewartet hatte. Der Herzog hatte darauf bestanden, bei der Suche nach der verwundeten Lady zu ›assistieren‹.

»Wohin jetzt, Trahern? Noch zu einem dieser öden französischen Cafés oder zu einem Schneider?« fragte Monty, als Giles zu ihm einstieg.

»Weder noch. Wir fahren nach Bath«, verkündete er. »Ganz plötzlich habe ich den merkwürdigsten Drang, meine Verlobte zu besuchen.«

Am übernächsten Abend hielt Giles' Kutsche vor den Toren von Larkhall Manor.

»Anscheinend haben sie jede Seele aus der Stadt eingeladen«, bemerkte Monty. »Das könnte ein rauschendes Fest werden.«

Giles warf einen Blick auf das Herrenhaus. Die Einfahrt war gesäumt von Kutschen, und weicher Kerzenschein fiel aus fast allen Fenstern. Er hatte Lady Larkhall geschrieben, um ihr seine Ankunft auf Byrnewood anzukündigen und sie und ihre Nichte zum Abendessen einzuladen.

Außerdem hatte er Lady Larkhall gebeten, sein geplantes Wiedersehen mit seiner Verlobten für sich zu behalten, da es eine Überraschung werden sollte.

»Ich muß schon sagen, mir ist danach zumute, zu feiern.« Oder jemanden aufzuhängen, dachte er im stillen, immer noch wütend darüber, wie ihn seine ›stille, sanftmütige Verlobte‹ zum Narren gehalten hatte.

Zumindest wußte er, daß sie am Leben war, daß sie Selmars Pistolenschüsse überstanden hatte. Wie, wußte er jedoch nicht.

Daß Dryden und Lady Dearsley ihn während der vergangenen drei Wochen unablässig gedrängt hatten, nach Bath zu fahren und seine Heirat zu regeln, machte für Giles alles nur noch schlimmer. Wäre er ihren Ratschlägen gefolgt, hätte er Sophias Betrug aufgedeckt, bevor sie noch einmal Gelegenheit gehabt hätte, in das Kostüm des Schamlosen Engels zu schlüpfen.

Während seine Kutsche der sanft geschwungenen Auffahrt folgte, erinnerte er sich an seinen allerersten Besuch auf Larkhall Manor. Seine Mutter war im Herbst davor gestorben. Der Winter war eine unerträgliche Folter gewesen, als er sein erstes Jahr im Internat verbringen mußte. Lady Larkhall hatte einen ähnlich schweren Verlust erlitten: Ihr Mann war während des Winters einem Fieber erlegen. Als es Sommer wurde und er nach Hause zurückkehrte, empfing sie noch immer keine Gäste. Doch das hielt den sechsjährigen Jungen, einsam und mutterlos, nicht davon ab, die Grundstücksgrenze zu übertreten.

Verglichen mit den dunklen, verlassenen Hallen auf Byrnewood erschien ihm Larkhall Manor wie ein Märchenschloß und Lady Larkhall wie eine fröhliche Königin.

Sie lauschte seinen Geschichten und lachte über seine Scherze. Sie bedauerte ihn wegen der endlosen Studierstunden, die ihm sein Lehrer auferlegte. Sie half ihm beim Lernen unter der großen Eiche, die die Grenzlinie zwischen den beiden Besitztümern markierte. Die gütige Frau füllte einen leeren Platz in seinem trostlosen Leben, und im Rückblick erkannte er, daß er sie wohl ebenso von ihrer eigenen Trauer abgelenkt hatte.

»Lord Trahern?« fragte der Butler, als Giles das Haus wieder betrat, das er immer so geliebt hatte.

Er nickte und übergab dem Diener seinen Mantel. »Der Herzog von Stanton«, stellte er seinen Freund Monty vor.

»Das Abendessen ist bereits aufgetragen, Mylord. Lady Larkhall hat aufgetragen, Sie gleich bei Ihrer Ankunft anzukündigen.«

Giles und Monty folgten dem Mann den langen Gang hinunter zum Speisesaal.

»Mylady«, verkündete der Butler in seinem vollen Bariton, »der Herzog von Stanton und der Marquis von Trahern.«

Zwölf Augenpaare wandten sich ihnen zu. Er hörte, wie jemand überrascht die Luft einsog, und konnte sich lebhaft vorstellen, wer das war.

Lady Larkhall erhob sich von ihrem Platz am Kopf der Tafel. »Lord Trahern, ich freue mich so sehr, daß Sie endlich kommen konnten.« Mit ausgestreckten Händen kam sie ihm entgegen. »Und Sie haben einen Gast mitgebracht, wie wunderbar. Mein Herr, wenn Sie bitte hier Platz nehmen wollen.«

Während Lady Larkhall nach einem weiteren Gedeck für Giles schickte, musterte er sie unauffällig.

In vieler Hinsicht war sie immer noch die Frau, die er in

Erinnerung hatte. Ihr kastanienbraunes Haar war grau geworden, doch ihre blauen Augen hatten immer noch den warmen Glanz, den er immer so geliebt hatte. Als Kind war sie ihm groß erschienen, doch diese Erinnerung war überholt – er überragte sie nun bei weitem.

»Wir haben heute eine ziemlich große Gesellschaft«, flüsterte sie ihm zu und nahm seinen Arm. »Aber ich weiß ja, wen sie ganz besonders gern wiedersehen wollen ...« Sie führte ihn an der Tafel entlang zu dem Platz, wo ein Diener eilig ein weiteres Gedeck unterbrachte. Die hochlehnigen Stühle verbargen die Gäste unmittelbar zu seiner Rechten, doch auf der anderen Seite der Tafel sah er einige Personen, die ihm vage bekannt erschienen: der Squire Fisher und seine Frau, Reverend Harel, der Pastor der Gemeinde, Mr. und Mrs. Withcombe und ein junges Mädchen, die, nach ihrer langen Nase und den roten Haaren zu urteilen, die Tochter des Squire sein mußte.

Monty erhielt den Platz zwischen der Tochter des Squire und einer streng aussehenden Frau in Witwentracht. Giles erkannte sie auf Anhieb.

Emma!

Also war Sophias Gesellschaftsdame, Mrs. Langston, dieselbe Person, die ihn in jener Nacht abgelenkt hatte, als er den Schamlosen Engel entführt hatte, und die Julien und Lily bei der Rückkehr nach London begleitet hatte.

Wenn sie ihn wiedererkannte, so ließ sie sich nur zu einem knappen, höflichen Kopfnicken hinreißen, doch als er ihr einen zweiten Blick zuwarf, sah er ihr spöttisches Lächeln und das amüsierte Blitzen ihrer Augen.

Bevor er eine Bemerkung machen konnte, sagte Lady Larkhall schon: »So, da wären wir.« Sie drückte seinen Arm. »Hier ist Ihr wahrer Grund für Ihren Besuch. Meine liebe Nichte, Lady Sophia.«

Die junge Dame erhob sich von ihrem Platz zu Lady Larkhalls Rechten. Als sie sich umwandte, um ihn zu begrüßen, vergaß Giles alle anderen Anwesenden in dem Raum.

Sie war nach der neuesten Mode gekleidet, *à la turque*, mit Federn in ihrem kunstvoll frisierten Haar, einem gestreiften Kleid und gestärktem *fichu*. Trotz all des verwirrenden modischen Beiwerks erkannte er in ihr den Grund seines Kommens.

Das indignierte Blitzen der blauen Augen, der sanfte Schwung des Kinns, die vollen Lippen, die jetzt zu einem gezwungenen Lächeln verzogen waren.

Neben Lady Larkhall stand der einzige Grund, der ihn nach Bath geführt hatte.

Der Schamlose Engel.

Endlich schien seine Suche zu Ende zu sein.

Giles' Ankunft im Speisesaal ließ Sophia den Atem stocken. Hilfesuchend sah sie Emma an.

Doch von dieser Seite war keine Hilfe zu erwarten; Emma wurde gerade mit dem Herzog von Stanton bekannt gemacht.

Der Herzog von Stanton! Du liebe Güte, den Mann hatte sie ausgeraubt!

Wie konnte Giles es wagen, ihn nach Larkhall Manor zu bringen?

Sie schnappte nach Luft. Seine unvorhergesehene Ankunft in Bath konnte nur bedeuten, daß er herausgefunden hatte, wer sie war. Aber das konnte nicht sein – sie war doch so vorsichtig gewesen. Da sie kaum einen plötzlichen Schlaganfall markieren konnte, hatte sie wenig Hoffnung, jetzt noch der Entdeckung zu entgehen. Hastig zog sie sich die Federn in ihrem Haar ein wenig ins Gesicht, in der Hoffnung, sich dahinter verbergen zu können.

Lady Larkhall hüstelte. »Sophia. Steh auf, Mädchen, und begrüße seine Lordschaft.«

Unbeholfen stand sie auf und richtete den Blick auf seine blitzblanken Stiefel, während sie ihm die Hand zur Begrüßung entgegenstreckte. »Mylord«, murmelte sie.

»Lady Sophia, ich bin entzückt und aufrichtig erfreut, Sie wiederzusehen.« Damit führte er ihre Hand an die Lippen und küßte sie zart, während er mit dem Daumen gemächlich ihre Finger streichelte.

Die Berührung rief in ihr sofort die Erinnerung an ihre leidenschaftliche Begegnung wach, doch solche Empfindungen wollte sie in dieser Gesellschaft lieber nicht aufkommen lassen. Als Lady Sophia konnte sie ihm schließlich kaum in die Arme sinken und ihn um Verzeihung bitten.

Sie entzog ihm ihre Hand. »Ja. Vielen Dank.« Sie ließ sich von ihm den Stuhl zurechtrücken, weigerte sich aber weiterhin, ihn anzusehen.

Sobald er Platz genommen hatte, wurde das Mahl wieder aufgenommen. Über seinen Teller gebeugt, betrachtete er sie. »Wie ich sehe, haben Sie sich von Ihrem unglückseligen Unfall erholt.«

Unfall? Sophia sah auf ihre bandagierte Hand und ließ sie in den Schoß fallen. Als sie endlich einen Blick in seine Richtung riskierte, ließen seine dunklen Augen keinen Zweifel, daß er sie erkannt hatte. Vor allem aber wußte er über den Raub bei Lord Selmar Bescheid.

»Unfall?« wiederholte Lady Larkhall. »Sophia, du hattest einen Unfall? Ich erinnere mich nicht, daß du mir davon erzählt hast.«

Giles hob spöttisch die Augenbrauen, als könnte er ihre Antwort kaum erwarten.

»Nur ein kleiner Zwischenfall, Tante«, erwiderte sie hastig und hielt ihre bandagierte Hand hoch. »Ich habe mich an einer Vase geschnitten, als ich für Tante Effie Blumen arrangiert habe.« Für Giles fügte sie hinzu: »Tante Effie hatte Angst, es könnte sich entzünden. Lord Trahern, Sie sind Lady Dearsley viel zu ähnlich und machen viel zu viel Aufhebens um eine kleine Verletzung.«

Er entfaltete seine Serviette und überlegte kurz. »Lady Dearsley hat mich immer wieder darauf hingewiesen, wie zart Ihre Verfassung ist und wie sehr ich auf Ihre Gesundheit Rücksicht nehmen muß.«

»Zart?« Lady Larkhall musterte Sophia. »Was meint er damit? Du warst noch nie in deinem Leben krank.«

Sophia tätschelte ihrer Tante die Hand. »Du kennst doch Tante Effie. Sie übertreibt gern.« Sie warf Giles einen giftigen Blick zu und schäumte innerlich vor Wut, als er sie freundlich angrinste.

Was hatte er nur vor? Sie sollte es bald herausfinden.

Die Frau des Squire, Lady Fisher, eine ehrgeizige Frau, die sich gern zu den besten Kreisen von Bath zählte, hatte den Platz neben Giles.

»Lord Trahern«, sagte sie, als wären sie innige Freunde, »ich finde Ihre Besorgnis um unsere liebe Lady Sophia ganz reizend. Es gibt nicht viele Männer, die dem Wohl ihrer zukünftigen Frau soviel Beachtung schenken. Wie rührend von Ihnen!« Sie lächelte Sophia über den Tisch hinweg an, und die Federn in ihrer aufgetürmten Perücke wippten heftig. »Und Sie, Lady Sophia, wie glücklich Sie sich schätzen dürfen, einen Ehemann zu bekommen, der so auf Ihr Wohl bedacht sein wird.« Die Frau nickte Sophia aufmunternd zu, als wollte sie sie aus ihrer mürrischen Schweigsamkeit hervorlocken. »Wenn meine Dorlissa einen solchen Mann fände«, bemerkte die Dame vielsagend in Montys Richtung, »würde er dafür mit der aufrichtigen Hingabe einer Frau belohnt.«

»Wie recht Sie haben, Lady Fisher«, stimmte Giles ihr zu. Er beugte sich zu ihr hinüber, als wollte er mit ihr ein Komplott schmieden. »Ich habe die feste Absicht, von heute an Tag und Nacht über Lady Sophia zu wachen. Ich finde, es ist meine Pflicht als ihr zukünftiger Ehemann, sie vor Schaden zu bewahren.« Mit ernstem Gesicht hielt er inne. »Glauben Sie, es wäre sehr altmodisch von mir, sie im Turm von Byrnewood einzuschließen und sie nur für mich zu behalten? Zumindest, bis wir ein, zwei Erben haben?«

»Oh, Sie scherzen, Lord Trahern«, zwitscherte Lady Fisher, entzückt von dieser hintersinnigen Andeutung.

»Wer sagt denn, daß ich scherze?« Er sah Sophia direkt an.

Am liebsten hätte sie mit den Zähnen geknirscht. Sie einsperren wie eine Zuchtstute? Wie konnte er es wagen.

Der junge Pastor hüstelte, peinlich berührt von dem Gespräch über junge Frauen, die eingeschlossen wurden, damit sie Erben produzierten. Rot bis an die Haarwurzeln, konnte der arme Mann kaum sprechen. Endlich erholte sich Reverend Harel so weit, daß er Sophia gütig anlächeln konnte. »Vielleicht sollten wir zuerst darüber sprechen, wann dieser heilige Bund geschlossen werden soll«, stammelte er.

»Nächsten Sommer –«, begann Sophia.

»Ende der Woche«, berichtigte Giles sie.

Unter dem Tisch drehte sie ihre Serviette zwischen den Händen, während sie sich überlegte, wie sie sie ihm in den Hals stopfen konnte, ohne zu viel Aufsehen zu erregen.

»Ende der Woche«, wiederholte er.

Ende der Woche? Versuch es noch mal Ende des Jahrhunderts, hätte Sophia ihm am liebsten geraten.

»Oh, Sie sind aber ein Ungestümer, Lord Trahern, oder?« sprudelte Lady Fisher hervor.

»Ungestüm ist gar kein Ausdruck für meine Gefühle, wenn ich meine liebe Verlobte anschaue, Lady Fisher.«

»Was sagen Sie denn, Lady Sophia, zu solch glühender Verehrung?« fragte Lady Fister. »Sind Sie denn gar nicht aufgeregt, die Herrin eines so wundervollen Landsitzes wie Byrnewood zu werden?«

»Ich würde sagen, der Marquis hat seine Absichten klar und deutlich zum Ausdruck gebracht.« Ungnädig spießte Sophia ein Stück Fleisch auf.

»Wenn meine Dorlissa die neue Herrin von Byrnewood würde«, verkündete Lady Fisher mit einer Geste zu ihrer Tochter, »wäre ich schon jetzt damit beschäftigt, neben dem Kinderzimmer Räume für mich herzurichten.«

Sophia konnte nicht widerstehen. »Wer weiß, vielleicht haben Sie Glück, und ich löse meine Verlobung, Lady Fisher. Ich bin sicher, eine bessere Braut als Dorlissa könnte Lord Trahern sich nicht wünschen.«

Das ahnungslose Mädchen hatte sich ausgerechnet in diesem Augenblick den Mund zu sehr vollgestopft und wurde feuerrot, als sie plötzlich alle Blicke auf sich gerichtet sah. Angesichts der unerwarteten Aufmerksamkeit drohte sie sich zu verschlucken.

Monty, der neben Dorlissa saß, schlug dem unglücklichen Mädchen auf den Rücken, während der unbeholfene Pastor eine Wasserkaraffe umstieß, als er Dorlissa etwas zu trinken anbieten wollte.

»Sie machen aber Scherze, Lady Sophia«, sagte Lady Fisher laut, um die Aufmerksamkeit von dem ungeschickten Verhalten ihrer Tochter abzulenken. »Man sollte meinen, in Ihrem Alter und in Ihrer Lage sollten Sie nicht so leichtfertig einen feinen Mann wie Lord Trahern zurückweisen. Nicht viele Männer werden eine mittellose Braut akzeptieren.«

Sophia lächelte die Frau an, während sie zu entscheiden versuchte, ob ihre Serviette ausreichte, um damit sowohl Giles als auch Lady Fisher zu ersticken. Bevor ihr eine passende Antwort einfiel, erhielt sie jedoch Unterstützung von unerwarteter Seite.

»Lady Fisher«, schaltete Giles sich ein. »Eine Mitgift interessiert mich nicht, und die derzeitigen Verhältnisse meiner Braut interessieren mich auch nicht. Mein Vater hat diese Partie für mich ausgewählt, weil er Lady Sophia intelligent und bezaubernd fand, einmalig in ihrer Güte und Warmherzigkeit gegenüber einem gebrechlichen, alten Mann. Ich schätze Lady Sophia wegen seiner hohen Meinung von ihr, denn solches Lob von ihm war sicher nicht verfehlt.«

Sophia war sprachlos. Sie hatte nie gewußt, daß der alte Herr eine so hohe Meinung von ihr gehabt hatte. Selbst das Verlöbnis hatte er ihr in seiner typisch mürrischen, schroffen Weise vorgeschlagen.

Sie werden meinen Sohn heiraten und Herrin dieses Hauses werden, hatte er eines Tages während einer Partie Schach festgestellt. *Ich will nicht, daß eine hohlköpfige Debütantin mit ihrer herrschsüchtigen Mutter hier einzieht und alles auf den Kopf stellt.*

Sophia fragte sich nun, ob der alte Griesgram Lady Fisher und Dorlissa vor Augen gehabt hatte, als er seinen Wunsch äußerte.

»Ihr Vater war nicht gerade berühmt für seine Großzügigkeit mit Komplimenten«, stellte Sophia leise fest. Mit einemmal wurde ihr klar, wieviel sie dem alten Marquis zu verdanken hatte. Die vielen Stunden, in denen sie seinen Erzählungen von Spionage und strategischer Planung gelauscht hatte, bildeten ihre Wissensgrundlage. »Ich freue mich zu hören, daß er unsere gemeinsame Zeit genauso genossen hat wie ich. Byrnewood ist nicht mehr dasselbe ohne ihn.«

»Die ganze Gegend hier ist nicht mehr dieselbe ohne ihn«, dröhnte Lord Whitcombe am anderen Ende der Tafel. »Ein guter Mann. Guter Angelpartner. Und von Pferden hat er auch etwas verstanden. Ein guter Mann.«

Whitcombe hätte seine Litanei vermutlich endlos weitergeführt, hätte Lady Whitcombe ihn nicht mit dem Ellbogen in die Seite gestoßen.

Das Abendessen verlief für einige Zeit schweigend.

Schließlich gerieten Lady Fisher und Lady Whitcombe in eine Diskussion, wer den ersten Ball für die Frischvermählten geben würde.

Sophia fühlte sich allmählich wie in einer der Komödien auf einer der Bühnen in der Nähe des Palace Royal, die ihre Mutter immer so gern gesehen hatte – nur daß sie diesmal zu den Hauptdarstellern zählte.

Sie wußte, daß ihre Tante sie seit Giles' Bemerkung über ihre ›zarte Verfassung‹ kaum aus den Augen gelassen hatte. Lady Larkhall hatte recht – Sophia war nie krank, zumindest dann nicht, wenn sie sich in Bath aufhielt. Emma hatte sie gewarnt, daß die verschiedenen Täuschungsmanöver, mit denen sie ihre Tanten so geschickt gegeneinander ausspielte, irgendwann ans Tageslicht kommen würden.

Heute abend, erkannte Sophia, war es das erstemal soweit.

Bei Lady Dearsley schützte Sophia ständiges Unwohlsein vor, um ihre ausgedehnten Heilwasserkuren in Bath unter der wohlwollenden Fürsorge von Lady Larkhall zu rechtfertigen. Um sich aus Bath zu entfernen, vertraute Sophia ihrer weichherzigen Tante an, wie einsam ihre jüngere Schwester war. Und auf dem Landsitz der Herzogin in York gab Sophia vor, die Zerstreuungen Londons zu vermissen.

Da die drei Schwestern keinen direkten Kontakt miteinander hatten, nachdem sie sich hoffnungslos über die Erziehung ihrer Nichte entzweit hatten, verließen sie sich auf Sophia als Vermittlerin von Nachrichten. Dieser Vorteil hatte ihr ermöglicht, nach Paris zu reisen, wann immer es erforderlich war, ohne daß eine ihrer Tanten etwas davon erfahren hätte.

Lady Larkhall läutete nach dem Dessert und wandte sich an Giles. »Lord Trahern, hatten Sie bei Ihrer letzten Begegnung mit meiner Nichte Gelegenheit, ihre Gesellschafterin kennenzulernen?«

Ihr Weinglas halb erhoben, hielt Sophia den Atem an.

»Nein, ich hatte noch nicht das Vergnügen einer formellen Vorstellung. Mrs. Langston, ich bin sehr erfreut, Sie kennenzulernen.«

Höflich neigte er den Kopf.

»Ganz meinerseits, Mylord«, erwiderte Emma mit belustigtem Unterton. »Sophia hat mir ja schon soviel von Ihnen erzählt.«

Sophia sah sie aus funkelnden Augen an.

»Mrs. Langston, ich hoffe, Sie halten mich nicht für aufdringlich«, fuhr Giles fort, »aber sind wir uns nicht schon einmal begegnet?«

Sophia verschluckte sich fast an ihrem Wein.

»Das glaube ich kaum«, antwortete Emma. »Ich bin sicher, daß ich mich an eine solche Begegnung erinnern würde.«

Lady Fisher ergriff wieder das Wort. »Mrs. Langston ist ja so bescheiden. Ihr verstorbener Mann war der Seeheld Captain Langston. Sicherlich haben Sie von seinen verdienstvollen Taten während des Kolonialkriegs und in den Schlachten gegen die Holländer gehört?«

Nun war es Emma, die in ihre Serviette husten mußte.

»Ach, tatsächlich, Mrs. Langston?« Giles rieb sich nachdenklich das Kinn. »War Captain Langston nicht der Kommandant der *Nemophila*, oder war es die *Southern Cross*?«

Zögernd betupfte sich Emma die Lippen mit der Serviette und blickte in die Tischrunde.

Mit angehaltenem Atem flehte Sophia Emma innerlich an, jetzt keinen Fehler zu machen. Bisher war ihnen noch niemand begegnet, der Captain Langston tatsächlich gekannt hatte.

Sie war nicht mal sicher, ob es überhaupt jemals einen Captain Langston gegeben hatte.

»Weder noch, Lord Trahern. Mein lieber Gatte, Gott hab ihn selig, befehligte die *HMS Righteous*.«

Giles nickte in Anerkennung dieses kleinen Sieges, doch sein Blick verriet, daß das erst der Anfang seiner Inquisition war.

»Und welch ein Vorbild an Tapferkeit Sie sind, Mrs. Langston«, ließ sich Lady Fisher wieder vernehmen, »verglichen mit uns, die wir noch nie einen geliebten Menschen zum Wohle des Vaterlandes opfern mußten.«

»Ja«, stimmte Giles mit einem ernsthaften Nicken zu. »Was für Opfer eine Frau wie Sie doch bringt. Ich kann nur hoffen, daß Sie auch nach unserer Heirat im Dienste meiner Frau bleiben werden. Ihr großartiges, moralisches Vorbild wird ein Gewinn für unseren Haushalt sein.«

»Danke, Mylord«, erwiderte Emma und nickte Sophia liebenswürdig zu.

»Auf gar keinen Fall, Mrs. Langston«, protestierte Lady Fisher. Geziert stocherte sie in ihrem Pudding herum. »Ich hatte gehofft, ich könnte Sie von Lady Sophia fortlocken, sobald sie verheiratet ist. Meine Dorlissa könnte den Einfluß einer Frau Ihres Charakters gut gebrauchen.« Sie stieß ihren Mann an, der bis zu diesem Moment den Eindruck gemacht hatte zu dösen. »Habe ich nicht gesagt, Lord Fisher, wir müssen Mrs. Langston für unsere Dorlissa anstellen? Koste es, was es wolle.«

Die Erwähnung von Geld schien die Lebensgeister von Lord Fisher wiederzuerwecken. Er blinzelte mit seinen blutunterlaufenen Augen, als würde ihm erstmals klar, daß er an einer Abendgesellschaft teilnahm. »Was immer du für richtig hältst, meine Liebe. Der Preis spielt keine Rolle. Ich sage immer, für gutes Geld bekommt man gutes Vieh.« Als er die verwunderten Blicke der übrigen Gäste bemerkte, unterzog er sein Dessert einer eingehenden Begutachtung.

»Ach, Mrs. Langston, sagen Sie doch, daß Sie nach Fisher Castle kommen wollen«, drängte Lady Fisher.

Giles grinste Sophia an, bevor er sich wieder Lady Fisher zuwandte. »Ich bin sicher, Mrs. Langstons Einfluß auf Ihre Tochter wird wahre Wunder wirken.«

Sophia fiel auf, daß ihre Tante zuerst in Giles' und dann in ihre Richtung blickte, als wollte sie versuchen, die spürbaren Schwingungen zwischen den beiden richtig einzuordnen.

Die verwunderte Lady läutete, um abtragen zu lassen, und erhob sich von ihrem Platz, um die Damen zu entschuldigen.

»Meine Herren, bitte lassen Sie sich noch ein, zwei Gläschen Portwein schmecken. Und wenn Ihnen danach ist, bitte ich Sie, sich zu uns in den Rosensalon zu gesellen.« Sie zog sich zurück, gefolgt von einer Schar von Damen.

Mrs. Fisher ergriff Sophias Ellbogen. »Sie machen ja einen so verlorenen Eindruck, mein liebes Mädchen. Keine Sorge, wenn ich die Gefühle Ihres Verlobten für Sie richtig einschätze, wird er sich in kürzester Zeit zu uns gesellen.«

»Das fürchte ich auch«, murmelte Sophia kaum hörbar. Sie drehte sich um und sah, wie Giles ihr spöttisch mit einem Glas Portwein zuprostete.

Schon bald stellte Sophia fest, daß sich Lady Fishers Voraussage nicht erfüllte. Es schien, als wollten sich die Herren niemals den Damen im Rosensalon anschließen. Unterdessen schritt Sophia in gar nicht damenhafter Weise auf und ab, bis sie aufblickte und bemerkte, daß ihre Tante sie beobachtete. Sie ließ sich auf den nächsten Stuhl fallen und versuchte, sich auf das endlose Geplapper zu konzentrieren, das in erster Linie von Lady Fisher kam.

»Wie gesagt, Lady Larkhall, ich habe aus allererster Quelle unter dem Siegel absoluter Verschwiegenheit erfahren, daß eine gewisse Dame, die auf keinen Fall genannt werden darf ...«

Sophia blickte hinüber zu Emma, die zwischen Lady Fisher und der lieblichen Dorlissa in der Falle saß und ruhelos die Hände im Schoß rang. Noch nie hatte sie ihre Gesellschafterin so unglücklich gesehen.

Emma überlegte vermutlich, wie sie in ihr Zimmer entkommen konnte, um sich ihre Pfeife anzuzünden und ihre fristlose Kündigung zu Papier zu bringen.

Kurz darauf ertrug sie die Ungewißheit nicht länger und stand wieder auf, um ruhelos im Raum auf und ab zu wandern.

Auch wenn Giles bei Tisch nichts gesagt hatte, war es nur eine Frage der Zeit, bis er sie konfrontierte. Daß er sie nicht vor versammelter Gesellschaft bloßgestellt hatte, konnte sie als gutes Zeichen werten, aber daß er auf ihrer baldigen Trauung bestand, war grotesk. Sein Ruf wäre ruiniert, wenn sie verheiratet wären, und ihr Doppelleben würde aufgedeckt.

Männerlachen in der Halle ließ Sophia stehenbleiben. Die Männer strömten in den Salon – Lord Fisher, der unbestimmt vor sich hin murmelte, Lord Whitcombe, der dem jungen Pastor die Feinheiten der Hundezucht erläuterte, und schließlich Giles, der ein gleichgültiges Lächeln zur Schau trug. Tatsächlich blickte er kaum in ihre Richtung, sondern ging geradewegs zu dem freien Platz neben Lady Fisher und setzte sich.

Wenn er die Absicht hatte, sie zu konfrontieren, dann verrieten seine Gemächlichkeit und sein offensichtliches Desinteresse an ihr jedenfalls keine Eile.

Prompt drehte Sophia ihm den Rücken zu und blickte aus dem Fenster in den in Mondlicht getauchten Rosengarten hinaus.

»Oh, was für eine fabelhafte Idee, Lord Trahern«, rief Lady Fisher. »Was für ein romantischer Draufgänger Sie sind! Wäre ich doch nur ein paar Jahre jünger!«

Argwöhnisch blickte Sophia über die Schulter. Sie mißtraute grundsätzlich allem, was die widerwärtige Lady Fisher fabelhaft fand.

»Lady Sophia, wo sind Sie?« rief Lady Fisher und drehte und wendete den Kopf so hektisch, daß die Federn in ihrer Perücke zu einem pink-weißen Farbklecks verschwammen. »Oh, Sie ungezogenes Mädchen, da sind Sie ja. Wie können Sie sich verstecken, als wäre Ihnen Lord Trahern völlig gleichgültig!« Die unermüdliche Lady stieß Giles ihren Fächer in die Seite. »Bis Sie kamen, ist sie hier wie eine Raubkatze auf und ab gelaufen – aus Sehnsucht nach Ihnen, sage ich. Kommen Sie her, Mädchen, seine Lordschaft möchte Sie um einen Gefallen bitten.«

Zähneknirschend drehte Sophia sich um und mühte sich ein Lächeln ab. Sie trat auf sie zu, blieb jedoch ein paar Schritte vor der Couch stehen, auf der Lady Fisher Hof hielt.

»Ich hätte keine Einwände, wenn es um meine liebe Tochter Dorlissa ginge –« Mit einem vielsagenden Blick in Montys Richtung hielt sie kurz inne. Dem Herzog schienen ihre Vorstöße als Ehestifterin jedoch völlig zu entgehen. Fürs erste ließ Lady Fisher von dem Herzog ab und wandte ihre Aufmerksamkeit wieder Sophia zu. »Ich bin sicher, daß Ihre Tante mit mir einer Meinung ist, Sophia. Lord Trahern würde gern mit Ihnen einen Spaziergang in der Orangerie unternehmen.«

Sophia schüttelte den Kopf und suchte krampfhaft

nach einer Möglichkeit, höflich abzulehnen. Allein mit Giles? Nicht, wenn es sich vermeiden ließ.

»Ich fürchte, ich habe mein Schultertuch in meinem Zimmer vergessen, und in der Orangerie ist es um diese Jahreszeit so schrecklich kühl …«, stammelte sie, während sie sich verzweifelt nach jemandem umblickte, der ihr zur Hilfe kommen konnte.

»Unsinn«, entschied Lady Fisher. Mit einem blitzschnellen Griff zog sie Dorlissa die Stola von den schmalen Schultern. »Das wird wohl reichen. So, und nun hinaus mit Ihnen. Ihre Tante hat nichts dagegen, oder, Lady Larkhall?«

»Überhaupt nicht. Geh nur, Sophia. Die frische Nachtluft bringt vielleicht wieder etwas Farbe auf deine Wangen. Du bist ziemlich blaß heute abend.«

Die unmißverständliche Aufforderung im Tonfall ihrer Tante ließ Sophia wenig Spielraum. Wenn sie Lord Trahern weiterhin auswich, riskierte sie, für den Rest des Abends von ihrer Tante darüber ins Verhör genommen zu werden, was zwischen ihr und Lord Trahern vorging.

Entschlossen griff Sophia nach dem nächsten Strohhalm. »Emma«, wandte sie sich an ihre Gesellschafterin, »würden sie uns begleiten? Sie haben mir beigebracht, daß es unschicklich ist für eine Dame, ohne Anstandsdame einen Herrn zu begleiten.«

Emma machte Anstalten aufzustehen, doch Lady Fisher hob warnend ihren Fächer.

»Sie bleiben, wo Sie sind, Mrs. Langston«, kommandierte sie.

Emmas Erstaunen verwandelte sich schnell in Resignation. Sie neigte den Kopf in Sophias Richtung, als wollte sie sagen: *Diesmal sind Sie auf sich allein gestellt.*

Lady Fisher erhob sich vom Sofa und faßte Sophia am Ellbogen. »Genug von Ihren Ausreden. Wir sind hier nicht in London. Hier auf dem Land gibt es nicht die Einschränkungen, die die Gesellschaft in London jungen Liebenden auferlegt. Man soll die Feste feiern, wie sie fallen, mein liebes Kind.«

Ehe Sophia protestieren konnte, fühlte sie sich auch schon zu der inzwischen offenen Tür zur Orangerie geschoben.

Giles strahlte über seinen Erfolg, sie aus der Sicherheit des Salons herausgelockt zu haben.

Bevor Lady Fisher Sophia der Obhut ihres Verlobten übergab, erteilte sie ihr noch einen letzten Rat in Sachen Liebe.

»Jungfräuliche Keuschheit und Zurückhaltung sind sehr löblich«, flüsterte sie nicht allzu leise. »Aber wollen Sie bei dem Mann vielleicht den Eindruck erwecken, Sie wären nicht interessiert? Sie haben ein behütetes Leben bei Ihren Tanten geführt. Gehen Sie aus sich heraus, Lady Sophia, genießen Sie Ihr Leben! Vielleicht stiehlt er Ihnen ja sogar einen Kuß, wenn Sie ihm wenigstens ein Lächeln schenken.« Die Lady zwinkerte Giles zu.

Begleitet von diesen Worten, wurde Sophia zur Tür hinaus und in die Arme ihres Verlobten geschoben.

15

»Wirst du mich wohl loslassen, du ungeschickter Riesen –« stieß Sophia hervor, nachdem Lady Fisher die Tür hinter ihnen geschlossen hatte.

Giles stellte belustigt fest, wie leicht ihr der Lieblingsschimpfname des Schamlosen Engels über die Lippen kommen wollte, doch schon schien sie selber zu bemerken, was ihr beinah entfahren wäre.

Sie klappte den Mund zu, und als sie das nächste Mal sprach, entsprach ihr Tonfall ganz der wohlerzogenen und besonnenen Sprechweise einer Lady.

»Bitte, Mylord«, fuhr sie fort, »wären Sie so freundlich, mich loszulassen?«

Das tat Giles, indem er sie behutsam auf einer gepolsterten Bank unter dem düsteren Porträt eines Ahnen der Larkhalls absetzte. Er hatte genauso wenig den Wunsch, dieses verräterische Frauenzimmer in den Armen zu halten, wie sie von ihm gehalten werden wollte. Zumindest so lange nicht, bis er ein paar Antworten hatte. Aufrichtige Antworten.

Einen Augenblick lang blickten sie einander nur in spannungsgeladenem Schweigen an. Nervös begann sie, an dem Verband an ihrer verletzten Hand zu zupfen.

Er ließ sich neben ihr auf die Knie nieder. »Er hat dich tatsächlich getroffen. Wie schlimm ist es?«

»Was um alles in der Welt meinen Sie? Ich bin nicht getroffen worden. Wie ich schon bei Tisch sagte, habe ich Blumen arrangiert, als –«

Giles schüttelte den Kopf. »Schluß mit dem Versteckspiel. Ich weiß, wer du bist.«

Er mußte zugeben, daß ihn die modische Kleidung, die kunstvolle Frisur, die Federn und die Fülle von Spitze leicht wieder hätten täuschen können, doch wenn er der Frau so nah war, konnte es keinen Irrtum geben. Er kannte diese saphirblauen Augen, die Rundung des Kinns, das prachtvolle Haar.

Warum war ihm das alles nicht schon früher aufgefallen? Die zaghafte, unscheinbare Lady Sophia, die er in London kennengelernt hatte, war jedoch in keiner Weise mit dieser eleganten, vollendeten Erscheinung zu vergleichen. Offenbar hatte sie für jede Gelegenheit eine andere Rolle parat.

Er streckte die Hand aus und schob die Federn beiseite, die ihr ins Gesicht hingen. »Da ist dir ein Meisterstück gelungen, nicht wahr, Lady Schamlos?«

Sie legte den Kopf zur Seite und sah ihn verständnislos an. »Geht es Ihnen nicht gut, Mylord?« Sie legte ihm die Hand auf die Stirn. »Ich bin Ihre Verlobte, Lady Sophia. Erkennen Sie mich denn nicht wieder?«

»Und ich hatte mich schon gefragt, ob es überhaupt eine Lady Sophia gibt.«

Sie runzelte die Stirn. »Wer, außer Ihrer Verlobten, sollte ich denn sein?«

Sie war wirklich dreist, ihm hier den Unschuldsengel vorzuspielen, und er hatte nicht die Absicht, diese Farce weiter fortzuführen. Er langte in die Tasche und holte den Siegelring heraus, den der Schamlose Engel in Paris verloren hatte. »Kommt dir das bekannt vor?«

Ihre Hand zitterte, als er ihr den Ring in die Handfläche legte, doch ihr Gesicht verriet keinerlei Gefühlsregung.

Konzentriert spitzte sie die Lippen. »Müßte ich ihn kennen?«

»Ich denke schon; schließlich trägt er euer Familienwappen.«

Sie blickte weg, als wollte sie sich eine plausible Erklärung ausdenken, ein neues Täuschungsmanöver, mit dem sie ihn weiter an der Nase herumführen konnte.

»Dann habe ich noch das hier«, fügte er hinzu und holte den Stoffetzen vom Kleid des Schamlosen Engels hervor, den er am Abend des Maskenballs bei den Parkers von der Straße aufgehoben hatte. »Ein seltsamer Zufall, wie ähnlich sich die Muster sind, oder? So, willst du mir nun erzählen, wie schwer du angeschossen wurdest, oder soll ich deine Tante holen, damit sie dir den Verband abnimmt?«

Sie versuchte, auf die Füße zu kommen. »Wehe, wenn –« Sie unterbrach sich schnell.

»Aber, aber«, sagte er und drohte ihr mit dem Finger. »Wir werden beobachtet.«

Er zeigte hinter sich, wo sich Lady Whitcombe, Lady Fisher und Dorlissa die Nasen an den Scheiben der angrenzenden Glastüren platt drückten. Als die drei sich ertappt fühlten, zogen sie sich zurück, so daß nur noch drei kleine Abdrücke auf den Scheiben übrigblieben.

Sophia murmelte etwas auf französisch, das ihn zusammenzucken ließ. Dann sprang sie auf und ging mit langen, ungeduldigen Schritten auf die Orangerie zu.

»Kommst du jetzt mit oder nicht?« fragte sie über die Schulter.

Giles ließ sich Zeit damit, ihr zu folgen. Schon fragte er sich, ob er je die wahre Sophia zu Gesicht bekommen würde – denn jede ihrer Rollen spielte sie mit der Kunstfertigkeit einer erfahrenen Schauspielerin – oder ob das Leben mit dieser Frau ein nie endendes Drama sein würde.

»Riskierst du nicht deinen guten Ruf, Mylady? Ich meine, wenn du solche Eile hast, allein mit mir zu sein. Wo bleiben deine tugendhaften Proteste?« Er holte sie ein und stieg mit ihr die Marmorstufen zu der mit Glas umschlossenen Orangerie empor, die Lord Larkhall vor dreißig Jahren hatte erbauen lassen. Am Eingang brannten Lampen, eine Tradition, die Lord Larkhall begonnen hatte, nachdem dieses Kunstwerk aus Glas fertiggestellt worden war, und die seine Frau bis zum heutigen Tage fortführte. »Deine Tugend und deine Ehre liegen mir mehr am Herzen, als ich dir sagen kann«, stichelte er.

»Unsinn, wie Lady Fisher sagen würde«, entgegnete sie ungerührt, während sie den kleinen, nach oben offenen Raum durchquerte und sich auf einer der kleinen Steinbänke niederließ. »Bis jetzt hast du dir auch keine Gedanken um meine Tugend gemacht.«

Er lachte. »Du aber auch nicht.«

Seine Worte brachten sie wieder auf die Füße. »Oh, du –«

»Ich weiß gar nicht, weshalb du dich so aufregst. Du tust gerade so, als hätte ich dir die Ehre geraubt.« Wenn er sich nun zurückerinnerte ... Die Frau, mit der er in Paris zusammengewesen war, war jedenfalls keine Jungfrau gewesen, was bedeutete, daß Lady Sophia – Er sah seine Braut wieder an. »Da wir gerade von Tugend sprechen ...«

Ihre Wangen wurden feuerrot, als hätte sie seine Überlegungen erraten. »Das geht dich nichts an«, fuhr sie ihn an.

»Manche Männer wären da anderer Meinung, aber heute abend steht mir nicht der Sinn danach, dieses Thema weiterzuverfolgen.«

Er hielt inne. »Ich meine, wir haben im Augenblick

Wichtigeres zu besprechen. Zum Beispiel, ob du meinen Erben trägst oder nicht.«

Die Hände in die Hüften gestemmt, starrte sie ihn an. »Eher würde ich –«

»Eher würdest du was?« fragte er. »Alles rückgängig machen? Wenn das nur so einfach wäre.«

»Alles wäre viel einfacher, wenn du nach London zurückkehren und mich in Ruhe lassen würdest.«

»Du hast mir meine Frage noch nicht beantwortet.«

»Also gut, die Antwort ist nein. Wirst du jetzt bitte gehen?«

Er setzte sich auf die Bank und streckte seine langen Beine von sich. Stirnrunzelnd sah sie ihm zu und setzte sich dann auf die Bank gegenüber.

»Du hast mich beim Abendessen gehört«, sagte er. »Ich werde dich nicht mehr aus den Augen lassen. Nicht, bis wir verheiratet sind.«

»Warum bestehst du nur auf dieser Heirat? Es wäre für uns beide katastrophal.« Sophia verschränkte die Arme vor der Brust.

»Das glaube ich nicht. Ich finde, wir passen zusammen.«

»Da bin ich anderer Meinung.«

Giles warf die Hände hoch. »Ich werde dich nie verstehen.«

Darüber lächelte sie. »Möchtest du das denn? Ich dachte, du liebst eher das Geheimnisvolle.«

Da mußte er ihr recht geben, und das störte ihn. Das Geheimnis des Schamlosen Engels hatte ihn unablässig beschäftigt, und nun war er zu dem Schluß gekommen, daß es nicht ausreichte zu wissen, wer die Frau hinter der Maske war – er wollte restlos alles über sie wissen. Und er wollte den Rest seines Lebens damit zubringen, diese Geheimnisse zu erforschen.

Er begriff nicht, wie sie ihn so vollkommen in ihrem Bann haben konnte, und er war außerstande, die Empfindungen zu benennen, die sie in ihm aufrührte.

Sie stand von ihrer Bank auf und zog sich die Stola von den Schultern. Ein Ende nahm sie vor das Gesicht und wickelte sich so ein, daß sie aussah wie eine verschleierte Haremsdame. Als sie fertig war, konnte er nur noch ihre Augen sehen. Langsam näherte sie sich ihm. »Ist es das, was du dir wünschst, eine Lady der Nacht?«

»Du spielst ein gefährliches Spiel.« In der Mitte des Raums trafen sie zusammen. »Überlege dir gut, welche Rolle zu wählst. Benimm dich wie Lady Sophia, und ich werde dich entsprechend behandeln.« Er trat noch näher, bis er sie in den Armen hielt. Er warf Dorlissas Stola beiseite und zog sie dicht an sich. »Benimm dich wie der Schamlose Engel, und du wirst in einem solchen Zustand des *déshabille* ins Haus zurückkehren, daß Lady Fisher für die nächsten drei Saisons ausgebucht sein wird, um den bösen Klatschmäulern ihre Geschichte zu erzählen.« Er strich ihr eine Locke ihres kastanienbraunen Haars aus der Stirn und blickte ihr direkt in die Augen. »Wofür entscheidest du dich, Lady Schamlos?»

»Pst«, warnte sie ihn, obwohl sie sich nicht gegen seine Umarmung zur Wehr setzte. »So solltest du mich besser nicht nennen. Wenn dich nun jemand hört? Sie würden uns sofort diesen pickeligen Pastor auf den Hals hetzen und uns noch vor Mitternacht trauen lassen, nur um meinen guten Ruf zu schützen.«

»Und wäre das so schlimm?«

Sie holte tief Luft, als wollte sie eine weitere Auseinandersetzung beginnen. Statt dessen stieß sie einen lauten Seufzer aus und blickte auf den Marmorfußboden. »Ich weiß es nicht mehr.«

Ihm schien, als hätte sie damit die ehrlichste Aussage getroffen, die er bislang von ihr zu hören bekommen hatte. »Dann überlasse die Entscheidung mir, denn ich bin nicht bereit, jemals wieder eine schlaflose Nacht zu verbringen und nicht zu wissen, ob du verletzt bist – oder Schlimmeres. Als ich bei Selmar ankam und das Blut sah, mußte ich mir immer vorstellen –«

Sie blickte auf. »Du warst dort?«

»Natürlich war ich dort. Wann wirst du es je begreifen? Wohin du gehst, muß auch ich gehen.« Wieder strich Giles ihr eine widerspenstige Locke aus dem Gesicht. Verflixt, warum war er nicht wütend, daß sie sich in solche Gefahren begeben hatte?

Doch er konnte nichts als Erleichterung empfinden, als er sie in den Armen hielt und spürte, wie lebendig sie war. »Wochenlang hatte ich versucht, dich zu finden. Dann sah Monty dich diesen Spielsalon verlassen, und wir folgten dir zu Selmars Haus. Seit ich diesen Raum sah, das Blut in dem Gang, war ich außer mir vor Sorge. Ich wußte nicht, wohin du gegangen oder wie schwer du verletzt warst. Ich konnte nur hoffen, daß Oliver dich rechtzeitig dort weggeholt hatte.«

»Es tut mir leid, daß du dir solche Sorgen gemacht hast.« Sie hielt ihre verletzte Hand hoch. »Wirklich, es ist nicht so schlimm. Trotz seines zweifelhaften Rufs ist Selmar ein miserabler Schütze.«

Giles schüttelte den Kopf. »Was um alles in der Welt hast du angestellt, daß er auf dich geschossen hat?«

»Was glaubst du denn wohl? Ich wollte ihn berauben.«

Er stöhnte und hielt sie auf Armeslänge von sich entfernt. »Wie wolltest du das denn schaffen? Du weißt, daß ich deinen kleinen Trick kenne, und Selmar trinkt nicht.«

»Ein Detail, das ich leider zu spät herausgefunden habe«, erwiderte sie. »Ich mußte improvisieren, als mir klar wurde, daß ich einen Mann ausrauben mußte, der bei vollem Bewußtsein war. Aber genaugenommen könnte man sagen, er hat mir die Beute in die Hand gelegt – wie hätte ich da nein sagen können?«

»Heraus damit«, befahl er. »Ich will jede Einzelheit hören.«

Also erzählte sie ihm von dem Schwert und wie Selmar damit geprahlt hatte, daß er es den rechtmäßigen Besitzern hatte stehlen lassen. »Das meiste, was er besitzt, ist ohnehin gestohlen.« Sie verschränkt die Arme vor der

Brust und schüttelte den Kopf. »Zumindest beraube ich keine Unschuldigen.«

»Wie zum Beispiel den Herzog?«

Sie spitzte die Lippen. »Der Herzog war eine Ausnahme. Ich wollte ihn ja nicht bestehlen, aber er ist meinem eigentlichen Opfer in die Quere gekommen.«

»Wer war das?«

Darüber mußte Sophia lachen. »Es gibt Dinge, über die eine Dame nicht spricht.« Als würde sie ihm eine so wertvolle Information in die Hand geben. Außerdem war der fragliche Mann gerade zu einer Heilwasserkur in Bath eingetroffen, und Sophia fand, daß es Zeit wurde, ihm einen kleinen Besuch abzustatten. »Ich kann dir aber versichern, daß ich dem Herzog nur so viel weggenommen habe, wie er verschmerzen konnte. Die Juwelen der Stantons sind berühmt und ein Vermögen wert, also solltest du stolz auf mich sein, daß ich sie nicht gestohlen habe.«

»Wie nobel von dir«, spöttelte Giles.

»Ich habe meine Prinzipien.«

»Prinzipien, die du endlich aufgeben solltest, wenn du aus dem Unglück bei Lord Selmar klug geworden bist.«

Ihr gefiel nicht, wohin diese Unterhaltung offenbar führte. Es klang ganz danach, als sollte sie eine weitere Lektion in Sachen Vorsicht und Sorgfalt erhalten. Begriff er denn nicht, daß die Zeit der Vorsicht längst überholt war? Aus Paris wurde nur noch von immer weiteren Hinrichtungen berichtet, und ihre Eltern waren nach wie vor verschwunden.

»Du hattest versprochen, Kontakt mit mir aufzunehmen«, fuhr er fort. »Ich habe überall nach dir suchen lassen. Hast du vielleicht geglaubt, ich würde einfach aufgeben und dich vergessen?«

»Es wäre zumindest besser für dich gewesen.«

»Jetzt ist es aber zu spät dazu. Ich habe dich gefunden.«

Nun war Sophia sicher, daß ihr der Verlauf dieser Unterhaltung nicht gefiel. Hatte er nicht gerade gesagt, er würde ihr bis ans Ende der Welt folgen? Es war schlimmer, als sie befürchtet hatte. Seit dem gewaltsamen Tod des alten Mannes in Paris war sie jede Nacht aus dem Alptraum hochgeschreckt, in dem Giles zum Schafott geführt wurde. Wenn sie sich dann überzeugt hatte, daß alles nur ein Traum war, und wieder einschlief, ging es weiter mit Träumen, in denen Giles von blutrünstigen Horden von *sans-culottes* niedergemetzelt und unbarmherzig von ihren langen Spießen durchbohrt wurde.

Daß er ihr auf Schritt und Tritt folgte, mußte ein Ende haben.

Er betrachtete sie eine Weile schweigend. »Du hast die Absicht, zurückzugehen«, stellte er schließlich fest.

Verflixt, wie sehr sie ihn für seinen Scharfsinn haßte!

»Du hast nicht einmal daran gedacht, mich um Hilfe zu bitten«, fuhr er fort, die Lippen ärgerlich verzogen. »Du wolltest ein Vermögen zusammenstehlen und danach wieder verschwinden. Und zwar bald, wenn dieser mißlungene Raub bei Selmar ein Hinweis ist.«

Das ließ sie aufblicken, und sie sah ihn aufmerksam an. Er wußte also nicht, daß sie an jenem Abend erfolgreich gewesen war, daß sie nicht nur Selmars wertvolles Piratenschwert, sondern noch ein Kästchen mit Juwelen und ein paar mit Edelsteinen besetzte Dolche erbeutet hatte. Er wußte auch nicht, daß sie einen Händler in Paris kannte, der ihr die Stücke sofort abkaufen würde. »Was willst du damit sagen? Daß ich nach Paris zurückkehren will, obwohl ein Haftbefehl gegen mich aussteht? Ich bin doch nicht verrückt.«

Er umfaßte ihre Schultern und schüttelte sie leicht. »Es war auch verrückt, Selmar zu berauben. Er hätte dich umbringen können.«

»Hat er aber nicht. Er hat daneben getroffen.« Sie grinste ihn an. »Beim erstenmal hat er mich um einen guten Meter verfehlt. Beim zweitenmal war ich schon ganz außer Reichweite.« Sophia lachte in der Hoffnung, ihn damit von seiner lästigen Besorgnis abzulenken.

»Und wie erklärst du mir das hier?« fragte er und hielt ihre verletzte Hand hoch.

Sie zuckte mit den Schultern. »Ich habe ein Stück von der Wandtäfelung abbekommen, als er die Wand traf. Emma hat mich mit einem ihrer Mittel versorgt.«

Er ließ sie los und verschränkte die Arme vor der Brust. »Ich mache das nicht länger mit. Ich verbiete dir, mit diesen gefährlichen Abenteuern fortzufahren.«

»Verbieten?« wiederholte sie. »Du hast kein Recht, mir etwas zu verbieten.«

»Sobald wir verheiratet sind, ändert sich das. Und wenn du glaubst, ich hätte heute abend beim Essen Spaß gemacht, als ich sagte, ich würde dich wegsperren, dann werde ich morgen in Byrnewood neue Schlösser anbringen und das Efeu an den Außenwänden stutzen lassen. Du bleibst im vierten Stock des Turms eingeschlossen, bis du so schwanger bist, daß du kaum die Treppe bewältigen kannst.«

Sie wich zurück. Ihre Stimme war ein wütendes Flüstern. »Was erwartest du von mir? Daß ich hierbleibe? Dich heirate, während meine Eltern umgebracht werden? Das kann ich nicht. Niemals.«

»Ich habe dir in Paris versprochen, daß ich dir helfen wollte, deine Eltern in Sicherheit zu bringen.« Er ging ein paarmal vor ihr auf und ab, dann blieb er wieder stehen. »Ich bin fest entschlossen, sie hierher nach England zu holen. Ich habe sogar schon Erkundigungen eingezogen, wo man sie gefangen hält.«

Sie nahm seine Hand. »Hast du etwas herausgefunden?«

Er zögerte etwas zu lange. »Nein.«

Etwas an seinem Tonfall verriet ihr, daß er log. Aber sie wußte, daß sie ihn nicht dazu bringen konnte, sein Wissen mit ihr zu teilen. Wenn er ihr etwas sagte, wußte er genauso gut wie sie selber, daß sie mit dem nächsten Schiff über den Kanal segeln würde. Ohne ihn.

»Was gehen dich meine Eltern an?« fragte sie so leise,

daß er sie kaum verstand. »Ich will nicht, daß du weiter dein Leben riskierst. Hast du vielleicht vergessen, daß man auch *dich* festnehmen wollte?« Die nächsten Worte konnte sie nicht laut aussprechen. *Oder hast du vergessen, was ich mit dem armen alten Mann habe geschehen lassen?* Nein, sie konnte nicht zulassen, daß das gleiche mit Giles passierte, selbst wenn es bedeutete, daß sie sich von ihm abwenden und dafür sorgen mußte, daß er sie vergaß.

»Hast du den Haftbefehl für La Devinette vergessen?«

»Man wird sie nie wiedersehen.«

Und würde er sie je wiedersehen, wenn sie ohne ihn nach Paris ging? Giles wollte gar nicht darüber nachdenken.

»Sophia«, flüsterte er. »Bitte, überlaß das mir. Laß mich das für dich tun. Betrachte es als Hochzeitsgeschenk.« Er bedeckte ihr Gesicht, ihren Hals und schließlich ihre Lippen mit Küssen, in der Hoffnung, das Verlangen zwischen ihnen könnte sie eher überzeugen als seine Worte.

Einen Moment lang verlor er sich in der Leidenschaft ihres Kusses. Vielleicht konnten seine Lippen ihr erklären, was sein Herz nicht vermochte.

Er sah den Widerstreit in ihren unglaublichen Augen – eine Mischung aus Unentschlossenheit und Verlangen, während sie ihre Möglichkeiten erwog. So war es immer gewesen, wenn er sie in den Armen hielt, doch heute abend würde er sie dazu bringen, das zarte, doch feurige Band zwischen ihnen anzuerkennen.

Er neigte den Kopf und wiederholte seinen fragenden Kuß.

Zögernd öffnete sie die Lippen, fast schüchtern, wie es von der keuschen, jungfräulichen Lady Sophia zu erwarten war. Doch er wußte sehr wohl, daß die Frau in seinen Armen von einem anderen Temperament war, also intensivierte er seinen Vorstoß und fuhr sanft mit der Zunge über ihre widerstrebenden Lippen, bis sie ihm Einlaß gewährten.

Sobald ihr Kuß sich vertiefte, spürte er ihre Zustimmung, als wäre der Funke zwischen ihnen plötzlich entfacht worden. Ein sanfter Laut des Verlangens entrang sich ihr, und seine Frage war beantwortet.

Sie brauchte ihn genauso, wie er sich nach ihr sehnte.

Die Arme um ihren Hals geschlungen, ließ er seine Finger durch ihr Haar gleiten. Sophia drängte sich näher an ihn. Der Brokat ihrer weiten Röcke und das Wildleder seiner Kniebundhosen bildeten nur eine schwache Barriere gegen die Hitze, die sich zwischen ihnen aufbaute.

Doch ihm war sie noch nicht nah genug. Er ließ die Hände über ihre bloßen Arme gleiten, um die seidige Haut unter seinen Fingern zu spüren. Sie dehnte sich wie eine Katze und drängte sich seiner Wärme, seiner Berührung noch mehr entgegen. Ihre Hüften rieben sich an seinem Unterleib, bis Giles spürte, wie er hart wurde und sein Verlangen nach ihr sein Blut dröhnen ließ.

»Was machst du mit mir?« fragte sie atemlos, während er ihren Hals mit Küssen bedeckte. »Ich kann nicht denken, ich kann mich an nichts erinnern, wenn du das mit mir tust.«

»Gut«, erwiderte er in dem Bewußtsein, daß er sich in einem ganz ähnlichen Zustand befand. »Das wollte ich erreichen. Wenigstens dieses eine Mal sollst du nur auf deinen Körper hören.«

Wie sollte sie an ihrem Vorhaben festhalten und ihn aufgeben, wenn jede Faser ihres Körpers nach seiner Berührung, seiner Zärtlichkeit verlangte?

Das war es, was sie an diesem Mann so fürchtete – seine Macht über ihren Körper, über ihr Herz. Bevor sie jedoch eine Diskussion mit ihm darüber beginnen konnte, umfaßte er ihre Brüste und streichelte die Spitzen durch den festen Brokat ihres Kleides.

»Oooh«, seufzte sie leise, und ihre Knie drohten nachzugeben, als er ihr Mieder hinunterschob und ihr warmes Fleisch der kühlen Luft und der Wärme seiner Berührung preisgab. Wo sie eben noch seine Finger gespürt hatte, löste seine Zunge jetzt noch überwältigendere Empfindungen aus.

Er kniete vor ihr nieder. Wieder trafen sich ihre Lippen, doch sie wußten beide, daß das nicht mehr ausreichte. Sie zerrte an seinem Jackett und dann, als es neben der vergessenen Stola gelandet war, an den Knöpfen seines Hemdes. Endlich konnte sie mit den Fingern die warme Haut seiner Brust erforschen.

Sophia ließ sich bereitwillig in die Tiefe dieser unglaublichen Leidenschaft zwischen ihnen fallen. Genauso war es in Paris gewesen. Auch jetzt nahm das Feuer seiner Berührung alle ihre Sinne gefangen, als er ihr mit den Händen über die Schultern strich und mit seinen Fingern eine prickelnde Spur auf ihren Armen hinterließ.

Je länger seine Zärtlichkeiten andauerten, desto mehr brachte er sie in seine Gewalt.

Er nahm sie in Besitz. Brachte sie dazu, zu vergessen.

»Das können wir nicht tun«, sagte sie und nahm all ihre Vernunft zusammen. Sie stieß ihn an den Schultern zurück. »Ich kann nicht.«

Mit verwirrtem Gesicht trat er einen Schritt zurück. »Was soll das?«

»Das kannst du nicht mit mir machen. Wenn du glaubst, du könntest die Bedürfnisse meines Körpers gegen mich einsetzen, dann hast du dich geirrt. Ich lasse mich nicht mit ein paar Küssen von dem ablenken, was ich tun muß.«

Er zog sie wieder in die Arme. »Ein paar Küsse? Ich hatte heute abend eigentlich mehr im Sinn als nur ein paar Küsse.« Er neigte den Kopf, um ihre Lippen erneut zu erobern.

Sie riß sich von ihm los. Ihr Herz klopfte wild, nicht nur vor ungestilltem Verlangen, sondern auch vor Ärger, daß sie durch ihre Liebe zu ihm so leicht abzulenken war. Sie erinnerte sich, was er vorhin noch halb im Scherz zu ihr gesagt hatte – daß er sie völlig aufgelöst in den Rosensalon zurückkehren lassen würde und daß sie dann genötigt sein würden zu heiraten.

»Nein, ich kann nicht. Du würdest mich vergessen lassen, was ich tun muß.«

Er fuhr sich mit den Fingern durchs Haar. »Aber ich habe dir doch gesagt, daß ich schon die erforderlichen Nachforschungen eingeleitet habe. Ich werde sie hierherbringen, bevor man ihnen etwas antun kann. Du brauchst also nicht weiter zu stehlen. Und ich will nichts mehr davon hören, daß du nach Paris zurückkehrst.«

»Es wird mehr erfordern als Geld, um sie herauszubringen. Das kann ich nicht von dir verlangen. Ich würde es nicht annehmen.« Sein Angebot anzunehmen, würde praktisch bedeuten, sein Blut zu vergießen. »Geh nach London zurück, Giles. Vergiß mich. Vergiß meine Familie.« Tränen traten ihr in die Augen, der endgültige Beweis ihrer Entscheidung. Sie würde erst dann aufgeben, wenn ihre Eltern befreit waren. Und sie würde den Weg ohne ihn gehen.

Giles Mund bildete eine entschlossene Linie. »Wie ich schon beim Essen sagte, wir werden innerhalb einer Woche verheiratet sein. Es wird keine Raubzüge mehr geben und kein Gerede davon, daß du nach Paris zurückkehrst. Dein Mißgeschick in Selmars Haus war deine letzte Vorstellung als Schamloser Engel, und von jetzt an gibt es nur noch Lady Sophia. Das ist mein letztes Wort.«

Damit nahm er ihren Arm und zerrte sie praktisch zurück in den Rosensalon.

Während der nächsten Tage machte Giles sein Versprechen gegenüber Sophia wahr und wich ihr tagsüber und abends nicht von der Seite. Er wußte, daß er sie mit seiner ständigen Gegenwart verärgerte, doch das störte ihn nicht weiter. Er beschäftigte sie mit Besuchen auf Byrnewood, Einkaufsbummeln in Bath und anderen Zerstreuungen.

Auch wenn er ihr versicherte, daß er alles Erdenkliche

unternahm, um ihre Eltern zu retten, spürte er, daß sie sich trotz ihrer stillen Ergebenheit nicht von bloßen Worten oder den oberflächlichen Zerstreuungen der Gesellschaft in Bath beschwichtigen lassen würde.

»Was ist nur mit deiner Verlobten los, Giles?« fragte Monty, als sie in Lady Larkhalls Salon darauf warteten, daß Sophia sich für ein Konzert in der Guildhall ankleidete. »Sie sah aus, als wollte sie dir ans Leben, als du vorgeschlagen hast, heute ins Konzert zu gehen.«

In dem Augenblick trafen Mrs. Withcombe, Lady Fisher und Dorlissa ein, da sie angeboten hatten, Plätze in ihrer Kutsche zur Verfügung zu stellen.

»Ich habe nicht die leiseste Ahnung, was du meinst«, erwiderte Giles und erhob sich, um die Damen zu begrüßen.

»Oh, Lord Trahern«, rief Lady Fisher, »ich glaube, allmählich gewinnen Sie das Herz Ihrer widerspenstiger Braut. Und die heutige Darbietung ist etwas so Romantisches, daß es sicherlich ihre armen Nerven beruhigen wird.« Die Lady beugte sich vor, so daß ihm ihr Federschmuck vor der Nase tanzte. »Ich habe veranlaßt, daß auch unsere zweite Kutsche hergebracht wird. Ich dachte, es wäre höchst unschicklich, wenn Sie und Lady Sophia allein in Ihrer Kutsche fahren würden. Der Herzog und Dorlissa können mit Mrs. Langston in unserer Kutsche fahren, und wir Älteren nehmen dann das dritte Gefährt, damit wir den jungen Liebenden nicht im Weg sind. Nun, was sagen Sie zu meinen Plänen?«

Giles grinste sie an. »Ich finde, es sieht ganz danach aus, als wären Sie längst nicht so alt, wie Sie uns weiszumachen versuchen, Lady Fisher.«

»Wo ist Sophia?« fragte Lady Larkhall, die gerade den Raum betrat.

»Sie hat uns noch nicht mit ihrer Anwesenheit beehrt«, erwiderte Giles, erfreut über den verärgerten Gesichtsausdruck von Sophies Tante.

Während Lady Larkhall eines der Dienstmädchen

beauftragte nachzusehen, weshalb Sophia so lange brauchte, gesellte sich Giles wieder zu Monty an den Kamin.

Sein Freund blickte ihn stirnrunzelnd an. »Ich verstehe nicht, weshalb du diese Heirat akzeptierst. Ich gebe ja zu, daß die Landluft viel für ihr Äußeres getan hat, aber dieser mürrische Gesichtsausdruck läßt mich schaudern.«

Giles lachte. »Mach dir ihretwegen keine Sorgen. Ich habe eine schöne Hochzeitsüberraschung für sie. Das wird sie aufmuntern.«

Sehr überzeugt wirkte Monty nicht. »Ich jedenfalls werde kein mißlauniges Mädchen heiraten. Ich habe ein paar Dinge aus deinem Beispiel gelernt.«

Giles konnte nicht widerstehen, seinen Freund zu hänseln. »Immer noch entschlossen, den Schamlosen Engel zu heiraten?«

Monty schüttelte den Kopf. »Um Himmels willen, nein. Sie wäre niemals die Richtige. Nicht mehr. Nicht nachdem ich die perfekte Braut hier in Bath gefunden habe.«

Das überraschte Giles nicht sonderlich. Monty fand seine perfekte Herzogin normalerweise überall, wo sie hinkamen. »Tatsächlich?« fragte er in gespieltem Ernst. »Habe ich das Aufgebot verpaßt, als ich nicht in der Stadt war? Weiß die zukünftige Braut schon von ihrem bevorstehenden Glück?«

»Lach du nur«, entgegnete Monty. »Aber meine Wahl ist getroffen. Überzeuge dich selbst.« Er nickte in die Richtung, wo die Frauen beieinander standen und wo sich Lady Larkhall ebenfalls gerade eingefunden hatte. In dem Moment wandten sich Lady Fisher und Dorlissa dem Kamin zu. Als Lady Fisher bemerkte, daß der Herzog in ihre Richtung sah, ermahnte sie ihre Tochter zu lächeln.

Das Mädchen gehorchte, aber ihr Lächeln kam offenbar nicht von Herzen.

Mit sichtlichem Stolz strahlte Monty seine zukünftige Braut an.

Dorlissa? Fassungslos angesichts dieser unerwarteten

Entwicklung sah Giles wieder seinen Freund an. »Bist du dir sicher?«

»Selbstverständlich. Sie ist vollkommen. Heute früh habe ich die Sondergenehmigung eingeholt.« Er tätschelte seine Jackentasche, die normalerweise für seine berühmte Liste reserviert war. »Noch diese Woche wird sie die nächste Herzogin von Stanton.«

»Hast du dir das gut überlegt?« fragte Giles. Überrascht von dieser neuen Entwicklung, versuchte er, sich ein Leben mit Lady Fisher als Schwiegermutter vorzustellen.

»Ich habe die ganze Nacht damit verbracht, eine Liste ihrer Vorzüge aufzustellen.«

»Und sie erfüllt die Forderungen auf deiner Liste?« Er bezweifelte, daß sie auch nur eine einzige erfüllte.

»Und ob. Nun, sie ist –«

»Oh, damit ist alles verdorben«, begann Lady Fisher zu jammern. »Ich habe alles so schön vorbereitet, und nun geht das selbstsüchtige Mädchen hin und verdirbt es. Ich will nichts davon hören. Lord Trahern, Sie müssen ein Machtwort sprechen.«

»Ein Machtwort? Mit wem?« fragte Giles und riß sich von Montys Vortrag über Dorlissas Qualitäten los.

»Mit Lady Sophia. Sie ist einfach krank geworden. Sie läßt sich entschuldigen, und damit sind alle meine Pläne ruiniert.«

16.

Unruhig wartete Sophia darauf, daß Emma zurückkam. Sie hätte das Schwert, das sie Selmar gestohlen hatte, darauf verwettet, daß ihre Gesellschafterin nicht nur ihre Tante, sondern auch Giles mitbringen würde.

Sie schlüpfte unter die Decke und hielt die Stirn an die Wärmflasche, die sie unter der Decke versteckt hatte.

Gleichzeitig umklammerte sie einen nassen, kalten Lappen in der Hoffnung, daß ihre Hände davon eisig wurden. Mit Emmas Hilfe und ein paar Tricks war Sophia zuversichtlich, selbst einen Arzt täuschen zu können.

Aus dem Gang vor ihrem Zimmer wurde sie von Emmas lautstarken Protesten vorgewarnt. »Mylord, es ist höchst unschicklich für einen Gentleman, das Schlafgemach einer Lady zu betreten, und bei ihrem Zustand wird das nur dazu führen, daß ihr Fieber noch steigt.«

Sophia tauchte unter der Bettdecke auf, zerzauste sich das Haar noch etwas mehr und ließ dann ermattet den Kopf auf das Kissen sinken. Neben ihrem Bett flackerte eine fast heruntergebrannte Kerze und ließ ihr Krankenlager noch trostloser aussehen.

»Unsinn«, ertönte Giles' tiefe Stimme. »Ich will sie sofort sehen.«

Die Tür wurde geöffnet, während Sophias Tante ihre Meinung beisteuerte. »Mrs. Langston, ich glaube nicht, daß es Sophia stören wird, wenn Lord Trahern ihr zeigt, wie besorgt er um ihr Wohl ist.«

Sophias Lider flatterten. Langsam öffnete sie die Augen, als wäre auch das schon eine schmerzhafte Anstrengung. Sie warf den Kopf auf dem Kissen hin und her, bis ihr Blick auf das besorgte Gesicht ihrer Tante fiel.

Tante Celia ließ sich an Sophias Bettkante nieder. »Sophia, meine Liebe, du siehst fiebrig aus.«

»Das kann nicht sein«, widersprach sie schwach. »Mir ist ja so kalt.« Zur Bekräftigung umfaßte sie die warme Hand ihrer Tante mit ihrem eiskalten Griff.

»Um Himmels willen, Kind, du fühlst dich ja eiskalt an!«

Sophia nickte zustimmend und streckte die andere Hand nach ihrer Gesellschafterin aus. »Emma«, rief sie. »Haben Sie mir die zweite Bettdecke mitgebracht? Mir ist fürchterlich kalt.« Sophia wagte nicht, Giles anzusehen, um zu überprüfen, ob er ihrer Vorstellung Glauben schenkte.

Während Emma in das Ankleidezimmer ging, um die zweite Decke zu holen, legte Sophias Tante ihrer Nichte sanft die Hand auf die Stirn.

»Dachte ich es mir doch. Du hast hohes Fieber. Das erklärt auch, weshalb dir so kalt ist.« Lady Larkhall warf einen Blick über die Schulter. »Sie sollte nicht ausgehen. Erst, wenn dieses Fieber wieder gesunken ist.«

Giles ließ einen skeptischen Laut hören. »Darf ich?« fragte er mit einer Handbewegung zu dem Bett.

Lady Larkhall räumte ihren Platz, und Giles beugte sich über das Bett.

Sophia öffnete ihre Augen gerade weit genug, um seinem skeptisch forschenden Blick zu begegnen.

»Es tut mir so leid, Mylord«, flüsterte sie, »Ihnen den Abend zu verderben.«

»Unsinn. Meinen Abend werde ich damit verbringen, hier über Sie zu wachen«, verkündete er in einem so besorgten Ton, als hätte er soeben die Nachricht ihres unmittelbar bevorstehenden Endes erhalten.

In der Tür stand Emma, sichtlich ratlos, was sie gegen diese unwillkommene Entwicklung der Dinge unternehmen sollte.

Mit einem tapferen Lächeln blickte Sophia zu Giles auf. »Würden Sie das tun? Bei mir bleiben? Es würde mir gleich soviel besser gehen!«

Diese Antwort hatte er nicht erwartet. Er legte den Kopf zur Seite und sah sie noch einmal kritisch an. »Sie wollen, daß ich hierbleibe?«

Bevor Sophia antworten konnte, kam ihr ihre Tante unbeabsichtigt zur Hilfe. »Hierbleiben? Wenn sie so krank ist? Das ist weder schicklich noch vernünftig. Solche Fieber können höchst ansteckend sein, und ich möchte nicht, daß Sie, Mylord, so kurz vor der Hochzeit krank werden. Außerdem muß meine Nichte in zwei Tagen wieder völlig gesund sein und benötigt Ruhe, keine Gesellschaft.« Lady Larkhall faßte Giles am Ellbogen und zog ihn vom Bett weg.

Sophia wimmerte effektvoll.

»Nein, nein. Es kommt nicht in Frage, meine Liebe«, schalt ihre Tante. »Du wirst jetzt ruhen. Wenn du etwas brauchst, ist Emma gleich in der Nähe.«

Emma nickte Lady Larkhall zu und machte sich daran, die Patientin mit einer weiteren Decke zuzudecken.

Durch ihre halb geschlossenen Lieder beobachtete Sophia triumphierend, wie ihr Verlobter aus dem Raum geführt wurde. Ihre Freiheit für diesen Abend war gesichert.

Kaum war die Kolonne der Kutschen die Auffahrt hinabgerollt, sprang Sophia aus dem Bett und durchwühlte ihren Schrank fieberhaft nach einem bestimmten Kleid.

Emma saß am Frisiertisch und ordnete ihre Farbtiegel und Puderdosen.

»Denken Sie, er hat mir geglaubt?« fragte Sophia.

»Er hatte keine andere Wahl.«

Sophia ließ einen Armvoll Seidenröcke und Unterkleider auf das Bett fallen und überlegte dann kurz. »Meinen Sie, er wird mir verzeihen?«

Emma sah sie über die Schulter an, ihre Miene seltsam traurig. »Das hoffe ich. Für uns alle.«

Die Gesellschaft von Bath, entdeckte Giles, war genauso langweilig wie die von London. Vermutlich lag das daran, daß sie sich aus ebenso dummen und oberflächlichen Menschen zusammensetzte.

Der große Raum in der Guildhall war vollgepfercht mit Zuschauern verschiedenster Herkunft. Anders als in London, konnte in Bath jeder, der genügend Geld für den Eintritt hatte, an der öffentlichen Veranstaltung teilnehmen. Es gab dem Ganzen einen zusätzlichen komischen Anstrich, mit ansehen zu können, wie manche Leute versuchten, das Verhalten der sogenannten besseren Kreise nachzuahmen.

Auch nachdem die Musik begonnen hatte, setzten die

Leute ihre Unterhaltungen fort und suchten die Bekanntschaft mit interessanten Neuankömmlingen in der Stadt. Monty, der zwar weitgehend von der besitzergreifenden Lady Fisher vor den schlimmsten Glücksjägern abgeschirmt wurde, war schon bald zum Mittelpunkt des Abends geworden. Als Herzog ohne Herzogin stellte er einen Fang dar, der selbst die zurückhaltendsten Mütter dazu brachte, ihre verlegenen Töchter ins Feld zu schicken.

Giles nickte gelegentlich dem einen oder anderen Bekannten zu und sah alle paar Minuten verstimmt auf seine Taschenuhr. Wenn ihm doch nur eine Entschuldigung einfiele, die ihm erlaubte, frühzeitig aufzubrechen und nach Larkhall Manor zurückzukehren!

Zwar hatte er eine hohe Meinung von Lady Larkhalls Urteilsvermögen, doch wußte er auch, daß seine reizende Braut eine Meisterin der Täuschung war. Er hatte sie schon einmal die Rolle der Kranken spielen sehen, nur daß er ihr damals noch geglaubt hatte.

Diesmal wollte er ihr nicht so bereitwillig auf den Leim gehen.

Es gab nur eine Möglichkeit, sich Gewißheit zu verschaffen. Entschlossen strebte er dem Ausgang zu.

»Sagen Sie, mein Herr«, ließ sich ein älterer Gentleman vernehmen, »ist das nicht der junge Trahern?«

Giles drehte sich um und erkannte Admiral Griffey, der seine knochige Gestalt von seinem Platz erhob.

Der alte Herr, einer der besten Freunde von Giles' Vater, streckte ihm seine Hand zur Begrüßung entgegen. »Sie sind es tatsächlich, mein junger Bursche. Sehen Sie sich nur an, Sie erinnern mich an Ihren Vater, als er in Ihrem Alter war. Damals, als wir uns während der ersten Schwierigkeiten mit den Holländern kennenlernten.«

Giles nickte freundlich. Er hatte zuviel Respekt vor dem Admiral, um unhöflich zu sein. »Wie schön, Sie zu sehen, Admiral. Ich wußte gar nicht, daß Sie in der Stadt sind.«

»Ich bin wegen des Heilwassers hier. Meine Frau hat

sich in den Kopf gesetzt, daß ich nach mehr als vierzig Jahren auf See meine ganzen Gebrechen mit noch mehr Wasser kurieren könnte.« Der Mann nickte einer älteren Frau in gestärkter Spitzenhaube und in einem noch steiferen schwarzen Kleid zu. »Ich versuche, ihr zu erklären, daß es die vielen ruhelosen Jahre sind, die mir jetzt in den Knochen sitzen, und daß mir noch mehr Wasser auch nicht hilft. Und diese Bäder? Bah – nichts weiter als eine Zurschaustellung entblößter Gliedmaßen. Kein Vergleich zum Leben auf See. Ich weiß noch genau, wie der alte Captain Langston von der *Righteous* immer sagte –«

»Sagten Sie Captain Langston?« unterbrach Giles ihn.

»Aber ja. Captain Howland Langston. Kennen Sie ihn?«

Kennen? Giles fühlte, daß sich bald ein weiterer Teil des Rätsels auflösen würde. »Nein, ich habe ihn nicht *gekannt*«, antwortete er bedachtsam.

»Gekannt? Was reden Sie da? Erst letzten Monat habe ich mit ihm und seiner neuen Braut in Dover zu Abend gegessen. Der alte Seebär hält sich nie zu weit vom Wasser auf. Haben Sie etwas anderes gehört?« Admiral Griffey beugte sich vertraulich vor. »Ich habe den Mann gewarnt, daß eine dritte Ehe zuviel des Guten ist, aber er konnte nicht widerstehen. Seine neueste Frau ist jung genug, um seine Enkelin zu sein. Der alte Bock. Wer weiß, wie viele Erben er mit dem jungen Ding noch zeugt.«

»Dann muß ich mich wohl geirrt haben«, sagte Giles. *Ein schwerer Irrtum, diesen Frauen auch nur ein Wort zu glauben*, fügte er im stillen hinzu.

Er fragte sich, was Lady Fisher dazu sagen würde, daß Mrs. Langstons Mann offenbar aus seinem nassen Grab zurückgekehrt war. Er bezweifelte jedoch, daß es für Emma ein großer Schock sein würde.

Admiral Griffey setzte seinen Monolog von Klatschgeschichten fort, während Giles versuchte, diese neueste Information zu verdauen.

Wenn Emma nicht die Witwe Langston war, wer war sie dann?

Giles wurde den Eindruck nicht los, daß jede Antwort, die er über den Schamlosen Engel und ihre Helfershelfer erhielt, zehn weitere Fragen aufwarf.

»Admiral«, unterbrach er wieder den älteren Mann, »leider war ich gerade auf dem Nachhauseweg. Meine Verlobte konnte nicht an diesem Abend dabei sein, weil sie plötzlich krank geworden ist. Ich wollte früh zurückkehren, um zu sehen, wie es ihr geht.«

»Ich habe gehört, daß Sie bald heiraten, und zwar eine Tochter einer der Ramsey-Schwestern.« Grinsend stieß der alte Mann Giles den Ellbogen in die Seite. »Ich hoffe nur, daß sie nach Mellisande schlägt. Ah, was für eine Schönheit!«

Giles kannte die Anzeichen nur zu gut. Der Blick des alten Mannes wurde glasig, während er sich anschickte, eine langatmige Geschichte von der legendären Dame und ihren frevelhaften Taten zu erzählen.

Was hatte sich sein gesetzter, stoischer Vater nur dabei gedacht, ihn in eine Familie skandalöser Frauen einheiraten zu lassen?

Andererseits, überlegte Giles, würde das Leben mit Sophia niemals langweilig werden.

Nachdem er höflich eine weitere halbe Stunde lang den Erinnerungen des Admirals gelauscht hatte, konnte sich Giles schließlich entschuldigen und nach Larkhall Manor zurückkehren.

Lautlos schritt er durch das Haus. Als sein Klopfen an Sophias Tür ohne Antwort blieb, öffnete er die Tür einen Spalt.

»Sophia? Mrs. Langston?« rief er, obwohl er sich bereits ziemlich sicher war, was ihn erwartete.

Ein leeres Zimmer.

Er blickte erst zu dem ungemachten Bett, auf dem an paar abgelegte Kleidungsstücke lagen, dann auf das Durcheinander von Puder und Tiegeln auf dem Frisiertisch. Sie war in ziemlicher Eile aufgebrochen.

Er durchquerte den Raum und stützte sich mit der

Hand auf die Glasplatte des Frisiertischs. Wie hatte er das zulassen können? Er hatte darauf bestehen sollen, hierzubleiben – wenn schon nicht ihrem Zimmer, so doch wenigstens im selben Haus.

Nun gab es keinerlei Hinweis, wohin sie gegangen war oder mit wem.

Kopfschüttelnd blickte er sich um. Eines wußte er: Sie hatte vor zurückzukommen, und zwar noch ehe ihre Tante und die übrige Gesellschaft zu Hause erwartet wurde. Sie hatte keine andere Wahl, denn Lady Larkhall würde als allerserstes nach ihr sehen wollen.

Sie würde jedoch nicht in ein kaltes, leeres Zimmer zurückkehren, entschied er. Er zog sich einen Stuhl heran und setzte sich ans Fenster, von wo aus er die Einfahrt überblicken konnte. Schon bald würde sie nach Hause kommen, und dann waren ein paar Erklärungen fällig.

Der Raubzug bei Lord Percy verlief ohne jeden unerwünschten Zwischenfall.

Hocherfreut über ihren Erfolg kletterte Sophia aus dem Fenster und lief auf Zehenspitzen durch den vielgelobten Rosengarten seiner Lordschaft. Sie schlüpfte durch das Hintertor, das in die Gasse hinter dem eleganten Wohnhaus am Crescent vorbeiführte, und lächelte zufrieden, als Oliver die Kutsche aus den Schatten herauslenkte.

Sie stieg ein und ließ sich lächelnd Emma gegenüber nieder.

Emma sah gar nicht glücklich aus.

»Machen Sie doch nicht so eine Leichenbittermiene«, schalt Sophia sie. Sie hielt ihre Beutestücke hoch. »Das ist mehr als genug, um meine Eltern zu befreien.«

»Ich denke nur …« Emma verschränkte die Arme vor der Brust und blickte zum Fenster hinaus.

»Was denken Sie?« Noch nie hatte Sophia Emma so gesehen. Seit ihrem ersten Abenteuer als Schamloser Engel hatten ihr Emmas Zuversicht und Erfahrung den nötigen Rückhalt geboten, den sie für ihre gefährlichen Unternehmungen brauchte. Sie lehnte sich in ihrem Sitz zurück und begann, sich von ihrer raffinierten Verkleidung zu befreien. Mit der Maske fing sie an.

»Sie denken, ich sollte es Lord Trahern überlassen, meine Eltern zu finden, nicht wahr?«

Emma nickte. »Ich habe eine meiner düsteren Vorahnungen wegen dieser Reise. Das gefällt mir gar nicht. Lassen Sie den Mann tun, wozu er ausgebildet wurde. Sein eigener Vater hat Ihnen gesagt, daß er der Beste auf seinem Gebiet ist, und Sie haben sich mit eigenen Augen davon überzeugen können. Überlassen Sie es ihm. Nehmen Sie nicht dieses letzte Risiko auf sich. Lassen Sie sich von ihm helfen.« Sie hielt inne. »Ich habe Angst, es könnte Ihre letzte Reise sein.«

Sophia schluckte ihren voreiligen Widerspruch hinunter und wandte sich statt dessen ab.

»Jede Nacht sehe ich in meinen Träumen das Schafott auf diesem Platz. Ich sehe die Karren die Straßen entlangrollen. Aber der einzige, dem etwas geschieht, der von diesen Wahnsinnigen in Stücke gerissen wird, ist Giles. Das kann ich nicht zulassen. Er darf nicht nach Paris zurückkehren.«

»Dann fahren Sie wenigstens nicht allein. Nehmen Sie mich mit.«

Sophia holte tief Luft. »Emma, ich weiß, daß Sie sich Sorgen machen, aber Sie wissen auch, weshalb Sie zurückbleiben müssen. Sie müssen Giles davon überzeugen, daß ich nach York gefahren bin, um meine Tante Mellisande um Unterstützung zu bitten. Vielleicht glaubt er Ihnen, und vielleicht reist er dorthin, bevor er die Wahrheit erfährt. Das verschafft mir einen Vorsprung von drei, vielleicht vier Tagen. Dann bin ich in Paris und habe meine Eltern befreit, bevor er überhaupt den Kanal überqueren kann.«

Emma schien nicht überzeugt zu sein. »Mir gefällt die Vorstellung gar nicht, daß Sie ohne mich fahren. Warum warten Sie nicht noch? Bis Ihre Tante nach Hause kommt, bleiben Ihnen nur noch wenige Stunden der Dunkelheit, um Ihre Spuren zu verwischen. Besser wäre es, bis morgen abend zu warten. Sie könnten sich früh entschuldigen, und bevor uns jemand vermißt, wären wir schon lange fort. Bei acht bis zehn Stunden Vorsprung hätte Lord Trahern keine Ahnung, welche Richtung wir genommen haben.«

»Nein. Ich kann Ihnen genausowenig wie Giles erlauben, mich zu begleiten.«

Emmas dunkle Augen flackerten. »Sophia, wenn Sie mich nicht mitnehmen, erzähle ich dem Mann die Wahrheit. Ich sage ihm, wohin Sie wollen und welche Route Sie nehmen.« Mit entschlossener Miene hielt sie inne. »Und ich sage ihm, daß Sie sein Kind erwarten.«

Sophia schnappte nach Luft. »Das ist eine Lüge, und Sie wissen es.«

»Mag sein, aber er würde Sie einholen, bevor Sie die Küste erreichen.« Emma lehnte sich in ihrem Sitz zurück. »Also, welchen Plan ziehen Sie vor?«

Da Sophia genau wußte, daß Giles sie noch vor Morgengrauen in Byrnewood einsperren würde, wenn Emma ihre finstere Drohung wahrmachte, beschloß sie nachzugeben. Zumindest vorläufig. »Ihren Plan. Ich nehme an, Sie haben recht, Emma. Wenn ich heute abend zu Hause bin, faßt er vielleicht wieder ein bißchen Vertrauen zu mir, so daß wir Zeit genug haben zu entwischen. Das ist wirklich eine viel bessere Idee.«

Emma nickte zustimmend und schien glücklich zu sein, daß sie nicht zurückgelassen werden sollte. Sie warf Sophia einen Lappen zu.

»Wischen Sie sich lieber dieses Zeug aus dem Gesicht. Wir sind gleich zu Hause.«

Sophia hatte kaum ihr Gesicht von der Schminke und dem Puder befreit, als Oliver die Kutsche in der Nähe des Hauses anhielt und Sophia und Emma an der Straße hinausließ. Die beiden Frauen schlichen durch den Garten und gelangten durch eine Seitentür, die sie unversperrt gelassen hatten, unbemerkt ins Haus.

Nachdem sie einander eine gute Nacht gewünscht hatten, kehrte Sophia zu ihrem Krankenlager zurück, während Emma ihren Posten in der Bibliothek einnahm, um auf Lady Larkhalls Rückkehr zu warten.

Auch wenn Sophia sich mit Emmas Plan einverstanden erklärt hatte, dachte sie nicht daran, ihn in die Tat umzusetzen. Emma würde in Sicherheit bleiben, ebenso wie Giles, entschied sie, während sie die Treppe zu ihrem Zimmer emporstieg.

Sobald ihre Tante und Giles nach ihr gesehen und sich überzeugt hatten, daß sie friedlich schlief, würde sie zur Kutsche zurückschleichen und zur Küste aufbrechen, wo das Postschiff wartete.

Leise betrat sie ihr dunkles Zimmer. Sie stolperte über ein abgelegtes Kleidungsstück und erkannte, daß sie erst einmal aufräumen mußte, bevor sie sich zu Bett legte. Als sich der große dunkle Schatten aus einer Ecke löste, blieb sie wie erstarrt stehen.

»Fühlst du dich besser?« Giles entzündete eine Kerze und trat näher. Sophia blickte an ihrem kostbaren Kleid herab, und ihr Blick fiel auf die verräterische Maske in ihrer Hand. »Ich dachte, ein Spaziergang in der frischen Luft könnte vielleicht –«

Er schnitt ihr das Wort ab, indem er das Zimmer durchquerte, ihren Arm packte und ihre Hand mit der Maske darin hochhielt. »Verkauf mich nicht für dumm. Also, wo ist es?«

»Wo ist was?« fragte sie.

»Was immer du heute abend gestohlen hast. Wo ist es, und wem hast du es gestohlen?«

Störrisch preßte sie die Lippen aufeinander.

Giles kannte den Gesichtsausdruck. Er bedeutete, daß es schwierig – vielleicht sogar unmöglich – sein würde, die Informationen zu bekommen, die er wollte. Er ließ sie los, trat zur Tür und schloß sie ab. »Du erzählst mir jetzt, was du vorhast, oder ich schaffe dich noch heute abend nach Byrnewood und lasse dich für den nächsten Monat im Turm einsperren.«

Reglos und schweigend stand sie vor ihm. Die Goldstickerei auf ihrem Kleid schimmerte im Kerzenlicht.

Ihre Halsstarrigkeit war zum Verrücktwerden. Sie weigerte sich, ihm zu vertrauen und seine Hilfe anzunehmen. Er konnte nicht zulassen, daß sie sich weiterhin gefährdete, ebensowenig wie sie ihre Eltern im Stich lassen konnte.

Dann wurde ihm mit einemmal die Gültigkeit ihres Familienmottos klar.

Dem Liebenden ist nichts zu schwer.

Sein Ärger verrauchte, während er erkannte, daß er sie dazu getrieben hatte, sich bei Nacht fortzuschleichen, um sich die Mittel zu beschaffen, die seine Sicherheit gewährleisten sollten. Sie riskierte bereitwillig ihr Leben, um das derjenigen zu schützen, die sie liebte, sein Leben eingeschlossen.

Aber es wurde Zeit für sie zu lernen, daß die Liebe nur dann solche Opfer rechtfertigte, wenn sie von zwei Menschen geteilt wurde.

»Wenn du darauf bestehst, nach Paris zu gehen, komme ich mit.«

Sie wandte ihm das Gesicht zu, die Augen voller Mißtrauen. »Nein.«

»Dann folge ich dir eben«, sagte er. »Ist es nicht besser, wenn du weißt, wo ich bin, statt immer darauf warten zu müssen, daß ich plötzlich aus dem Nichts auftauche? Ich könnte hereinplatzen und deine Deckung auffliegen lassen so wie bei Danton. Du siehst also, du mußt mich mitnehmen.«

Sophia schüttelte den Kopf. Traurig erwiderte sie: »Wenn ich dich mitnehme, wird dir etwas zustoßen.«

Und du wirst denken, ich hätte dich verraten. Bilder aus ihrem Traum begannen wieder, auf sie einzustürmen. Sie schloß die Augen, um die schrecklichen Phantasien abzuschütteln.

Doch auch bei geschlossenen Augen blieb ihr die quälende Vorstellung seines blutüberströmten Körpers.

»Und was ist mir dir, Sophia?« flüsterte er ihr ins Ohr. »Wer wird dich beschützen? Wer wird deinen Kopf vor dem Fallbeil bewahren?«

Blinzelnd öffnete sie die Augen. Er stand wenige Zentimeter von ihr entfernt. »Ich werde nicht zulassen, daß du stirbst«, sagte sie.

»Ich habe nicht vor, nach Paris zu gehen, um mich umbringen zu lassen. *Wir* werden deine Eltern befreien. *Gemeinsam.*« Er legte ihr die Hände auf die Schultern und drehte sie so, daß sie ihn ansah. Verspielt zupfte er an der Perücke auf ihrem Kopf. »Von heute an soll es nur noch ein *Wir* geben. Kein Du, kein Ich, sondern nur noch ein Wir. Wir gehören so unzertrennlich zusammen, als wären wir verheiratet. Doch wenn ich wirklich sterben sollte, so möchte ich dich vorher wenigstens einmal unmaskiert sehen, unbekleidet und ohne all diese Schichten, mit denen du mich auszuschließen versuchst.«

Sophias Nerven begannen unter seiner Berührung zu vibrieren, und unwillkürlich neigte sich ihr Körper ihm entgegen. Wie konnte sie sich dem Wunsch entziehen, nahe bei ihm zu sein?

Er hob ihr Kinn, so daß sich ihre Lippen zu einem Kuß trafen.

Sobald sein Mund sie berührte, wußte Sophia, daß sie verloren war. Alles würde sie ihm geben, wenn er nur nie wieder aufhörte, sie zu küssen. Mit den Lippen knabberte er an den ihren, bis sich ihre Zungen trafen.

Oh, wie sehr sie sich noch eine Nacht in Giles' Armen wünschte! Sie wollte sich weismachen, daß sie ihm nur danken wollte, weil er ihre Familie gerettet hatte, weil er ihr angeboten hatte, mit ihr nach Paris zu kommen, doch es war mehr als das.

Sie wollte ihm sagen, daß sie ihn liebte.

Die Worte blieben ihr im Hals stecken, denn wenn sie sie äußerte, kam es einem Versprechen gleich, und sie wäre an ihn gebunden. Wenn sie offen aussprach, daß sie ihn liebte, mußte sie ihn an ihrem Leben teilhaben lassen.

Doch Giles zu lieben, bedeutete für sie, daß sie ihn zurücklassen mußte.

Vielleicht konnte sie ihm mit ihren Küssen und Zärtlichkeiten sagen, was sie nicht auszusprechen wagte.

Sie schlang ihm die Arme um den Hals und erwiderte seinen Kuß zärtlich. Für eine Weile standen sie in der Mitte des Raumes und küßten sich, als wäre die Zeit stehengeblieben.

Doch Sophias Verlangen nach Giles ließ sich auf Dauer nicht nur mit Küssen stillen. Sie mußte seine bloße Haut fühlen, seinen muskulösen Körper streicheln, die zunehmende Hitze spüren, wenn sich ihre Körper näher kamen.

Sie löste sich aus dem Kuß und schob ihm das Jackett von den Schultern.

»Ich will dich ansehen, Trahern«, griff sie seine Forderung auf. »Ich will dich sehen – aber ohne Kleider.«

»Ich bin dein ergebener Diener, Mylady. Du darfst nach Belieben mit mir verfahren.«

Ein wohliger Schauer überlief sie bei seinen Worten. Gemächlich zog sie ihn weiter aus und küßte seine Arme und seine Brust, während sie ihm das Hemd abstreifte. Versonnen betastete sie seine muskulösen Arme; sie wußte, wie sie sich anfühlen würden, wenn er sie umschlang, um in sie einzudringen.

Sie blickte auf, um zu sehen, wie er reagierte, als sie ihn aus seinen engsitzenden Kniehosen befreite.

Er hielt die Augen geschlossen, doch ein sinnliches Lächeln umspielte seine Lippen.

Mit den Händen fuhr sie seine nackten Schenkel entlang, hinunter zu den festen Umrissen seiner Waden, und streifte ihm die Strümpfe und Stiefel ab. Nun war er nackt und gehörte ganz ihr.

Und er war sichtlich bereit für weitere Freuden.

Gemächlich führte sie ihn zu ihrem Bett und ließ ihn sich hinlegen.

Sophia trat ein paar Schritte zurück und begann sich langsam zu entkleiden, ohne den Blick von seinem Gesicht zu wenden.

Bei jedem Stück, das sie ablegte, konnte sie seiner Miene entnehmen, was er tun würde mit dem Körperteil, den sie seinem Blick preisgab.

Als sie ihr Mieder abstreifte und ihre Brüste entblößte, sah sie seine Augen aufleuchten. Sie wußte noch, wie es sich angefühlt hatte, die Liebkosungen seiner Lippen und seiner Zunge dort zu spüren.

»Komm her, Sophia«, bat er leise. »Laß mich nicht länger warten.«

»Ich bin schon da«, erwiderte sie und legte sich zu ihm ins Bett.

Ihre nackten Körper verschmolzen miteinander. In den hitzigen Momenten, die folgten, schien keiner genug von den Liebkosungen des anderen zu bekommen.

Sophia erkannte schnell, daß Giles ihre Gedanken gelesen hatte, während sie sich auszog.

Er schloß die Lippen über ihrer Brust und umkreiste mit der Zunge die eine Warze, während er mit dem Daumen die andere rieb.

Sie wand sich in seinen Armen, voll zärtlichem Verlangen nach mehr. Als Antwort glitt seine Hand tiefer, öffnete ihre Schenkel und fand jene empfindsame Stelle.

Sophia stöhnte leise, bat um mehr, flehte ihn an, sie aus dieser süßen Qual mit der wonnigen Erlösung der Liebenden zu befreien.

Sie drehte sich auf den Rücken, das Gesicht erhitzt und erwartungsvoll. »Laß mich nicht warten. Bitte, Giles, liebe mich. Liebe mich heute nacht.«

Giles beugte sich über sie und drang in sie ein, erfüllte sie mit seiner Kraft und seinem Verlangen.

Sie biß ihm in die Schulter und flüsterte ihm eine schamlose Herausforderung ins Ohr.

»Folge mir, wenn du es wagst.«

Sie umfing ihn mit ihrem Körper, gab den Rhythmus

vor. Ihre Fingernägel hinterließen ihre Spuren auf seinem Rücken und seinem Po, während ihre Hüften heftig gegen ihn stießen.

Er spürte die Verzweiflung in ihrer Umarmung, ihr maßloses Verlangen nach ihm. Er wollte ihr sagen, was er fühlte, daß er sie liebte. Daß er sie wegen ihrer Lebendigkeit, ihrer Vielschichtigkeit, ihrer Geheimnisse liebte.

Und so wie sie, drückte er seine Liebe mit seinem Körper aus. Er folgte ihren Forderungen, näher und näher zu kommen, drang immer tiefer in sie vor, immer schneller, immer heftiger.

Als ihre Lider zuckten und ihr Mund sich überrascht öffnete, als die Erlösung wie ein Beben ihren Körper ergriff, wurde auch ihm die Erfüllung geschenkt.

Eine Zeitlang hielten sie einander nur fest und ließen gemeinsam die letzten wohligen Schauer verklingen.

Das Feuer im Kamin prasselte, als ein Holzscheit zerbarst und einen Funkenregen in den Kamin aufsteigen ließ.

»So fühle ich mich«, sagte sie.

»Wie denn?«

»Wie diese Scheite im Kamin, heiß, ausgebrannt, aber immer noch in voller Glut. Als würde ich in eine unbekannte Dimension aufsteigen. Richtig furchteinflößend.«

Er strich ihr das Haar aus der Stirn. »Aber du bist ja nicht allein. Ich bin bei dir.«

Sie lächelte. »Darüber bin ich froh. Ich wäre gar nicht gern allein.« Noch während sie die Worte aussprach, erkannte sie deren Hintersinn. Sie konnte nur hoffen, daß er sie nicht beim Wort nahm.

Doch offenbar hatte Giles genau das vor. »Also willst du, daß ich mitkomme nach Paris?«

Sie sah ihm in die Augen. »Ja«, log sie.

Er lächelte und schloß sie fest in die Arme. »Du wirst sehen, daß ich recht habe. Es ist besser, wenn ich mitkomme.«

Sophia lächelte zustimmend und blieb in der Wärme seiner Umarmung, bis ihn der Schlaf übermannte. Auch dann wartete sie, bis ihr sein gleichmäßiger Atem verriet, daß er tief und fest schlief.

Nun erst löste sie sich behutsam aus seinen Armen und schlüpfte aus dem Bett in die Kühle ihres Zimmers.

Sie trat zum Kamin und sah zu, wie die letzte Glut allmählich erlosch. Später sollte sie sich fragen, ob dies nicht ein Vorzeichen dafür war, welch schreckliche Geschehnisse sie erwarteten.

17.

Die erste Kutsche hörte Emma kurz nach Sonnenaufgang eintreffen. Sie achtete nicht weiter darauf – bis eine zweite und wenig später eine dritte ankam. Der Lärm von Stimmen im Erdgeschoß drang bis zu ihrem Schlafzimmer hinauf. Neugierig geworden, zog sie sich an und schlich hinunter.

In dem offenen Foyer hinter dem Eingang stapelten sich unzählige Gepäckstücke. Kinder rannten zwischen den Kisten und Koffern herum, während die Erwachsenen im angrenzenden Speisesaal in eine ernsthafte Unterhaltung vertieft waren.

Emma trat näher an die offene Tür heran und riskierte einen Blick. Zu ihrer Überraschung war der Raum bevölkert mit Sophias Tanten aus der Linie der Ramseys sowie mit ihrem Bruder Lucien samt Familie. Selbst Tante Mellisande, die ihren Landsitz in York schon so lange nicht mehr verlassen hatte, thronte auf dem Ehrenplatz und dirigierte die Dienerschaft, als wäre sie die Herrin des Hauses. Lady Dearsley versuchte, den wild umhertollenden Julien zu fassen, der sich einen Spaß daraus machte, seine Verwandten mit Streichen zu necken.

Am Ende der Tafel sah Emma einen Mann sitzen, den sie nicht kannte. Seine kerzengerade Haltung und seine dunkle, strenge Kleidung verliehen dem Chaos in dem Raum den einzigen Anstrich von Würde. Zu seiner Rechten saß eine pummelige Frau, in deren Wangen jedesmal Grübchen erschienen, wenn sie die anderen Anwesenden anlächelte.

»Ich weiß gar nicht, wovon du redest, Effie«, sagte die Herzogin gerade zu Lady Dearsley. »Sophia soll letzten Monat bei mir zu Besuch gewesen sein? Das ist ja absurd. Ich erinnere mich genau, daß sie gesagt hat, sie wolle hier bei Celia bleiben.«

Lady Larkhall blickte von einer Schwester zur anderen. »Ich glaube, ihr verwechselt beide etwas. Sophia war den ganzen letzten Monat in London. Sie ist erst vor knapp zwei Wochen hier in Bath angekommen.«

Lady Dearsley runzelte die Stirn. »Ich weiß ja nicht, was hier vor sich geht, aber ich verlange eine lückenlose Aufklärung. Bei mir zu Hause jammert sie immer, daß sie aufs Land will, und jetzt kommt mir der Verdacht, daß das alles nur gespielt war. Ich hätte sie nie aus den Augen lassen dürfen. Ich wußte ja, daß es nicht gut wäre, sie so zwischen unseren Häusern hin und her reisen zu lassen. Ihr habt beide einen schlechten Einfluß auf sie. Und erst diese Mrs. Langston. Ich habe ihr nie über den Weg getraut. Ich habe euch beiden gesagt, man müßte ihre Referenzen sorgfältig überprüfen. Aber nein, davon wolltet ihr ja nichts hören. Und jetzt ist unser Mädchen völlig verdorben, sage ich euch. Ich weiß es einfach.« Suchend blickte sie sich in dem Raum um. »Wo ist meine Hannah?« fragte sie einen der Diener. »Sagen Sie Hannah, sie soll unverzüglich meine Nichte holen.«

Emma stockte der Atem. Schnell trat sie von der Tür zurück und lief die Treppe hinauf. Ohne anzuklopfen, trat sie in Sophias Zimmer. Sie riß die Vorhänge auf, damit die Morgensonne das Zimmer erhellte.

»Stehen Sie auf«, befahl sie. »Unten erwarten uns jede

Menge Schwierigkeiten. Hannah ist mit den schlechten Neuigkeiten schon unterwegs.«

Die Gestalt im Bett wälzte sich auf die Seite und zog sich die Decke über den Kopf.

»Haben Sie nicht gehört?« Sie stieß die schlafende Sophia an. »Die ganze Familie ist unten versammelt. Jeder einzelne. Ich kann Ihnen auch sagen, was es zum Frühstück gibt: Ihre jüngste Vergangenheit.«

Emma trat zum Schrank und riß zuerst ihre abgenutzte Reisetasche und dann ihre Kleider heraus. »Ich kann ja nicht für Sie sprechen, aber mir bleibt als einzige Chance wohl nur die Hintertür. Ich weiß nicht, mit welcher Ausrede wir sie jetzt noch abspeisen könnten. Denn was wir uns auch einfallen lassen, sie würden uns sowieso kein Wort mehr glauben. Haben Sie gehört? Ihre Tanten sitzen gerade unten und vergleichen ihre Kalender miteinander. Und was dabei herauskommt, gefällt ihnen gar nicht.« Sie hielt inne und blieb vor dem Bett stehen. »Also, haben Sie gehört, was ich gesagt habe, oder sind Ihre Ohren noch im Tiefschlaf? Sich tot zu stellen, hilft uns jetzt auch nicht weiter; wir sind am Ende. Jetzt stehen Sie endlich auf und überlegen Sie mit mir, was wir denen erzählen sollen.«

Sie packte die Bettdecke an einer Ecke und riß sie mit einem beherzten Ruck herunter.

»Vielleicht erzählen *Sie mir* jetzt erst mal, was los ist?« schlug Lord Trahern vor.

Während Emma noch eine Antwort zu stammeln versuchte, tat Hannah das ihre.

Sie schrie aus vollem Hals.

Hannahs Schreckensschrei veranlaßte den gesamten Haushalt, in Sophias Schlafgemach zu stürmen.

Die völlig hysterische Hannah stotterte unentwegt, wie sie Mrs. Langston und Lord Trahern in ... in ... einer solchen ... Oh, das arme, verstörte Mädchen fand nicht einmal die passenden Worte.

Lady Dearsley bahnte sich ihren Weg durch die versammelte Verwandtschaft und drang bis zum Bett ihrer Nichte vor. »Was geht hier vor?«

Von dem Augenblick an, fand Giles, ging alles bergab.

Mit Emmas Hilfe hatte er sein Hemd wiedergefunden, doch seine Kniebundhosen waren ein hoffnungsloser Fall. So mußte er seine zukünftige Verwandtschaft im Bett seiner Verlobten empfangen, die Bettdecke bis zur Taille hochgezogen.

»Das ist ja viel schlimmer, als ich befürchtet habe«, klagte Lady Dearsley, während sie ihre stattlichen Hüften in den nächsten Sessel zwängte. »Ihnen habe ich nie getraut«, sagte sie zu Giles mit drohend erhobenem Finger. »Und Ihnen auch nicht, Madame.« Ihr vernichtender Blick traf Emma, bevor sie sie mit einem Nicken entließ.

Emma, das mußte Giles voller Anerkennung feststellen, bewies eine bewundernswerte Haltung angesichts dieses Sturms. Doch er konnte nicht zulassen, daß sie für etwas getadelt wurde, das sie nicht verbrochen hatte.

»Ich fürchte, hier liegt ein Mißverständnis vor, Mylady«, erklärte er Lady Dearsley. »Ich habe nicht die Nacht mit Mrs. Langston verbracht, sondern mit Ihrer Nichte.«

Lady Dearsley drehte sich zu Lady Larkhall um, die in der Nähe der Tür stand. »Das ist alles deine Schuld, Celia. Du wußtest, weshalb sie zu uns geschickt wurde, und trotzdem hast du ihr Freiheiten gewährt, die sie nicht zu würdigen wußte. Es war deine Aufgabe, einen anständigen Mann für sie zu finden und ihre skandalösen Neigungen im Zaum zu halten. Jetzt sieh dir an, was du angerichtet hast –«

»Schluß jetzt mit dem Gezeter, Effie«, befahl die Herzogin von Caryll. Zur Bekräftigung rammte sie ihren Gehstock auf den Boden aus Hartholz. »Im Augenblick ist mir gleichgültig, wer hier geschlafen hat, und wenn es der König höchstpersönlich war. Ich will wissen, wo Sophia ist.«

Verdutzt blickten sich alle im Raum um. In dem Durcheinander hatten sie Sophia ganz vergessen.

»Weg«, bemerkte Giles. Die unglaubliche Schönheit, die alle im Zimmer zurückweichen ließ, konnte nur die Herzogin von Caryll sein.

Mellisande Ramsey, das legendäre Juwel von London, ließ jede andere Frau im Raum verblassen. Nach mehr als vierzig Jahren seit ihrem Debüt hatte ihre Figur immer noch die reizvollen Rundungen, die einen Mann vergessen ließen, daß sie sich ihrem sechzigsten Jahr nähern mußte. Ihre weiße Haut zeigte keines der Fältchen, wie sie Lady Dearsleys Gesicht zeichneten und allmählich Lady Larkhalls Züge streiften. Die Frau, die jetzt vor seinem Bett stand, hatte die ungeteilte Aufmerksamkeit aller Anwesenden, und das, weil ihr unbeugsamer Wille es verlangte.

Sie bemerkte seinen forschenden Blick und hob fragend eine Augenbraue.

Er konnte nicht anders – er mußte sie angrinsen.

Wie oft schon hatte er dieselbe Geste bei Sophia gesehen? Jetzt wußte er, von wem seine zukünftige Frau ihre Hartnäckigkeit und eine gehörige Portion ihrer Kühnheit geerbt hatte.

»Genau das wollte ich Mrs. Langston gerade fragen«, erklärte er der Herzogin. »Bevor die da -« er zeigte auf die völlig aufgelöste Hannah – »ihr Geschrei angestimmt hat.«

»Es ist ja nur, weil er … er war … sie waren … und die Bettdecke …« Hannah machte ihrem Elend Luft, während Lady Dearsley ihr beruhigend die Hand tätschelte.

Rums! Rums! Der Stock der Herzogin ließ den Boden erzittern. »Genug jetzt. Hinaus mit euch allen, damit sich der Mann in Ruhe anziehen kann. Wir setzen die Diskussion in Celias Bibliothek fort. Lord Trahern, ich erwarte Sie dort –« sie hob die Augenbraue noch ein wenig höher – »sobald Sie Ihre Hosen wiedergefunden haben.« Sie wandte sich zum Gehen.

»Ich will nicht unhöflich sein, Hoheit«, erwiderte er. »Aber ich habe nicht vor, den Morgen mit Diskussionen zu verschwenden. Meine Braut ist verschwunden. Ich werde mich sofort auf die Suche nach ihr begeben.«

Die Herzogin wandte sich an Lady Larkhall. »Ist er immer so impertinent?«

Lady Larkhall lächelte ihre Schwester an. »Das wollen wir doch hoffen, Sophia zuliebe.«

Die Herzogin nickte und richtete ihren stählernen Blick wieder auf Giles. »Trotzdem will ich zuerst die ganze Geschichte hören, bevor Sie aufbrechen – mit allen Einzelheiten und einem guten Vorschlag, wo Sie Ihre Suche beginnen wollen.«

Die Herzogin zeigte mit ihrem Stock auf Emma. »Mrs. Langston, Sie kommen mit mir, und zwar *sofort*.« Die Frau marschierte mit einer militärischen Haltung aus dem Raum, um die selbst Dryden sie beneidet hätte.

Dryden! Giles hatte seinen Mentor irgendwo im Hintergrund erspäht. »Sir«, rief er. »Sie habe ich hier gar nicht erwartet.«

Dryden trat ein und schloß die Tür hinter sich. »Lady Dryden und ich haben Lady Dearsley herbegleitet, um Ihrer Trauung beizuwohnen. Aber wenn ich Mellisandes Gesichtsausdruck richtig deute, sollte ich sofort einen Geistlichen kommen lassen.«

Giles stieg aus dem Bett und zog sich die Hosen an. »Ich fürchte, das ist ein wenig verfrüht. Ich bin schon wieder ohne Braut, also werden wir den Geistlichen kaum brauchen.«

Dryden lachte. »Ich wollte ihn auch nicht rufen, damit er Sie traut. Ich wollte nur, daß er in der Nähe ist, falls Sie seinen letzten Segen brauchen, sobald die Herzogin mit Ihnen fertig ist.«

Als Giles in der Bibliothek eintraf, stellte er fest, daß die Herzogin die gesamte Familie in ihr Verhör einbezog. Sie hatte selbst Lord Dryden aufgefordert, sich dazu zu setzen und sich einzuschalten, wenn er es für richtig hielt.

Emma trat in die Mitte des Raumes und begann mit ihrem Geständnis.

»Sophia traf mich vor zwei Jahren in einer Postkutschenstation. Ich war völlig mittellos, hatte kein Zuhause und keinerlei gültige Referenzen.«

»Hatten Sie denn jemals Referenzen?« fragte die Herzogin.

»Nein.«

Lady Dearsley machte Anstalten zu protestieren, doch der Gehstock der Herzogin beendete die Unterbrechung. »Wer sind Sie also?«

»Eine Lady – zumindest war ich das, bis meine Mutter mich hinauswarf. Lady Sophia und ich haben vieles gemeinsam. Ihr Fehltritt hatte zur Folge, daß sie nach England geschickt wurde. Meiner ließ mich in der Gosse landen.« Emma hob den Kopf etwas höher. »Nichts davon spielte für Ihre Nichte eine Rolle.«

Giles schüttelte den Kopf. »Was meinen Sie damit?« Er wandte sich den drei Schwestern zu. »Warum wurde Sophia nach England geschickt?«

Mit steinerner Miene saßen sie da, bis Lady Larkhall endlich das Wort ergriff. »Der Grund war nicht, sie vor den Unruhen in Frankreich zu bewahren, wie wir überall erzählten. Sophia war ein sehr eigenwilliges Mädchen. Als sie fünfzehn war, führte ihr zügelloses Benehmen zu einer katastrophalen Verbindung mit einem sehr unpassenden jungen Mann. Er versprach ihr die Heirat, dann setzte er sich ab. Die Affäre machte ihre Chancen auf eine vorteilhafte Heirat zunichte ...«

Lady Larkhall wandte sich an ihre Schwestern. »Er hat Anspruch darauf, die ganze Wahrheit zu erfahren.« Dann sah sie wieder Giles an. »Da war auch ein Kind.«

Diese Eröffnung verblüffte Giles. »Ein Kind? Was ist passiert?«

»Es starb bei der Geburt«, antwortete Emma mit gesenktem Blick, die Hände vor sich gefaltet. »Wie ich schon sagte, Lady Sophia und ich haben vieles gemeinsam. Sie glaubte, daß sie niemals Ihren Ansprüchen an eine würdige Braut entsprechen würde.«

Nicht würdig? Da konnte er ganz und gar nicht zustimmen. Aber eine Frage hatte er noch. »Wußte mein Vater davon, als er diese Verlobung vorschlug?«

Die Herzogin nickte. »Wir haben ihm alles gesagt. Ich glaube, das war auch der Grund, weshalb er Sophia so sehr mochte. Sie hatte nicht zugelassen, daß ihre Schande sie zerstörte. Ihr Vater hatte kein Verständnis für Selbstmitleid.«

Giles forschte in seinem Herzen nach. Spielte es eine Rolle, daß seine Braut sich vor Jahren verliebt hatte und ihrem Herzen gefolgt war? Er mußte zugeben, daß dies eine Eigenschaft an ihr war, die ihm am meisten bedeutete – ihre ungestüme und unbeugsame Hingabe an die, die sie liebte.

Er spielte in seiner Jackentasche mit dem Siegelring, den er beim Anziehen auf dem Nachttisch wiedergefunden hatte. Im stillen wiederholte er die eingravierten Worte.

Dem Liebenden ist nichts zu schwer.

Anscheinend hatte sein Vater das gewußt und eine weise Wahl getroffen.

»Jetzt ergibt alles einen Sinn«, sagte er zu niemand Besonderem. Dann blickte er Lady Larkhall an. »Vielen Dank. Danke, daß Sie mir alles zu verstehen geholfen haben.«

In den Augen der Lady schimmerten Tränen.

»So, nachdem nun alles ans Tageslicht gekommen ist«, sagte Lady Dearsley mürrisch, »können wir vielleicht fortfahren? Nichts davon erklärt nämlich, weshalb Sophia verschwunden ist, oder wo sie immer ihre Zeit verbracht hat.«

Emma scharrte mit den Füßen. »Sophia war –«

»Sophia hat London unsicher gemacht – als der Schamlose Engel«, teilte Giles sachlich mit.

Allen drei Tanten blieb der Mund offenstehen.

Er lächelte sie an. »Jetzt bin ich an der Reihe, für eine kleine Überraschung zu sorgen.«

»Mein Riechsalz, meine Tropfen! Wo ist Hannah?« rief Lady Dearsley. Hektisch flatterten ihre Hände in der Luft. »Meine Güte, Sie Flegel, was für einen Unsinn erzählen Sie da?«

Emma erzählte die Geschichte an diesem Punkt weiter, ließ nichts aus und vergaß anscheinend kein Detail.

Die scharfsichtige Herzogin verlangte unverzügliche Aufklärung, wenn ihr irgend etwas unklar oder oberflächlich erschien.

Giles mußte Emma insgeheim seine Anerkennung zollen. Sie erzählte die Geschichte mit erhobenem Kopf, hielt Sophia alle Triumphe zugute und nahm alle gemeinsamen Mißerfolge allein auf ihre Kappe.

Eine loyalere Freundin konnte sich Sophia nicht erhoffen. Und es gab keinen Zweifel, daß Emma wegen Sophias Verschwinden ebenso besorgt war wie alle übrigen Anwesenden.

Die Herzogin gab dann den übrigen Mitgliedern die Gelegenheit, ihre eigenen Versionen der Ereignisse beizusteuern, damit endlich die ganze Wahrheit erkennbar wurde.

Man hatte nach Oliver geschickt, aber der Stalljunge kehrte mit der Nachricht zurück, daß weder Oliver noch Lady Sophias Kutsche zu finden waren.

Die Herzogin wandte sich an Giles. »Sie sehen, daß Ihnen diese Unterredung wertvolle Informationen für Ihre Suche liefert. Also zappeln Sie nicht länger herum und hören Sie aufmerksam zu.«

Selbst Julien stellte sich vor die versammelte Verwandtschaft, um die Geschichte seiner Rettung zum besten zu geben. Er beendete seine Erzählung mit einer vollendeten

Verbeugung, die einer Darbietung bei Hofe würdig gewesen wäre.

»Lucien«, sagte die Herzogin. »Warum hast du mich nicht darüber informiert, daß deine Schwester nach Paris zurückkehren wollte?«

Sophias Bruder schüttelte den Kopf. »Sie hat mir versprochen, auf mich zu warten, bevor sie einen weiteren Befreiungsversuch unternimmt.«

Aus einer hinteren Ecke trat Lily hervor.

Erst jetzt bemerkte Giles das junge Mädchen. Sie wirkte genauso bockig und unglücklich, wie er sie in Frankreich erlebt hatte.

»Sophia ist gar nicht zurückgegangen, um unsere Eltern zu retten«, verkündete das Mädchen, »sondern ihren Geliebten.«

In dem Raum wurde es so still, daß Giles schließlich nur noch sein Herz pochen hören konnte.

Lily stampfte mit dem Fuß auf. »Sie hat ihn mir weggenommen. Er hat zuerst mir gehört. Ich habe mich um ihn gekümmert, und das hätte ich weiter getan, wenn sie mich nicht gezwungen hätte, ihn zu verlassen. Sie will ihn für sich haben, das werde ich ihr nie verzeihen.« Das Mädchen brach in Tränen aus und wollte hinauslaufen.

Lord Dryden, der in der Nähe der Tür saß, erhob sich von seinem Platz und hielt sie fest. »Von wem sprichst du, Kind? Zu wem ist Lady Sophia zurückgekehrt?«

»Er gehört mir, sage ich Ihnen«, beharrte das Mädchen. »Ich werde ihn mein ganzes Leben lang lieben.«

»Aber ja doch«, erwiderte er in väterlichem Ton. »Nur mußt du uns sagen, wie der Mann heißt.«

»Webb.«

Giles sah, wie Lord Dryden das Mädchen losließ, während alle Farbe aus seinem Gesicht wich. Dann trat er vor und faßte das Mädchen wieder bei den Schultern. »Wie heißt er?«

»Webb. Er heißt Webb.«

»Er ist am Leben?«

»Ja«, antwortete das Mädchen beinah entrüstet, als wären alle Anwesenden schwer von Begriff. »Natürlich ist er am Leben. Zumindest war er das, als sie mich zwang, ihn in Paris zurückzulassen.«

Dryden starrte zuerst das Mädchen und dann Giles an. »Er ist nicht tot.«

Anstelle von Erleichterung verspürte Giles einen bodenlosen Zorn. Sophia hatte gewußt, daß Webb am Leben war und hatte ihn glauben lassen, sein Freund wäre tot.

»Warum?« fragte er Emma. »Warum hat mir niemand etwas gesagt?«

»Webb hat darauf bestanden. Ständig wurden Agenten verraten. Er wußte, daß er als nächster an der Reihe war. Er sagte, wenn es so aussähe, als sei er tot, könnte er aufdecken, wer Ihr Netzwerk infiltriert hat.« Emma blickte zu Lord Dryden. »Es tut mir leid, daß Sie deshalb solchen Kummer hatten, aber Ihr Sohn läßt Ihnen sagen, daß er es tat, um die anderen zu schützen, und daß Sie es verstehen würden.«

Lady Dearsley kam auf die Füße und watschelte hinüber zu Giles. »Ich weiß, daß das alles Ihre Schuld ist. Warum haben Sie nichts getan, um sie aufzuhalten?«

Aber Giles hörte gar nicht hin. Er drängte sich an der Frau vorbei und strebte zum Ausgang.

»Darf man fragen, was Sie jetzt vorhaben?« rief ihm Lady Dearsley hinterher.

»Meine weggelaufene Braut zurückholen.«

»Es wird aber auch Zeit, daß Sie endlich mal das Richtige tun«, entgegnete sie.

»Mylord, Mylord«, rief der Stalljunge, als Giles sein Pferd bestieg.

»Was gibt es?« fragte er.

»Oliver hat gesagt, ich soll Ihnen das hier geben, wenn Sie sich auf den Weg machen.« Der Junge hielt ihm einen Fetzen Papier hin.

Giles beugte sich vor und nahm den Zettel entgegen. »Danke.«

Er faltete das Papier auseinander, las die zwei Worte, die darauf standen, und sandte ein Dankgebet zum Himmel, daß Sophia offenbar noch einen weisen und loyalen Freund hatte.

Er steckte den Zettel in die Tasche, gab dem Pferd die Zügel und galoppierte zum Hof hinaus.

Die Nachricht enthielt die Information, die er brauchte, um sie zu finden.

Das Schweinsohr.

Sophias gefährliche und strapaziöse Reise nach Paris endete eine Woche, nachdem sie widerstrebend Giles' Arme verlassen hatte. Seit dem Tod der Königin war in der Stadt ein erschreckender Wandel vonstatten gegangen – Marie Antoinettes Hinrichtung hatte den Terror ausgelöst, den Sophia vorausgesagt hatte. Überall herrschte Mißtrauen, und selbst seinen ältesten Verbündeten durfte man nicht mehr trauen. Dennoch mußte Sophia ihre Eltern finden, und sie kannte den einen Mann, der sie ausfindig machen konnte – für den entsprechenden Preis.

Während des Tages hatte sie sich mit Oliver unter die Menschenmassen gemischt, die sich zu den Hinrichtungen auf den öffentlichen Plätzen drängten. Sophia kontrollierte die unglückseligen Insassen der Hinrichtungskarren, voller Angst, sie könnte ihre Eltern unter ihnen entdecken. Sie konnte nicht einmal sicher sein, daß sie noch lebten – aber etwas sagte ihr, daß sie nicht umgekommen sein konnten.

Eines war jedoch sicher: die Reihe der Opfer wurde jeden Tag länger.

Sie quälte sich mit Selbstvorwürfen, daß sie ihre Eltern nicht früher gerettet hatte.

Da es denkbar war, daß Robespierres Spitzel ihre früheren Quartiere ausgekundschaftet hatte, hatten sie und Oliver Zimmer in der Nähe des ›Schweinsohrs‹ bezogen. Das ganze Viertel schien in Feststimmung zu sein; es war, als ob die ausgelassenen Bewohner die Augen der Welt auf sich fühlten und sich in dieser neugewonnenen Anerkennung sonnten.

»Können wir ihm trauen?« fragte Oliver, als sie ihr Quartier verließen und sich auf den Weg zu ihrem Treffen mit Balsac im ›Schweinsohr‹ machten.

Eine gefährliche Stille lastete auf den dunklen Gassen, durch die ihr Weg sie führte.

Sophia sah ihn an. »Wir haben keine andere Wahl. Webb ist nirgends zu finden. Also bleibt uns nur Balsac.« Weder gefielen ihr Olivers mißtrauischer Blick noch seine ständigen Nörgeleien, daß sie auf Webb warten mußten.

Zumindest hatte er ihr erspart, dasselbe über Giles zu sagen.

Sie konnte nur hoffen, Giles mit ihrem Verschwinden dermaßen verärgert zu haben, daß er in Bath bleiben würde. Wenn sie ihm immer noch etwas bedeutete – was sie nach diesem letzten Verrat jedoch bezweifelte –, hoffte sie inständig, daß Emma ihn überredet hatte, zu ihrer Tante nach York zu fahren.

Einen Häuserblock vor der Taverne blieb sie stehen. »Warten Sie hier«, forderte sie Oliver auf. Als er Anstalten machte zu protestieren, schnitt sie ihm das Wort ab. »Es muß sein. Wenn diese Ratte wieder versucht, sich mit unserem Geld aus dem Staub zu machen, möchte ich, daß Sie ihn hier erwarten. Wenn er glaubt, ich wäre allein, wird er sich sicherer fühlen.«

Oliver atmete tief aus. »Das gefällt mir nicht. Ich lasse das nicht zu.«

»Haben Sie vielleicht eine bessere Idee?«

Er verschränkte die Arme vor seiner mächtigen Brust. »Ich gehe hinein, und Sie warten hier.«

»Er wird nur mit mir verhandeln. Ich muß hineingehen.« Sie streckte die Hand aus und drückte seinen Arm. »Was kann er einer alten Frau schon antun?« fragte sie dann mit der Stimme eines alten Weibes. Sie zog ihr zerlumptes Schultertuch enger um sich, krümmte den Rücken und stützte sich auf ihren Stock. Ihre Schminkkünste waren zwar nicht so gut wie die von Emma, doch es mußte genügen.

Sie humpelte die Straße hinunter auf die Taverne zu.

Als sie eintrat, konnte sie nichts Außergewöhnliches feststellen.

Derselbe säuerliche Geruch von verschüttetem billigen Wein und von ranzigem Fett hing in der Luft. Ein paar junge Männer hatten sich um das Feuer versammelt und sangen ein besonders geschmackloses Lied von einer Edelfrau auf dem Weg zur Guillotine.

Sie entdeckte Balsac in der hinteren Ecke, wo er mit dem Rücken zur Wand saß und mit seinem rattenhaften Blick nervös die Anwesenden musterte. Mit einem Nicken forderte er sie auf, sich zu ihm an den Tisch zu setzen, und sie bahnte sich langsam den Weg zu dem angebotenen Platz.

Noch während Sophia sich setzte, fühlte sie die Spannung. Sie unterdrückte die innere Stimme, die ihr riet, dem verräucherten Raum zu entfliehen, und forschte in Balsacs Gesicht nach Anzeichen von Falschheit. Doch sie wußte bereits, daß sie bei diesem Mann nicht weit unter die Oberfläche vordringen mußte, um Verrat zu entdecken.

»Was hast du für mich, Bürgerin?« fragte er, die Hand bereits ausgestreckt.

Sie lehnte sich auf ihrem Platz zurück, nur um seinem gierigen Griff zu entgehen. »Gar nichts – bis ich bekommen habe, was du versprochen hast.«

Er schüttelte den Kopf. »Diesmal nicht. Zuerst die Bezahlung. Ich kann es mir nicht mehr leisten, so großzügig wie bei unseren vergangenen Geschäften zu sein.«

Das brachte Sophia beinah zum Lachen. »Großzügig? So nennst du das? Ich hätte da eine andere Bezeichnung.« Sie machte Anstalten, ihr Messer aus der Tasche zu ziehen, doch da hörte sie unter dem Tisch das typische *Klick*, mit dem eine Pistole entsichert wird.

Er hatte ihre Absicht vorausgesehen.

»Laß deine Tricks«, zischte Balsac. »Diesmal habe ich zu bestimmen.«

»Jetzt nicht mehr, Bürger«, ertönte eine männliche Stimme hinter ihrem Rücken. Ein Beutel wurde zwischen sie auf den Tisch geworfen. »Die Frau gehört mir. Wie ich es befohlen habe.«

Sophia wirbelte herum und versuchte, zur Tür zu laufen. Vor ihr stand Robespierre und blockierte ihr mit zweien seiner Gefolgsleute den Weg.

Wieder drehte sie sich um, diesmal, um zur Küche zu flüchten. Die jungen Männer am Feuer sprangen von ihren Plätzen auf und schnitten ihr den Weg ab. Der größte von ihnen packte ihre Arme, drehte sie ihr auf den Rücken und schleppte sie zu der Stelle, wo Robespierre wartete.

Der Schmerz schoß ihr bis zu den Schultern hinauf, als der Grobian unsanft ihre Arme noch höher riß.

»Laßt mich los!« rief sie mit ihrer verstellten Stimme. »Ich bin nur eine alte Frau. Ich habe nichts verbrochen!«

»Kein Wort davon ist wahr«, sagte Robespierre, sein Ton eine Mischung aus Ungeduld und Triumph. Mit einer blitzschnellen Handbewegung riß er ihr die Perücke vom Kopf. »Bürgerin Devinette, oder soll ich lieber Sophia D'Artiers sagen?«

Ihr Haar ergoß sich über ihre Schultern, und sie warf den Kopf zurück, um es aus dem Gesicht zu schütteln. Sie wand sich in dem eisernen Griff des Mannes, der sie festhielt. Dieser Alptraum konnte doch nicht Wirklichkeit sein!

»Ich habe nichts verbrochen«, wiederholte sie, obwohl sie wußte, daß ihre Worte nutzlos waren.

Balsac stellte sich zu Robespierre und steckte grinsend seine Belohnung ein. »In deinem Haftbefehl steht es aber ganz anders, Bürgerin«, sagte der kleine Spitzel höhnisch. »Als loyaler Sohn Frankreichs war ich schockiert über dein falsches Spiel.«

Robespierre schien nicht sonderlich beeindruckt zu sein. Er nickte einem seiner anderen Männer zu. Der Kerl packte Balsac am Kragen und durchsuchte die Taschen des Mannes, bis er den Geldbeutel gefunden hatte.

Bevor Balsac noch etwas sagen konnte, holte Robespierre ein schneeweißes Taschentuch hervor und hielt es sich vor die Nase. »Als loyaler Sohn Frankreichs hättest du keine Bezahlung für etwas verlangen dürfen, was ohnehin deine Pflicht ist. Nehmt sie beide mit.«

Sophia wollte sich zuerst wehren, doch dann sah sie, wie Balsac einen harten Schlag auf den Kopf erhielt, nachdem er versucht hatte, sich zu befreien, indem er eine der Wachen biß.

Balsacs Beispiel vor Augen, widerstand sie dem Drang zu kämpfen. Sie würde ihre Kraft und einen klaren Kopf brauchen, falls sich die Möglichkeit einer Flucht eröffnete.

Draußen vor der Taverne hielt sie den Blick zu Boden gerichtet und vermied, auch nur den Kopf in Olivers Richtung zu wenden. Sie wußte, daß Robespierre sie beobachtete und nur auf einen Hinweis darauf wartete, wo ihre Helfer lauerten.

Diese Genugtuung wollte sie ihm nicht verschaffen.

Oliver, flehte sie innerlich, als man sie zu einer großen schwarzen Kutsche führte, *bleiben Sie in Deckung. Halten Sie sich zurück.*

Anders als Sophia, wurde Balsac auf einen Karren gebracht, wo man ihn an den Händen festband.

»Warum die Sonderbehandlung?« fragte sie Robespierre, als sie zur Tür der Kutsche gestoßen wurde.

»Weil ich darum gebeten habe«, antwortete Louis Antoine Saint-Just aus dem Wageninnern.

Schweigend saß Sophia auf ihrem Platz. Ihr gegenüber saß Saint-Just, entspannt und offenbar hocherfreut über ihre Festnahme. Auf dem Schoß hielt er eine Pistole. Eine der Wachen fuhr außen auf dem Trittbrett mit, so daß es für sie keinen Gedanken an ein Entkommen gab. Robespierre folgte in seiner eigenen Kutsche.

»Ist es nicht erstaunlich«, bemerkte Saint-Just, »wie viele Leute sich von dir haben täuschen lassen? Die Heldin der Revolution entpuppt sich als die Tochter des berüchtigten Royalisten, des Grafen D'Artiers. Wirklich sehr beeindruckend.« Er beugte sich vor und ergriff ihre Hand. Lächelnd führte er sie an die Lippen und küßte sie.

Sie entriß ihm ihre Hand und wischte sich alle Spuren seiner Berührung an ihrem Rock ab. »Das ist nicht schwer, wenn man ein Publikum von lauter Idioten vor sich hat.«

»Außer mir. Du hast nie damit gerechnet, einen alten Liebhaber wiederzutreffen, oder? Wie wolltest du einen Mann täuschen, der dich besser kennt als jeder andere?«

Sie legte den Kopf auf die Seite und sah ihn an. »Du hast dir nie etwas anmerken lassen.«

»Warum sollte ich auch? Es war ja so amüsant mit anzusehen. Außerdem kenne ich dich – und weiß, was du zu riskieren bereit bist. Also ließ ich mir Zeit und genoß aufs neue deine Gesellschaft.« Er faßte ihre Kostümierung ins Auge. »Wenn wir erst einmal die Schminke und das Wachs entfernt haben, bin ich gespannt zu sehen, was für eine Frau aus dem vielversprechenden Mädchen von fünfzehn geworden ist.«

»Du glaubst doch nicht ...« Sie wich auf ihrem Sitz zurück. »Du leckst deinem Meister schon zu lange die Füße, Louis. Der Dreck hat deinen Verstand infiziert, wenn du dir einbildest, ich würde jemals in dein Bett zurückkehren.«

Er lachte. »Ich freue mich, daß du deine offenherzige Art nicht eingebüßt hast. Hoffentlich hast du dir auch ein paar von den Dingen bewahrt, die ich dich gelehrt habe.«

Sophia schäumte innerlich vor Wut. Wie hatte sie jemals glauben können, diesen Mann zu lieben? Er war einen Sommer lang zu Besuch auf dem Landsitz ihrer Eltern gewesen, und sie hatten jede Gelegenheit genutzt, sich zusammen davonzustehlen. Er hatte ihr das Versprechen abgenommen, niemandem von der Affäre zu erzählen, und sie hatte geschwiegen und ihm geglaubt, daß er sie im Herbst nach Paris mitnehmen würde. Dann, als ihre Eltern den wahren Hintergrund ihrer Beziehung entdeckten, war er abrupt abgereist.

Die Möglichkeit einer Heirat löste sich in nichts auf, als Louis bestritt, Sophia jemals berührt zu haben, und statt dessen behauptete, sie mit dem Sohn eines Gärtners gesehen zu haben.

Nachdem man sie in die Abgeschiedenheit eines Konvents geschickt hatte, schrieb Sophia ihrem Geliebten einen Brief nach dem anderen und flehte ihn an, sie und ihr ungeborenes Kind zu holen. Während der schmerzvollen Wehen in der Obhut einer unerfahrenen Hebamme dachte sie, sie müßte sterben wie ihr Kind, das blau und leblos zur Welt gekommen war.

Von Louis Antoine Saint-Just hatte sie seither nichts mehr gehört, bis sie, als La Devinette verkleidet, nach Paris zurückkehrte.

Als rechte Hand Robespierres war er zu einer mächtigen Position aufgestiegen. Und er war liebenswürdig und aufmerksam gewesen, wann immer sich ihre Wege in dem engen Kreis der Herrschenden von Paris kreuzten.

»Meine arme kleine Sophia, was war nur mit dir geschehen? Ein Jahr lang versuchte ich, dich wiederzufinden, doch deine Eltern wehrten mich ab und weigerten sich, mir zu verraten, wohin sie dich gebracht hatten.« Er schob sich eine Strähne seines pechschwarzen Haars aus dem Gesicht, so daß der goldene Ring in seinem Ohr sie anblitzte. Sein teilnahmsvolles Lächeln war trügerisch.

Sein gutes Aussehen und sein gefährlicher Charme hatten sie als junges Mädchen in seinen Bann gezogen. Doch nun war sie älter und mißtrauischer, und seine Lügen beeindruckten sie nicht mehr.

»Du glaubst mir nicht«, stellte er fest. »Vielleicht finde ich in den nächsten Tagen die Gelegenheit, diese Bitternis zwischen uns auszuräumen. Aufgrund meiner Stellung war es mir möglich, dir eine Chance offenzuhalten. Ich habe das Komitee überzeugt, daß es nicht gut wäre, dich öffentlich verurteilen und hinrichten zu lassen. In den Augen des Volkes bist du immer noch eine Heldin. Wenn du deine Familie denunzierst und deine Komplizen auslieferst, darfst du am Leben bleiben. Zumindest solange ich das Komitee überzeugen kann, daß es sich lohnt, dich am Leben zu lassen.«

Seine Worte jagten ihr eiskalte Schauer über die Haut. Die Kutsche kam zum Stehen, und der Wachmann öffnete die Tür. »Und was erhältst du als Gegenleistung für all das?« fragte sie.

»Dich als meine Geliebte. Und wenn du einwilligst, werde ich mich dafür einsetzen, daß deine Eltern am Leben bleiben dürfen, jedenfalls so lange, wie du mir Freude bereitest.« Seufzend lehnte er sich zurück. »Wir haben ja so viel nachzuholen.« Er betrachtete sie, die Arme vor der Brust verschränkt. »Sieh hinaus, Sophia. Sieh nach, wo du dich befindest – La Force gilt nicht gerade als das angenehmste Gefängnis von Paris. Ein Wort von dir, und ich lasse die Kutsche umkehren und zu mir nach Hause fahren, mit dir an meiner Seite. Nur ein Wort, und dein Leben wird verschont.«

Sie schüttelte den Kopf, außerstande, sich zu entscheiden.

Er beugte sich vor und strich ihr über den bloßen Arm. »Es wird anders sein als in unserem ersten Sommer, denn ich glaube, diesmal wirst du die Lehrerin sein und ich dein folgsamer Schüler. Natürlich nur, wenn es stimmt, was ich von deinen Streifzügen durch London gehört habe. Aber du warst ja schon immer willig und heiß, wenn es um Männer ging.«

Sophia überdachte ihre Antwort sorgfältig.

Sie spuckte ihm ins Gesicht.

18.

Giles stand im Zuschauerraum des Pariser Gerichtssaals und beobachtete, wie der Generalstaatsanwalt, Antoine Fouquier-Tinville, sein Schnellverfahren der revolutionären Rechtsprechung praktizierte. Der schmallippige Mann ließ bei seinen weitschweifigen Anschuldigungen und folgenschweren Schlußfolgerungen wenig emotionale Beteiligung erkennen. Doch bei jeder Beschuldigung, bei jedem noch so vagen Tatbestand nickte die Jury in eifriger Zustimmung.

Die heutige Schar der Angeklagten wurde schnell durch das Gerichtsverfahren geschleust, als teilte der Ankläger die Ruhelosigkeit, mit der die eine Angeklagte erwartet wurde, derentwegen sich die Zuschauer jetzt im Gerichtssaal drängten.

La Devinette.

Giles' Suche nach Sophia hatte geendet, sobald er zum Stadttor hereinkam. Die ganze Stadt war in heller Aufregung wegen der Verhaftung der Devinette.

Manche behaupteten, sie hätte für die Engländer spioniert, andere sagten, für die Österreicher. Nur in einer Hinsicht waren sich die Massen einig: daß sie in spätestens zwei Tagen hingerichtet werden würde.

Eingepfercht zwischen den anderen Bürgern, die das ›Glück‹ gehabt hatten, einen Sitzplatz für diesen Verhandlungstag zu ergattern, ersann und verwarf er einen Plan nach dem anderen, wie er sie retten konnte.

Die Nacht zuvor hatte er kein Auge zugetan; den größten Teil hatte er im ›Schweinsohr‹ zugebracht, in der Hoffnung, dort Oliver zu treffen.

Als der Mann nicht auftauchte, versuchte Giles sein Glück auf andere Weise, doch der Name des Gefängnisses, in dem man Sophia gefangenhielt, war zu keinem Preis zu erkaufen.

Da Giles keine Ahnung hatte, ob Oliver das gleiche

Schicksal erwartete wie seine Herrin oder ob er auf freiem Fuß war, suchte Giles immer wieder die Menge nach den breiten Schultern und dem angegrauten Haar des Mannes ab.

Der unglückselige Angeklagte auf der Bank hörte das einstimmige Urteil der Jury – schuldig. Niedergeschmettert verließ er den Saal, begleitet von dem Gejohle der feindseligen Masse. So ohrenbetäubend war der Lärm, daß die Ankündigung des nächsten Falles darin unterging.

Doch dann öffnete sich die Tür hinter dem Tisch des Anklägers, und eine unnatürliche Stille legte sich über den Saal.

Grinsend stieß ein Wärter ein älteres Paar in den Raum. Der Mann, eine würdevolle Erscheinung sowohl wegen seiner Größe als auch wegen seiner Haltung, half der Frau zuvorkommend, ihr Gleichgewicht wiederzufinden, bevor er dem rüpelhaften Wärter einen vernichtenden Blick zuwarf.

Verlegen wich der Wärter vor seinem Gefangenen zurück. Mit einem spöttischen Lächeln nahm der Edelmann seinen kleinen Sieg zur Kenntnis.

Plötzlich kam eine dritte Angeklagte dazu, eine schlanke Frau in einem schlichten, weißen Gewand. Für den Bruchteil einer Sekunde schien Giles sie ganz für sich allein zu haben, als er den warmen Farbton ihrer Haare und die trotzige Linie ihres Kinns erkannte. Doch im nächsten Augenblick hatte auch die Menge sie erkannt, und alle sprangen lärmend auf die Füße und versperrten ihm die Sicht.

Ihre Heldin, ihr siegreiches Symbol der Revolution, in zahllosen Liedern und Abbildungen verewigt, war erschienen. Anstelle der begeisterten Hochrufe ließen die Leute nun schrille Pfiffe und giftige Haßtiraden hören.

»Österreichische Schlampe!«

»Hure!«

»Verräterin!«

»Laßt ihren Kopf rollen!«

Voller Zorn ließ die Menge ihr Urteil ergehen, bevor der Ankläger ein einziges Wort äußern konnte. Und dem Lächeln auf Fouquier-Tinvilles Gesicht konnte Giles entnehmen, daß dies eine Verhandlung so richtig nach seinem Geschmack war.

Der Haß der Menge auf sie schnitt ihm ebenso tief ins Herz, wie seine Liebe zu ihr wuchs.

Giles stieß seinen Vordermann beiseite, um besser sehen zu können.

Inmitten dieser grauenvollen Attacke stand Sophia stolz und unbewegt.

In diesem Augenblick begriff er, weshalb er sie so sehr liebte. Unerschrocken begegnete sie ihren Angreifern mit einem strahlenden Lächeln. Ihr Haar hing ihr lose in langen Locken über den Rücken und die Schulter. Ihr Gesicht, frei von Puder und Schminke, hatte einen rosigen Hauch von Unschuld auf der hellen Porzellanhaut.

Er glaubte nicht, sie jemals so gesehen zu haben, bar jeder Verkleidung und ohne das Schutzschild ihrer Schminke. Wie konnte er jeden Zentimeter ihres Körpers kennen, jede Rundung, jede Bewegung, mit der sie sich an ihn schmiegte, und dennoch nie ihr Gesicht so unberührt, so rein gesehen haben?

Der Gedanke brachte ihn beinah zum Lachen. Trotz all ihrer Vorwürfe wegen seiner Oberflächlichkeit hatte er sich in jeder ihrer Verkleidungen ehrlich in sie verliebt. Und zum ersten Mal – vielleicht auch zum letzten Mal – sah er nun die wahre Frau vor sich, die er liebte.

Es war, als hätte er nach Jahren der Blindheit das Augenlicht wiedererlangt.

»Vor uns, Bürger, steht die Frau, die unter dem Namen La Devinette bekannt war. Heute will ich Ihnen darlegen, welch abscheuliche Lösung sich hinter ihrem Rätsel verbirgt, nämlich ihre Verbrechen. Zu jedem einzelnen lautet die Anklage: Hochverrat an der Republik.« Fouquier-Tinville, der ganz in seinen Pflichten aufging, bat Sophia höflich, sich zu dem anderen Paar auf der Anklagebank zu gesellen.

Geschrei und Gejohle ließen die Verlesung der Namen und Verbrechen der anderen Angeklagten untergehen.

Sie durchquerte den Gerichtssaal mit der Haltung und der Würde einer Debütantin auf Versailles, doch der Pöbel im Saal wußte die Eleganz ihrer Bewegungen nicht zu würdigen. Nachdem sie die beiden anderen Angeklagten vor dem Tribunal erreicht hatte, sah sie in den Zuschauerraum, als spürte sie Giles' Blick.

Einen Moment lang wirkte ihr Blick wehmütig und voller Bedauern.

Dieses Durchscheinen ihrer Gefühle, so echt und so aufrichtig, traf Giles tief. Noch nie hatte sie etwas von ihm verlangt, und nun, da sie ihn und sein Kraft am nötigsten brauchte, konnte er nur tatenlos dabeistehen.

Er erinnerte sich noch genau an ihr Erlebnis auf der Rue St. Honoré, als die Menge vor ihren Augen den alten Mann niedergemetzelt hatte.

In ohnmächtigem Schweigen hatte sie dagesessen und zugesehen.

Jetzt verstand er, welche Bitterkeit sie hatte hinunterschlucken müssen. Um ihr eigenes Leben zu retten, hatte sie geschwiegen, und nun mußte er das gleiche tun, wenn er sie retten wollte.

Der Vorsitzende des Tribunals ließ donnernd den Hammer auf den Tisch sausen, um die enthemmte Masse zur Ordnung zu rufen.

»Bitte, Bürger«, rief Fouquier-Tinville in die Menge, »dies hier ist ein Gerichtssaal. Wir müssen die Würde der Rechtsprechung unserer neuen Gesellschaft respektieren. Setzen Sie sich und bewahren Sie Ruhe.«

Murrend brachten die Zuschauer ihren Unwillen zum Ausdruck, sich zu benehmen, doch sie richteten ihre umgekippten Bänke wieder auf und nahmen Platz für die Nachmittagsvorstellung.

Der Ankläger fuhr fort, die weiteren Anschuldigungen gegen Sophia zu verlesen.

An jeder Tür des Saales waren Wärter postiert. Der Raum barst vor loyalen Revolutionären, von denen jeder einzelne brennenden Haß wegen Sophias offenkundigem Verrat an ihrer Sache empfand.

Giles zermarterte sich das Gehirn, wie er sie retten konnte. Er konnte draußen warten und dann dem Karren folgen, mit dem man sie ins Gefängnis zurückschaffen würde. Dort konnte er einen der Wärter bestechen oder irgend einen anderen Weg finden, sie zu befreien. Doch wenn sie nun geradewegs zur Guillotine geschickt wurde, wie das so oft der Fall war?

Dann gab es nichts, womit er das Geschehen aufhalten konnte. Er vergrub das Gesicht in den Händen, um die gräßliche Vorstellung, sie sterben zu sehen, zu vertreiben.

Er brauchte mehr Zeit – und wenn es nur ein paar Stunden waren –, um einen Plan, welchen auch immer, in die Tat umzusetzen.

Ein weiterer Mann drängte sich auf den Platz neben ihm auf der Bank und lenkte ihn von seinen Gedanken ab. »Ein hübsches Köpfchen hat die Kleine. Fast zu schade, um es abzuhacken. Was meinst du, Bürger?«

Giles erstarrte. Die Stimme, so vertraut, so lange vermißt, riß ihn jäh in die Wirklichkeit zurück. Er wandte den Kopf und blickte in die Augen seines Freundes aus Kindertagen, Webb Dryden.

Abgemagert, einen gehetzten Ausdruck in den Augen, lächelte der junge Mann ihn an.

Seine gründliche Ausbildung verbot es Giles, seiner Freude über diese wunderbare Wiederbegegnung mit einer angemessenen Begrüßung Ausdruck zu verleihen. Statt dessen zuckte er gleichgültig mit den Schultern. »Was bedeutet schon ein Kopf, wenn er einem Aristokraten gehört?«

Webb nickte zustimmend. »Für ihresgleichen muß ein Aufenthalt im Gefängnis La Force ja sehr unbequem sein.«

Also wußte der junge Agent schon, wo sie gefangengehalten wurde. Er würde Webb für eine Beförderung vorschlagen müssen – allerdings erst, wenn sein Vater ihm ein paar passende Worte zu seinem ›Tod‹ in Ausübung seiner Pflicht gesagt hatte.

Giles sah Sophia an und fragte sich, wie sie die furchtbaren Zustände im schlimmsten Gefängnis von Paris hatte überstehen können. Angesichts des Ausmaßes ihres Betrugs – immerhin hatte sie sogar die Mitglieder des Nationalkomitees zum Narren gehalten –, war ihre Einkerkerung in La Force verständlich. Eine Verständigung zwischen den Gefangenen innerhalb der Mauern der beiden aneinandergrenzenden Gebäude, Petite-Force und Grande-Force, war unmöglich. Erbaut aus dicken, undurchdringlichen Mauern und umgeben von den übelsten Slums von ganz Paris, ließ ein Aufenthalt in La Force die Aussicht, unter dem Fallbeil zu sterben, fast freundlich erscheinen.

»Und was für einen Fang wir da heute haben«, fuhr sein Freund fort. »Nicht nur La Devinette, sondern auch noch das üble Pack, das sie gezeugt hat, der Graf D'Artiers und seine Frau, dieses *Schwein.*«

Überrascht von der Eröffnung, daß das Paar bei Sophia ihre Eltern waren, wäre ihm Webbs Hinweis fast entgangen. Jetzt erkannte er, was ihn an dem älteren Paar so fasziniert hatte. In ihrem Vater erkannte er die starke Ähnlichkeit unter den D'Artiers-Männern – des Grafen selbst, Lucien und Julien –, die alle die gleiche Haltung und die gleichen raubvogelhaften Gesichtszüge hatten. Sophia hatte offensichtlich von ihrer Mutter die blauen Augen und die dunklen Haare der Ramseys geerbt.

»Ein Schwein, sagst du«, erwiderte Giles. »Nein, ich finde, du irrst dich. Ich finde, sie hat die *Ohren* eines Esels.«

Webb blickte wieder zur Anklagebank. »Mein Fehler. Ich sehe jetzt, was du meinst. Meine Augen sind nicht mehr so gut wie früher, aber ich schätze, *in ein paar Stunden* werde ich viel besser sehen.« Er beugte sich zu ihm vor und flüsterte ihm zu: »Bleib bei ihr, mein Freund. Sie braucht deine Stärke.«

Mit tausend unbeantworteten Fragen im Kopf sah Giles Webb nach, der sich seinen Weg durch die Menge zum Ausgang bahnte.

Während der nächsten Stunden sah und hörte Giles zu, wie die einzelnen Zeugen aufgerufen wurden und ihre vorgefertigten Aussagen machten. Als Webbs frühere Wirtin schließlich zu Protokoll gegeben hatte, daß Sophia zu allen Tages- und Nachtzeiten Fremde empfangen und nie ihre Miete bezahlt hatte, fragte Fouquier-Tinville die Jury, ob sie genug gehört hatten.

Die drei sahen einander an und nickten dann zustimmend.

»Und wie lautet Ihr Urteil?«

Mit einemmal schweigend, beugten sich die Menschen im Saal vor und blickten gespannt auf das Tribunal.

»Schuldig.«

Ein Chaos brach aus, und Rufe nach Freiheit und Gerechtigkeit wurden laut.

Noch einmal wedelte Fouquier-Tinville mit den Armen und bat um Ruhe. »Ich ordne an, daß sie morgen früh zur Guillotine zu führen sind, so daß ihnen noch eine Nacht bleibt, um über ihre schweren Verbrechen gegen unsere Republik nachzudenken.«

»So sei es«, bestätigte der erste Mann des Tribunals.

Giles nutzte die Gelegenheit, um hinauszuschlüpfen, während die übrigen Zuschauer einander zu dem großartigen Sieg des Anklägers gratulierten.

Draußen vor dem Gerichtsgebäude wartete er neben dem Tor zum Vorhof des Gerichtsgebäudes, wo die Wärter die Gefangenen immer in die Karren verfrachteten, die zwischen den über ganz Paris verstreuten Gefängnissen verkehrten.

Die Rufe und das Singen im Innern des Gebäudes ging weiter, während der Wärter im Vorhof eilig hin und her zu laufen begann.

Giles trat zurück, als er Robespierre und seinen gefährlichen Helfer, Saint-Just, das Kopfsteinpflaster zu einer der wartenden Karren überqueren sah.

Sophia und ihre Eltern, alle drei in Ketten, wurden von einer ganzen Meute von Wärtern dem ruchlosen Paar entgegengeführt.

Saint-Just trat vor und sagte etwas zu Sophia, das Giles aus der Entfernung nicht verstehen konnte.

Was immer es war, es schien Sophia außerordentlich zu mißfallen. Als wögen ihre Ketten nichts, trat sie dem Mann mit aller Kraft vor das Schienbein.

Er taumelte zurück und fiel, von Schmerzen gekrümmt, zu Boden, während Sophia lächelnd auf ihn herabsah.

Zuerst erschien es Giles, als wollte Saint-Just, der außer Sophias Reichweite gekrochen war und sich wieder aufgerappelt hatte, sich rächen, indem er sie schlug. Ein barscher Befehl von Robespierre rief den jungen Mann jedoch wieder zur Ordnung. Bemüht, zu seiner gewohnten stoischen Haltung zurückzufinden, wandte sich Louis Antoine Saint-Just zornig ab und stapfte hinter seinem Meister her ins Gerichtsgebäude.

Sophias spöttisches Gelächter begleitete jeden seiner Schritte.

Sie mochte in Ketten sein, doch sie wirkte von Kopf bis Fuß wie eine Siegerin.

Ihrer Freiheit beraubt und bald vielleicht schon ihres Lebens, hatte sie dennoch besiegt, was immer dieser Mann jemals an Macht über sie besessen haben mochte, indem sie ihm ihre Verachtung für ihn und alles, was er vertrat, entgegenschleuderte.

Giles erinnerte sich an die überraschende Enthüllung ihrer Tanten von Sophias unglückseliger Affäre. Und er erinnerte sich daran, wie Saint-Just an dem Abend in Dantons Haus die Hand auf Sophias Arm gelegt hatte wie ein besitzergreifender Liebhaber.

Auch da hatte er sich gefragt, ob sie ein Liebespaar waren, lange bevor er die Wahrheit über sie erfuhr.

Nun schloß er nicht mehr aus, daß sie einander einmal geliebt hatten. Vor sehr langer Zeit.

Er wußte nicht, weshalb er das dachte, doch etwas an der Begegnung der zwei und an Sophias wildem Triumph über die Niederlage und Demütigung des Mannes, wie gering auch immer, verriet ihm, daß sich der Kreis um ihre Jugendsünde geschlossen hatte.

Und sie hatte die Rache einer Liebenden geübt.

Die Wärter stießen sie in den vergitterten Karren, in dem schon ihre Eltern warteten. Das Metallschloß schnappte zu, und der Fahrer führte die Pferde vom Hof.

Trauben von Menschen aus dem Gerichtsgebäude säumten nun die Straßenränder. Als ihr Karren auf die Straße einbog, kämpfte Giles sich zu ihm hindurch. Er streckte die Hände durch die Stäbe und griff nach Sophias Arm. Zuerst versuchte sie, ihn abzuwehren, doch dann trafen sich ihre Blicke, und sie erkannte ihn.

Verzweifelt schüttelte sie den Kopf. »Nein .... geh wieder fort.«

Er antwortete nicht, sondern lief nur neben dem Karren her und hielt ihre Hand. Er öffnete ihre Finger und legte sie um den Siegelring, gerade als die Wärter begannen, die Menschenmassen gewaltsam zurückzudrängen.

Sie blickte auf die Gabe und schüttelte den Kopf. »Nein, das darfst du nicht tun!« rief sie.

Eine kleine Weile noch blieb die Verbindung zwischen ihnen bestehen; ihre Finger waren so innig ineinander verschlungen, wie es ihre Körper noch vor kurzer Zeit gewesen waren. Ein letztes Mal drückte er ihre Hand und flüsterte ihr sein Liebesbekenntnis zu.

»Ich liebe dich, Lady Schamlos.«

Langsam, während der Karren an Geschwindigkeit zunahm, lösten sich ihre Hände voneinander, bis sich nur noch ihre Fingerspitzen berührten, und dann waren sie getrennt.

»Ich verstehe jetzt, was die Inschrift auf deinem Ring

bedeutet«, rief er ihr nach, als die Pferde den Karren aus seiner Reichweite zogen.

Er wußte nicht, ob sie ihn gehört hatte, denn sie kniete schluchzend auf dem Boden des Karrens, die Faust fest um sein Geschenk geschlossen, sein Versprechen in ihrem Herzen verwahrt.

»Du hast sie also gesehen«, stellte Webb fest, als Giles sich zu ihm in die dunkle Ecke der Taverne setzte.

Giles blickte auf. »Woher weißt du das?«

»Du siehst aus, als hättest du dem Tod persönlich ins Gesicht geschaut.«

»Das gleiche könnte man von dir sagen. Wo zum Teufel hast du die ganze Zeit gesteckt?«

Webb lehnte sich auf seinem Stuhl zurück. »Ich war tot, oder hast du etwa nicht die Nachricht von meinem Ableben erhalten?«

»O doch, die ist bei uns angekommen. Deine Familie hat eine schöne Messe für dich lesen lassen. Sie haben sogar einen Grabstein für dich aufgestellt.« Giles beugte sich vor. »Du junger Narr, was hast du dir eigentlich dabei gedacht, alle glauben zu lassen, du seist tot?«

»Es hat doch funktioniert, oder?« entgegnete Webb.

»Sicherlich, aber wozu dieser grobe Unfug?«

Webb fuhr sich mit den Fingern durch sein goldbraunes Haar und sah zur Seite. »Ich hatte keine Wahl. Ich wurde verraten und in der Abbaye eingekerkert.«

»Wer hat dich verraten?««

»Daran arbeite ich noch«, erwiderte Webb ausweichend.

Webbs entschlossener Gesichtsausdruck hielt Giles davon ab, das Thema weiterzuverfolgen. »Aber wie bist du entkommen?« fragte er statt dessen. »Die Nachricht an deinen Vater war unmißverständlich: Du wurdest auf dem Weg zum Hinrichtungsplatz gesehen.«

»Ich dachte auch schon, sie hätten das Fallbeil für mich

geschärft. Bis ich eines Nachts die Stimme eines Engels im Gang flüstern hörte.«

Hierzu brauchte Giles keine großen Erklärungen. »Sophia.«

»Ja, Sophia.« Webbs Stimme nahm einen wehmütigen Klang an. »Ich muß zugeben, daß ich einige Zeit darauf verwendet habe, dich um dein Glück zu beneiden. Ich darf kaum hoffen, daß mir mein Vater jemals als Letzten Willen eine solche Braut beschert.«

»Ja, ich habe tatsächlich Glück gehabt«, stimmte Giles zu. Der Unterton von Webbs Bekenntnis wollte ihm nicht recht gefallen. Er erinnerte sich an Isnards Beschreibung des jungen Amerikaners, von dem gemunkelt worden war, er wäre der Liebhaber der Devinette gewesen.

Webb fing an zu lachen. »Spar dir deine albernen Verdächtigungen, mein Freund. Deine Braut hat nur Augen für dich. Die meiste Zeit verbrachte sie damit, mich nach dir auszufragen, was dir gefiele, womit du deine Zeit verbrächtest, welche Art Frauen du bevorzugst. Ich weiß ja nicht warum, schließlich hat sie nie mehr von dir zu sehen bekommen als dieses alberne Porträt, das dein Vater von dir malen ließ, als du sieben warst, aber sie ist schon seit ewigen Zeiten in dich verliebt.«

Die restlichen fehlenden Stücke – woher sie soviel über ihn wußte – fügten sich nun auch zusammen. Es war nicht nur die Zeit gewesen, die sie mit seinem Vater zugebracht hatte, sondern auch ihre eingehende Befragung von Webb.

Das hinterhältige kleine Luder.

»Du hast gerade gesagt, sie hat dich in der Abbaye gefunden?«

»Ja. Das dumme Ding gab sich die Schuld für meine Verhaftung. Obwohl ich ihr hätte sagen können, daß es nichts mit ihr zu tun hatte.«

»Das hätte auch keinen Unterschied gemacht«, brummte Giles. »Sie hätte dich auch so aufgespürt.«

»Du kennst Sophia.«

Giles nickte. »Nur zu gut.«

»Sie stiftete Verwirrung, als ich nach meinem Prozeß im Vorhof abgeholt werden sollte. Ein Feuerchen in der Registratur.«

Das brachte Giles zum Lachen. Würde sie denn niemals lernen, etwas subtiler vorzugehen?

»In dem Durcheinander«, fuhr Webb fort, »konnte ich mich befreien, und sie brachte mich aus der Stadt.«

Ein Serviermädchen kam herbei und stellte eine Flasche Wein auf den Tisch. Sie lächelte sie beide zur Begrüßung an und wandte sich dann ihren anderen Aufgaben zu.

Plötzlich fiel Giles ein, wie sie Lucien gewaltsam aus dem Gefängnis befreit hatten. Sophia hatte ihm erzählt, daß sie die Pläne mit dem Grundriß des Gefängnisses von einem früheren Gefangenen erhalten hatte. Er senkte die Stimme. »Du hast ihr die Pläne von Abbaye gegeben.«

»Das hat sie dir also erzählt.«

»Nein, nicht wörtlich, aber mir wird jetzt vieles klarer.« Giles langte nach der Flasche und goß sich ein Glas ein. »Wo bist du während der letzten Monate gewesen?«

»Meistens in Verstecken. Zuerst war ich einen Monat lang auf dem Land bei ihrem Bruder und ihrer Schwester, bis sich der erste Sturm gelegt und ich mich wieder erholt hatte. Meine Gefängniswärter konnten meinem Sinn für Humor nicht viel abgewinnen.«

Giles konnte sich lebhaft vorstellen, was die *sans-culottes* mit Webb angestellt hatten.

»Als Kind war ich immer gern auf dem Land gewesen, aber diese dreißig Tage des Versteckens waren beinah schlimmer als das Gefängnis.«

»Auf die kleine Lily hast du einen gewaltigen Eindruck gemacht«, stichelte Giles.

Webb hielt die Hände hoch. »Ich habe das Mädchen nie angerührt.«

»Das glaube ich dir, aber ich habe den Verdacht, daß Lily sich das anders gewünscht hätte.«

»Diese Ramsey-Frauen.« Webb schauderte. »Mutter hat meinen Schwestern immer Anekdoten von ihrem zügellosen Verhalten erzählt, als Beispiel dafür, wie man sich *nicht* benimmt. Ist dir eigentlich aufgefallen, daß keiner ihrer Ehemänner alt geworden ist? Sie machen ihre Männer restlos fertig, wenn du mich fragst. Ich werde Lily aus dem Weg gehen, bis die kleine Hexe verheiratet und zahnlos ist und eine Schar von Kindern sich an ihre Röcke klammert. Gib ihr noch ein paar Jahre, und Sophia wird im Vergleich zu ihr lammfromm wirken.«

Giles hätte dazu eine Menge sagen können, da er bezweifelte, daß jemand seine zukünftige Frau übertreffen könnte, aber dazu hatte er keine Zeit. »Dann muß ich dich wohl um deine Unterstützung bitten, mich früh ins Grab zu bringen. Ich habe fest vor, dieses kleine Teufelchen zu heiraten und für die nächsten fünfzig Jahre die Konsequenzen zu tragen. Wirst du mir helfen?«

»Mußt du wirklich erst fragen?« Webb warf einen Blick über die Schulter. »Da ich mir schon dachte, daß du meinen Rat nicht befolgen würdest, allein nach Hause zu fahren, habe ich jemanden gebeten, sich zu uns zu gesellen.« Er winkte einem Mann zu, der gerade die Taverne betrat.

Giles sah, wie sich Oliver durch das Gedränge zu ihnen vorarbeitete. Er war maßlos erleichtert, daß der gute Mann nicht auch gefaßt worden war.

»Wie ich sehe, haben Sie meine Nachricht erhalten«, sagte Oliver und nickte Giles zu.

»Und ich bin Ihnen zu großem Dank verpflichtet, daß Sie mir vertraut haben. Mehr jedenfalls als meine Braut.« Er ergriff Olivers Hand und schüttelte sie kräftig.

»Beurteilen Sie sie nicht zu streng«, sagte Oliver beinah verlegen. »Sie hat getan, was sie für das beste für Sie hielt, genau wie ich, als ich dem Burschen in den Stallungen den Zettel für Sie gab.«

Giles nickte. Sophia würde immer diejenigen beschützen, die sie liebte, ohne Rücksicht auf ihre eigene Sicherheit. Er würde sich daran gewöhnen müssen, daß es jemanden gab, der um sein Wohl besorgt war.

Webb teilte den restlichen Wein zwischen ihnen auf.

»Wenn ich dich richtig kenne, Giles, hast du dir schon einen Plan zurechtgelegt.«

Giles nickte seinen Verbündeten zu. »Stimmt. Ich will ihn kurz erklären.«

Als Sophia am Morgen aus ihrer Zelle geführt wurde, sah sie ihre Eltern schon am Ende des dunklen Ganges auf sie warten. Sie versuchte, sie anzulächeln, doch ihre Gedanken waren woanders.

Giles.

Entgegen ihrem ausdrücklichen Wunsch war er ihr nach Paris gefolgt.

Zum Teufel mit ihm. Die ganze Nacht hatte sie wach in ihrer Zelle gesessen und auf ein Anzeichen einer Rettung gewartet, doch es war nichts geschehen. Nun war es zu spät, und ein Teil in ihr war froh darüber. Das bedeutete, daß er sich nicht mehr in Gefahr bringen würde.

Wenn sie ihm doch nur hätte sagen können, daß sie ihn von ganzem Herzen liebte.

Sophia blickte auf ihre Hand, an der sie den Siegelring ihrer Familie trug. Er hatte ihn ihr übergeben wie einen Ehering – den sie nun niemals tragen würde.

Sie ballte die Hand zur Faust. Sie würde das warme Metall so lange umklammern, bis das Leben in ihr versiegte.

Draußen ließ sich die Sonne zu einem ihrer seltenen Auftritte im November blicken. Sie blinzelte in die ungewohnte Helligkeit und hob die Hand vor die Augen, als sie und ihre Eltern in den Gefängnishof geführt wurden.

»Hinauf mit dir, du verräterische Schlampe«, zischte ihr einer der Wärter zu, während er sie zu dem wartenden Karren stieß.

Sophia bemerkte, daß ihr Vater im Begriff war, dem Mann seinen Ellbogen ins Gesicht zu rammen. Schnell streckte sie die Hand aus, um seinen Ärger zu beschwichtigen.

»*Non, Papa.* Das ist unnötig.«

»Ich werde diesem Schwein nicht erlauben, meine Tochter auf diese Weise zu behandeln.«

Sie schüttelte den Kopf und wies zu ihrer Mutter, die allein vor dem Karren stand. »Geh zu ihr«, sagte sie zu ihm. »Sie braucht deine Unterstützung. Ich kann selber auf mich achten, schließlich bin ich deine Tochter.«

Sie wandte sich zu dem Wärter um und funkelte ihn verächtlich an. »Hilf mir hinauf, Bürger, und achte auf dein Benehmen. Du bildest dir vielleicht ein, ich könnte dir nichts anhaben, aber ich muß noch meine Komplizen nennen, und vielleicht zeige ich ja mit dem Finger auf dich, bevor ich sterbe. Also behandele meine Familie und mich zuvorkommend. Sonst bist du vielleicht schon morgen selbst an der Reihe.«

Der Mann wich vor ihr zurück und bekreuzigte sich.

Statt dessen erwies ihr ihr Vater die Ehre. »Ich habe vergessen, wie erwachsen du schon bist«, flüsterte er ihr zu. »Und wie stolz ich immer auf meine kleine Piper war.«

In seinen Augen schimmerten Tränen. Eines der letzten Male, die sie ihren Vater gesehen hatte, war der Tag gewesen, als sie zur Niederkunft in den Konvent geschickt wurde. Danach war sie direkt nach England weitergereist, ohne noch einmal ihre Eltern zu sehen. An jenem Tag, als sie ihr Elternhaus in Schande verlassen mußte, hatte sie ihren Vater angefleht, sie bleiben zu lassen. Seine Lippen waren zusammengepreßt gewesen, und seine Augen waren erfüllt von etwas, das sie für Scham gehalten hatte, als er den Kopf schüttelte und zusah, wie sie fast gewaltsam von Oliver zu der wartenden Kutsche gebracht wurde.

Jetzt wußte sie es besser. Er hatte sich nicht ihretwegen geschämt. Statt dessen hatte der Kummer ihm das Herz zugeschnürt. Er konnte sie nicht zu Hause behalten und ihren Zustand öffentlich bekannt werden lassen, weil sie sonst für den Rest ihres Lebens eine Geächtete gewesen wäre. Also hatte er die schwere Entscheidung getroffen, sie fortzuschicken. Er hatte sie gehen sehen und gewußt, daß er ihr nicht die Schmerzen abnehmen konnte, die vor ihr lagen.

So wie er ihr auch heute nicht die Qualen ersparen konnte, die sie erwarteten.

Vor den Toren hatten sich schon wieder unzählige Menschen versammelt, die wie Straßenhunde darauf warteten, daß ihnen ein paar Leckerbissen zugeworfen wurden. Sie hörte die Schimpfwörter und Schmähungen, achtete aber nicht weiter darauf. Der Wärter fesselte ihr die Hände an einen der Gitterstäbe des Karrens.

Während sie ihre langsame Reise durch das schwere Eisentor hindurch antraten, ignorierte sie die Gehässigkeiten und Drohungen und suchte zwischen den fleckigen, zornigen Gesichtern nach einer Spur von Giles' dunklen, leuchtenden Augen.

Noch immer sah sie keine Spur von ihm, doch sie hörte die Worte, die er in der Orangerie zu ihr gesagt hatte, und die ihr jetzt wie ein Gelöbnis klangen.

Wohin du gehst, muß auch ich gehen.

Aber nicht in den Tod, flehte sie. Nicht heute.

Aber folgen würde er ihr. Es sah ihm nicht ähnlich aufzugeben. Mit Schrecken fragte sie sich, welchen tollkühnen Plan er zu ihrer Rettung ausgeklügelt haben mochte. Tollkühne Pläne waren ihre Spezialität, nicht seine. Sie wollte nicht gerettet werden, nicht wenn er dadurch das gleiche Schicksal erleiden mußte wie sie.

Geh nach Hause, flüsterte sie. *Laß mich in Ruhe.* Noch während sie die Worte vor sich hinsprach, erhob sich ein vertrauter Klang über den Köpfen der Menschen.

Eine Hirtenflöte.

Vornübergebeugt und mit leichtem Hinken tanzte Giles am Rande der Menschenmenge, während er auf der Flöte eine bemerkenswerte Darstellung der *Marseillaise,* des inbrünstigen Schlachtlieds der *sans-culottes,* zum besten gab.

Er blickte in ihre Richtung, bemerkte, daß sie ihn ansah, und hob zwei Finger von der Flöte.

Seine leidenschaftliche Version der inoffiziellen Nationalhymne lenkte die Aufmerksamkeit der Menge von dem Karren ab.

Zwei, zwei, was konnte er damit meinen? dachte sie voller Panik und blickte geradeaus zur Rue St. Honoré, um festzustellen, wie weit sie noch zu fahren hatten. Zwei Häuserblocks.

Zwei Häuserblocks? War es das, was er meinte?

»*Papa? Maman?*« flüsterte sie. »Könnt ihr irgendwas Ungewöhnliches entdecken?«

Ihr Vater sah sie an. »Was meinst du damit?«

»Seht ihr irgend jemanden, den ihr wiedererkennt?«

Ihre Mutter musterte die Menschen, die die Straße säumten. »Nein, aber hat das etwas mit dem Mann zu tun, der dich gestern angesprochen hat?«

Sie nickte. »Er ist hier. Ich weiß nicht, was er vorhat, aber wir müssen uns bereit halten. Haltet nach Oliver Ausschau oder nach einem jungen Mann von etwa Luciens Größe mit goldbraunem Haar.«

Sie näherten sich der Kreuzung, wo sie in die breitere, leichter zugängliche Rue St. Honoré einbiegen würden. Um sie herum ragten die Verkaufsbuden gefährlich weit in die Straße hinein, zusammengewürfelt wie die Holzbausteine eines Kindes. An einer Stelle wurde der Durchlaß so eng, daß sie Giles aus den Augen verlor, als die Menge sich um ihn schloß.

Eine Stimme rief aus einem der Fenster über ihren Köpfen: »*Vive La Devinette!*«

Die Menge verstummte, und Sophia blickte nach oben, doch die Sonne blendete sie. Sie blinzelte und starrte weiter hinauf, als der Ruf lauter wurde.

»*Vive La Devinette!*«

Als sie endlich das Gesicht erkennen konnte, sah sie Webb mit dem Arm eine weit ausholenden Geste vollführen, und die Luft glitzerte vor lauter Gold- und Silbermünzen.

Ein Vermögen in harter Währung prasselte von beiden

Seiten der schmalen Straße auf die Massen nieder und landete mit hellem Klingeln auf den Pflastersteinen. Gegenüber von Webb sah sie Oliver aus einem Dachfenster lehnen und Münzen und Papiergeld in die Luft schleudern.

Die Menge schien verblüfft zu sein von der unvorhergesehenen Wendung der Ereignisse. Das Geld regnete weiter auf sie hinunter – eimerweise – und prasselte auf sie nieder wie ein Hagelsturm. Doch anstatt sich in Deckung zu bringen, stürzten die Leute in einer wahren Flut auf die Straße.

Menschen durchwühlten mit den bloßen Händen den Abfall, der die Gossen verstopfte, um die Münzen aus dem Dreck zu sammeln. Schlägereien brachen aus, als sich die Brüderlichkeit unter den Leuten in blankes Faustrecht verwandelte.

Sophia stellte fest, daß ihre Wärter ihre Posten verlassen und sich der enthemmten Masse angeschlossen hatte. Ihr Fahrer warf einen letzten Blick auf seine Passagiere, zuckte dann mit den Schultern und sprang vom Bock, um sich unter die gierige Horde zu mischen.

»Schnell weg von hier«, sagte Sophia und zerrte an dem Seil, mit dem ihre Handgelenke gebunden waren.

Ein Paar starker Hände erschien, und ein Messer blitzte auf.

Sie wich zurück – bis sie erkannte, daß die Hände Giles gehörten. Er legte einen Arm um sie und zog sie an sich, um sie eilig auf die Wange zu küssen. »Ich hoffe, dir ist klar, daß das ganze Geld aus deiner Aussteuer stammt«, scherzte er. Sein Messer durchtrennte ihre Fesseln in Sekunden, und wenig später waren auch die Hände des Grafen und der Gräfin frei.

Er faßte Sophia um die Taille und hob sie vom Karren. Diesmal nahm er sich mehr Zeit und küßte sie mitten auf den Mund, bevor er seine hastige Liebeserklärung vom vorigen Tag vollendete. »Ich liebe dich von ganzem Herzen. Und wenn du jemals wieder so etwas tust, garantiere ich dir, daß ich auf Byrnewood einen Turm für dich baue, der so hoch ist, daß du niemals wieder Land siehst.«

Gerührt von seiner Erklärung, wollte auch sie ihm ihr Herz offenbaren. Doch bevor sie etwas erwidern konnte, schüttelte er den Kopf.

»Wir haben jetzt keine Zeit. Und ich weiß es sowieso schon.« Er drehte sich um und nickte dem Grafen respektvoll zu. »Hinein in diesen Laden«, forderte er sie auf.

Sophia und ihre Eltern folgten Giles in den Ausstellungsraum eines Webers. Der spindeldürre Mann runzelte zunächst die Stirn, doch als Giles ihm einen prallgefüllten Beutel zuwarf, ergriff der Weber ein geschnürtes Bündel neben seinem Stuhl, ging zur Vordertür hinaus und hinterließ alles, wie es war – den Webrahmen halb bespannt, das Kaminfeuer und die Lampen noch entzündet.

Sophia blickte Giles fragend an.

»Er hat mir von seiner Vorliebe für Italien erzählt«, erklärte Giles. »Jetzt wird er seinen Lebensabend damit verbringen, am Strand zu fischen und Wein zu trinken.«

Als sie den Laden durch die Hintertür verließen, gesellte sich Oliver in der Gasse zu ihnen. Dort warteten auch schon Pferde und ein Karren auf sie.

»Wie steht es um die Goldvorräte?« fragte Giles, während Oliver seinen gewohnten Platz auf dem Kutschbock einnahm.

»Ich schätze, Mr. Dryden hat noch ein paar Säcke übrig«, erwiderte Oliver grinsend. »Genug, um die Wärter am Vordereingang seines Ladens abzulenken.«

»Wir können ihn nicht hier zurücklassen«, protestierte Sophia.

»Das werden wir auch nicht«, erwiderte Giles. »So, und nun verstecke dich unter dieser Decke«, forderte er sie auf und half ihr in den Karren, in dem ihre Eltern schon warteten. »Dort sind Kleider. Zieht euch so schnell wie möglich um.«

Er setzte sich vorn neben Oliver, und der Karren fuhr mit einem Ruck an.

In wildem Kurs rumpelten sie eine Straße hinunter, die nächste hinauf, kreuz und quer durch das Labyrinth der Pariser Straßen und Gassen.

Sophia streckte den Kopf unter der Decke hervor. »Ohne Webb gehe ich nicht fort!«

»Wir lassen Webb nicht zurück. Und wenn du mich liebst, dann bleibst du jetzt unter der Decke«, fügte er hinzu und drückte ihren Kopf hinunter.

Sie entwand sich seinem Griff. »Ich liebe dich, aber wie hast du vor, uns aus der Stadt zu schaffen?«

Giles stöhnte und zog ihr die Decke über den Kopf. Dann hob er einen Zipfel an und flüsterte ihr zu: »Wer hat gesagt, daß wir die Stadt verlassen?«

Sie umrundeten eine weitere Ecke und bogen dann in den großen, offenen Auslieferungshof eines Lagers ein. Die Arbeiter, die ihre eilige Ankunft schon erwarteten, schlossen und verriegelten das schwere Eichentor zur Straße und versperrten so jede Sicht von außen.

Oliver lenkte den Wagen direkt in eine geräumige Lagerhalle, in der sich Fässer stapelten.

»Mein Freund, Sie kommen gerade richtig«, rief der Bürger Isnard aus, als er aus seinem angrenzenden Büro heraustrat.

Giles lächelte seinen Freund an. »Ich wollte nach der Bestellung sehen, über die wir gestern gesprochen haben. Sechs, um genau zu sein.« Er blickte zu Oliver hinüber. »Oder besser fünf und ein extragroßes.« Er stieß den kräftigen Mann in die Seite, und alle lachten.

Sophia war schon von dem Karren gesprungen und baute sich vor ihnen auf, die Hände in die Hüften gestemmt. »Ich soll in einem Faß nach England zurückverfrachtet werden?«

»In einem Faß von Isnard, meine Teuerste«, betonte Isnard. Er trat vor, um dem Grafen und der Gräfin aus dem Karren zu helfen. »Eine bequemere und sicherere Reise können Sie sich gar nicht wünschen angesichts der heutigen Zeiten.«

Störrisch schüttelte sie den Kopf und sah wieder Giles an. »Ein besserer Plan ist dir nicht eingefallen? Und ich dachte, du wärst ein erfahrener Spezialist?«

Giles nahm sie in die Arme. Wie sehr er diese Frau liebte! Von ganzem Herzen. »Ich habe mein Handwerk von einer Meisterin gelernt. Beschwere dich bei ihr!«

Sie blickte zu Isnard und lächelte. »Haben Sie vielleicht auch ein extragroßes Faß für zwei?«

19.

Giles erhob sich aus seinem Bett auf Byrnewood und lief lautlos auf bloßen Füßen über den kalten Holzfußboden. Die klare Wintersonne sandte ihre Lichtstrahlen durch die offenen Gardinen. Es herrschte völlige Stille im Haus, obwohl er am Stand der Sonne erkennen konnte, daß es bereits nach Mittag war.

»Es sind ja alle so ruhig«, ließ sich Sophia verschlafen aus dem Bett vernehmen. »Meinst du, sie sind nach Hause gefahren?«

Giles lachte über den hoffnungsvollen Unterton ihrer Stimme. »Sie schleichen wohl schon den ganzen Vormittag auf Zehenspitzen herum, damit wir ungestört sind.«

»Wunderbar«, sagte sie. »Das Abendessen wird bestimmt interessant. Ich kann meine Tante Effie schon hören. *Und wie hast du letzte Nacht geschlafen, Sophia?*« Sie schauderte und zog sich die Decke über den Kopf. »Vielleicht sollte ich ihr genau erzählen, wie ich zur Ruhe gekommen bin. Das wird für eine lebhafte Diskussion sorgen.«

Kopfschüttelnd tat Giles so, als wollte er sie tadeln. »Lady Trahern, Sie sollten Ihre Rolle als Gastgeberin etwas ernster nehmen.« Nicht, daß er ihr nicht zustimmte. Auch er wäre lieber allein gewesen, allein mit ihr.

Sie spähte unter der Decke hervor. »Ich weiß ja, daß sie es alle gut gemeint haben, als sie gestern zu unserer Hochzeit gekommen sind. Aber reisen die Gäste nicht normalerweise hinterher ab?«

»Was soll ich tun? Deine Familie hinauswerfen? Oder Lord Dryden und seine Brut?«

Sie schüttelte den Kopf. »Nein. Es war wunderschön, sie alle hier zu haben. Es ist nur, daß ich heute ...« Sie lächelte behaglich wie eine träge Katze, während sie ein nacktes Bein einladend unter der Decke hervorstreckte. »Heute will ich dich ganz für mich allein haben.«

Giles legte sich wieder zu ihr ins Bett und zog sich auch die Decke über den Kopf. Sophia kicherte, als er zu ihr unter die Decke kam.

Einige Zeit später drehte er sich auf die Seite und spielte mit den Locken ihres Haars.

Wie dankbar war er doch für die Wahl seines Vaters. Jeden Morgen mit Sophia zusammen wach zu werden und ihr strahlendes Lächeln zu sehen, bedeutete ein größeres Glück für ihn, als er fassen konnte.

Wenn sie ihm doch nur verzeihen könnte, was er für den Rest ihres Hochzeitsurlaubs geplant hatte.

»Du solltest dankbar sein, daß wenigstens Monty nicht hier war«, bemerkte Giles, als er widerwillig aufstand. »Er hätte uns alle noch vor Sonnenaufgang für einen Ausritt aus dem Bett geworfen. Der Mann scheint nie zu schlafen.« Er lachte. »Das muß das Piratenblut in ihm sein.«

»Der Herzog von Stanton stammt von Piraten ab?« Interessiert richtete Sophia sich auf.

»Ja, von einer ziemlich berühmten Piratin sogar, wenn man Montys Geschichten glauben darf. Zwei Jahrhunderte lang hing ihr Schwert über dem Kamin ihrer Nachfahren – bis es vor etwa fünf Jahren gestohlen wurde. Er hat schon eine hohe Belohnung ausgesetzt, aber es ist nie wieder aufgetaucht.«

Sophia runzelte die Stirn. »Wie hat das Schwert denn ausgesehen?«

»Es ist spanischer Machart; der Griff ist mit Perlen und Edelsteinen besetzt. Und es hat ein kunstvolles Gitter aus Gold und Silber um den Griff«, antwortete Giles, verwundert über ihr plötzliches Interesse an Montys verlorenem Erbstück.

»Wurde es für eine Frau angefertigt?«

»Ja. Wieso?« Verwundert sah Giles sie an.

Sophia kletterte aus dem Bett, warf sich ihr Negligé über und lief zu ihrem Ankleidezimmer, wo ihre Kleider vom Vortag aufgehängt worden waren. Sie klappte den Deckel ihrer Reisekiste auf und zog einen langen Gegenstand hervor. »Hat es vielleicht so ausgesehen?« fragte sie, indem sie das Schwert auswickelte.

Giles blieb der Mund offenstehen. »Das ist es! Montys Schwert. Wie bist du daran gekommen?«

»Ich habe es Selmar gestohlen. Ich wollte die Edelsteine herausbrechen und sie verkaufen. Aber ich wurde in Paris festgenommen, bevor ich die Möglichkeit dazu hatte. Oliver brachte es zurück und übergab es mir gestern als Andenken an unsere vergangenen Abenteuer.« Sie hob das Schwert zu einem Salut. »Ich glaube, mir wäre es lieber, es seinem rechtmäßigen Besitzer zurückzugeben.«

Giles durchquerte den Raum und nahm sie in die Arme. »Damit wirst du Monty zu deinem ergebensten Diener machen.«

Sophia wich zurück. »Du hast doch wohl nicht vor, ihm zu erzählen, wie ich dazu gekommen bin, oder?« Die ganze Familie war darauf eingeschworen worden, Stillschweigen über Sophias heimliches Doppelleben zu bewahren. Alle waren sich darüber einig, daß es am besten war, den Schamlosen Engel in Vergessenheit geraten zu lassen.

»Auf keinen Fall. Monty kann kein Geheimnis für sich behalten, und wenn sein Leben davon abhängt«, sagte er. »Nein, wir müssen uns einen anderen Weg ausdenken, wie wir es ihm zurückgeben.«

Sophia schnappte mit den Fingern. »Ich habe es. Wir

werden ihm das Schwert anonym vom Schamlosen Engel zuschicken lassen. In dem Begleitschreiben kann dann stehen, daß sie ihn für seine Freundlichkeit ihr gegenüber belohnen möchte.« Sie setzte sich an den kleinen Schreibtisch und holte Papier und Schreibutensilien hervor.

Giles lachte, während er an die ursprüngliche Idee seines Freundes dachte, den Schamlosen Engel zu heiraten, und wie ungläubig er selbst auf diese absurde Vorstellung reagiert hatte. »Seine junge Frau wäre aber nicht so begeistert, wenn man ihn an seine Vorliebe für den Schamlosen Engel erinnern würde.«

Sophia blickte von ihrer Schreibarbeit hoch. »Der Herzog hat geheiratet?« fragte sie.

»Er hat mir am Abend des Konzerts in Bath erzählt, daß er auf Larkhall Manor die perfekte Herzogin gefunden hätte.«

»Wen denn?« wollte Sophia wissen.

»Dorlissa.«

Jetzt war es Sophia, die ihren Mann mit offenem Mund anstarrte. »Nein. Dorlissa und der Herzog? Bist du sicher?«

»Lady Fisher behauptet, der Herzog wäre vor zwei Wochen mit Dorlissa und dem Pastor verschwunden, und seither hätte man nichts mehr von ihnen gehört.« Er ging in sein Ankleidezimmer.

»Und Lord Fisher ist nicht auf der Suche nach seiner Tochter?«

Giles streckte den Kopf zum Schlafzimmer herein. »Lady Fisher läßt ihn nicht. Sie würde ihm niemals verzeihen, wenn er seiner Tochter die Chance verdürbe, Herzogin zu werden.«

»Der Herzog auch nicht«, bemerkte Sophia, als Giles wieder ins Schlafzimmer trat.

Während Sophia mit wechselvollem Mienenspiel ihre Nachricht aufsetzte, begann Giles, sich anzukleiden.

Abrupt unterbrach Sophia ihre Tätigkeit. »Was wird nun aus Emma?«

Bei ihrer Ankunft in Bath hatten sie feststellen müssen, daß ihre Tanten Emma aus dem Haus geworfen hatten. Zu Sophias großem Kummer gab es keinen Hinweis, wohin ihre Gesellschafterin gegangen war.

Giles durchquerte den Raum und küßte sie wieder. »Wir werden deine unbeugsame Mrs. Langston schon finden. Auch wenn du Angst hast, sie könnte hungernd und frierend am Straßenrand stehen, kann ich dich beruhigen. Mir erscheint sie wie eine Frau, die es versteht, immer auf den Füßen zu landen.«

»Ich weiß, Giles. Trotzdem mache ich mir Sorgen. Ich möchte sie hier auf Byrnewood haben, wo sie hingehört.«

»Also willst du noch mehr Leute ins Haus holen? Vor ein paar Minuten dachte ich noch, ich sollte sie alle hinauswerfen.«

Sie schüttelte den Kopf. »Nur für heute. Morgen reißen wir dann die Türen auf und holen alle wieder herein.« Sie ließ den Blick zum Fenster wandern. »Lucien und mein Vater sprechen schon davon, in die Kolonien zu gehen. Kaum habe ich meine Familie zurück, wollen sie mich auch schon wieder verlassen.«

»Das ist vielleicht meine Schuld«, bemerkte Giles, während er seine Kniebundhosen anzog. »Ich habe ihnen den halben Anteil an meiner Plantage in Virginia angeboten. Ich brauche jemanden, der dort für mich nach dem Rechten sieht, und dein Bruder fand, es wäre ein guter Ort für einen Neubeginn. Dein Vater war derselben Meinung. Das Haus dort ist sehr geräumig, und wenn es von einer großen Familie bewohnt ist, wird es viel mehr Freude machen, es zu besuchen.«

Sophias Augen leuchteten erfreut auf. »Kein Wunder, daß ich dich schon so lange liebe. Ich wußte doch, was für ein guter Mensch du bist.«

Ihre gefühlvolle Äußerung brachte ihn in Verlegenheit, und er wußte nicht, was er darauf sagen sollte.

Schließlich hatte er ihr seine Absicht verschwiegen, sie zusammen mit ihrer Familie in die Kolonien zu schicken.

Drydens Besuch auf Larkhall Manor war auch dienstlicher Natur gewesen.

Am russischen Kaiserhof von Katharina der Großen braute sich Unheil zusammen, und es mußte sofort jemand hinreisen, um die Situation auszukundschaften.

Was würde Sophia sagen, wenn man sie einfach mit ihrer Familie zu den Kolonien verfrachtete? Sie würde ihn verfluchen und hassen.

Das Überqueren des Atlantiks barg seine eigenen Gefahren, doch nicht so viele wie die endlosen Steppen Rußlands. Und Giles sah keine andere Möglichkeit, Sophia davon abzuhalten, ihn zu begleiten.

Er trat zum Fenster und sah hinaus. Zu seiner Überraschung kam eine fremde Kutsche die Einfahrt hochgefahren und blieb vor dem Haus stehen.

Er vermutete, daß eine von Sophias Tanten aus Larkhall Manor ankam, um zu sehen, wie ihre ›liebe, arme Nichte‹ die Nacht überstanden hatte.

Hastig zog sich Giles ein Hemd an. Wenn es Lady Dearsley war, mußte er damit rechnen, daß sie ohne Umschweife in das Schlafzimmer platzte, um nachzusehen, ob Sophia noch am Leben war.

Ein Diener trat vor, um den Wagenschlag zu öffnen. Voller böser Vorahnungen sah Giles zu, wie zuerst Lord Lyle und dann Rostland ausstiegen.

Er sah sich zu Sophia um, die immer noch an ihrem Schreiben arbeitete.

»Brauchst du noch lange?« fragte er.

»Ich hatte vor, zu baden und mir die Haare zu waschen. Das könnte ein Weilchen dauern.« Sie lächelte ihn an. »Du stirbst vor Hunger, oder? Dabei kann ich mir gar nicht vorstellen warum.« Sie lachte leise. »Geh ruhig vor und iß etwas. Du hast die Stärkung nötig.«

Giles sah wieder aus dem Fenster. »Laß dir soviel Zeit, wie du willst.«

Eine Stunde später trat Sophia aus dem Schlafgemach, nachdem sie sehr viel Sorgfalt auf ihre Erscheinung für ihren ersten Tag als Lady Trahern verwendet hatte. Sie hatte die Halle erst halb durchquert, als Webb aus einem Alkoven zu ihr trat.

»Ich dachte schon, du würdest nie mehr herauskommen. Es gibt Ärger.«

Sophia wich einen Schritt zurück. »Schon wieder Lily? Ich habe ihr gesagt, daß sie dich in Ruhe lassen soll. Möchtest du, daß ich mit *Maman* rede, damit sie –«

»Nein, mit deiner Schwester hat es nichts zu tun. Es ist schlimmer.«

»Was ist denn los?«

»Weißt du, mit wem sich dein Mann seit einer Stunde in der Bibliothek aufhält?«

»Nein. Wir erwarten keine weiteren Gäste.«

»Die beiden würde ich kaum als Gäste bezeichnen. Es sind Lyle und Rostland.«

Sophia stockte der Atem. »Wie bitte?« flüsterte sie.

»Deshalb laufe ich schon seit einer halben Stunde hier auf und ab. Lily kam vorhin zu mir ins Zimmer gestürzt, um mir zu sagen, daß Giles in Schwierigkeiten ist.«

»Schwierigkeiten ...« Sophia brauchte gar nicht nach der Art der Schwierigkeiten zu fragen, denn nichts, was von diesen beiden Unholden kam, konnte Gutes bedeuten.

»Sieh mich bitte nicht so an«, warnte Webb sie. »Sonst bekomme ich es mit der Angst zu tun. Außerdem schlägt sich Giles ganz gut, zumindest bis jetzt. Wie ich die zwei kenne, haben sie herausgefunden, wer du bist – vielmehr warst – und wollen jetzt deinen Ehemann mit ihrem Wissen erpressen.«

»Giles wird ihnen keinen Shilling geben«, erwiderte sie hitzig.

»Vielleicht bleibt ihm keine andere Wahl. Sie könnten euren Ruf, den Namen der Traherns ruinieren.«

Webbs Bemerkung gab Sophia zu denken. Nach ihrer

Flucht aus Paris und ihrer Rückkehr nach England hatte Giles sie im Handumdrehen vor den Traualtar gebracht und geheiratet. Vor lauter Glückseligkeit hatte sie ihr Gelöbnis, in die Kolonien zu gehen, um den Namen der Traherns nicht mit ihren Missetaten zu beflecken, völlig vergessen. »Das ist alles meine Schuld.«

»Einen Ausweg gibt es, wenn du die Nerven aufbringst, diesen alten Lüstlingen noch einmal gegenüberzutreten. Außerdem finde ich, daß es Zeit wird für Giles einzusehen, daß seine Tage der Unabhängigkeit vorüber sind. Er braucht uns.«

Um Giles' Ehre und die seiner Familie zu schützen, wäre sie allen Dämonen der Unterwelt entgegengetreten. Schließlich war diese Katastrophe allein ihr zu verdanken. »Sag mir, was ich tun soll.«

»Hast du noch die Gegenstände, die du aus Lyles Safe ›ausgeliehen‹ hast?«

Sie nickte. »Das ist so ungefähr alles, was ich noch habe.«

»Gutes Mädchen. Kein Wunder, daß Giles sich dich geschnappt hat. Hör zu, was wir jetzt tun werden.«

Giles hieb mit der Faust auf die Kirschholzplatte seines Schreibtischs. Ohne auf den Schmerz zu achten, der ihm den Arm hinaufschoß, blickte er böse auf die beiden Männer, die ihm in seinem Arbeitszimmer gegenübersaßen. »Nicht einen Penny bekommen Sie von mir, und wenn ich Sie umbringen muß.«

Lyle betrachtete seine Fingernägel, offenbar gelangweilt, weil das Treffen nun schon so lange dauerte. »Sie werden zahlen, Trahern.«

»Niemals.«

Rostland streckte seine langen, dünne Beine aus. »Und warum nicht? Der Betrag ist doch vollkommen gerechtfertigt. Vergessen Sie nicht, was auf dem Spiel steht.«

Daran brauchte Giles nicht erinnert zu werden. Die beiden Aasgeier hatten sich deutlich genug ausgedrückt.

Lyle studierte das Dokument in seiner Hand und legte es dann auf den Schreibtisch. »Das Gerichtsprotokoll läßt keinen Zweifel offen – Sophia D'Artiers, bekannt unter dem Namen La Devinette. Und die Zeichnung ist auch nicht schlecht. Sehen Sie selbst.«

»La Devinette?« fragte Rostland seinen Freund Lyle. »Mein Französisch ist lausig. Was bedeutet das noch einmal?«

»Hure«, erwiderte Lyle, ohne den Blick von Giles zu wenden.

Für diese Beleidigung seiner Ehefrau hätte Giles den Mann am liebsten auf der Stelle umgebracht. Er hätte das Recht gehabt, den Mann deshalb zum Duell zu fordern, doch er wußte, bevor Lyle starb, würde er über Sophia und ihre Familie eine Katastrophe heraufbeschwören, die sich über Generationen hinweg auswirken würde.

Und dann war da noch Rostland. Giles betrachtete den mageren Mann, der so auffallend modisch gekleidet war.

Notfalls würde Giles sie beide umbringen.

»Ich sehe die Mordlust in Ihren Augen«, bemerkte Lyle, die Hände behaglich vor dem dicken Bauch gefaltet. »Keine gute Idee. Sollte ich unerwartet versterben, etwa an einem Unfall, hat mein Anwalt den Auftrag, einen umfassenden Bericht über die Aktivitäten der Lady Trahern zu veröffentlichen. Dazu zählen beglaubigte Zeugenaussagen über ihre Streifzüge sowohl als La Devinette als auch als Schamloser Engel.«

Rostland beugte sich vor. »Tatsächlich haben wir erwogen, das Material als Idee für einen Roman zu verkaufen, aber wer sollte so eine Geschichte glauben?«

»Warum bilden Sie sich dann ein, man würde dieser Ansammlung von Behauptungen nach Ihrem Tod Glauben schenken?«

»Weil sie der Wahrheit entsprechen. Sie wissen es, ich weiß es, und wenn Sie uns nicht den geforderten Betrag zahlen, erfährt die ganze Welt von den sauberen Machenschaften Ihrer Frau.«

Giles sprang auf, um den Schreibtisch zu umrunden und Lyle auf der Stelle zu erwürgen.

In diesem Augenblick öffnete sich die Tür, und herein kam Sophia, ein zugedecktes Tablett in den Händen. Sie stieß die Tür mit der Hüfte zu und lächelte entschuldigend, als das Tablett gefährlich kippte. »In Haushaltsdingen bin ich noch sehr unerfahren«, erklärte sie. »Bei einer so wichtigen geschäftlichen Besprechung, mein lieber Ehemann, hielt ich es für besser, wenn ich die Erfrischungen persönlich hereinbringe, damit die Angelegenheit vertraulich bleibt.«

Er konnte sich lebhaft vorstellen, womit sie die Getränke verfeinert hatte, die sie ihren Gästen zu servieren gedachte. Und er bezweifelte, daß einer der Männer freiwillig annehmen würde, was sie ihm anbot.

Sie trat weiter vor, ohne auf Lyle und Rostland zu achten, die sich bei ihrem Eintreten erhoben hatte. Sie setzte das Tablett auf dem Tischchen zwischen den beiden Männern ab und hob den silbernen Deckel hoch.

Sie trat zurück, um Giles sehen zu lassen, welches Gift sie den Gästen anzubieten hatte.

»Ist es das, was die Herren zu finden gehofft haben?« fragte sie höflich und kam zu Giles hinter den Schreibtisch.

Giles versuchte zu ergründen, was er dort auf dem Tablett sah.

»Druckplatten«, erklärte sie ihm. »Für französische *assignats*. Deine Gäste haben Falschgeld hergestellt.«

»Das bestreite ich«, sagte Lyle und wich vor dem belastenden Material zurück. »Sie haben keinerlei Beweise.«

»Doch. Ich habe die Druckplatten vor Monaten aus Ihrem Safe entwendet.«

Ihre Feststellung überraschte selbst Giles. Was dachte sie sich nur dabei, öffentlich zuzugeben, daß sie der Schamlose Engel war? Und das, nachdem er während der letzten Stunde diese Tatsache so hartnäckig geleugnet hatte.

Doch die Druckplatten erklärten, weshalb die zwei Männer sie so erbarmungslos gejagt hatten.

»Sie geben also zu, der Schamlose Engel zu sein?« Mit einem boshaften Lächeln näherte Lyle sich dem Schreibtisch.

Sophia beugte sich über dem Tisch vor und begegnete Lyle mit einem mörderischen Blick. »Warum nicht?«

Giles mußte ihre Kühnheit bewundern. Sie verfehlte ihre Wirkung nicht, denn Lyle zog sich zurück, erstaunt und verunsichert, wie er fortfahren sollte, wenn es der Lady offenbar nichts ausmachte, sich selbst bloßzustellen.

Lyle zeigte auf ihre Beweisstücke. »Und wenn ich französisches Geld gedruckt habe? Welchen Engländer wird es stören, daß ich zum Niedergang dieser furchtbaren Revolution beitrage? Ihre Wirtschaft ist von Falschgeld so geschwächt, daß sie bald vollkommen am Ende sind.«

»Und gerade rechtzeitig, nachdem Sie mit ihren wertlosen Blüten so viel Land in Frankreich gekauft haben, wie Sie bekommen konnten«, entgegnete sie.

Verwundert sah Giles seine Frau an. Woher wußte sie das nur?

Dann erinnerte er sich an ihre Behauptung, Webb sei von einem Engländer verraten worden. Giles wußte, daß zu Webbs Ermittlungen die Überprüfung verdächtiger Transfers von englischem Geld in die Schweiz gehört hatte. Andere englische Agenten, die die gleichen Untersuchungen vor ihm angestellt hatten, waren auf mysteriöse Weise verschwunden.

Es war eine Sache, wenn die englische Regierung die Operationen ihrer Agenten im Ausland billigte, doch unsaubere Geschäfte gieriger Privatpersonen waren etwas ganz anderes. Besonders dann, wenn sie den Tod englischer Agenten verursachten.

»In Frankreich Land kaufen? Wozu sollte ich das tun?« spottete Lyle, doch Giles' geübtem Blick entging nicht, daß dem Mann nicht wohl war angesichts dieser letzten Beschuldigung.

»Ja, warum wohl?« fragte Sophia zurück. »Bei dem Verfall der Grundstückspreise und mit Ihrem selbstgedruckten Geld erscheint mir das ein äußerst lohnendes Geschäft.« Sophia stemmte die Hände in die Hüften.

Diese Geste kannte Giles. Sie bedeutete, daß Sophia allmählich die Geduld mit ihrem Gegenüber verlor.

»Sie kaufen französischen Landbesitz für praktisch nichts«, beschuldigte sie ihn. »Und wenn es den armen *emigrés* gelingt, nach London zu entkommen, können sie bei Ihnen ihren Familienbesitz zurückkaufen – gegen Gold oder sonstige Vermögenswerte, die sie zusammenkratzen können. Ich muß schon sagen – ein wahrhaft lukratives Geschäft haben Sie da aufgezogen. Aber damit ist es jetzt vorbei.«

»Ich weiß wirklich nicht, wovon Sie da reden, Lady Trahern. Diese Geschichte ist ja so abenteuerlich wie Ihre Maskerade als dieser Schamlose Engel. Zumindest habe ich noch nie jemanden ausgeraubt. Ich habe frei verkäufliches Land erworben und mit Gewinn weiterverkauft. Daran ist nichts Ehrenrühriges.«

»An Gewinnen mit Falschgeld?« konterte sie.

Rostland trat vor, um sich in den Wortwechsel einzumischen. »Gewinn ist Gewinn. Wir haben große persönliche Risiken auf uns genommen, um das Land zu kaufen. Weshalb hätten wir außerdem unser Geld riskieren sollen?«

»Es mag sein, daß das englische Gesetz nichts dagegen hat, wenn Sie französisches Geld fälschen«, gab Sophia zu. »Wohl aber gegen Verrat und Mord.«

»Mord?« platzte Lyle heraus, das Gesicht fleckig vor Zorn. »Dafür haben Sie keinen Beweis.«

Giles registrierte die schnelle, wütende Reaktion des Mannes. Nur Schuld konnte einen Menschen dazu bringen, so die Beherrschung zu verlieren – wie ein Tier, das in der Falle saß.

»O doch«, entgegnete seine Frau. »Als englische Agenten sowohl hier als auch in Paris zu untersuchen begannen, warum plötzlich viele Aristokraten dem Komitee ausgeliefert wurden, stießen sie auch auf Ihre Untaten. Sie haben arglose Adelige nach Paris gelockt unter dem Vorwand, ihren Besitz für sie zu sichern, und dann haben Sie sie verraten. Kopfgeld haben Sie außerdem kassiert. Wenn deren Land dann zum Verkauf angeboten wurde, haben Sie es sich unter den Nagel gerissen und es den trauernden Witwen in London zurückverkauft.«

»Das englische Gesetz hat keine Hoheit über solche Transaktionen. Ihre Anschuldigungen sind belanglos.«

Kopfschüttelnd trat Sophia einen Schritt vor. »Sie könnten recht haben, wenn Sie das gleiche nicht auch mit dem Grafen de Lemoine getan hätten.«

Lyle wurde sichtlich blaß, erholte sich aber schnell wieder. »Der Tod dieses Mannes war bedauerlich, ist aber kaum von Bedeutung für die englischen Gesetze.«

Giles erkannte, worauf Sophia hinauswollte. Nun konnte er ihren Angriff unterstützen, ohne ihren meisterlichen Plan zu durchkreuzen. »Lemoine war aber kein Franzose«, sagte er. »Er war Engländer. Ein englischer Agent.«

Rostland wich von Lyles Seite. »Du hast gesagt, es wäre ohne Belang.«

»Sei still!« befahl Lyle. »Es gibt keine Beweise.«

»Doch, die gibt es«, widersprach Sophia voller Überzeugung. »Da war noch ein weiterer Mann in Ihre Geschäfte mit Lemoine verwickelt.«

Diesmal lächelte Lyle. »Der Mann, den Sie meinen, ist Lemoine leider unter die Guillotine gefolgt. Es sei denn, ihm ist wie durch ein Wunder der Kopf wieder angewachsen.«

Sophia lächelte Giles an. »Soll ich ihm meine neueste Überraschung zeigen?«

Giles nickte. »Meinen Segen hast du.«

Sophia schlenderte an Lyles vorbei und öffnete die Tür des Arbeitszimmers.

»Darf ich Ihnen ein Wunder präsentieren?« sagte sie mit einem Knicks vor dem neuesten Gast. »Meine Herren, Webb Dryden.«

Ächzend taumelte Rostland ein paar Schritte zurück. Den knochigen Finger auf Lyle gerichtet, sprudelte er seine Anschuldigungen hervor. »Du hast gesagt, er wäre tot. Daß es keine Beweise gäbe. Das ist alles deine Schuld!«

»Sei still!« zischte Lyle. »Du bringst uns noch an den Galgen mit deinem Gerede.«

Kopfschüttelnd registrierte Giles, wie bereitwillig sich die Freunde gegenseitig in den Rücken fielen, nachdem ihnen nun ihre gerechte Strafe drohte.

»Der Galgen ist wahrscheinlich noch Ihre geringste Sorge«, sagte Webb, während er eintrat. »Nehmen Sie diese Männer fest«, sagte er über die Schulter.

Eine Abteilung örtlicher Soldaten kam in den Raum marschiert, um den zeternden Rostland und den immer noch protestierenden Lyle festzunehmen.

»Ich werde nicht schweigen, Trahern«, drohte Lyle. »Die ganze Welt wird die Wahrheit über die Schlampe erfahren, die Sie geheiratet haben.«

Giles stellte sich vor Sophia, um sie vor den bösartigen Attacken des Mannes abzuschirmen. »Wer würde Ihnen schon glauben, Lyle? Sie sind offenbar wahnsinnig, außerdem sind Sie ein Verräter und ein Feigling. Meine unscheinbare und sanftmütige Frau soll sich als Schamloser Engel verkleidet haben? Eine absurde Vorstellung! Ich bin von ihr ja sehr angetan, aber eine Frau von solcher Ausstrahlung ist sie nun wirklich nicht.« Er drehte sich zu seiner Frau um. »Entschuldige bitte, meine Liebe.«

»Angenommen. Ich bin nicht eitel, was mein Äußeres angeht«, sagte sie mit ziemlich angespannter Miene. »Ich weiß, daß ich unscheinbar bin und mich niemals allein hinauswagen würde wie dieses kühne Geschöpf.«

Giles lächelte. Er wußte, für seine Bemerkung über ihr Aussehen würde er bezahlen müssen. Er wandte sich wieder Lyle zu. »Man wird Ihre Anschuldigungen nur als rachsüchtige, lächerliche Lügen abtun.«

Lyle entwand sich dem Griff seines Wächters. »Ich habe

Beweise. Ich habe Aussagen. Ich habe die Gerichtsprotokolle.«

»Von einem Mann, der zugibt, Geld zu fälschen, um damit Adelige um ihr Land zu bringen?« Giles zerknüllte die Papiere in der Faust. »Ihre ›Beweise‹ sollten doch nur dazu dienen, meine Familie zu erpressen, nachdem man Ihren Betrügereien auf die Schliche gekommen ist.« Giles wandte sich an den Ranghöchsten der Soldaten. »Schaffen Sie mir dieses Pack aus den Augen. Lord Dryden wird Sie wissen lassen, was mit ihnen geschehen soll.«

Lyle und Rostland wurden von den Soldaten abgeführt.

Als sie wieder unter sich waren, trat Webb zu der Ecke des Zimmers, wo der Wagen mit den Getränken stand. »Darauf müssen wir anstoßen.«

Sophia trat vor. »Laß mich einschenken.«

Angesichts dessen, was er über ihr unscheinbares Aussehen gesagt hatte, hielt Giles es für besser, selber die Getränke anzubieten. »Bitte, laß mich das übernehmen.«

Sie sah ihn verwundert an. »Wie, traust du mir etwa nicht?« Ein keckes Lächeln, das sehr an den Schamlosen Engel erinnerte, umspielte ihre Lippen.

»Doch, voll und ganz«, log er. »Trotzdem möchte lieber ich einschenken.« Nachdem er zwei Gläser mit Whiskey und ein Glas mit Sherry gefüllt hatte, sah er wieder seine Mitverschwörer an. »Hört auf, euch in eurem Triumph zu sonnen, alle beide!« Er gab Sophia ihr Glas, dann Webb seines. »Ich hatte alles fest im Griff.«

Sophia hob skeptisch die Augenbrauen.

Giles murmelte etwas Unverständliches vor sich hin und setzte sich wieder hinter seinen Schreibtisch. »Na gut. Deine Unterbrechung kam nicht ungelegen.«

»Und?« fragte Webb mit einem vielsagenden Lächeln.

»Also schön. Ohne euch zwei wäre ich mit der Sache nicht fertig geworden. Ich hatte eure Hilfe nötig.«

Sophia sprang zu ihm, setzte sich auf seinen Schoß und küßte ihn vor Webbs Augen auf den Mund. »Siehst du, jetzt kannst du nicht mehr ohne mich nach Rußland gehen. Ich bin unverzichtbar für dich.«

Giles lehnte sich zurück. »Rußland? Was weißt du denn darüber?«

»Alles. Einschließlich der Tatsache, daß du vorhattest, mich zurückzulassen.«

Sie sah zu Webb hinüber, der sich plötzlich eingehend für die Bücher in Giles Regal interessierte.

Giles konnte sich vorstellen, wer seine Braut in seine Pläne eingeweiht hatte.

Sophia verschränkte die Arme vor der Brust. »Ich habe dir soeben bewiesen, wie nötig du mich brauchst.«

Giles wußte, daß Widerstand zwecklos war, wenn sie die Augenbrauen in dieser typischen Art der Ramseys hochzog. Und vielleicht waren die Nächte in St. Petersburg auch nicht ganz so kalt, wenn sie neben ihm im Bett lag.

»Du kannst mitkommen.«

Sophia lachte triumphierend und küßte ihn noch einmal.

Webb hustete und stand von seinem Platz auf. »Ich denke, ich lasse euch zwei jetzt lieber allein.« Als er sich der Tür näherte, flog diese auf und traf ihn beinah mitten ins Gesicht.

Lily kam hereingestürmt. »Sophie«, fragte sie, »hast du vielleicht Webb gesehen?«

Webb schüttelte den Kopf und zog sich hinter der geöffneten Tür zurück, damit das Mädchen ihn nicht entdeckte.

Giles grinste. »Aber ja, Lily. Er steht gleich dort hinter der Tür.«

Später am selben Nachmittag trafen Lord und Lady Fisher auf Byrnewood ein, um dem neuvermählten Paar ihre Glückwünsche auszusprechen, aber auch, um etwas in eigener Sache zu verkünden. Die aufgeregte Lady schleifte ihren Mann praktisch in den Salon, in dem alle versammelt waren.

»Ich habe heute morgen eine Nachricht von meiner lieben Dorlissa erhalten«, sagte sie und wedelte ein Blatt Papier in der Luft. »Sie ist verheiratet! Mit Ihrem lieben Freund, dem Herzog von Stanton.«

Sophia und Giles tauschten einen vielsagenden Blick.

»Bitte richten Sie dem glücklichen Paar unsere besten Wünsche aus«, antwortete Giles.

Lady Fisher ließ sich auf dem Sofa nieder. »Sie dürfen meiner Tochter, der Herzogin von Stanton, persönlich gratulieren. Sie schreibt, daß sie noch heute nachmittag hier nach Byrnewood zu Besuch kommen wollen.«

Sophia setzte ihr liebenswürdigstes Lächeln auf und bereitete sich innerlich darauf vor, Lady Fisher und deren Triumph einen ganzen Nachmittag lang zu ertragen.

»Also haben Sie ihr verziehen?« neckte Lady Larkhall sie.

»Ihr verziehen?« wiederholte Lady Fisher ungläubig. »Ja, weshalb denn?«

»Daß sie ausgerissen ist«, erwiderte Lady Dearsley mit einem gequälten Blick auf ihre beiden Schwestern, die selbst in ihrer Jugend ausgerissen waren. »Das gibt der Heirat einen so anrüchigen Beigeschmack.«

»An dieser Situation war absolut nichts Anrüchiges«, sagte Lady Fisher schnippisch. Sie beugte sich vor und nahm sich ein Stück Gebäck von einem der Kuchentabletts. »Der Herzog hat in seiner Sorge um den Ruf meiner Dorlissa darauf bestanden, eine Anstandsdame mitzunehmen, und dafür habe ich Ihnen zu danken. Als Sie Mrs. Langston so herzlos hinauswarfen, bat der Herzog sie, sie nach Schottland zu begleiten, um dem Arrangement die nötige Respektabilität zu verleihen. Selbst den Pastor haben sie mitgenommen, damit es keinen Zweifel an der Rechtmäßigkeit dieser Heirat gibt.«

Sophia richtete sich auf. »Emma? Also ist sie bei dem Herzog und bei Dorlissa?«

»Aber ja«, erwiderte Lady Fisher. »Eine so reizende Frau und ein so gutes Beispiel für Dorlissa.«

Giles beugte sich vor und flüsterte seiner Frau ins Ohr: »Habe ich dir nicht gesagt, daß Mrs. Langston wieder auf den Füßen landen wird?«

Während der nächsten Stunden ertrug die Familie Lady Fishers detaillierte Schilderungen der Besitztümer des Herzogs.

Kurz vor dem Abendessen fuhr schließlich die Kutsche des Herzogs auf Byrnewood vor.

Lady Fisher konnte sich kaum noch halten, als ihre Tochter in den Salon stürmte, die Wangen vom ehelichen Glück rosig angehaucht.

»Mutter!« rief die Frischvermählte. »Dich habe ich gar nicht hier erwartet!«

»Wo sonst sollte ich sein, wenn ich doch wußte, daß ihr zuerst hier haltmachen würdet?« Lady Fisher hielt ihre Tochter auf Armeslänge entfernt, um sie eingehend zu betrachten. »Soll ich dich jetzt ›Hoheit‹ nennen? Oh, das übe ich jetzt schon seit zwei Wochen. Hoheit. Wie ich den Klang dieses Wortes liebe!«

Giles blickte zur Tür und entdeckte dort Monty und den jungen Pastor Harel, die lächelnd die freudige Begrüßung beobachteten. Noch konnte Monty grinsen, hatte er doch keine Ahnung, was seine neue Schwiegermutter alles für ihn geplant hatte.

»Aber, Mutter«, sagte Dorlissa mit einem Blick zur Tür. »Warum solltest du mich Hoheit nennen?«

»Warum nicht? Ich mag ja deine Mutter sein, aber du bist jetzt immerhin eine Herzogin.«

»Eine Herzogin?« Dorlissa runzelte verwirrt die Stirn. »Ich bin keine Herzogin.«

»Natürlich bist du das. Die Herzogin von Stanton. Und zwar durch deine Heirat, du dummes Ding.«

Monty und der Pastor traten fast gleichzeitig vor. Doch nicht Monty nahm die verwirrte Dorlissa schützend in die Arme, sondern Pastor Harel.

»Nehmen Sie gefälligst Ihre Finger von der Herzogin«, kommandierte Lady Fisher und schlug mit ihrem Fächer nach dem Arm des Pastors.

»Er hat nicht die Herzogin in den Armen, Mylady«, korrigierte Monty sie.

»Nicht die Herzogin?« klagte Lady Fisher. »Wie kann das sein? Ihr seid doch verheiratet. Warum ist Dorlissa dann keine Herzogin?«

»Weil nicht *ich* Dorlissa geheiratet habe, sondern Pastor Harel.« Monty zögerte kurz, ein breites Lächeln auf dem Gesicht. »Erlauben Sie mir, *meine* Frau vorzustellen.« Mit einer schwungvollen Geste drehte er sich zur Tür um.

In der Tür stand Emma, die neue Herzogin von Stanton, prächtig anzusehen in einem farbenfrohen Kleid mit pelzgefütterter Stola und einem guten Teil der Juwelen der Stantons an ihrem Hals, ihren Ohren und ihren Handgelenken.

Im Salon wurde es so still, daß es Giles schien, als hätten alle zu atmen aufgehört, ihn eingeschlossen.

Alle außer Lady Fisher, die auf die Knie sank und in herzzerreißendes Schluchzen ausbrach. »Sie treulose Person«, klagte sie Emma an. »Ich habe Ihnen Arbeit in meinem Haus angeboten, und was ist der Dank dafür? Sie haben meiner Dorlissa den Bräutigam weggenommen.«

Emma lächelte und hakte sich bei Monty ein. »Man könnte sagen, ich hatte ein besseres Angebot.«

Epilog

St. Petersburg im Jahre 1794

Im Winterpalast

»Wirklich, Lord Trahern«, sagte der englische Botschafter in Rußland mit vertraulich gesenkter Stimme, »ich war überrascht zu sehen, daß Sie Ihre Frau mit nach St. Petersburg gebracht haben. Ist das in solchen Fällen nicht höchst ungewöhnlich?«

»Meine Frau ist höchst ungewöhnlich. Außerdem erhoffe ich mir durch sie eine ausgezeichnete Deckung.« Eher amüsiert als verärgert über den belehrenden Ton des Botschafters, sah Giles dem bunten Treiben der russischen Adeligen zu. Prinzen, Prinzessinnen, Großherzöge und Generäle hatten sich eingefunden, um den fünfzigsten Jahrestag der Ankunft ihrer Kaiserin in Rußland zu feiern. Der prächtig geschmückte Raum strahlte im Glanz der kostbaren Roben und Juwelen der obersten Gesellschaftsschicht Rußlands.

Was Giles dem nicht sonderlich diskreten Mann verschwieg, war, daß seine Frau seine engste Verbündete in den tückischen Gewässern der russischen Politik war. Sie hatte bereits fast alle Männer bei Hofe um den Finger gewickelt, ebenso wie die launische alte Kaiserin selbst.

»Nun ja, das mag ja sein, aber …« Der Mann schüttelte den Kopf, als könnte er sich mit einer solchen Vorstellung nicht recht anfreunden.

Restlos glücklich war Giles mit der Situation auch nicht, und er wußte, daß auch Dryden seine Vorbehalte hatte, doch was konnte er tun? Sophia zu Hause zurückzulassen, war ausgeschlossen gewesen. Er wußte, daß sie ihm einfach gefolgt wäre und ihm die Hölle heiß gemacht hätte, sobald sie ihn aufgespürt hätte.

So hatte er sie als seine Frau und als Partnerin mitgenommen.

Heute abend allerdings war es besser für sie gewesen, in ihrer Unterkunft zu bleiben, dachte Giles, während er die riesigen Tische betrachtete, die sich unter Bergen von Essen bogen und einen betörenden Duft nach Schinken und Fisch verströmten.

In letzter Zeit zwang sie auch der leiseste Essensduft, sofort zu ihrem Nachtgeschirr laufen.

Der Arzt hatte ihnen zu verstehen gegeben, daß die Übelkeit nach etwa einem Monat vorübergehen und daß nach weiteren fünf Monaten der erste Trahern-Erbe eintreffen würde.

Ja, dachte er, es war besser, sie blieb im Bett und ruhte sich aus.

»Ich muß schon sagen«, ließ sich der Botschafter wieder vernehmen. »Haben Sie jemals ein solches Geschöpf zu Gesicht bekommen?«

Giles blickte sich im Saal im. Durch die Menge schritt eine elegante Frau, völlig in Schwarz gekleidet, auf sie zu. In einem Raum voller weißer und goldener und rosafarbener Rüschenkleider sorgte das schlichte schwarze Gewand für einiges Aufsehen.

Er erkannte sie augenblicklich und wußte nicht, ob er sich ärgern sollte, daß sie nicht zu Hause im Bett war, oder ob er sich freuen sollte, daß sie ein solches Aufsehen erregte.

Ihre bloßen Arme hoben sich zart von dem dunklen Stoff ihres Kleides ab, und Diamanten blitzten an ihrem Hals und ihren Handgelenken. Ihre aufgetürmte schwarze Perücke war mit Schnüren weißer Brillanten verziert, die vor dem dunklen Hintergrund wie Sterne funkelten.

Die Gäste begannen zu tuscheln, wer die Person sein mochte, die noch so spät erschien, denn keiner erkannte die maskierte Dame, die sich jetzt den Weg durch das Gedränge im Saal bahnte.

Der Botschafter hüstelte. »Sehen Sie nur, welch guter Grund, Ihre Frau nicht mitzubringen, junger Mann.«

»Genau das dachte ich auch gerade«, entgegnete Giles, hin und her gerissen von der Erregung, die ihn ergriffen hatte, und seiner Sorge wegen ihrer riskanten Rückkehr zu ihren Kapriolen.

Was um alles in der Welt hatte sie nun schon wieder vor?

Die Dame in Schwarz schritt weiter zwischen den erstaunten Gästen hindurch, bis sie vor Giles und dem Botschafter stehenblieb.

Um den Schein vor den Umstehenden zu wahren, lächelte Giles höflich. »Ich glaube, wir sind uns schon begegnet.«

Das ließ dem Botschafter vor Staunen den Mund offenstehen. Er sah zuerst Giles, dann die geheimnisvolle Frau an.

»Tatsächlich?« Sie legte den Kopf auf die Seite und betrachtete Giles. »An eine solche Begegnung würde ich mich sicherlich erinnern«, schnurrte sie dann sanft.

Der blumige Duft ihres Parfüms, der ihm mit seinem verlockenden Versprechen schon immer die Sinne betäubt hatte, umgab sie.

Bereit, ihr Spiel mitzuspielen, nahm er ihre Hand und führte sie an die Lippen. »Hilft das vielleicht weiter?« fragte er.

Sie schüttelte den Kopf. »Bedaure, aber ich kann mich an keine Begegnung erinnern. Wenn Sie mich jetzt entschuldigen wollen; ich möchte mich nach meinem Begleiter umsehen.« Sie machte Anstalten, sich von ihnen abzuwenden.

Giles ergriff ihren Ellbogen. »Ich glaube, Sie haben ihn bereits gefunden.«

Darüber lachte sie. Sie hob eine Lorgnette vor die Augen und studierte ihn durch die Gläser hindurch aufmerksam von Kopf bis Fuß, von seinem dunklen Haar über seinen schwarzen Frack bis zu den eng sitzenden

Kniebundhosen. Ihr ungenierter Blick machte schließlich bei seinem Schritt halt. »Ich denke, Sie dürften mir genügen.«

Da man bei Hofe an die lustvollen Blicke der Kaiserin gewöhnt war, schien niemand an diesem schamlosen Benehmen Anstoß zu nehmen – tatsächlich schien es die meisten sogar zu amüsieren. Der gesetzte englische Botschafter jedoch mußte plötzlich husten.

Da sie offenbar so viel Gefallen an dem Spiel hatte, schloß Giles sich ihr an. Außerdem schien es den hochnäsigen Botschafter eifersüchtig zu machen, daß Giles diese Schönheit mit so wenig Mühe erobern konnte.

»Wie wäre es mit ein wenig frischer Luft?« schlug Giles vor.

Die maskierte Frau lächelte. »Ich habe einen entzückenden Balkon an meinem Zimmer. Die Nachtluft dort ist sehr anregend, wenn Sie den Mut haben, sich ihr auszusetzen.« Sie langte in ihren Ausschnitt und zog ein Seidenband zwischen ihren Brüsten hervor. Daran befestigt war ein Schlüssel. Sie ließ ihn vor seinen Augen pendeln. »Folgen Sie mir, wenn Sie möchten. Aber zaudern Sie nicht zu lange, denn ich hasse es sehr, wenn man mich warten läßt.«

Giles streckte die Hand aus, und sie ließ den silbernen Schlüssel hineinfallen.

Dann drehte sie sich um und verließ den Raum, langsam und graziös wie eine gefährliche Raubkatze.

Schulterzuckend sah Giles den Botschafter an und folgte dem Schamlosen Engel zur ihrer gemeinsamen Suite von Zimmern.

Sobald er die Tür von innen verriegelt hatte, fielen sie sich in einer stürmischen Umarmung um den Hals, und ihre Lippen verschmolzen zu einem heißen, innigen Kuß. Wie von Sinnen begannen sie, sich gegenseitig die Kleider herunterzureißen.

»Und ich dachte, ich hätte dich aus den Augen verloren«, sagte er zwischen zwei Küssen. »Ich dachte, du hättest mich verlassen.«

»Wer, glaubst du denn, bin ich?«

»Eine Frau, nach der ich vor einiger Zeit gesucht habe. Zuletzt sah ich sie in London, und ich dachte, ich würde sie nie wiederfinden.«

Sie schnurrte leise wie eine Katze, als sie sich dicht an ihn schmiegte. »Vielleicht wußtest du nur nicht, wo du nachsehen mußt«, antwortete sie. Sanft rieb sie ihre Hüften an seiner erregten Männlichkeit. »Wenn du willst, kann ich dir helfen.«

»Ich kann dir ein paar Hinweise geben. Das hier würde ihr gefallen«, sagte er und fuhr ihr zärtlich mit den Fingerspitzen über ihre Schultern, die Arme hinunter und über den Schwung ihrer Hüften.

»Und wenn ich noch mehr Hinweise brauche?«

»Sie würde niemals protestieren, wenn ich das täte.«

Er knabberte an ihrem Hals, bis sie den Kopf in den Nacken legte, um ihre weiche Haut seinen Liebkosungen preiszugeben.

»Mmmm«, stöhnte sie. »Ich glaube, langsam verstehe ich. Ich nehme an, wenn ich die Frau wäre, die du suchst, würde ich jetzt so etwas tun.«

Sophia massierte seine Brust und zauste mit den Fingern die dichten, dunklen Locken. Tiefer und tiefer glitt ihre Hand, bis sie seinen flachen Bauch berührten. Das Gefühl ihrer Berührung verzauberte ihn. Einen Augenblick zögerte sie, als ihre Hand noch tiefer glitt, als wollte sie, daß er sie bat, ihn dort zu berühren und sein Verlangen zu stillen. Als er nichts sagte, wanderten ihre Hände tiefer, über seine Hüften und seine Schenkel fast bis zu seinen Knien.

Giles schüttelte den Kopf und biß sie sanft in die Schulter. »Ich glaube nicht, daß die Frau, die ich suche, einen Mann so unbarmherzig reizen würde.« Seine Hände ahmten ihre Berührungen nach, legten sich auf ihre Brüste, streiften die empfindsamen Spitzen und glitten dann tiefer. Leicht und zärtlich strich er über ihre Schenkel, ohne jedoch die Stelle zu berühren, die sich am meisten nach seiner Zärtlichkeit sehnte.

Sie wand sich und protestierte gegen diese Vernachlässigung. »Jetzt verstehe ich, was du meinst. Ich glaube, du suchst nach einer Frau, die etwas kühner ist … vielleicht sogar ein wenig schamlos?«

Er neigte den Kopf über ihre Brust und nahm die aufgerichtete Spitze in den Mund. Seine Hände um ihren Po gelegt, hob er sie an und zog sie an sich.

»Was willst du?« fragte er mit belegter Stimme.

»Dich«, drängte sie.

Seine Hand glitt herab, bis seine Finger die Stelle fanden, die seine Berührung schon so sehnsüchtig erwartete. Als er begann, sie zu streicheln, gab sie sich genußvoll dem zunehmenden Verlangen hin, das er in ihr erzeugte.

Während sie unter seiner zärtlichen Liebkosung zu immer weiteren Höhen fand, ließen seine Lippen auf ihren Brüsten das Fieber in ihrem Blut noch steigen.

Erlösung. Sie wollte Erlösung. Wie er dies mit ihr tun konnte, war ihr nicht ganz klar. Woher wußte er so genau, wie er sie liebkosen und wie weit er sie erregen mußte?

Doch gerade, als sie kurz vor dem Höhepunkt war, zog er sich zurück und ließ sie kurz vor dem Gipfel ihrer Lust verweilen.

»Giles, tu mir das nicht länger an. Ich brauche dich so sehr«, flehte sie, während sie spürte, daß sie bereits zurückglitt von ihre taumelnden Höhe.

»So vielleicht?« fragte er, und die schnellen Bewegungen seiner Finger führten sie wieder zu einem steilen Anstieg.

»Ja … Ja … nein …« Schwer atmend nahm sie ihn in die Hand und erwiderte seine Liebkosungen.

Giles stöhnte, als er sich vor Verlangen nach mehr als diesem aufreizenden Spiel von ihr zurückzog. Er faßte sie bei den Schultern und bettete sie zärtlich auf das weiche Lager ihrer Matratze. Er beugte sich über sie und sah ihr in die Augen. Sie blinzelte ein-, zweimal, ihr Blick war wild und gleichzeitig träge vor Verlangen.

Sie sagte nichts; statt dessen streckte sie die Hände aus und strich ihm das Haar aus dem Gesicht. Dann fuhr sie sich mit der Zunge über die Lippen und zog seinen Kopf zu sich herab, bis sie sich mit seinen zum Kuß trafen.

Der Augenblick verlor seine spielerische Stimmung, als ihr Kuß wilder und leidenschaftlicher wurde. Zur gleichen Zeit drang er langsam in sie ein, bewegte sich zunächst langsam vor und zurück und drang mit jedem Mal ein wenig tiefer in sie vor.

Sophia erschauerte. Wie sehr sie diesen Teil ihres Liebesspiels liebte! Mit jeder Bewegung verriet er ihr, was sein Herz nicht länger leugnen konnte: Er liebte sie.

Sie schlang die Beine um ihn und zog ihn noch tiefer in sich hinein, so daß auch sie ihm mit jeder Bewegung ihre Liebe vermitteln konnte.

Gemeinsam fanden sie ihren Rhythmus; schnell und hitzig zunächst, dann wieder in langsamer, zärtlicher Vereinigung.

Sophias Erlösung wallte in ihr hoch, überraschend in ihrer Intensität, und überrollte sie mit einer Flutwelle der Erfüllung, die Welle um Welle über sie hinwegglitt.

Sie fühlte das Aufbäumen von Giles' Körper, und dann fand auch er seine Erfüllung.

Eine ganze Zeit hielten sie sich noch in den Armen und flüsterten sich zärtliche Worte zu. Mit den Händen folgten sie noch einmal denselben forschen Pfaden, nur diesmal mit leisen, sachten Bewegungen, als wollten sie sich vergewissern, daß ihre Empfindungen keine Einbildung gewesen waren.

Sophia löste sich für einen Augenblick aus der Wärme seiner Umarmung und sah ihm in die Augen. »Hast du sie gefunden?«

»Wen?« fragte er, während seine Lippen über ihre Stirn und ihre Brauen und schließlich über ihre Nasenspitze strichen.

»Die Frau, die du suchst. Hast du sie heute abend gefunden?«

»Nein«, antwortete er mit einem bedauernden Kopfschütteln.

»Nein?« wiederholte sie, sichtlich enttäuscht.

»Ich fürchte, ich werde ein Leben lang brauchen, um sie zu finden.«

Sophia lächelte und kuschelte sich wieder in seine Arme. »Ich kann warten.«

ENDE

Band 18 177

Emma Merritt

Gezähmt von deiner Liebe

Deutsche Erstveröffentlichung

Nach dem Tod ihres Mannes willigt Lady Jarvia ein, die Frau des Nordmanns Michael Langssonn zu werden, und das Verlöbnis wird mit dessen Vater besiegelt. Aber dann lernt sie Malcolm Mac Duncan kennen, und sie weiß, daß sie nur ihm gehören will, keinem anderen, schon gar nicht jenem Verlobten, dem sie noch nie begegnet ist.

Doch noch haben die beiden Liebenden viele Hindernisse zu überwinden. Malcolm gerät in große Gefahr – ein Verräter in seinem Clan versucht skrupellos, Malcolms Ruf zu schaden und ihn zu vernichten. Und da kommt ihm die Fremde, die Malcolm geheiratet hat, gerade recht. Er glaubt, Jarvia hätte Schuld an all der Not und dem Unglück, das den Clan befallen hat …

BASTEI LÜBBE

Sie erhalten diesen Band im Buchhandel, bei Ihrem Zeitschriftenhändler sowie im Bahnhofsbuchhandel.

Band 18 178

Katherine Sutcliffe

Der Zauber deiner Küsse

Deutsche Erstveröffentlichung

Hunger, Elend und Verzweiflung – das ist das einzige, womit das Leben Mercy Dansing reichlich bedacht hat, seit ihre Eltern verstorben sind. Und so scheint es Mercy wie ein Wunder, daß Dominick D'Abanville, der berühmte Magier, sie in sein Haus aufnimmt. Er hilft ihr, er gibt ihr alles, was sie braucht.

Und er verzaubert sie – mit seinen Lippen, seinen Händen, der Glut seines Verlangens. Mercy träumt von Liebe und Glück, doch sie wird brutal aus ihren Träumen gerissen, als eine Serie grausamer, geheimnisumwitterter Morde beginnt. Wohin verschwindet Dominick, wenn er nachts das Haus verläßt? Was treibt er im Schutz der Dunkelheit?

Doch Mercy ist nicht bereit, den häßlichen Verdächtigungen zu glauben. Ihre Liebe gibt ihr die Kraft, für den Mann zu kämpfen, der ihr alles bedeutet ...

BASTEI LÜBBE

Sie erhalten diesen Band im Buchhandel, bei Ihrem Zeitschriftenhändler sowie im Bahnhofsbuchhandel.